블루버드,
블루버드

BLUEBIRD, BLUEBIRD

Copyright ⓒ 2017 by Attica Locke
All rights reserved

Korean translation copyright ⓒ 2020 by NEVERMORE BOOKS
This edition published by arrangement with Little, Brown and Company, New York, New York, USA.
through EYA(Eric Yang Agency).

이 책의 한국어판 저작권은 EYA(Eric Yang Agency)를 통한 Little, Brown and Company USA 사와의 독점계약으로 '네버모어'가 소유합니다.
저작권법에 의하여 한국 내에서 보호를 받는 저작물이므로 무단전재 및 복제를 금합니다.

HIGHWAY 59

ATTICA LOCKE

BLUE BIRD

블루버드 블루버드

애티카 로크 장편소설 | 박영인 옮김

BLUE BIRD

NEVERMORE

MEDIA REVIEW

"긴박한 구성과 선명한 배경에 굳건히 뿌리 내리고 있는 생생한 캐릭터가 돋보이는 소설."
〈뉴욕 타임스〉

"애티카 로크의 장점인 구성력이 돋보이는 강력한 작품. 사랑하는 이를 잃었지만 여전히 이 세상의 자애로움을 믿고 싶어 하는 사람들의 이야기를 풀어놓는 그녀의 서술에서 깊은 기쁨을 발견할 수 있다."
〈오프라 매거진, O〉

"서정적이고 근원적이며, 자극적인 요소 없이 블루스 음악을 배경으로 과거와 현재의 인종 갈등을 잘 표현하고 있는 작품."
〈보스턴 글로브〉

"외곽 소도시의 어두운 단면을 매혹적으로 다룬 《블루버드, 블루버드》는 과연 정의가 인종에 상관없이 모두에게 공평하게 적용되고 있는지에 의문을 던진다."
〈LA 타임스〉

"애티카 로크의 환상적인 작품 《블루버드, 블루버드》는 인종 갈등을 집중적으로 다루고 있다. 그녀의 크리스털처럼 맑은 시선과 경쾌한 근원적 문체가 더해진 이야기."
〈시애틀 타임스〉

"감성이 풍부하고 섬세한 스릴러 작품. 이 나라의 과거와 현재의 갈등 어린 감정들이 작품 안에서 점차 고조되며, 장소에 얽힌 두려움이 애티카 로크의 가슴 아픈 이 소설에서 풍부하게 살아난다. 《블루버드, 블루버드》는 단순한 교훈적 소설이 아니다. 그것과는 거리가 멀다. '좌와 우' '흑과 백'을 넘어, 우리가 서로 분열할 때조차 불가피하게 모두를 하나로 묶는 그 실타래를 짚어나간다."
〈USA 투데이〉

"많은 찬사를 받는 훌륭한 범죄 소설을 써온 애티카 로크는 기발한 구성이 돋보이는 한편, 생생한 블루스 음률의 서정성 짙은 《블루버드, 블루버드》로 자신의 커리어에 방점을 찍었다."
〈커커스 리뷰〉

"눈을 뗄 수 없을 만큼 긴장감 넘치는 작품. 나는 '위대한 미국 소설'이라는 개념을 좋아하지 않는다. 하지만 먼 훗날 문학 역사가가 지금의 시대를 되돌아보았을 때 수많은 작품들이 목록에 오를 테지만, 그중에 애티카 로크의 《블루버드, 블루버드》가 포함되어 있지 않다면, 나는 무덤에서 일어나 그들을 괴롭힐 것이다."
〈밀워키 저널 센티널〉

"애티카 로크는 훌륭한 스토리텔러로서의 실력을 여지없이 보여주고 있다. 그녀는 선과 악의 전형적인 틀에 구애받지 않고 인간성의 어두운 단면을 드러내는 동시에 힘에 대한 복잡한 욕망과 생존의 비열함을 생생하게 보여주는 캐릭터를 창조했다."
〈휴스턴 크로니클〉

"인종차별주의와 증오, 그리고 놀랍게도, 사랑에 대한 이야기. 몰입도 높은 시리즈가 탄생했다."
〈퍼블리셔스 위클리〉

"음울하고 시의적절하며, 흥미진진한 작품"
〈패밀리 서클〉

"애티카 로크의 이 위대한 네 번째 소설에는 블루스가 흘러넘친다. 역사와 문화를 깊이 파고든 그녀의 고전적인 누아르식 구성을 토대로, 텍사스 토박이 캐릭터들은 변함없이 영구한 작가의 슬픔을 노래하고 있다. 위트와 뼈아픈 지혜가 점철된《블루버드, 블루버드》는 하늘을 향해 치솟는다."
〈시카고 트리뷴〉

"애티카 로크의 작품은 냉철하면서도 서정적이다. 그녀의 날카롭고 통찰력 있는 스토리텔링은 독자들에게 생동감을 선사한다."
〈파이낸셜 타임스〉

"교묘하고도 섬세한 구성이 돋보이는 스릴러."
〈더 댈러스 모닝 뉴스〉

"서스펜스와 영화적 감성이 가득한, 눈을 뗄 수 없는 작품."
〈리베터〉

"위대한 시리즈의 탄생! 흥미진진하다."
〈오스틴 아메리칸-스테이츠먼〉

"실제 텍사스 토박이이기도 한 애티카 로크는 인종적 적대감이 자아내는 공포를 아주 잘 알고 있고, 그것을 자신의 강력한 서스펜스 작품에 그대로 적용했다."
〈오스틴 크로니클〉

"애티카 로크는 여러 세대를 걸쳐 서로 긴밀하게 엮인 주민들 사이에 친숙한 온기가 흐르는, 블루스와 비트가 살아 숨 쉬는 마을을 탄생시켰다."
〈라스베이거스 위클리〉

"눈을 뗄 수 없다. 애티카 로크는 역사와 가족 관계의 그 복잡한 늪에 발이 묶인, 현실감 짙은 캐릭터와 함께 훌륭한 작품을 탄생시켰다. 그녀의 뛰어난 스토리텔링이 빛을 발한다."
〈위스콘신 가제트〉

"애티카 로크는 힘 있고, 우아하고, 진실한 작품을 쓰는, 우리가 반드시 읽어야 할 작가다. 《블루버드, 블루버드》는 놀라운 작품이다. 스릴이 넘치면서도 교훈적이고, 동시에 영감까지 불러일으키는 작품은 흔치 않다. 놓치지 말고 읽어보길."
《오늘 밤 안녕을》, 《Those Who Wish Me Dead》의 작가, 마이클 코리타

"애티카 로크의 《블루버드, 블루버드》를 읽으면 광활한 대지 한가운데에 여러 인종 문제와 사랑 이야기가 펼쳐지는 텍사스 동부를 노래하는 블루스를 듣는 듯하다. 살인 사건 수사가 풀리는 상황을 다룰 때는 긴장감이 팽팽하고, 흑인들이 그들에게 가혹했던 역사가 여전히 살아 숨 쉬고 있는 곳을 어째서 떠나지 못하고 있는지에 대해서는 독자가 잘 이해할 수 있도록 공들여 기술하고 있다."
'이지 롤린스' 시리즈의 작가, 월터 모슬리

"《블루버드, 블루버드》에서 애티카 로크는 신선함과 생동감을 동시에 선사하고 있다. 그녀의 스토리텔링 기법은 너무도 강력하다! 처음의 아름다운 장면 묘사에서부터 마지막에 이르기까지, 이번 작품은 현재의 불의와 용기에 계속해서 영향을 주고 있는 오래된 과오들을 다루며 매우 추진력 있게 이야기를 끌어가고 있다."
《윈터스 본》의 작가, 대니얼 우드렐

"《블루버드, 블루버드》는 깊이 있는 지식과 공동체에 대한 사랑, 그리고 시의적절하고 유의미하며 날카로운 통찰력이 돋보이는 작품이다."
《IQ》의 작가, 조 이데

"《블루버드, 블루버드》의 전개는 흠잡을 데가 없고, 캐릭터들 또한 인상적이며, 우리가 훌륭한 느와르 스릴러에서 으레 기대하는 미스터리와 공포의 감각 역시 뒤떨어지지 않는다. 아니, 본 작품은 그 이상이다. 애티카 로크는 아주 놀라운 작품을 저술했다."
《세리나》의 작가, 론 래시

"애티카 로크는 이야기를 풀어나가는 방법을 잘 알고 있다. 그녀의 목소리는 너무도 직접적이고 생생해서 《블루버드, 블루버드》를 읽고 있는 손 위로 마치 59번 고속도로에서 날아온 먼지가 내려앉는 것만 같다."
《Rivers》의 작가, 마이클 패리스 스미스

"《블루버드, 블루버드》는 애티카 로크의 작품들 중 단연 최고다. 로크는 대담하게 선택할 줄 아는 작가다. 그리고 그녀의 작품은 온갖 문제들이 산재한 우리의 세계와 강력하게 연결되어 있다."
《모두의 엔딩》, 《Underground Airline》의 작가, 벤 윈터스

"생동감 있는 구성과 복잡한 캐릭터, 정당한 분노 사이를 오가는 애티카 로크의 《블루버드, 블루버드》는 나의 기대치를 최대한으로 높였다."
〈미스터리피플〉

"날카로운 범죄 이야기이자 역사를 파고든 수사물. 애티카 로크는 과거에 대해 이야기하는 방법을 놀랍도록 잘 파악하고 있다. 사람들을 향해 열린 그녀의 귀는 어떻게 해서 과거가 현재에까지 영향을 미치는지를 잘 보여주고 있다."
〈로스앤젤레스 리뷰 오브 북스〉

"올해 단 하나의 책만 추천하라고 한다면 단연 애티카 로크의 《블루버드, 블루버드》를 꼽겠다. 애티카 로크의 서정적 서술과 캐릭터들이 본 소설을 쉽게 잊을 수 없는, 매우 아름다운 작품으로 만들고 있다. 흑인으로서의 애티카 로크의 감정들이 너무도 강력하게 드러나는 《블루버드, 블루버드》는 독자들을 눈물짓게 하며, 쉽사리 마지막 책장을 덮을 수 없게 한다."
〈듀랑고 텔레그래프〉

호손
잭슨
존슨
존스
로크
마크
맥클렌던
맥고완
페리
스웨츠
윌리엄스

'아니요'라고 말한 모든 이들을 위해

난 그에게 말했지, "아니요, 무어 씨."
- 라이트닝 홉킨스, 〈톰 무어 블루스〉

셸비카운티

2016년, 텍사스

제네바 스위트는 주홍색의 전기 연결선을—사랑받던 아내이자 엄마였고, 지금은 하느님 아버지의 품에서 영원한 안식을 누리고 있는—메이바 그린우드의 옆으로 끌었다. 나무들 사이로 점점이 새어 들어온 늦은 아침의 햇살은 메이바의 언니와 그녀의 남편, 주님 안에서 신실한 아버지이자 형제였던 릴런드를 지나, 전선을 감는 제네바의 발아래 솔잎 더미 위에 빛을 쏟아내고 있었다. 그녀는 솜씨 좋게 전선을 당기며 완만한 언덕으로 향했다. 묘지는 밟지 않도록, 노숙자들의 이빨처럼 들쭉날쭉한 낡은 배수로만 밟도록 조심하면서 말이다.

이제 그녀는 팀슨에 있는 브룩셔 브러더스 식료품점의 종이봉투와 함께 작은 오디오를 나르고 있었다. 오디오에서는 조가 좋아하는 음반 중 하나인 머디 워터스*의 음악이 스피커를 통해 흘러나오고 있었다. 당신은 한 번이라도 걸어본 적 있나요, 그 외로운 길을 걸어본 적 있나요. 그녀는 마침내 조 '피티 파이' 스위트의 마지막

---

* Muddy Waters: 미국의 블루스 기타 연주자이자 가수.

안식처에 도착했다. 남편이자 아버지. 주님, 기타 위 악마여, 그를 구원하소서. 그녀는 윤이 나는 화강암에 조심스럽게 오디오를 올려놓고 전선을 묘비 뒤 숨은 장소에 연결했다. 그 옆 묘비는 크기와 모양이 이것과 똑같았다. 또 다른 존 스위트의 것이었는데, 그는 조보다 스물다섯 살 더 젊은 나이에 죽었다. 제네바는 종이봉투를 열어 은박지로 감싼 종이 접시를 꺼냈다. 외아들을 위해 가져온 것이었다. 두 개의 튀김 파이. 손으로 직접 민 반죽에 황설탕과 과일로 속을 채운 파이는 기름을 잔뜩 머금고 있었다. 제네바의 특제 요리이자 조가 어렸을 적 좋아한 음식이기도 했다. 접시 바닥에 온기가 느껴졌고—찌릿한 소나무향이 가득한—공기 중으로, 버터 냄새가 부드럽게 퍼져나갔다. 그녀는 묘비 위에 균형감 있게 접시를 올려놓은 다음 묘지에 떨어진 솔잎들을 쓸어내기 위해 화강암에 손을 얹고 몸을 숙였다. 관절염을 앓고 있는 무릎 따위는 개의치 않았다. 그녀가 있는 곳 아래로는 대형트럭이 뜨거운 매연의 돌풍을 일으키며 59번 고속도로를 내달리고 있었다. 10월치고는 따뜻한 날이었는데, 최근의 날씨는 계속 이러했다. 그녀가 듣기로, 오늘은 대략 26도였다. 그녀는 집 뒤에 있는 창고에서 슬슬 크리스마스 장식들을 꺼내야겠다고 생각했다. 온난화. 사람들이 그렇게 부르더라. 그게 계속되고 있대. 아무래도 난 지구가 망할 때까지 살 모양이야. 그녀는 자기 인생의 두 남자에게 이렇게 말했다. 팀슨에 새로 생긴 포목점에 대해서도 이야기했다. 페이스가 차를 사 달라며 귀찮게 졸라댄다는 사실도. 윌리는 선술집을 요상한 노란빛 페인트로 칠해버렸다. 누군가 벽에 거대한 가래 덩어리를 뱉은 것 같아.

하지만 그녀는 살인이나 마을을 술렁이게 하고 있는 문제에 대해서는 말하지 않았다.

그녀는 그들에게 평온 한 조각을 주었다.

그녀는 자신의 손가락 끝에 키스한 다음 첫 번째 묘비와 두 번째 묘비에 차례대로 손을 얹었다. 그녀는 아들의 묘비에 좀 더 오래 손을 얹은 채 나지막한 한숨을 내쉬었다. 죽음은 그녀의 일생을 따라다니는 것만 같았다. 사냥개처럼 충직하게 그녀의 뒤를 쫓는 음흉한 그림자.

그녀의 등 뒤로 솔잎이 딱딱 부러지는 소리와 함께 근처 미루나무에서 날아온 낙엽이 바스락거리는 소리가 들렸다. 뒤를 돌아보니 흑인 묘소의 계약직 관리인인 미티가 서 있었다.

"그런 거에 넣는 건전지가 있을 텐데요."

너무 일찍 세상을 떠난 딸이자 자매인 베스 앤 솔로몬의 콘크리트 비석에 몸을 기대며 그는 작은 오디오를 향해 고갯짓을 했다.

"고지서가 나오거든 보내요."

제네바가 말했다.

미티는 제네바보다 나이가 많았다. 아마 여든에 가까울 것이다. 어두운 피부의 그는 잔가지처럼 바싹 마르고, 석탄처럼 검은 두 다리의 자그마한 남자였다. 그는 묘지 안에 있는 작은 헛간에서 오후를 보내며 들개나 야생동물을 쫓아내곤 했다. 일주일에 닷새간 그는 레이싱 잡지나 퀼런과 함께 이곳에서 지내며 영혼들이 모여드는 모습을 지켜보고, 자신의 미래의 집을 감시하였다. 그는 죽은 이들을 돌보는 제네바의 특별한 방식을 그저 두고 볼 뿐이었다—겨울에는 퀼트, 크리스마스에는 전구 장식, 파이, 늘 똑같은 블루스의 음률. 그는 접시를 쳐다보다가 손가락으로 은박지를 살짝 들어 올려 안을 들여다봤다.
"복숭아예요. 그리고 여기 당신 몫은 없어요."
제네바가 말했다.

언덕을 내려가는 것이 올라가는 것보다 더 무릎에 무리가 갔지만, 오늘은 그게 그거였다. 그녀는 자신의 차로 향하며 남편의 카디건을 벗다가 그만 움찔하고 말았다. 그나마 상태가 괜찮은 마지막 카디건으로, 요즘 매일 편하게 입고 있는 것이었다. 그녀의 98년식 폰티악 그랜드 앰은 잔디밭 옆에 주차되어 있었는데, 4차선 고속도로와 인접한 잔디밭에는 붉은 먼지가 잔뜩 내려앉아 있었다. 그녀는 미티가 파이를 먹고 있다는 사실을 깨달았다. 그녀가 가방에서 미처 차 열쇠를 꺼내기도 전에 말이다. 제네바는 눈을 굴렸다. 저 남자는 그녀가 완전히 사라질 때까지 기다리는 예의조차 갖추고 있지 않다.

그녀는 폰티악에 올라탄 다음 가건물 주차장을 천천히 빠져나왔다. 그리고 조금씩 속도를 올려 59번 고속도로에 접어든 뒤 라크 방향 북쪽으로 향했다. 그녀는 집까지 1.2킬로미터의 거리를 조용히 달리며 머릿속으로 목록을 작성했다. 570그램짜리 과일 칵테일 두 캔, 상추 여덟 개, 소다 기계에 넣을 시럽, 늘 금방 바닥이 나는 닥터 페퍼, 거기에 에즈라 브룩스 위스키 한두 병. 이건 단골손님들을 위해 계산대 밑에 쟁여두는 물품이었다. 그녀는 보안관이 도착했을까 궁금했다. 오늘 아침 그녀의 집 뒤편의 난장판 역시 여전할까 궁금하기도 했다. 홀로 쓰러져 있던 그 여자 말이다. 그녀는 이번 일이 카페 영업에 악영향을 미치진 않을지 막연하게나마 걱정도 됐지만,

그녀가 69년간 살아온 이 마을에서 벌어지고 있는 일들에 과연 어떠한 신의 뜻이 담겨 있을까 이해해보려는 마음이 더 컸다.

일주일에 두 구의 시체라니.

도대체 무슨 일이 벌어지고 있는 거지?

그녀는 고속도로에서 빠져나와 '제네바 스위트의 스위트' 앞에 차를 세웠다. 빨간색과 흰색의 페인트로 칠한 나지막하고 납작한 지붕의 건물이었다. 창문마다 커튼이 달려 있고, 앞쪽의 화살표 모양 표지는 현관을 가리키고 있었다. '바비큐 샌드위치 4.99달러'와 '셸비카운티에서 최고로 맛있는 튀김 파이'라고 적힌 검은색과 빨간색의 광고판. 그녀는 늘 세우던 곳에 차를 세웠다. 카페 옆으로 나란히 자리한 딱 폰티악 크기의 흙먼지 쌓인 공간으로, 한쪽에는 나무 판자를 두른 건물의 옆면이, 또 다른 한쪽에는 수풀이 가득한 공터가 자리하고 있었다. 그녀는 이곳에 오랫동안 살았다. 손으로 지은 단칸의 판잣집만 덩그러니 있을 때부터 말이다. 주유소 옆의 자갈 깔린 주차장은 손님들을 위한 장소였다. 그리고 당연히 웬디의 차가 있었다. 제네바와 비정기적 동업 관계에 있는 그녀의 낡은 초록색 머큐리가 현관문 바로 앞에 주차되어 있었다. 20년이 넘어 녹이 슨 차는 이미 제 수명을 다한 피냐타* 같았다. 안은 오래된 번호판과 주철 냄비들, 두 개의 가발걸이와 낡은 옷가지들로 그득했고, 자그마한 TV의 안테나가 왼쪽의 뒷문 창밖으로 삐져나와 있었다.

제네바가 가게 안으로 들어서자 문에 달린 조그마한 청동 종이 부드럽게 울렸다.

카운터 자리에 앉아 있던 단골손님 둘이 고개를 들었다. 은퇴 생

---

* Pinnata: 흙으로 만든 도기 솥.

활을 즐기고 있는 헉슬리와 매주 휴스턴과 시카고 구간의 장거리를 운전하는 트럭 운전수 팀이었다.

"보안관이 왔어."

제네바가 그의 옆을 지나칠 때 헉슬리가 말했다. 그녀는 이른바 '메인 사무실'로 통하는 카운터 끝의 문을 열었다. 주방과 손님들 사이에 마련된 공간이었다.

"당신이 나가고 30분쯤 뒤에,"

그가 다시 말했다. 그와 팀은 그녀의 반응을 살피기 위해 길게 목을 뺐다.

"시속 140 정도로 밟았나 봐요."

팀이 말했다.

제네바는 입술을 꾹 다물고 분노 한 알을 삼켰다.

그녀는 주방으로 통하는 문 옆의 옷걸이에서 앞치마를 집었다. 노란색의 낡은 앞치마로, 주머니에 그려진 장미 두 송이는 이미 색이 바랬다.

"또 다른 건으로 하루 종일 난리였어요. 덕분에 밴혼은 고생 좀 했고요."

팀은 햄 샌드위치를 절반 정도 먹던 중이라 입 안이 샌드위치로 가득했다. 그는 음식물을 삼키고는 콜라 한 모금으로 입가심을 했다.

"보안관?"

카운터의 또 다른 끝에 앉아 있던 웬디가 말했다. 그녀의 뒤로는 그녀의 집 정원에서 재배한 싱싱한 농산물로 가득한 보존용 유리병들이 즐비했다. 붉은색의 통통한 피망, 그린 토마토와 양파 묶음, 식초에 통으로 절인 오크라*. 제네바는 병을 하나씩 들어 불빛에 비추며 제대로 밀봉이 되었는지 확인했다.

"밖에 다른 것들도 있어."

제네바가 앞치마 주머니에서 매직펜을 꺼내 유리병 뚜껑에 가격을 적기 시작하자 웬디가 말했다.

"차우차우**와 오크라 피클만 받을게. 다른 쓰레기들은 그만 됐어."

제네바는 앞쪽 창문을 통해 보이는 웬디의 차를 향해 고갯짓을 했다. 웬디와 제네바는 동갑이었다. 비록 웬디는 청중과 그때의 분위기에 따라 고무줄처럼 나이를 늘였다 줄였다 했지만 말이다. 그녀는 남자다운 어깨에도 불구하고 체구가 작은 여자로, 자신의 외모 따위는 신경 쓰지 않았다. 그녀는 포마드 기름을 바른 회색의 머리카락을 동그랗고 단단하게 틀어 올렸다. 아니, 적어도 마지막으로 빗질을 했을 사흘에서 이레 전까지만 해도 단단했을 것이다. 그녀는 정장 바지에 낡은 휴스턴 로케츠 티셔츠를 입었고, 남성용 브로그***를 신고 있었다.

"제네바, 사람들은 고속도로변에서 이런 오래된 물건들을 사고 싶어 해. 지금 자기들이 얼마나 풍족하게 살고 있는지 느끼면서 기분 좋아라 하는 거지. 이런 걸 앤틱이라고 하는 거야."

"난 쓰레기라고 부를게. 그리고 네 의견에 대한 내 견해는 부정적이야."

제네바가 말했다.

웬디는 카페 안을 둘러보았다. 제네바부터 팀과 헉슬리, 그리고

---

* Okra: 아욱과의 식물.

** Chow Chow: 중국식 김치.

*** Brogues: 가죽에 무늬를 새긴 튼튼한 구두.

비닐로 된 부스 자리에 앉아 있는 두 명의 다른 손님들까지. 그리고 가게 끝부터 다시 이쪽으로 시선을 옮겼다. 더 이상 영업을 하지 않는 가게의 끄트머리 구석은 아이작 스노가 50제곱미터를 임대해 거울과 완두콩 색깔의 이발소 의자로 채워놓았다. 아이작은 50대 후반의 호리호리한 남자로 밝은 피부에 구릿빛 주근깨가 가득했다. 그는 장사치고는 말수가 적었지만, 단돈 10달러에 사람들의 머리를 잘라주었다. 그마저도 장사가 되지 않았다면 제네바는 그의 삼시세끼를 챙겨주었을 것이다.

신이 창조한 영혼들 중 제네바가 먹이지 못할 이는 없으니.

그녀의 가게는 이 카운티에서 마땅히 들를 곳이 없는 흑인들을 위해 탄생한 곳이었다. 그들은 이곳에서 쉴 수 있었다. 맛있는 음식을 먹고, 위스키도 마시면서. 물론 술에 대해 떠들어대지 않을 자신이 있다면 말이다. 가족들을 만나러 북부에 가거나 일자리를 찾으러 떠나기 전에 머리를 단정하게 매만질 수도 있었다. 물론 아칸소 반대편에 다다를 때까지 그 자리가 여전히 공석으로 남아 있을지는 장담할 수 없지만 말이다. 일자리가 그새 사라졌다면 굳이 그 지옥 같은 아칸소를 지날 필요가 없을 것이다. 짐 크로*가 죽은 지 40여 년이 지났지만, 변한 것은 별로 없었다. 제네바의 가게 역시 카페 벽면에 매달린 누르스름한 달력처럼 시간 속에 머물러 있었다. 그녀는 그녀의 옆을 지나치며 영구히 사람들을 실어 나르는 고속도로처럼 변하지 않았다.

웬디는 어두운 분위기와 일상적인 긴장감의 이유를 가늠해보려는 듯 카페에 앉아 있는 흑인들의 얼굴을 쳐다보았다. 그녀의 뒤에

---

* Jim Crow: '공공시설에서 백인과 유색 인종 분리'를 골자로 한 법인 짐 크로법을 의미한다.

시계처럼 자리한 주크박스는 50개의 곡들 중 또 다른 한 곡을 흘려보내고 있었다. 가스펠 느낌이 나는 찰리 프라이드*의 발라드는 구슬프게 신의 은총을 갈구하고 있었다.

잠시 모두가 말이 없었다.

웬디가 제네바에게 말했다.

"왜 그렇게 짜증스러운 거야?"

"밴혼 보안관이 뒤에 와 있다니까."

헉슬리가 카페의 뒤쪽 벽으로 고갯짓을 하며 말했다. 뒤쪽 벽면에는 종이 달력을 발랐는데, 15년을 거슬러 올라간 달력들은 몰트 리큐어에서부터 마을의 장례식장, 결국 지역구 의원 선거에서 낙선한 지미 클라크까지 온갖 것을 광고하고 있었다. 그 벽면 너머는 주방으로, 데니스가 솥에 소꼬리를 끓이고 있었다. 제네바는 소고기의 지방에 월계수 잎이 스며드는 냄새와 마늘, 양파, 그리고 훈액**의 냄새를 맡을 수 있었다. 주방의 망입 문 뒤로는 붉은 흙이 깔린 널따란 대지가 펼쳐졌는데, 미나리아재비와 바랭이가 여기저기 자생하고 있었다. 대지에서 90미터 정도 밖은 셸비카운티의 서쪽 경계인 붉은 빛의 내포와 맞닿아 있었다.

"보안관보들도 세 명이나 데려왔다고."

"무슨 일인데?"

웬디가 묻자 제네바는 한숨을 내쉬었다.

"오늘 아침에 보안관이 강에서 시체를 건졌어."

웬디는 멍한 표정을 지었다.

---

* Charley Pride: 미국 프로야구 선수 출신의 가수이자 기타 연주자.

** 활엽수로 숯을 만들 때 나는 연기.

"또?"

"이번엔 백인이야."

"젠장."

헉슬리는 자신의 커피를 밀어내며 고개를 끄덕였다.

"코리건*에서 백인 여자가 살해당했을 때 기억하지? 50킬로미터 반경에 있는 모든 흑인 남자들을 연행했잖아. 모든 교회와 술집, 흑인이 운영하는 업장들을 샅샅이 뒤지면서 자기들이 그리는 범인에 적합한 인물을 찾느라 꽤나 분주했었지."

제네바는 가슴속에서 무언가가 어긋나는 것을 느꼈다. 흘려보내려 애썼던 두려움이 그녀의 목구멍까지 차올랐다.

"하지만 지난주에 흑인 남자가 살해당했을 때는 아무도 그런 짓거리를 하지 않았어."

헉슬리가 다시 말했다.

"그 남자에 대해서는 다들 생각조차 하지 않아요. 하지만 이번엔 백인 여자가 죽었으니 상황이 다르죠."

팀이 기름얼룩이 묻은 냅킨을 자신의 접시에 던지듯 내려놓으며 말했다.

"내 말 똑똑히 들어."

헉슬리가 카페에 있는 모든 흑인들의 얼굴을 하나하나 음울하게 바라보며 말을 이었다.

"분명 누군가 이번 일로 크게 당할 거야."

---

* Corrigan: 텍사스주 포크카운티에 있는 마을.

1부

1

대런 매슈스는 증인석 가장자리에 스테트슨* 모자를 내려놓았다. 삼촌들이 가르쳐준 대로 챙은 아래로 향했다. 오늘의 법정 출석을 위해 레인저스**측에서는 그에게 정복을 입도록 했다. 빳빳하게 풀을 먹인 와이셔츠에 다림질을 잘한 짙은 색 바지. 그의 왼쪽 가슴 주머니에는 은색의 배지가 달려 있었다. 정복을 입지 않은 지 몇 주는 되었다. 직무가 정지된 로니 말보 사건 이후로 그러했다. 그 기간 동안 그는 결혼반지도 끼지 않았다. 그것도 일상적인 의상의 일부분이었기 때문이다. 그는 알 수 없는 이유로 부어오른 손의 손가락 주위로 반지를 빙빙 돌리고픈 충동을 누르고 있었다.

그는 지난 밤 8시 이후에 있었던 일에 대한 단조로운 기억의 도랑을 다시금 맴돌고 있었다. 훈제 치킨을 담았던 스티로폼 접시, TV 선반, 짐 빔 한 병, 그리고 삼촌들의 하이파이에서 흘러나오던 블루

---

* Stetson: 텍사스 레인저들의 카우보이모자.

** Texas Rangers: 텍사스주의 경찰대. 레인저는 보안관(Sheriff)과 구별된다.

스. 얼음이 딸그락거리는 소리, 그 첫 잔. 이것들이 그가 기억하는 마지막이었다. 그리고 당연하게도 항복과 함께 안도감이 찾아왔다. 그렇다, 그는 결혼 생활에 있어 무기력했다. 그것이 첫 번째 기억이었다. 두 번째는 80그램 정도의 술을 따르고 그것을 계속 반복했던 것, 세 번째는 조니 테일러의 가공되지 않은 목소리가 온 사방을 채웠던 것이었다. 그의 솔직한 남성성, 남자라면 인생에 있어 당연히 가져야 할 것들에 대한 이야기. 이를테면, 좋은 여자와의 사랑이라든가, 그와 함께라면 험한 강이라도 마땅히 헤엄쳐나갈 여자의 신의와 의지 같은 것 말이다. 파란색 기타나 버번위스키의 호박색 온기도 거기에 포함되었다. 그 모든 것들이 그의 기억 가장자리를 떠돌고 있었다. 그리고 다음으로 기억나는 것은 그의 가족들이 살고 있는 농가 뒤쪽 테라스의 딱딱한 나무 바닥이었다. 동이 틀 무렵 대런은 그곳에서 눈을 떴다.

그는 볼이 찢어져 있었고, 손에는 알 수 없는 흔적이 남아 있었다. 핏자국은 없었다. 그저 손가락 관절 위로 멍이 들었고 심한 통증이 있을 뿐이었는데, 그 통증은 진통제를 네 알이나 삼키고 나서야 간신히 진정이 되었다. 분명 무언가와 접촉했고, 그것이 그를 세게 되받아쳤음이 분명하다. 리사와 갈라선 뒤부터 그가 줄곧 머물고 있는 수치의 안개가 그의 호기심을 둔화시켰기 때문에 그는 무슨 일이 있었는지 기억의 조각들을 맞춰보려는 시도조차 하지 않았다. 그가 알고 있는 사실들은 홀로 술을 마셨고, 홀로 잠에서 깼다는 것이다. 그의 자동차 열쇠는 선견지명이 빛을 발했던 순간에 두었던 그대로, 여전히 냉동고에 있었다. 자신이 다친 것 외에 다른 누구를 다치게 한 것 같지는 않으니, 그거면 됐다. 하지만 그는 너무도 지쳐 있었다. 혼자 자고, 혼자 먹고, 그저 기다리기만 하는 것에 지쳐 있었다. 배심원단과 그의 아내가 그에게 돌아와도 좋다는 결론을 내리기를 기다리는 일 말이다.

"피고인과는 어떻게 아는 사이입니까?"

샌재신토카운티*의 검사 프랭크 본이 자신의 단에 서서 물었다.

"맥은…."

"네?"

"러더퍼드 맥밀런…. 맥요."

대런이 설명했다.

"그는 20년 넘게 저희 가족과 일했습니다."

그날 밤 맥이 로니 말보에게 총을 겨눴고, 그 때문에 대런은 휴스턴에서 샌재신토카운티에 있는 맥의 집까지 한 시간도 걸리지 않아 달려왔다. 리사는 그에게 가지 말라고 간청했다. 그가 비번이기 때문이었다. 하지만 그런 건 사실 중요하지 않았다. 둘 다 알고 있었다. 그녀는 그가 한 달간의 근무를 막 마치고 돌아왔음에도 불구하고 그토록 쉽게 자신을 떠나는 것에 분노하는 거였다. *대런, 가지 마.* 하지만 그는 맥의 요청에 응해 그녀를 떠났다. 그리고 지금은 살인 사건의 증인으로 이곳에 서 있었다. 리사의 *그러게 내가 뭐라고 했어*에 대한 대가를 치르는 중이었다.

본은 고개를 끄덕이고는 이곳 카운티의 남녀로 구성된 배심원단을 바라보았다. 한 사람의 목숨이 경각에 달려 있든 말든 상관없이, 농장과 우체국, 이발소에서 나온 이들에게 법정에서의 하루는 흥밋거리, 심지어는 유흥거리였다. 검사에게는 이야기꾼의 본능이 있었

---

* San Jacinto County: 텍사스주 남동쪽에 있는 카운티.

다. 그는 법정을 서성이거나 재판의 전개를 꼬았고, 중요한 정보를 자기 마음대로 여기저기에 포진해놓았다. 판사는 없었다. 법정 관리원과 검사, 속기사와 열두 명의 배심원단이 있을 뿐이었다. 그들에게는 러더퍼드 맥밀런을 1급 살인 혐의로 기소할지 말지를 결정하는 단 하나의 임무가 있었다. 배심원들에 대한 정보는 기밀이기에 벌꿀색의 방청석 벤치는 비어 있었다. 재판의 판은 단연코 주 정부에 유리하게 짜여 있었다. 변호인단에서는 주 정부가 제시하는 증거에 그 어떤 꼬투리도 잡을 수 없었다. 대런은 표면상 검사 측 증인으로 나온 것이지만, 그는 배심원단의 마음에 의심의 씨앗을 뿌리고 싶었다. 그렇게 해서 그의 커리어를 유지해볼 요량이었다. 충분히 감내할 만한 위험이었다. 그리고 그는 맥이 냉혈한처럼 누군가를 살해했다는 사실을 믿고 싶지 않았다.

"그가 당신의 가족들을 위해 어떤 일을 했습니까?"

본이 물었다.

"카운티에 있는 저희 집을 관리했어요. 커밀라에 있는 6만 제곱미터의 농가요. 제가 자란 곳이지만, 지금은 아무도 살지 않습니다. 상주하는 사람도 없어요. 그런 지 몇 년 됐습니다."

그가 말했다.

"아, 엄밀히 말하자면 지금은 제가 살고 있네요. 그게, 아내와 제가 지금 좀 일이 있어서요. 아내가 혼자만의 공간이 필요하다고…."

이의 있습니다. 대답할 필요 없습니다.

그가 본이었다면, 그리고 이것이 실제 재판이었다면 그는 이렇게 말했을 것이다.

하지만 이곳에는 판사가 없었다. 그리고 과거 법학도였던 대런은 방금 한 이야기가 그에게 유리하게 작용할 것이라는 걸 알고 있었다. 그는 배심원단이 그에 대해 좀 더 알게 되기를, 그래서 그가 사실을 말하고 있다고 생각하게 되기를 바랐다. 그가 달고 있는 배지나 겉모습만으로는 충분하지 않았다. 셔츠가 축축해졌고, 모공에서는 고약한 악취가 흘러나오고 있었다. 그는 손의 통증에 가려져 있던 숙취의 요동을 느꼈다. 위장이 뒤틀리면서 눅눅하고 쉰 트림이 나왔다.

그는 삼촌들의 기본 수칙 중 하나를 어겼다. 죄송스럽거나 주눅든 얼굴, 혹은 하루에 열다섯 번씩 자기변명을 하는 사람처럼 보이는 얼굴로는 시내에 나가지 말 것. 한때 변호사였고, 지금은 헌법 전문 교수인 클레이턴 삼촌은 헐렁한 바지에 셔츠자락을 휘날리며 돌아다니는 것은 "상당한 근거를 지니고 걸어 다니는 것"과 같다고 했다. 그의 쌍둥이 형제이자 이념적 적, 법조인이자 레인저였던 윌리엄도 즉각 그의 말에 동의했다. 그들에게 널 막아설 여지조차 주지 말거라, 아들. 한마음처럼 생각한다는 쌍둥이에 대한 비유가 거짓임을 보여주듯, 그들 사이에 공통점은 없었지만, 그들이 매슈스 가의 사람들인 건 사실이었다. 텍사스 동부의 시골에서 세대를 거슬러 살아온 이들, 자존감 높은 흑인은 존재의 자연스러운 현상이자 생존 기술이기도 했다. 그의 삼촌들은 남부 생활에 있어 그 오랜 수칙들을 준수하면서 흑인 남자의 일반적인 행동이 얼마나 쉽게 생사를 가르는 요인이 될 수 있는지를 잘 이해하고 있었다. 대런은 그렇게 살아야만 하는 세대가 그들에게서 끝이 나기를 늘 바라왔다. 그러한 변화는 백악관에서부터 시작될지도 모른다고 믿으면서.

하지만 그 반대의 사실이 증명되었다.

오바마의 등장에 미국은 그렇게 응답했다.

그래도 그들은, 그러니까 삼촌들은 그에게 큰 사람들이었다. 위상과 목적을 지닌 사람들, 흑인의 삶에 근본적으로 호의적인 나라를 만드는 데 대런이 뭔가 역할을 할 것이라 믿고 있는 이들이었다. 레인저인 윌리엄에게 법이란 스스로를 보호함으로써 스스로를 구하는 것이었다. 백인들에 대한 범죄를 기소하듯 우리들에 대한 범죄도 단죄하는 것이었다. 반면 변호사인 클레이턴은 이렇게 말했다. "아니, 법은 흑인을 보호한다고 믿게 하는 거짓말이야. 그건 양피지에 처음 잉크가 닿은 순간부터 우리에 대항해 적힌 규칙들이었다고." 그들의 논쟁은 결국 흑인의 삶은 거룩하고, 가치 있으며, 보호받을 필요가 있음을 상기시켰다. 대런은 부엌 식탁 의자 아래로 뻗은 그들의 긴 다리 사이로 아장아장 걸음마를 뗄 때부터 그러한 논쟁에 길들여졌다. 두 형제가 독립하기 전 함께 살았을 적에 말이다. 태어난 지 고작 며칠밖에 되지 않았을 때부터 그들에게 키워진 대런은 줄곧 가족 간의 이념적 양극에 양다리를 걸친 채 살아왔다.

본은 그의 말을 자르고 다음 질문으로 넘어갔다.

"그날 밤 맥밀런 씨가 전화를 했을 때 친구로서 응한 겁니까, 아니면 레인저로서 응한 겁니까?"

이의 있습니다. 추측에 근거한 질문입니다. 대런은 생각했다.

"둘 다였을 겁니다."

그가 말했다.

"맥밀런 씨가 911에 전화하지 않고 당신에게 전화한 이유를 알고 있습니까?"

리사도 같은 것을 묻곤 했다. 흐릿한 SMU 티셔츠를 입고 침대에 앉은 그녀는 맥이 왜 경찰에 연락하지 않는지 물었다. 이건 대런이 개입할 일이 아니라고 말이다. 대런은 맥이 경찰에도 연락했다는 말로 그녀를 안심시켰다. 그러나 그의 판단은 틀렸고, 너무 늦게 그것을 깨달았다. 그래도 배심원단에 그런 이야기를 할 생각은 없었다.

"아는 사람에게 연락하는 게 더 안심이 됐던 모양입니다."

그가 말했다.

본의 짙은 눈썹이 가운데로 몰렸다. 그는 대런보다 몇 살가량 더 많은 40대 중반의 백인 남자로, 짙은 갈색의 머리카락은 눈썹보다 조금 더 짙었다. 대런은 그가 염색을 했을 거라 추측했다. 그러자 문득 본이 시내에 있는 브룩셔 브러더스 식료품점에서 미스 클레어롤*을 찾아 통로를 서성이는 끔찍한 이미지가 떠올랐다. 밋밋한 청색 정장에 광이 나는 갈색 로퍼의 본은 전형적인 관료의 모습이었다. 그는 대런에게 이런 기소 건은 달갑지 않다고, 레인저스와 텍사스주 정부가 실수하고 있는 거라고 말했다. 대런의 증언 준비를 위해 처음 만났을 때부터 그는 대런의 역할에 어떤 장난질을 하면 좋을지 가늠해보고 있었다.

"아는 사람이라, 그렇군요."

본이 배심원단을 흘끗 쳐다보며 말했다.

"레인저지만, 친구이기도 하다는 거로군요. 그렇죠?"

대런은 이번 질문에는 좀 더 신중하게 답했다.

"가까운 관계요, 네."

"음, 당신은 그를 돕기 위해서 휴스턴에서 달려갔어요. 아무에게나 그렇게 하진 않겠죠."

---

* Miss Clairol: 염색약 브랜드.

"전과자가 그의 사유지에 침입했으니까요."

"맥이 '페커우드*'라고 하지 않았던가요?"

"말보가 먼저 '니거**'라고 했습니다."

대런이 말했다.

그 단어가 법정에 무심히 던져진 순간 사람들 사이에 놀라움이 일었다. 배심원단의 백인들 중 몇몇은 모두가 있는 자리에서 그 단어를 크게 내뱉는 것만으로도 폭동이 일어나거나 알 샤프턴***이 다시 나타나기라도 할 듯 눈에 띄게 긴장하는 모습을 보였다.

하지만 대런은 명확하게 해두고 싶었다. 전신이 문신으로 뒤덮인 로니 '레드럼****' 말보는 텍사스 아리안 브러더후드*****와 관련이 있는 인물로, 아리안 브러더후드는 메스암페타민 생산과 불법 총기류 판매로 돈을 벌어들이는 범죄 조직이었다. 그들 조직은 깜둥이들을 죽이는 데서부터 시작되었다. 그리고 로니는 맥의 손녀딸인 브리애나를 괴롭혔다. 브리애나는 샘휴스턴 주립대의 시간제 학생이었는데, 그는 시내를 오가는 그녀의 뒤를 몇 주 동안이나 차로 따라다니며, 브리애나가 차마 입에 올리고 싶어 하지 않는 모욕적인 말들을 외쳐댔다. 그녀가 집에 있을 때에도 집 앞뒤를 몇 번이고 오가며 그녀의 피부색과 몸매, 콘로우 머리 스타일을 비꼬았다. 당연하게도 브리애나는 겁에 질리고 말았다. 로니는 자기 집 마당에 변을 보았다는 이유로 개를 쏘아 죽인 적이 있었고, 자기가 집이라고 부르는, 다

---

* Peckerwood: 가난하고 무식한 시골뜨기 백인을 일컫는 명칭.

** Nigger: '깜둥이'라는 뜻으로, 흑인을 가리키는 모욕적인 말.

*** Al Sharpton: 미국의 목사이자 흑인 인권 운동가.

**** Redrum: 살인을 뜻하는 'Murder'를 거꾸로 읽은 것.

***** Aryan Brotherhood: 교도소의 백인 갱단..

쓰러져가는 판잣집의 반경 5미터 이내에 접근하는 흑인들을 위협하기 일쑤였기 때문이다. 고등학생 시절에도 학생들을 괴롭히고, 흑인 소유의 농장에 침입해 작물들을 다 뽑아놓거나 담장을 부수곤 했다. 대런의 고향인 커밀라 인근에 있는 흑인 감리 교회에 불을 지른 혐의로 경찰에 체포된 적도 있었다. 반다나 아래로 얇디얇은 머리카락을 감춘 길쭉한 얼굴의 로니는 작은 키에 어깨가 떡 벌어진 것이 꼭 소화전 같았다. 반면 맥은 KKK단을 생생히 기억하는 일흔 살의 흑인 남자였다. 어렸을 적 그는 아빠 뒤에 숨어 엽총과 한밤의 습격에 대한 두려움에 사로잡혔으며, KKK단 단원들이 굿리치와 셰퍼드 같은 마을에서부터 말을 타고 나타난다는 이야기도 자주 듣곤 했다. 하지만 지금은 2016년이었고, 러더퍼드 맥밀런은 더 이상 그런 일들에 겁먹지 않았다.

"맞습니다. 전과자로 알려져 있고, 검사님 말씀대로 백인우월주의자로 알려진 이가 피고인을 위협했죠…."

"그런데 사실, 로니가 실제로 그에게 위협을 가했는지는 잘 모르겠군요."

그는 배심원단의 첫 번째 줄을 바라보았다. 네 명의 남자와 두 명의 여자가 앉아 있었는데, 모두 백인이었다.

"어쨌든 맥에게는 자신의 사유지를 보호할 권리가 있습니다."

대런이 말했다. 백인 배심원 두 명이 고개를 끄덕였다.

텍사스에서는 초등학생들도 텍사스주의 정당방위법인 '캐슬 독트린(Castle Doctrine)'을 국기에 대한 맹세처럼 외우고 다녔다.

맥의 사건은 교과서에 실릴 만한 건이었다.

로니 말보는 밤을 틈타 마약 밀매로 벌어들인 돈으로 샀을 50센티미터 바퀴의 신형 닷지 차저를 몰고 맥의 사유지에 침입했다. 엔진은 돌았지만 전조등은 꺼두었고, 두 개의 배기관에서 소용돌이치듯 뿜어져 나온 따뜻한 공기는 샌재신토카운티의 경계에 위치한 맥의 조그마한 사유지 가장자리의 소나무 숲 위로 연기처럼 사라졌다. 맥의 집에서 가장 가까운 이웃은 1차선 도로를 따라 적어도 6킬로미터는 내려가야 있었다.

집에 혼자 있던 브리애나는 맥과 함께 살고 있는 미늘벽 판잣집 테라스에 나와 어둠 속에서 누가 자기 집을 지켜보고 있는 것인지 살폈다. 그리고 닷지와 그 운전석에 앉은 로니 말보의 실루엣을 발견한 순간 비명을 지르며 휴대전화를 떨어트렸고, 그 바람에 휴대전화는 두 동강이 났다. 그녀는 집 안으로 들어가 문을 걸어 잠그고 부엌의 전화기로 할아버지에게 전화를 걸었다. 울프크리크 근처에서 일하고 있던 맥은 오래된 포드 픽업트럭을 타고 곧장 집으로 향하면서 대런에게 연락을 했다. 그리고 집에 도착한 맥은 진입로에 트럭을 세워 로니 말보의 유일한 퇴출로를 막아버렸다.

맥은 브리애나에게 총을 가져오라고 소리쳤고, 그녀는 잠시 후 총신이 짧은 38구경 권총을 가지고 밖으로 나왔다. 맥은 로니가 무장 상태인지 아닌지 알 수 없었다. 하지만 그걸 알아낼 수 있는 가장 빠른 방법은 그에게 총을 겨누는 것이었다.

대런이 도착했을 때 두 남자는 대치 상태였다.

그는 전조등을 끄고 맥의 집에 진입한 다음 트럭을 오래된 참나무 가지 밑에 세웠다. 흙과 자갈이 깔린 진입로를 걸어 올라가던 대런에게 다음의 장면이 펼쳐졌다. 맥은 자신의 집 마당의 고철더미 가운데 서서 로니의 머리에 38구경 권총을 겨누고 있었고, 로니는 그저 브리애나에게 할 이야기가 있어서 왔을 뿐이라고 항변하고 있었다. "여기서 깜둥이가 쏘는 총에 맞아 죽을 순 없지"라고 말하면서 말이다. 그 또한 맥의 가슴에 357매그넘을 겨누고 있었는데, 그 총은 대런이 총집에서 꺼낸 콜트 45구경보다 강력했다. 로니는 이 우스꽝스러운 상황에 몹시 화가 난 듯 보였다. 그러면서 자신이 빨리 이 망할 곳을 떠나길 바란다면 "목화솜이나 따던 깜둥이"는 그 엿같은 트럭을 치우라고 말했다. 그러자 맥은 로니에게 먼저 그 "페커우드 궁둥이"나 닷지에 밀어 넣으라고 응수했다. 그때 가래침이 날아왔고, 맥의 앞이마는 분노로 번들거렸다.

"총 내려놔요, 말보. 우리 다 같이 상황을 정리해봅시다."

대런이 말했다.

"저 깜둥이에게나 말해요."

로니가 맥을 향해 고갯짓을 하며 말했다.

"어떤 깜둥이요, 로니?"

대런이 말했다.

"그리고 대답하기 전에 텍사스 레인저스 소속 깜둥이들 중 하나가 이 일 때문에 잠자리를 박차고 나왔다는 사실을 기억해야 할 겁니다. 난 그다지 참을성 있는 편이 아니니까."

앞쪽 테라스의 불빛에 콜트가 반짝였다. 순간 로니는 궁지에 몰려 겁을 먹은 듯 보였지만, 대런은 그게 사실상 좋은 반응이 아니라는 것을 알고 있었다. 로니는 불안해하기 시작했다. 자신의 머리를 겨누고 있는 두 개의 총구에 그는 바이크용 부츠를 신은 발을 떨고 있었다. 자신의 장난질이 지나쳤고, 상황이 아주 우스워졌다는 것을 뒤늦게 깨달은 것이다. 자존심이란 대단한 것이어서 별것 아닌 일에도 사람이 총을 맞을 수 있다는 것을 대런은 잘 알고 있었다. 그는 재빨리 전략을 바꾸었다.

"맥, 총 내려놓으세요."

대런이 말했다. 맥은 그나마 상식이 통할 사람이었다. 하지만 그의 생각은 틀렸다.

"그럴 거야."

맥이 말했다.

"제가 정리할게요, 맥."

"문제 일으키고 싶지 않아요, 나 참."

로니가 말했다.

대런은 브리애나가 테라스에서 흐느끼는 소리를 들을 수 있었다.

"이 빌어먹을 자식을 내 땅에서 내쫓을 거야."

맥이 말했다.

"총 내려놓으세요, 맥. 이럴 가치가 없어요."

"나한테는 내 것을 지킬 권리가 있어."

"그래요. 하지만 그 총을 내려놓지 않으시면 상황이 더 심각해져요. 제 말 들으세요, 맥. 저 사람 때문에 감옥 갈 일 만들지 마세요. 일단 총만 내려놓으시면 제가 이번 일을 무단침입으로 볼 수 있을지 알아보겠습니다, 아셨죠?"

"그러든 말든 상관없어. 난 저자가 죽거나, 사라지거나 둘 중 하나야. 중간은 없다고."

맥이 말했다. 그의 눈곱 낀 눈이 이글거렸다.

"트럭만 치우면 갈게요. 쟤한테 장난 좀 친 거라고요. 저 원숭이 엉덩이를 볼 때마다 입이 근질근질거려서요."

로니가 말했다.

"차 열쇠 이쪽으로 던지세요, 맥."

대런이 말했다. 그는 대런이 시키는 대로 했지만, 총은 내려놓지 않았다. 그의 커다란 손 탓에 장난감 총을 들고 있는 것만 같았다. 대런은 브리애나에게 맥의 포드를 길에서 치우라고 말했다. 그래야 로니 말보가 차를 몰고 이곳에서 나갈 수 있을 테니 말이다.

이쯤에서 맥은 거의 울기 일보 직전이었다. 무언가를 연신 중얼거리는 탓에 그의 입가에는 침 줄기가 걸렸다.

"내 땅에 침입해 내 손녀딸에게 추근거리다니, 저런 쓰레기 같은 놈은 봐줄 필요가 없어."

대런은 맥의 숨결에서 호전적이고 공격적인 변화를 느꼈다. 조금만 지체했다가는 그 홀쭉한 몸의 모든 근육을 끌어올려 분노를 폭발시킬 것만 같았다.

"빨리 트럭을 옮겨!"

브리애나는 테라스에서 내려와 맥의 포드로 달려갔다. 대런은 맥에게 조심스럽게 다가갔다. 그리고 콜트로 로니를 겨냥하는 가운데 맥의 오른쪽 손목을 잡아 아래로 내렸다. 맥은 욕설을 내뱉었지만 저항하지는 않았고, 결국 잔디밭에 주저앉고 말았다. 그러자 로니도 즉각 무기를 아래로 내렸다. 그리고 닷지의 열린 운전석 문 안쪽으로 총을 던져 넣은 다음 엉덩이에 불이 붙은 것마냥 다급하게 운전석에 올랐다.

대런은 캐슬 독트린을 글자 그대로 낭독하는 것으로 증언을 마무리했다.

본은 발끈했다.

"여기서 법은 내 소관입니다, 매슈스 씨."

"매슈스 레인저입니다."

"사실상 말입니다, 매슈스 레인저. 피고인은 911에 전화하는 대신 평소 알고 지내던 레인저에게 연락을 했어요. 자신과 같은 아프리카계 미국인으로 이번 일에 대한 분노를 아주 잘 이해해줄 거라 믿는…."

"이의 있습니다."

이번에는 대런이 크게 외쳤다.

자신의 단에 선 본은 그를 쏘아보았다. 오른손으로 단의 가장자리를 세게 쥐고 있는 탓에 손가락 관절이 하얗게 질려 있었다.

"매슈스 씨…."

"전 텍사스 레인저입니다, 검사님."

"그럼 그에 합당하게 행동하세요."

본은 그 말을 하자마자 자신이 지나쳤다는 사실을 깨달았다. 배심원단석 첫 번째 줄에 앉은 여자들은 주에서 가장 명망 높은 법 집행 기관의 일원에게 심한 말을 했다는 듯 고개를 설레설레 저었고, 두 번째 줄에 앉은 두 명의 흑인 남자들 중 한 명은 단호하게 팔짱을 끼면서 한쪽 입가에 물고 있던, 검사를 겨누고 있는 작은 단검과도 같은 이쑤시개를 반대쪽 입가로 옮겨 물었다.

"다른 질문을 하시죠."

대런이 자신의 이점을 밀고 나가며 말했다.

"말보 씨는 그날 밤 스스로 물러났죠, 그렇죠?"

"네, 말보는 자신의 차에 무기를 던져 넣고 현장에서 사라졌습니다."

이틀 뒤 로니가 그의 집 대지를 따라 난 도랑에서 가슴에 38구경 총알 두 발을 맞고 죽은 채 발견되자 맥이 용의선상에 오르게 된 것은 대런의 사건 보고서 때문이었다. 그는 이 모든 일에 책임을 느꼈다. 대런은 자신이 그날 밤 그곳에 나타나지 않았다면 그런 보고서를 쓸 일도 없었을 것이라고 하루에도 수백 번씩 생각했다. 완성된 보고서를 출력해 조심스럽게 페이지를 넘겨보면서 사실 그는 주저했다. 사건 보고서에 맥의 이름을 적는 것은, 그가 피해자이든 아니든 맥으로서는 두 번 다시 돌아올 수 없는 길로 향하는 하나의 문을 여는 것과 같았다. 범죄란 흑인 인생에 살짝이라도 닿았다가는 결코 지우기 쉽지 않은 얼룩으로 남기 마련이니까. 하지만 대런은 경찰이었고, 그는 자신의 역할을 해야만 했다. 그는 규율을 따랐고, 그 결과 지금의 상황에 이르렀다. 즉, 늙은이를 살인죄로 기소할지 말지를 배심원단이 결정하게 된 것이다. 기소가 된다면, 한평생 일만 하면서 가족들을 사랑한 것 외에는 아무 잘못도 하지 않은 70대의 남자는 재판에 부쳐지게 될 것이다. 거기서 유죄가 확정된다면, 사형선고를 받고 말겠지.

로니 말보는 미국 역사상 가장 폭력적인 범죄 조직의 일원이었고, 그 조직은 내부 배신자들을 가차 없이 제거했다. 텍사스 아리안 브러더후드의 우두머리가 한번은 조직의 정보를 경찰에 은밀히 전달했다고 의심되는 조직원에 대해 매우 잔혹한 처리를 명령했던 적이 있었다. 그 소문의 끄나풀이었던 열아홉 살 조직원의 시체는 거의 뼈만 남은 채 리버티카운티에 있는 밀 농장의 담장에 매달린 채 발견되었다. 그러니 연방정부의 실제 정보원이었던 로니 말보는 누구에게든 죽임을 당할 수 있는 상황이었다. 그러나 지금 이 법정에서 그 사실을 알고 있는 사람은 대런과 검사밖에 없었다. 대런의 근거지 또한 휴스턴에 있는 레인저스 지부였고, 말보의 살인 사건이 있기 몇 달 전 연방수사국과 합동으로 텍사스 아리안 브러더후드를 수사하는 TF팀에 자발적으로 투입된 터였다. 다른 사람에게 이야기할 수는 없지만, 브러더후드에게는 로니를 죽일 만한 충분한 이유가 있었다. 만약 누군가 그의 끄나풀 활동을 알게 되었다면 말이다.

"그날 밤 맥밀런 씨는 몹시 화가 나 있었겠군요, 그렇죠?"

대런은 그의 표현을 "우려하고 있었습니다"로 바꾸며 이렇게 덧붙였다.

"복수를 생각하는 것처럼 보이진 않았습니다, 물어보시는 게 그런 의미라면 말입니다."

"증인의 추측은 필요 없습니다."

"전 본 것 그대로를 말할 뿐이에요. 맥은 그 누구도 쏘지 않았고요."

본은 입술을 굳게 다물었다. 이건 대본에 없던 이야기였고, 대런도 그걸 알고 있었다.

"로니 말보는 38구경 권총에 맞았습니다, 맞죠?"

"제가 수사하지 않아서요."

"왜죠?"

"사건이 제게 배정되지 않았으니까요."

그가 덤덤하게 말했다.

"프레드 윌슨 부서장 말로는, 당신이 본 사건에 관심을 보였다던데요, 아닙니까?"

"네, 로니 말보는 38구경 총에 맞았습니다."

대런이 마지못해 대답했다.

"그리고 그날 밤 그 집에서 당신은 맥밀런 씨가 고인을 향해 38구경 권총을 꺼내 든 장면을 목격했고요, 그렇죠?"

"쏘지는 않았죠. 그는 그저 자기 집에서 안전하다고 느끼고 싶었을 뿐입니다. 그래서 저를 계속 있게 한 거였고요."

대런이 자리를 고쳐 앉았다.

로니가 으르렁거리는 엔진 소리와 함께 흙먼지와 자갈을 튀기며 맥의 집을 떠나는 순간, 대런은 맥의 옆에 무릎을 꿇고 앉았다. 근 20년간 우는 모습은커녕 코 한 번 훌쩍이는 모습조차 보이지 않았던 그는 울고 있었다. 하마터면 사람을 죽일 뻔했던 조금 전의 상황에 완전히 무너져 내리고 있었다. 대런은 그에게 로니를 쫓아가는 것이 좋을지, 아니면 그와 그의 손녀딸과 함께 잠시 집에 머무르는 것이 좋을지를 물어보았다.

조용히, 맥은 그에게 머물러달라고 말했다.

대런은 밤새 맥의 집 앞쪽 테라스에 총을 들고 앉아 또 다른 전조등 불빛이 이곳으로 접근하진 않는지 감시했다. 녹처럼 붉은빛의 아침 구름이 겹겹이 밀려들고 텍사스 동부의 흙먼지가 하늘을 뿌옇게 흐릴 때까지 그는 계속해서 지켰다. 러더퍼드 맥밀런이 평생 온전히 누려보지 못한 평화로운 밤을 보낼 수 있도록, 그는 텍사스주의 그 자그마한 귀퉁이를 계속해서 지켰다.

그리고 이틀 뒤 로니 말보는 자신의 집 뒤편에서 죽은 채 발견되었다.

"이제 마지막 질문으로 이어지는데,"

본이 뒷짐을 지며 말했다. 대런은 그의 입꼬리가 아주 미세하게 올라가는 것을 보았다.

"그다음 48시간 동안 당신은 피고인과 함께 있지 않았죠, 그렇죠?"

"집으로 돌아갔습니다. 출근을 했고요."

그리고 리사에게로. 그녀는 그에게 다시 로스쿨로 돌아가라고 말했다. 한번 생각해봐, 대런.

쉬운 일일 것이다, 그는 알고 있었다.

그녀가 수긍하는 삶을 선택한 뒤 집으로 돌아가는 것 말이다.

"그건 부정의 뜻입니까?"

"네, 함께 있지 않았습니다."

"그렇다면 그 48시간 동안 맥밀런 씨가 그날 밤 갖고 있던 것과 같은 총을 들고 집에서 나와 말보 씨를 죽였다고 한들 당신으로서는 알 길이 없겠군요, 그렇죠?"

"네."

대런이 말했다. 그의 오른쪽 몸통 아래로 한 줄기의 땀이 흘러내렸다. 그는 자신이 맥을 되레 곤경에 빠트린 것은 아닐까 걱정스러웠고, 딱 그만큼 그 땀줄기가 그의 셔츠 밖으로 내비칠까 걱정스러웠다.

2

"총기는 여전히 찾지 못했어."
"그래서 증거를 잡지 못한 거고."
그렉이 수화기 너머로 말했다.
"샌재신토카운티의 선량한 이들이 정황상의 한계에 대해 눈곱만큼이나 생각할 것 같아?"

대런이 법원 건너편에 위치한 케이스 컨트리 키친(Kay's Kountry Kitchen)에서 주문한 빅 레드 소다를 잔에 마저 따르며 말했다. 오늘만큼은 알파벳 K의 지각없는 사용—미미하지만 명백한 폭력성을 내포한 이것은 텍사스 스타일이기도 했다—에 대해서는 생각하지 않기로 했다. 왜냐하면 근방에 문을 연 카페는 이곳이 유일했고, 그의 손은 시급한 조치가 필요했기 때문이다. 그는 음료를 따른 뒤 얼음을 꺼내 글러브박스에서 찾은 손수건에 담았다. 얼음들은 분홍빛으로 번들거리며 녹고 있었다. 그는 손수건의 가장자리를 한데 모아 그러쥔 뒤 그의 왼쪽 손의 시큰거리는 관절에 가져다 댔다.

"젠장, 사람들 중 절반은 자기 손으로라도 그자를 쏴 죽이고 싶었을걸. 로니 말보는 그들 표현대로 A급 백인 쓰레기였으니까. 아무리 자애로운 사람이라도 그자에 대한 분노만큼은 수긍할 수밖에 없을 거야."

"어쩌면 그 사람들, 맥밀런을 영웅으로 추대할지도 몰라. 그런 다음, 기소를 면하게 하는 거지."

"맥을 살인자로 생각하는 자들에게서는 기대할 것이 없어."

대런이 말했다. 그는 자신의 셰비 트럭의 운전석 문에 등을 기댔다.

"법이 그에게도 똑같이 적용될 리 없으니까. 알잖아, 그렉."

그가 콜드스프링의 자그마한 시내를 둘러보며 말했다. 단출한 교차로 주위로 오래된 총기류부터 중고 여물통까지 없는 게 없는 앤틱 가게들과 앤틱 위탁 판매점들이 자리하고 있었다. 가게들의 나무 테라스에는 녹이 슨 론스타*의 철제 간판이 놓여 있었다. 샌재신토카운티에는 새로운 무언가가 들어오기는커녕, 스쳐가지도 않았다. 이곳의 경제는 제 스스로 소모적이기 이를 데 없었다.

"연방수사국에서 이번 사건에 방어적이야."

대런이 말했다.

그렉 헤글룬드는 상처 입은 듯한 한숨을 내쉬었다.

사실 그는 FBI 휴스턴 지부 범죄수사부의 요원이었다. 두 사람은 몇 년 전, 대런의 삼촌인 클레이턴이 샌재신토카운티에는 조카가 다닐 만한 학교가 없다는 이유로 그를 휴스턴에 있는 사립 고등학교에 입학시키면서 만났다. 리사와 그렉은 대런이 학교를 졸업할 때까지 유일하게 사귄 친구들이었다. 셋은 모두 법 관련 전공으로

---

* Lone Stars: 텍사스의 별칭.

대학을 갔고, 그와 그렉은 수년째 연락을 주고받고 있었다.

그렉은 인생의 대부분을 흑인 친구들과 함께 보낸 백인 남자였다. 농구를 하고, 흑인 여자아이들과 데이트를 했으며, 투 스텝이 들어간 스텝 쇼는 보러 가지 않았다*. 하지만 그 모든 것이 그가 FBI에 들어가면서 중단되었고, 그는 에어 조던 대신 존스턴 앤 머피**의 팬이 되었다. 하지만 대런은 서운하지 않았다. 그렉에게 알게 모르게 코드 스위칭***의 예술을 가르친 것은 사실상 그였으니 말이다. 대런에게 그것은 모든 흑인들이 학교에서 배워야 하는 우아한 스포츠이기도 했다. 농구를 제외하면 그것은 두 사람에게 있어 하나의 진실한 공통분모이기도 했다. 레인저의 사교 모임에서 대런은 한두 번쯤 빈스 길이나 케니 체스니****에 대한 호감을 표하기도 했지만, 사실 그건 진심이 아니었다. 그래도 덕분에 리사와 댄스 플로어를 돌며 춤을 출 수는 있었다. 자라면서 흔히 들었던 전통 컨트리 음악 가수인 조니 캐시와 행크 윌리엄스 정도면 참아줄 수도 있었지만—사실 찰리 프라이드에 대해서는 막대한 애정을 갖고 있었다—블루스야말로 텍사스 흑인들의 진정한 유산이었다. 그는 제이 지나 션 콤스*****를 듣기 훨씬 이전부터 그렉에게 클레런스 게이트머스 브라운과 프레디 킹의 음악을 추천했다. 여기서 중요한 점은 대런은 그렉과 함께일 때만큼은 진심일 수 있었다는 것이다, 항상. 그들은 늘 그런

---

* '투 스텝'은 텍사스 스타일의 댄스를, '스텝 쇼'는 아프리카 흑인들의 춤에서 유래한 댄스 쇼를 말한다.

** Johnston & Murphys: 유명한 로퍼 브랜드.

*** Code-Switching: 말하는 도중에 언어나 말투를 바꾸는 것.

**** Vince Gill, Kenny Chesney: 두 사람 모두 미국의 컨트리 가수.

***** Sean Combs: Puff Daddy, P. Diddy 등의 이름으로 활동했던 래퍼겸 프로듀서.

식이었다.

그렉은 메스암페타민과 자동권총을 불법 판매하고, 여러 건의 살인을 감행하고 음모를 세우면서 주 교도소 안팎으로 활발하게 활동하는 텍사스 아리안 브러더후드를 추적하는 TF팀의 일원은 아니었지만, 그들에 대한 수사에 상당한 정보를 갖고 있었다. 로니 말보는 몇 달 전 연방수사국 편으로 돌아섰다. 자신에게 씌워진 음모 혐의를 벗기 위해 사건의 증인으로 나서기로 약속한 것이다. 그가 증언대에 서서 문신으로 뒤덮인 손을 든다면 조직의 간부 여럿이 골로 갈 터였다. 그러나 브러더후드 내부의 누군가 그의 계획을 눈치챘다면, 로니 말보는 어떻게든 죽은 목숨이었을 터였다. 대런은 몇 주 동안 이런 의견을 피력해왔다.

"이건 ABT*의 소행이 분명하다니까."

그렉은 이견을 표했다.

"무자비한 도륙도 없이 고작 두 발의 총격? 그건 그들 스타일이 아니야."

그는 대런에게 자신만의 생각에 너무 집착하지 말라고 조언했다. 맥의 편을 드는 것이 그로 하여금 어떤 대가를 치르게 할지도 기억하라면서.

"그 얘기는 맥이 단지 38구경 총을 갖고 있었다는 이유로 그를 체포한 것만큼이나 정황적이야."

"그 총이 없어졌잖아."

"도둑 맞았다잖아."

대런은 자신의 말에 설득력이 없다는 것을 알고 있었다.

---

* Aryan Brotherhood of Texas의 약자.

"그는 말보의 시체가 발견되기 하루 전에 그 사실을 신고했어. 사건에 있어 단지 우연의 일치란 없다는 것 알잖아."

그렉이 언변 좋게 설명하며 덧붙였다.

"그쪽에서는 아직도 네가 그 일과 뭔가 연관이 있다고 생각해?"

"면전에서 대놓고 말하는 사람은 없어. 레인저의 신분으로 그날 밤 그곳에 가지 말았어야 했다는 것이 레인저스 측의 입장이야. 평소 나와 맥의 관계를 생각해봤을 때 말이야. 아니면 맥을 혼자 두고 말보를 끝까지 추격했어야 했다거나. 하지만 정직의 징계야말로 나를 사건에서 떼어놓을 수 있는 가장 간단한 방법이지. 그러면 내가 흑인이라는 게 이번 사건을 더 부담스럽게 만들고 있으니 빠져달라는 양해를 구할 필요도 없잖아. ABT에 대한 내 의심을 견제하려는 거야."

대런이 말했다.

"네가 무고한 시민을 위협한 최초의 레인저가 될 수는 없으니까."

"그걸 위로라고 하는 거야?"

대런이 TF팀에 들어간 직후 사람들은 수군거리기 시작했다. 프레드 윌슨 부서장은 레인저라면 결코 언급하지 않는 것들 중 하나인 인종 문제 때문에, 그를 TF팀에 합류시키고 싶어 하지 않았다. 그가 인종을 지나치게 의식한다는 이유에서였다. 레인저스에서는 모두가 똑같은 레인저인 것이 우선이었고, 남자, 여자, 백인, 황인, 그리고 흑인의 여부는 그다음이었다. 하지만 대런은 연방수사국이 텍사스 레인저스의 도움을 받아 텍사스 아리안 브러더후드라는 조직을 수사하면서, 어떻게 인종을 의식하지 않을 수 있는지 도무지 이해할 수가 없었다. 연방수사국은 ABT를 마약 밀매나 음모 혐의로 소탕하고 싶어 했고, 윌슨 부서장은 휴스턴의 연방수사국 지원에 나서는 레인저들 명단에 대런을 포함시키면서 그가 그 점을 분명하게 이해하고 있는지 거듭 확인했다.

"이건 〈밤의 열기 속에서(In the Heat of the Night)〉 같은 영화 이야기가 아니라네, 매슈스. 이자들은 정교하면서도 거대한 범죄 조직을 이끌면서 주 전반에 걸친 불법 행위들로 수백만 달러의 부당 이득을 벌어들이고 있어."

그가 말했다.

모두 사실이었다. 하지만 그 조직의 핵심인 인종 혐오 문제를 건드리지 않고 그들을 소탕하려는 것은 손끝 하나 젖지 않고 수영장 한가운데에 구멍을 뚫으려는 것과 같았다.

TF팀의 대표로 첫 심문을 시행한 지 몇 주 지나지 않았을 때 맥이 전화를 걸어 커밀라에 있는 본가—대런이 자란 농가—에 누군가 침입한 흔적이 있다고 말했다. 개의 배설물이—맥은 인간의 배설물일지도 모른다고 추측했다—날아와 집 안팎에 묻었고, 권총 두 자루가 사라졌다고 말이다. 그중 하나는 윌리엄 삼촌 소유의 30년 된 자개 손잡이 리볼버였다. 그 사실에 대런은 초조해졌다. 윌리엄 삼촌이 그에게 남긴 것은 별로 없었다. 레인저 배지와 스테트슨 모자를 포함해 대부분의 유품은 윌리엄의 아들인 애런에게 돌아갔다. 주 기병인 애런은 대런이 텍사스 레인저스의 일원이 되는 데에 자기보다 앞서 매슈스가 친족 등용의 이점을 가져갔다며 분개했다. 대런은 프린스턴의 학위와 로스쿨에서 보낸 2년의 시간이 그를 지금의 자리에 있게 했다고 믿고 싶었지만, 애런의 말에도 일리는 있었다. 대런이 윌리엄 매슈스의 조카가 아니었다면, 맥의 일로 이미 몇 주 전에 해고되었을지도 몰랐다. 그런 면에서 삼촌은 여전히 그를 보살펴주고 있었다.

사건에 대한 보고가 올라가고 기록도 남았지만, 표면적으로 보았을 때 그것은 유혈이 낭자한 브러더후드의 폭력성과는 일치하지 않아 놀라울 따름이었다. 게다가 그 어떤 경고나 과장된 연출도 없었다. 하지만 ABT 웹사이트 몇몇 곳과 백인 인종차별주의자들이 곰팡이처럼 양성되는 소셜미디어의 늪지에는 대런의 이름이 언급되고 있었다. 그럼에도 불구하고 그렉은 그 사실을 별일 아닌 양 여겼다.

"네 목숨이 경각에 달려 있다는 보고는 지나쳐. 그저 말들뿐이야, 소문이거나. 정말로 구체적인 건 하나도 없어. 좀 더 뭐가 나오거든 우리가 끝까지 추적하겠다고 약속하지. 넌 완벽하게 안전하다고."

그가 말했다. 상황을 가볍게 넘겨보려 했지만 녹록치는 않은 눈치였다.

"내 아내에게도 그렇게 말해줄래?"

리사는 그의 직업 선택을 제대로 인정하려 들지 않았다. 결혼식 날 밤 미래의 변호사와 함께 잠자리에 들었는데, 몇 년 뒤 경찰과 함께 눈을 뜨게 되었으니 말이다. 유복하게 자라 매일 세인트존* 옷을 입고 소속 로펌의 개인 주차장에 렉서스 세단을 주차하는 아내는 광기에 맞서고자 하는 충동이라든가 레인저의 매력, 그리고 그가 달고 있는 다섯 개 꼭짓점의 별 배지를 이해하지 못했다. *그 망할 배지가 뭔데? 그게 당신을 지켜주기라도 해?* 그녀는 말했다. 당연한 얘기였다. 배지란 애초에 그런 목적으로 탄생한 것이 아니니까. *그녀를 위해 만들어진 것이 아니니까.* 그녀는 결코 그를 용서할 수 없을

---

* St. John: 미국의 유명 의류 브랜드.

것이라고 말했다. 레인저로 활동하다 목숨을 잃게 된다면 말이다.

"맥을 기소하면 케케묵은 삼류급 인종 범죄 이야기가 되풀이되는 꼴이겠지. 게다가 만약 로니 말보가 조직에 보복을 당한 것 같다는 소문이 번지게 되면 브러더후드는 불안해질 거고, 어쩌면 기존의 활동 방식을 바꾸거나 불법 사업들을 모두 정리할지도 몰라. 그렇게 되면 연방수사국의 수사가 물거품이 되고 말 테지. 그렇지만, 이 수사를 지속시키기 위해 맥이 희생해야 할 필요는 없잖아."

대런이 말했다.

"혹시, 그랬어? 맥의 총을 없애는 걸 네가 도왔냐고."

그렉이 마침내 물었다.

"맙소사, 너까지?"

"맥에 대한 평소 네 감정을 잘 알아서 그래…. 말보 같은 자에 대한 생각도."

"그 이전에 난 경찰이야."

하지만 이 말을 하면서도 그는 정말 그러한지 확신이 들지 않았다. 오늘 아침에 그는 이미 위증에 가까운 일을 하지 않았던가. 그럼에도 수갑 없이 법원 건물을 빠져나올 수 있었다. 그는 단지 흑인이 말보 같은 자에게 총을 겨누었다고 해서 감옥에 가는 일은 없어야 한다고 생각할 뿐이었다. 그리고 어쩌면 마음속 깊은 곳에서는 누군가 말보 같은 자를 실제로 쏘았다고 해도 감옥에 갈 이유는 없다고 생각하고 있는지도 몰랐다.

"네게로 화살이 돌아갈 테니까, 대런. 그저 네 커리어를 얘기하는 게 아니야. 네가 증거를 없애는 데 조력했다고 여겨지면 너 역시 기소될 거라고."

"그걸 내가 모르겠어? 난 아무 짓도 안 했어. 맥도 마찬가지고."

그가 말했다.

"정말 확신해? 자기 손녀딸을 희롱했던 작자야. 만약 반대의 경우였다면, 옛날에는 그 사실 하나만으로 맥은 교수형에 처해지고 말았겠지. 어쩌면 그 노인이 자신만의 다소 거친 방법으로 정의를 구현했는지도 몰라."

"리사처럼 얘기하는군."

"난 관여하지 않겠어. 어쨌든 내가 전화한 것도 그 일 때문은 아니니까."

그렉이 말했다.

대런은 빛바랜 푸른빛 손수건을 탈탈 털었다. 얼음 조각들이 콘크리트 위로 떨어져 내렸다. 그의 트럭 앞 인도에 다섯 살쯤으로 보이는 아이가 입을 떡 벌리고 대런을 쳐다보았고, 아이의 엄마는 아이를 끌어당기며 말했다.

"이리 와."

대런은 레인저를 우러러보는 아이들의 경외감을 떠올리며 미소와 함께 모자 끝을 살짝 들어 올려 보였다.

그렉이 말했다.

"라크에서 발생한 사건 얘기 들었어?"

"라크 얘기는 처음인데."

"셸비카운티야. 서쪽 경계를 지나면 있는 그 작은 마을. 마을 주민이 다 합쳐도 200명 조금 넘을 테지."

"그래."

대런은 고속도로변에 자리한 작은 카페를 떠올리며 대답했다. 그곳에서 한 번 콜라를 사 마신 일이 있었다.

"거기 지나갔던 적이 있어."

"음, 지난 엿새 동안 시체가 두 구나 발견됐어. 하나는 시카고에서 온 흑인 남자인데 우리보다 조금 젊어. 아마 서른다섯쯤. 그 마을을 지나던 길이었고. 그런데 이틀 뒤에 아토약바이우*에서 그의 시체가 발견됐어."

"저런."

"그리고 오늘 아침에는 또 다른 시체가 발견됐지. 그 동네 백인 여자인데 스무 살이야."

그렉이 말했다.

수화기 너머로 대런은 그렉이 좁은 사무실 책상 위에서 서류들을 넘기는 소리를 들을 수 있었다. FBI에 들어간 지 몇 년 되지 않은 터라 아직은 이렇다 할 만한 큰 사건을 맡지 못하고 있었다.

"이름은 멜리사 데일."

"두 건이 연관이 있나?"

"나도 그게 궁금해. 라크에서는 수년간 살인 사건이 없었거든. 그런데 일주일에 두 건이라니."

"우연은 아니겠지, 흠?"

대런이 말했다.

"뭔가 있어."

텍사스주에서 흑인이 살해당했다는 이야기에 대런은 피 속에서 친숙한 무언가가 자신도 어쩌지 못할 정도의 빠른 속도로 끓어오르는 것을 느꼈다.

---

* Attoyac Bayou: 텍사스주에 있는 지류.

"어떻게 알아?"

"나한테 정보원들이 있거든."

그렉이 말했다.

"그래서 그 여자 이름은 뭔데?"

그렉은 키득거렸다. 그는 여자들을 끌어들이는 데 탁월한 재능이 있었다. 특히 그런 식으로 이용당하는 것을 전혀 개의치 않는 여자들에게 효과만점이었다. 물론 그것을 재능이라고 부를 수 있을지는 의심스러웠지만.

"댈러스카운티 법의학자의 사무실에 있는 누군가에게서 연락을 받았다고만 해두지. 셸비카운티에서 남자의 시체를 그리로 보냈거든."

서류 넘기는 소리가 이어지더니 이내 그렉이 그의 이름을 말했다.

"마이클 라이트. 사무실에서는 보디 백을 열고 시체를 살피자마자 보안관에게 엄청나게 질문을 쏟아냈다더군."

"어째서?"

"시체 상태 때문이었나 봐. 유선상으로는 그 정도 얘기밖에 듣지 못했어."

"사인은 뭐야?"

"익사. 하지만 그건 그가 강에 빠졌을 때 숨이 붙어 있었다는 의미밖에는 안 되겠지. 하지만 보안관은 익사라는 사인에 매달릴 테고, 그러다 보면 다른 가능성들은 차단될 거야. 또 다른 재스퍼 건* 은 아무도 원치 않을 테니까."

---

* 1998년 6월 7일 텍사스주에서 제임스 버드 주니어라는 이름의 아프리카계 흑인이 세 명의 백인 혐오범죄자에게 잔인하게 살해당한 사건.

그렉이 말했다.

텍사스의 재스퍼에 대한 언급에 대런의 가슴에는 한바탕 소용돌이가 일었다. 그렉도 예상했을 테지만 말이다. 1998년에 대런은 스물셋의 법학도였고, 윌리엄 삼촌의 갑작스러운 죽음으로 슬픔에 잠겨 있었다. 여름 학기 공강 시간에 학생 라운지에 앉아 샌드위치를 먹고 있는데, TV에 별안간 제임스 버드 주니어의 죽음에 대한 소식이 보도되었다. 뉴스를 본 대런은 다음 수업에 들어가지 못했다. 그는 계속 그곳에 앉아 몇 시간이고 뉴스를 시청했다. 대런이 자란 곳에서 160킬로미터도 떨어지지 않은 곳의 시내에서 누군가 흑인 남자를 머리가 떨어져 나갈 때까지, 말 그대로 질질 끌고 다녔다는 사실에 그는 형언할 수 없는 분노를 느꼈다. 그는 자신의 카운티가, 자신의 고향 마을이 부끄러워졌다.

대런은 자기 주변의 학생들과 교수들에 대해서도 뜨거운 분노를 느꼈다. 대부분 북부 지역 출신인 그들 백인들은 대런이 사랑하는 땅인 텍사스에 대해 동정 내지 경시 어린 방식으로 혀를 끌끌거리거나 뒷말을 수군거릴 뿐이었다. 그를 신사이자 딱 그만큼의 싸움꾼으로 만들어준 텍사스에 대해서 말이다. 그 모든 감정을 말로 표현하기란 어려웠다. 그래서 그는 시도조차 하지 않았다. 그저 그 감정들에서 빠져나왔을 뿐이었다. 그해 여름이 끝날 무렵, 그는 주 경찰관이 되기 위해 텍사스 공안국에 지원했다. 그것이 바로 텍사스 레인저스로 알려진, 명망 높은 법 집행 기관의 일원이 되기까지 근 10년 여정의 첫걸음이었다. 텍사스 레인저스는 일반 경찰들이 해결하지 못하는 혹은 해결하지 않는 범죄 수사에 개입할 수 있는 조직이었다. 그때 대런은 스스로 규율을 정했다. 악어가죽이나 소가죽에 수제 자수가 놓인 부츠, 배지, 그리고 45구경 콜트식 권총. 그의 가슴속 저울이 윌리엄 삼촌 쪽으로 영구히 기울고 만 것이다. 변호사인 클레이턴은 조카가 로스쿨을 그만두었다는 이야기를 듣고 이렇게 말했다. "너한테 정말 실망했다, 아들."

"그럼 그가 먼저 살해당한 건가?"

대런이 그렉에게 물었다.

"사흘 전인 금요일에 강에서 건졌어. 그리고 여자는 오늘 아침에 강 하류 400미터 지점에서 발견됐고."

이상하군, 대런은 생각했다.

남부의 이야기들은 주로 그 반대였다. 실제로든 상상으로든 백인 여자가 살해당하거나 그 어떤 방식으로든 피해를 입은 다음, 해가 진 뒤 달이 뜨듯 흑인 남자의 죽음이 이어지는 것이다.

"여자의 사인은 뭐야?"

그가 물었다.

"아직 부검 결과 안 나왔어. 처음 발견된 시체와 비슷한 상태야. 성폭행 가능성에 대한 얘기도 있고."

"왜 요원을 파견하지 않지?"

"보안관 측에서 요청하지 않았거든. 외부 지원 요청이 전혀 없어. 나도 그런 연락을 돌릴 권한이 없고."

"그럼 나한테 뭘 부탁하려는 거야?"

"거기 가서 보안관 사무소가 인정하는 사실 외에 또 무엇이 있는지 둘러봐줘. KKK단이나 그보다 더 최악인 무언가. 네가 뭐라고 했더라…. 케케묵은 삼류급 인종 범죄? 제대로 수사해볼 만한 가치가 있지 않아? 네가 배지를 달게 된 것도 이런 사건들 때문이잖아."

"나 지금 정직 중이야, 그렉. 배지가 없다고."

하지만 자신의 모습을 내려다본 대런은 자신이 완벽한 정복 차림에 가슴에는 다섯 개 꼭짓점의 별을 달고 있다는 사실을 깨달았다.

"그렇게 해서 네가 얻는 게 뭔데?"

"정의 실현 말고 말이야?"

"나한테 솔직해지란 얘기야."

"샌드라 블랜드 사건*처럼 보안관이 얘기한 것보다 문제가 더 크고 심각하다면, 그런데 그쪽에서 그런 걸 숨기고 있는 거라면 내가 나서볼 수도 있지. 내가 이 좁은 사무실에서 해방될 수 있는 기회가 될지도 모른다는 건 굳이 너한테 얘기 안 해도 되겠지."

"왜 이래, 그렉."

대런은 그의 노골적인 야심에 인상을 찌푸렸다. 물론 이해 못 하는 바는 아니었다. 그 역시도 휴스턴의 사무실에 처박혀 내내 각종 비리 사건이나 경제범죄 수사의 보조 역할만 하며 불행했던 참이었으니 말이다. 그는 이 광대한 주를 가로지르며 활동하는 텍사스 레인저스의 진실한 정신 안에 있을 때에야 법 집행 기관의 일원으로서 생생히 살아 있다고 느꼈다. TF팀에 합류한 것은 그의 인생을 바꿔놓았다. 하지만 그의 결혼 생활에는 끔찍한 오점을 남기고 말았다. 길에서 많은 시간을 보내야 하는 점은 리사가 이 직업에 대해 가장 분개하는 부분이었다.

"뭔가 냄새가 나, 대런. 알잖아."

그는 쥐뿔 알지 못했다, 정말로.

흑인들의 시신이 늪지 같은 강에서 발견되는 일은 흔치 않다는

---

* 2015년 텍사스의 구치소에서 아프리카계 흑인 여성이 사망한 사건.

것을 제외하고 말이다.

"하루 이틀 정도만 시간을 들여봐. 그런 뒤에도 직감적으로 느껴지는 게 없다면, 그 길로 집에 돌아가도 좋아."

그렉이 말했다.

대런은 그 '집'이란 것이 어디를 말하는 것인지 혼란스러웠다.

"할게."

그가 말했다.

그는 자신이 이 일에 나서게 될 것이라는 것을 이미 알고 있었다. 그렉이 라크에 대해 설명할 때부터 말이다. 이건 그를 옴짝달싹 못하게 만든 레인저스와 배심원단, 그리고 맥에 대한 분노 때문이었다.

"그리고 대런, 정신 바짝 차려야 해. 셀비카운티에도 ABT가 있으니까."

트럭의 운전석에 올라타 시큰거리는 손으로 운전대를 잡으며 그는 음울하게 고개를 끄덕였다.

3

대런은 어머니의 집부터 들렀다. 어머니에게 그러겠다고 약속했기 때문이다. 어머니는 그가 지금 자신의 집에서 차로 몇 분 거리밖에 떨어지지 않은 커밀라에서 변변한 먹거리조차 없이 지낸다는 사실을 알고 있었다. 벨 캘리스는 샌재신토카운티의 동쪽 가장자리에 살고 있었다. 붉은색의 흙길을 따라 늘어선 비송과 캐롤라이나 참피나무의 가지들이 대런의 트럭 옆을 핥고 지나갔다. 나무들 사이로 그는 검은색 타르가 발린 어머니 이웃들의 집 지붕을 볼 수 있었다. 수풀 한가운데 자리한 자그마한 별채와 땅딸막한 판잣집들. 인근에서 누군가 쓰레기를 태우는 듯 대런의 트럭 앞으로 매캐한 연기가 번졌다. 힘겨운 삶을 의미하는 친숙한 냄새였다. 길의 모퉁이를 지나 대런은 어머니의 땅 주인을 향해 고개를 끄덕였다. 그는 퍽이라는 이름의 80대 백인 남자로, 자신의 집 뒤편의 자투리 땅을 벨에게 빌려주고 있었다. 그는 자신의 집 앞 테라스에서 대런을 향해 손을 흔들어 보이고는 다시 나무들로 시선을 돌렸다. 그는 하루 대부분의 시간을 그렇게 보내곤 했다. 대런은 좌회전을 해 어머니의 집 구역에 들어선 뒤 흙과 잡초들 위로 가지런히 난 두 개의 타이어 자국을 따라 어머니의 트레일러로 향했다.

그녀는 모빌홈* 앞쪽의 콘크리트 계단에 앉아 뉴포트 담배를 피우며 커다란 발톱의 광택제를 뜯어내고 있었다. 발치에는 맥주가 한 캔 놓여 있었지만, 대런은 어머니를 잘 알고 있었다. 진짜배기는 집 안에 있겠지. 그녀는 고개를 들어 외아들을 싣고 이리로 달려오는 은색의 트럭을 바라보았지만, 지난 나흘간 계속 전화했었노라고 말하는, 기력 없이 무심한 표정에는 별다른 변화가 없었다.

"마른 것 같네."

그가 트럭에서 내리자 그녀가 말했다.

"어머니야말로요."

그가 말했다.

그보다 고작 열여섯 살 많은 그녀는, 길고 가느다란 팔다리의 유전자를 대런과 공유하고 있었다. 비록 운동으로 단련된 대런의 상체와 다리 근육과 달리, 어머니의 전신은—유일하게 엉덩이 살을 제외하면—세월에 따라 전신이 흐물흐물해지고 있었지만 말이다.

그는 아버지를 한 번도 보지 못했지만, 아버지의 형들인 윌리엄과 클레이턴의 키는 고작 177센티미터 정도였다.

적어도 겉으로 보았을 때 대런은 캘리스의 판박이였다.

"최근 마트에 다녀온 게 언제예요, 엄마?"

'엄마'라는 말은 늘 그녀를 기분 좋게 했다.

두 사람은 대런이 여덟 살 되던 해에 처음 만났다. 그가 친부모에

---

* Mobile Home: 이동식 주택.

대해 갖고 있는 궁금증의 답이 아버지의 이야기에만 국한되던 때였다. 이야기는 장황할수록 더 좋았다. 물론 듀크 매슈스는 한두 번 같이 어울리던 동네 여자아이와 시시덕거리다가 베트남 전쟁이 끝나가던 무렵 헬리콥터 사고로 죽은 것 외에는 그의 열아홉 해 인생 동안 별달리 한 일이 없었지만 말이다. 그의 어머니는 매슈스 혈통에 섞여 있다는 캐도 인디언*의 피만큼이나 그의 실제 삶에서 그저 막연한 호기심 같은 것이었다. 모자가 만난 처음 몇 년간 그녀는 '미스 캘리스'였고, 그가 고등학교와 대학교에 진학했을 때에는 '벨'이 되었다. 하지만 그가 40대에 접어든 직후 때때로 '엄마'라는 단어가 입 밖으로 튀어나왔다. 수년간 그의 입가에만 머물던 고집스러운 씨앗이 마침내 자유롭게 싹을 튼 듯.

"가스레인지에 소시지랑 콩 요리 만들어놓은 게 있어."

그녀가 펄 라거 맥주 캔을 집어 들며 말했다. 요즘도 리빙스턴호수에 있는 리조트 옆 낚시 가게에서는 이런 종류의 맥주를 팔았다. 벨은 그 리조트에서 일주일에 사흘간 메이드로 일했다.

"배고프니? 식사라도 준비해줄까?"

"오래 못 있어요, 엄마."

"당연히 그렇겠지."

그녀는 맨발로 일어서서는 정중하게 다가선 그의 손길을 물리쳤다. 그녀는 맥주 캔을 내려놓고 트레일러의 스크린 도어로 몸을 돌렸다.

"그래도 한잔할 시간은 있겠지? 그 정도는 괜찮잖아."

그녀는 계단 제일 위에 서서 살짝 비틀거리더니 이내 스크린 도

---

* Caddo Indian: 오클라호마의 인디언 부족.

어를 열고 안으로 사라졌다. 대런도 그녀의 뒤를 따라 안으로 들어갔다. 바닥에는 찰흙 같은 갈색의 카펫이 깔려 있었다.

"오늘은 얼마나 마셨어요?"

대런이 손목시계를 내려다보며 말했다.

정오가 되기 전부터 여덟 캔을 해치웠다면 당장 그녀의 차 열쇠를 가져다가 픽의 집에 보관하는 편이 안전할 것이다. 어머니나 아들 모두 분개할 행동이었지만, 그 이유는 서로 달랐다.

"그냥 기분 좋을 정도로만."

그녀는 단지 그렇게 말할 뿐이었다. 그런 뒤 거실과 간이 부엌 한쪽에 늘어선 L자 모양 긴 의자의 숨이 죽은 쿠션에 푹 주저앉았다. 쉰일곱의 그녀는 성인이 된 이후 인생의 대부분을 술을 마시는 데 소비했다. 그 사실에 10대의 대런은 혼란을 느꼈고, 어른이 되어서는 완전히 질리고 말았다. 벨은 작은 총알 모양의 커티 삭 병을 들어 올린 뒤 젖꼭지를 빨듯 주둥이를 빨았다. 낚시 가게에서 50센트면 작은 비행기 모양의 병을 살 수 있었는데, 벨은 엽총에 총알을 장전하듯 그렇게 산 술들을 창가에 일렬로 줄 세워 놓았다.

"오늘 비번이거든."

"원하는 게 뭐예요, 엄마?"

"이 엄마랑 술 한 잔 같이 마셔주면 안 되겠니?"

엄마가 자기 옆의 페이즐리 무늬 쿠션을 두드리며 말했다. 그녀는 머리카락을 동그랗게 말아 올렸고, 탁자에는 손톱 광택제 한 병이 놓여 있었다. 오늘 밤에 약속이 있군, 그는 생각했다.

"지금 근무 중이에요."

"아니, 그렇지 않을 텐데. 리사에게 들었다."

"그럴 리가요."

그건 전례 없는 일이었다. 리사와 어머니가 이야기를 나누는 것 말이다. 벨은 심지어 결혼식에도 오지 않았다. 벨 캘리스라면 질색을 하는 클레이턴과 리사의 고집으로 그녀는 손님 명단에서 빠졌다. 윌리엄 삼촌은 매달 그녀의 자립을 위해 얼마의 생활비를 지원했지만, 그 돈을 어디에 썼는지는 결코 묻지 않았다. 하지만 그 지원도 삼촌이 죽은 이후에는 중단되었다. 클레이턴은 그녀를 멀리했고, 그녀의 이름만 나와도 질색했다. 마치 그녀가 클레이턴에게는 외아들이나 다름없는 대런을 갑자기 데려가 그의 유년 시절을 통째로 뒤엎을지도 모른다고 생각하는 듯. 대런은 매년 크리스마스를 매슈스 가 사람들과 보냈다. 클레이턴, 죽은 윌리엄의 부인인 나오미, 그리고 그들의 두 아이 리베카와 애런. 부활절은 뉴멕시코에 있는 리사의 별장에서 그녀의 부모님과 함께 보냈다. 추수감사절은 친구들, 주로 그렉과 레인저스 쪽 사람들과 함께였다. 대런은 어머니와 아내가 한 공간에 있는 모습은 상상할 수 없었다. 대런이 징계를 먹은 사실을 리사가 어머니에게 알렸다는 것은 벨이 거짓말을 하고 있거나 그의 아내가 생각보다 훨씬 더 화가 났거나, 둘 중 하나일 것이었다.

"내 집에서 거짓말쟁이 취급을 당할 순 없지, 대런. 매슈스 쪽에 연락해도 너와 연락이 닿지 않기에 휴스턴으로 몇 번 전화를 했었어."

벨이 말했다.

그녀는 대런의 가족을 그런 식으로 불렀다. 자신은 결코 넘을 수 없는 선을 의식하는 듯. 그의 부모님은 한 번도 제대로 된 데이트란 걸 해본 적이 없었다. 그렇게 부를 만한 그 무엇도 없었다. 게다가 듀크는 벨을 한 번도 집에 데려온 적이 없었다. 그들의 사랑은 그저 참나무의 거친 껍질에 등을 대고 나누었던, 숲속에서의 은밀한 키스일 뿐이었다. 그리고 듀크는 해 질 녘에 그녀를 집에 데려다주었다. 듀크가 죽고 몇 달 후 대런이 태어났고, 클레이턴은 며칠 만에 그녀를 찾아가 조카를 데려가겠다고 말했다.

"직장에서 문제가 있었다면서? 총격 사건이랑 러더퍼드 맥밀런 관련 일이라던데. 요즘에는 어디서 지내고 있는지 모른다고 하더라. 그런데 내가 커밀라에서 네 트럭을 봤지 않겠니, 대런?"

"잠시 떨어져서 생각할 시간을 갖는 중이에요."

"고것 만족시키기 어려울 거라고 내가 얘기해줬어야 했나."

그녀가 앞으로 몸을 숙이며 뉴포트 담배 포장을 뜯었다. 그리고 새 개비에 불을 붙인 뒤 연기를 한 모금 내뿜었다.

"어차피 내 말 듣지 않았겠지만, 그렇지?"

그는 팔 밑에 모자를 낀 채 문틀에서 더 이상 안으로 들어가지 않았다. 머리는 천장에 거의 닿을 듯했다.

"날 찾았고, 그래서 내가 이렇게 왔잖아요. 그러니 원하는 게 뭐냐고요."

"피셔랑 얘기 좀 해봐."

"그 일에는 관여하고 싶지 않아요."

"제때 돈을 안 주잖니. 이러다 나 굶어 죽겠어, 대런."

"먹을 것 있다면서요."

그는 간이 부엌의 2구짜리 가스레인지를 흘끗 쳐다보았다. 바닥에 딱딱하게 들러붙은 무언가는 적어도 일주일 전에 만들어진 듯 보였다. 소시지와 콩 요리는 그녀의 바람이었다. 자식에게 보이고 싶은 엄마의 모습 말이다.

"왜 돈을 안 줘요?"

대런이 물었다. 거기에는 당연히 뒷이야기가 있을 터였다. 늘 그러했듯이. 피셔는 리빙스턴호숫가에 위치한 스타피시 리조트와 오토홈 캠핑장에서 일하는 벨의 고용인이었다. 그는 그녀의 남자친구이기도 했고, 다른 메이드와 결혼한 유부남이기도 했다. 대런은 개입하고 싶지 않은 슬픈 드라마였다.

"내가 자기 지갑에서 100달러를 훔쳤다잖아."

"맙소사, 엄마. 엄마를 자르거나 경찰에 신고하지 않은 것만으로도 다행으로 생각해요."

그녀는 창가의 또 다른 술병으로 손을 뻗었다. 그리고 미소를 지으며 혀로 이빨을 끌끌 찼다.

"그럴 수 없지. 내 아들이 레인저인데."

"레인저 아니에요. 적어도, 지금은요."

그는 이곳을 빠져나갈 방법을 찾기 시작했다.

"그거야 그 사람은 모르잖니. 그래서 그건 언제까지 달 수 있는 거야?"

그녀가 장난스럽게 물었다.

엄마가 그의 가슴에 달린 은색 배지를 향해 고갯짓을 했다.

"내일까지 반납하지 않으면 당장에 날 잡으러 나설걸요."

"시간 많네."

"얼마가 필요해요?"

그가 말했다. 이러는 편이 쉬웠다. 대책 없이 있다가는 그녀의 성미만 돋울 것이다. 자신의 가치가 끊임없이 평가절하되고 있는 현실에 분노하는 다 큰 성인 여자의 토라짐은 보고 싶지 않았다. 그녀는 자기 인생의 남자들, 특히 아들은 실제보다 더 많은 무언가를 자신에게 빚졌다고 여겼다. 그 역시 어머니가 자신을 키우지 않았음에도 불구하고, 수년 동안 어머니에게 크리스마스카드 한 장 받지 못했음에도 불구하고 그녀에게 뭔가 빚을 진 것만 같은 기분이었다. 그러나 그게 정확히 무엇인지는 알 수 없었다. 오늘은 그저 200달러의 현금이었다. 그게 그가 가진 전부였다.

그녀는 내심 환호하며 돈을 받아 셔츠 주머니에 쑤셔 넣었다.
"먹을 것 사요. 식료품 사는 데 적어도 50달러는 쓰기예요."
그가 말했다.
"그럴지도 모르고, 아닐지도 모르고."
그녀는 창가에 놓인 술병에 또 다시 손을 뻗으며 말했다.

4

59번 고속도로는 러레이도에서부터 지도상 주의 북쪽 경계에 있는 텍사캐나에 이르기까지, 줄에 달린 매듭마냥 작은 마을들을 대롱대롱 매단 채 텍사스 동부의 심장부를 관통했다. 고속도로의 북남로를 따라 자리한 시골 마을에서 태어나고 자란 흑인들에게 59번 고속도로는 희망의 아스팔트를 깔고 북으로 향하는, 가능성의 포물선이었다.

하지만 대런의 사람들에게는 그렇지 않았다.

그의 부모는 모두 그 옛날 노예 시절부터 대대로 텍사스에서 터를 잡고 살아온 토박이였다. 남북전쟁 이후 법망을 피해 달아난 어머니 쪽의 몇몇 삼촌과 사촌들을 제외하고 그 누구도 주 동쪽 경계의 소나무 숲을 떠나지 않았다. 어머니의 친척들은 가난했기 때문에 텍사스에 남았고, 매슈스 가 사람들은 그 반대였기 때문에 남을 수 있었다. 일찍이 그들은 광대한 농장을 소유하고 있었는데, 어떤 남자가 가까이 지내던 노예들에게 유산으로 남긴 것이었다. 매슈스라는 성을 준 것도 역시나 그 남자였다. 그렇게 매슈스 가의 이야기가 시작되었다. 그러니 그들로서는 그런 재물을 두고 낯설고 추운 땅에서 새롭게 시작할 이유가 없었다. 결코. 그래서 매슈스 가 사람들은 농장의 땅을 더 부지런히 경작해 목화와 옥수수, 그리고 그들만의 온전한 가족의 뿌리, 돈으로 환산할 수 없는 무언가를 심었다. 그들은 열심히 농장을 운영했고, 이후 세대의 아이들을 대학과 대학원에 보낼 정도로 충분한 돈을 벌었다. 시카고나 디트로이트 혹은 인디애나의 게리, 그 어디에 내놓아도 경쟁력 있는 삶을 가꾸었다. 그들로서는 그 모든 것을 불알이나 긁고 담배나 씹어대는 백인 얼간이들에 대한 분노와 맞바꿀 하등의 이유가 없었다. 돈이 있기에 가능한 선택이었다, 당연히. 하지만 돈은 그들에게 그만큼의 무언가를 요구했고, 매슈스 가 사람들은 기꺼이 그들의 돈을 내어주었다. 그들은 커밀라에 흑인 학교를 설립했고, 흑인들에게 소액의 대출을 해주기도 했으며, 공공 서비스를 위해 봉사했고, 부름이 있을 때면 언제든 선생으로서, 카운티의 의사나 변호사, 그리고 정치인으로서 앞에 나섰다.

그들은 결코 달아나지 않았다.

그들이 특별하다는 믿음, 다른 이들이 하지 못할 때 그들만큼은 그 짐을 짊어지고 앞으로 나아가야 한다는 믿음은 그들에게 있어 참으로 텍사스다운 것이었다. 그것은 진정한 용기의 오만한 탄생이자 여섯 세대를 거듭하며 다져진 하나의 흔적이기도 했다. 또한 그것은 할 일 없는 백인들의 옹졸한 질투와 그들과 흑인 간의 치명적인 불평등, 그리고 흑인의 모든 삶의 측면—무엇을 먹느냐에서부터 누구와 결혼하고, 어떤 옷을 입고, 어떤 음악을 듣고, 어떻게 놀고,

어떤 머리 스타일을 하고, 거리에서는 어떻게 말하는지까지—을 지켜보는 그들의 억압적이고 침투적인 시선에 대항하는 호머식의 방패였다. 매슈스가 사람들은 그 실체를 인지하고 있었다. 실제 그들과는 아무 관련이 없는 과열된 집착, 그리고 스스로를 제외한 다른 모든 것들을 바라볼 때 그 당사자를 나약하게 만드는 선입관.

아니, 우리는 달아나지 않아.

대런이 일생 동안 들어온 말이었다.

달아날 수도 있다. 그러면 누구도 당신을 평가하지 않을 것이다. 하지만 이곳에 남아 싸울 수도 있다. 해 질 녘 커밀라의 낡은 집 뒤쪽 테라스에서 윌리엄은 스테트슨 모자의 챙이 아래로 향하도록 난간에 걸쳐놓고는 가족이 일군 농장을 둘러보며 대런에게 이렇게 말하곤 했다.

"고결함이란 늘 쟁취해야 하는 거란다, 아들. 어떤 상황에서든."

몇 해 전, 대런을 고향으로 불러들인 것도, 지금 대런의 차가 셸비카운티를 향해 59번 고속도로의 북쪽 방향으로 달리고 있는 것도 모두 그 투쟁 때문이었다.

두 개의 살인 사건이 서로 연관이 있고, 어떤 식으로든 인종 문제가 얽혀 있다는 그렉의 예감에 그도 공감했다. 그러니 적어도 알아볼 만한 가치는 있었다. 인종 문제가 얽힌 살인 사건에 대한 그의 관심은 스스로도 인정하는 바였다. 특히 더 험악한 범죄들, 이를테면, 살해 방법이 잔혹하다든가, 살해 동기가 우리 안의 더 나은 자아를 수치스럽게 만든다거나, 고개를 들 수 없을 정도로 비난받아 마땅한 범죄에는 더욱 마음이 끌렸다. 그럼에도 불구하고 대런은 이런 사건들을 섣불리 증오 범죄라 칭하지 않았다. 텍사스 경찰은 특정 범죄를 두고 그것이 다른 범죄들보다 더 악랄하다고 못 박는 데에 다른 어느 조직보다 예민하다는 사실을 너무도 빨리 터득했기 때문이다. 레인저가 된 첫 해에 공무원 비리 수사대나 미제 사건 수사대와 맞먹는 규모의 증오 범죄 수사대를 만들자고 제안했다가 크게 낭패를 보았던 그였다. 그는 지부나 지역에 국한된 팀이 아닌, 사건들 간의 유사성을 토대로 묶이는 팀을 상상하곤 했다. 증오 범죄의 본성에 대한 보고서—다른 주의 판례와 성공적인 유죄 판결 사례도 수집했다—를 작성하여 휴스턴 지부의 부서장이자 수장에게는 물론, 오스틴에 있는 본부에 보고하기도 했다. 하지만 그 보고서 덕분에 그는 개인적인 이해관계에 지나치게 치중하는 인물로 낙인 찍혔으며, 상사들에게는 다소 멸시를, 적지 않은 수의 백인 레인저들로부터는 미움을 받았다. 결국 그 아이디어는 거국적으로 묵살되었다. 그 일에 더해 이번 맥의 기소 건으로 어쩌면 레인저에 대한 그의 충성심은 의심을 받게 될지도 모를 일이었다.

셸비카운티까지는 차로 두 시간 거리였다. 고속도로를 따라 높다랗게 자란 소나무가 그늘을 드리웠고, 샌재신토강의 개울과 늪지 곳곳에 사이프러스 나무가 물속에서 자라고 있었다. 그는 레깃* 외곽에 있는 녹이 슨 철다리를 건넌 뒤 몇 킬로미터가량 더 올라가 차를 세웠다. 스페인 참나무 기둥에 손으로 쓴 널빤지가 못으로 박혀 있었다. 삶은 땅콩을 광고하는 간판이었지만, 픽업트럭에 매대를 차려놓은 여자는 배와 수제 페퍼 젤리도 함께 팔고 있었다. 그녀는 그의 셔츠에 달린 다섯 개 꼭짓점의 별을 보고는 호박을 공짜로 주겠다고 나섰다. 그녀의 발치에는 울퉁불퉁한 박이 담긴 상자가 하나

---

* Leggett: 텍사스주 포크카운티에 있는 자치구.

놓여 있었다. 그는 정중하게 사양하고는 땅콩 한 봉지와 배 두 개를 샀다. 그는 트럭 운전석에 앉아 대충 마련한 점심을 먹었다. 소매를 걷은 덕분에 배즙이 팔뚝 위를 흘렀다. 그때 조수석에 놓아둔 휴대전화가 그를 향해 삐빅거렸다. 맥의 문자였다. 어떻게 됐어?

대런은 배심원단에 대해 발설할 수도 없었고, 피고인과의 디지털 접촉도 가급적 줄여야 했다. 자칫 문제의 소지가 될 수 있으니 말이다. 그래서 그는 대신 삼촌에게 전화를 걸었다. 수업 중일 테니 맥에게 전하는 간단한 음성메시지를 남길 수 있으리란 희망에서였다. 하지만 클레이턴의 공강 시간에 걸리고 말았다. 그는 수화기 너머로, 근거리 학생들의 수다 소리와 자유로이 펼쳐진 캠퍼스를 거닐며 담배를 피우는 60대 후반 남자의 씩씩거리는 숨소리를 들을 수 있었다. 클레이턴의 제수씨인 나오미는 작년 크리스마스에 그에게 핏빗*을 선물했고, 이제 그는 헌법학 강의 내내 칠판 앞을 서성였다. 그 외에도 비가 오는 날을 제외하고 그는 늘 걸었다. 나오미가 나한테 새로운 삶을 선물했어. 그는 대런, 나오미와 윌리엄의 아이들, 클레이턴의 조카들이 불편해하든 말든 상관없이 한 달에 한 번은 꼭 그렇게 말했다.

"안 그래도 연락이 궁금하던 차였다."

클레이턴이 말했다.

그의 목소리는 그의 동생과 꼭 닮았다. 약간 허스키하면서도 감미로운 음성. 그래서 클레이턴과 통화할 때마다 대런은 윌리엄이 아직 살아 있는 것이 아닐까, 하는 가련한 희망의 찰나를 경험하곤 했다. 두 사람이 그렇게 놀랍도록 닮은 덕분에 대런이 진정 원하는

---

* Fitbit: 이용자의 하루 걸음 수나 달린 거리 등을 측정해 데이터화하는 스마트워치의 일종.

대상의 부재가, 더 이상 가질 수 없는 그 무언가가 더욱 도드라지고 돋보였다. 클레이턴과 나오미의 로맨스도 절반 정도는 그런 이유로 설명될 수 있지 않을까. DNA가 반응하는 것, 삼류 로맨스를 위한 완벽한 과학이다.

"엄마 집에 들렀어요."

대런이 말했다.

클레이턴은 그의 말을 무시했다.

"자, 그럼 말해보거라. 본은 어떻게 나오든? 그 어떤 배심원이라도 능히 구워삶을 수 있는 작자인 줄은 내 안다만, 그 개자식이 뭔가 실수라도 하지 않았는지 말해보거라. 맥을 구명할 만한 실수 말이야."

대런은 그다지 좋지 못했던 오늘의 법정 상황을 있는 그대로 말했다. 없어진 38구경과 그와 관련된 의심들. 대런은 검사의 추궁으로, 그날 밤 로니 말보와 맥 사이에 주고받았던 말들을 인정했던 것 외에 자신이 과연 충분한 역할을 했는지 확신이 들지 않았다.

"두 명 정도는 설득됐을지도 모르겠어요."

그가 두 명의 흑인 배심원을 떠올리며 말했다.

"최선을 다했으면 됐다, 아들. 네가 자랑스럽구나. 이제 그만 배지는 반납하고 다시 돌아올 때가 되지 않았니? 시카고 학장과는 얘기해봤니? 그간 사람이 바뀌지는 않았고?"

"지금은 여자 학장이에요."

대런이 말했다. 그가 로스쿨에 지원했을 때만 해도 초라한 한 페이지짜리 학교 홈페이지에는 여러 정보를 얻기 위해 직접 연락을 취해야만 하는 전화번호들만 그득했었다. 이제는 온라인으로도 입학 지원이 가능했지만, 대런은 학교 홈페이지의 첫 화면에서 그 어떤 링크로도 넘어가 본 적이 없었다. 적어도 맨 정신으로는 말이다.

"아무래도 상관없다, 아들. 알겠지만, 내가 여기 오스틴에 3학년 편입생 자리를 마련해줄 수도 있어. 지원서만 내면 될 거야. 새해 시작에 맞춰 들어가자꾸나. 그리고 어쨌든, 텍사스에 있는 게 너나 리사, 둘 다에게 좋겠지."

그가 부드럽게 말했다.

둘이 얘기를 나눴군, 대런은 생각했다.

"로스쿨에서 새로운 이너선스 프로젝트*를 준비하고 있어. 특히 심문 과정에서 드러나는 공권력의 무자비함을 다루고 있지. 레인저스에서 쌓은 네 경험으로 몇 년 동안은 이 프로젝트에 집중할 수 있을 거다. 너한테는 재능이 있어, 아들. 뜨거운 심장이 있지. 네가 하려 했던 모든 것, 하지만 허락받지 못했던 모든 것들을 여기서 할 수 있을 거야. 동족을 보호하는 일 말이다. 이번 맥의 일도 너에게…"

"저 꽤 많은 이들을 잡아들였어요, 삼촌. 실력을 발휘하며 일했다고요."

"누굴 위한 일이었니, 대런?"

열 번도 넘게 나눈 논쟁이었다. 대런과 같은 레인저였던 윌리엄이 살아 있었다면 그 횟수는 더 많아졌을 것이다. 클레이턴은 이제 다툼을 요령껏 피할 수 있게 됐다.

"휴스턴에서의 일이 마무리되거든 집에 들러라. 나오미와 내가 근사한 식사를 준비할 테니. 로스쿨도 안내해주고, 우리 같은 사람들을 변화시키기 위해 애쓰는 동료들도 소개해주마."

---

* Innocence Project: 억울하게 유죄 판결을 받은 사람들을 위해 증거 채취나 감식 기술 등 과학적 기술을 동원해 무죄를 입증할 수 있도록 도와주는 미국의 인권 단체.

종종 그러하듯, 그는 계급의 역학관계를 무시한 채 말했다. 그의 이런 습관 때문에 그의 '우리'라는 개념은 혼란스럽기 이를 데 없었다.
"리사가 오스틴 지사로 자원할 수도 있다고 하더라. 너를 위해서라면 기꺼이 그렇게 할 게다, 대런. 다시 시작하자, 아들."

80킬로미터도 채 가지 못한 사이에도 그의 어머니는 세 번이나 전화를 걸어왔다. 어느 시점에선가 그는 휴대전화를 조수석에 뒤집어놓았고, 그 바람에 그렉의 첫 번째 문자를 보지 못했다. 그가 내커도치스에서 외곽으로 몇 킬로미터 떨어진 지점에서 기름을 넣고 있을 때 두 번째 문자가 도착했다. 두 구절이었다. *이메일 확인해봐.* 그렉은 개인 야후 계정으로 대런에게 마이클 라이트와 멜리사 데일―알고 보니 멜리사가 아니라 '미시'였다―에 대해 알아낸 것들을 적어 보냈다. 구글 검색과 FBI가 소장한 다량의 데이터베이스를 돌려본 결과 그렉은 다음의 사실들을 발견했다. 마이클 라이트의 나이는 서른다섯, 텍사스 출신이었다. 대런은 한가로이 트럭에 앉아 메일을 읽었다. 마이클 라이트는 타일러 출생, 그곳에서 초등학교를 졸업한 뒤 지금은 고인이 된 어머니, 아버지를 따라 시카고로 이사했다. 기혼이었고, 그렉이 접촉했던 몇몇 목격자들의 이야기에 따르면 적어도 이곳에 혼자 온 것으로 추정된다. 전과 기록은 없고, 퍼듀와 시카고 로스쿨을 졸업했으며 거주지는 북부라고 했다. 여기서 그렉은 괄호로 메모를 하나 덧붙였다. *시카고 대학 때 이 사람 본 적 있어?* 하지만 그렉의 계산은 틀렸다. 대런이 로스쿨에 들어갔을 때 마이클은 아직 고등학생이었을 테니 말이다. 하지만 두 사람 배경의 공통점은 눈여겨볼 만했다. 찰나였지만 무언가 익숙함이 느껴졌다. 첨부된 사진 파일은 라이트의 소속 로펌에서 가져온 것이었는데 몇 시간 동안 햇빛을 받은 풍성한 히커리 나무와 같은 색의 피부는 대런보다 더 옅었고, 옷차림도 단정했다. 여전히 대런은 그를 어딘가에서 본 것 같다는 느낌을 지울 수 없었다. 나이 차이가 많이 나는 것은 아니니 시카고 대학에서 서로 알고 지냈을 수도 있다. 텍사스 동부에서 흑인으로 자라는 것이 어떤 것이었는지 서로 이야기를 나누며, 함께 맥주를 마시고, 여자나 농구, 헌법학에 관해 토론했을지도 모른다.

그 사람 아내에게 연락이 갔어.

이것이 마이클 라이트에 대한 그렉의 마지막 메모였다. 아내의 이름은 랜디 윈스턴이라고 했고, 사건이 일어났을 시점의 행적은 알 수 없다고 했다. 그녀의 사진은 없었다. 하지만 대런은 리사를 떠올렸다. 부드러운 갈색 피부와 양 볼에 별처럼 흩뿌려진 주근깨, 유지비만 일주일에 100달러는 족히 드는 풍성한 머리 컬. 그녀가 여러 해 동안 걱정했던 것이 바로 이런 것이었다. 마이클 라이트의 부인과 같은 처지에 놓이게 되는 것.

그렉의 나머지 이메일은 미시 데일에 대해 훨씬 더 적은 양의 정보를 담고 있었다. 팀슨 고등학교 졸업, 파놀라 대학 미용학과에서 한 학기 반 수학. 라크의 59번 고속도로 인근에 위치한 선술집 '제프의 주스 하우스'의 웨이트리스로 근무. 그녀의 인생 내역은 자그마한 엽서에 옮겨 적기 딱 좋은 단출한 분량이었다. 그때 한 가지 정보가 대런의 관심을 끌었다. 처음에는 대충 보아 넘겼던 것이었는데, 그것은 바로 라크 출신의 키스 에이버리 데일과의 혼인 사실이었다. 그는 현재 팀슨 제재소에서 근무 중이었는데, 약물 소지 및 밀매

혐의로 헌츠빌에 있는 교도소에서 2년간 복역한 전과가 있었다.

그렉은 여기에 이런 메모를 덧붙여놓았다. *ABT?*

텍사스 아리안 브러더후드는 텍사스 교도소에서 시작되었고, 그들 조직원 중 절반 이상이 수감자였다. 즉, 수감 중에도 조직 활동을 지속했던 것이다. 사실상 교도소는 그들의 번식지이기도 했다. 교도소 내부에서 모집된 조직원들은 출소 후에도 조직을 위해 열성적으로 활동했다. ABT에 들어가기 위해서는 흑인을 죽여야 했는데, 손수 죽일 수만 있다면 누구든 상관없었다. 키스 데일이 텍사스 교정기관에서 2년의 형기를 마치고 나온 지 몇 달 지나지 않았을 때 흑인 남자와 데일의 아내가 연달아 죽었다는 점이 수상하다는 그렉의 지적은 일리가 있었다. 그렉은 그와 통화할 때 이미 이번 사건이 브러더후드와의 연계가 있음을 알고 있었을지도 모른다. 그럼에도 불구하고 대런이 셸비카운티를 향해 절반 정도를 달릴 때까지 기다렸다가 뒤늦게 정보를 던져준 것일지도. 그런 생각이 들자 대런은 짜증이 났다. 나쁜 마음을 먹는다면 여기서 다시 되돌아갈 수도 있었다. 하지만 브러더후드의 언급에 그는 왠지 조급해졌다. 그는 다시 고속도로에 진입해 자신도 모르게 시속 135킬로미터를 밟고 말았다. 속도를 줄이고, 어떻게 해서 레인저스 측과의 불화가 그를 미지의 세계로 이끌고 있는지에 대해 찬찬히 생각해보는 편이 좋았겠지만, 그는 그러지 않았다. 적어도 당장은.

셸비카운티의 경계를 넘자 그는 별 배지를 떼어 글러브박스에 집어넣었다. 배지는 그가 넣어두고 잊어버렸던 와일드 터키* 파인트

---

* Wild Turkey: 버번으로 인기가 높은 오스틴 니콜스 사가 본격적인 위스키 팬을 위해서 발매하고 있는 우량 라이 위스키.

병 위로 쨍그랑 소리를 내며 떨어졌다. 마치 얼마간 응답하지 않은 채 내버려둔 사이렌 콜 같았다. 사랑해 마지않던 배지를 떼어내니 그는 벌거벗은 기분이 들었다. 하지만 그 부재로 인한 익명성에 묘하게 보호받는 기분이 들기도 했다. 별이 없으면 주목받지 않을 수 있고, 늘 사냥감을 찾아 헤매는 브러더후드 조직원들로부터 존재를 감출 수도 있다. 그가 상부 허가도 없이 무언가를, 레인저로서, 텍사스 사람으로서, 그리고 하나의 개인으로서 맞서기에는 거대한 실체의 주변을 들쑤시고 다닌다는 이야기가 휴스턴 지부에 들어갈 일도 없다. 사실 레인저의 별을 달고 있지 않는 이상 그가 무엇을 하든 누구도 막을 수 없었다. 배지가 없는 그는 그저 홀로 고속도로를 달리는 한 명의 흑인일 뿐이었다.

2부

5

 대런이 안으로 들어서자 제네바 스위트의 카페 앞문에 달린 청동 종이 부드럽게 딸랑거렸다. 진한 황록색과 빨간색 격자무늬의 낡은 리본으로 문손잡이에 달아둔 지 오래된 썰매용 종은 그 가장자리에 크리스마스 장식용 솜이 달려 있었는데, 이미 해질 대로 해져 있었다. 누군가 12월 연말을 기념해 달아둔 듯했지만, 그곳에 달린 지 적어도 10년은 넘은 듯했다. 제네바의 카페는 특히나 크리스마스를 좋아하는 듯 보였다. 주방으로 통하는 문 위로도 다채로운 색깔의 전구 줄이 걸려 있었고, 카운터 뒤 몇 미터 안쪽에도 역시나 오색의 전구 줄이 걸려 있었는데, 아래쪽의 뒤틀린 합판에 스테이플러로 고정해둔 전선줄은 제멋대로 꼬인 데다 케첩과 바비큐 소스가 끈적끈적하게 말라붙어 있었다. 주방과 면하는 뒤쪽 벽면에 발린 달력들은 모두 한 해의 마지막 달이었기 때문에 포인세티아와 솔방울, 광명에 휩싸인 아기 예수의 사진들이 즐비했다. 그 모두가 카페의 커다란 전면 창으로 쏟아져 들어오는 오후의 햇살에 노랗게 빛이 바래 있었다. 그가 부스 자리에 앉아 있는 한 시간 동안 옆에 놓인 주크박스에서는 마할리아 잭슨*이 노래하는 〈고요한 밤〉이 두 번이나 흘러나왔다. 전체 공간은 약 74제곱미터 정도로, 주변에 달리 갈 곳이 없는 지역인지라 꽤 장사가 잘되고 있었다. 대런이 카운티 경계를 넘으면서 보았던 라크의 표지판에는 그곳 인구가 178명이라고 적혀 있었다. 제네바의 카페 일부분은 이발소가 차지하고 있었고, 그 외에도 온갖 골동품들로 가득해 그 조합이 상당히 오묘했다. 50년쯤 되어 보이는 텍사스 번호판과 오래된 전기 기타가 전시되어 있고, 높은 선반 위에는 뜨개질로 만든 아기 인형들이 늘어서 있었다. 이발소의 초록색 의자에는 중년의 주근깨 흑인 남자가 앉아 만화책을 보고 있었다.

대런은 어렸을 때 이런 곳에 와본 적이 있었다. 커밀라에 있는 '메리 마켓 앤 잇츠'. 어렸을 때 그곳에서 스노콘**을 사거나 삼촌들이 요리하기 싫어하는 날이면 메기 튀김을 사기도 했다. 콜드스프링에 있는 로셸에서는 이가 시릴 정도로 시원하고 달콤한 레모네이드를 팔았는데, 여름이면 법원까지 긴 줄이 이어지곤 했다. 세대를 거듭해 텍사스의 흑인 여자들은 네 개 벽면의 가게를 차리고 저마다의 레시피로 음식을 만들어 돈을 벌었다. 자신들을 환영해주는 곳을 찾는 흑인들이 여러 곳에서 몰려왔기 때문이다. 제네바 역시 그런 가게들 중 하나인 듯했다. 대런은 문득 20년 후에도 이런 장소들이 남아 있을까 궁금해졌다. 어쩌면 남아 있을지도 모르겠다. 음식이 이 정도로 맛있다면 말이다.

---

* Mahalia Jackson: 미국의 가스펠 가수.
** Snow Cone: 시럽으로 맛을 낸 셔벗의 일종.

그는 아까 길에서 사 먹었던 주전부리 외에 먹은 것이 없었다.

검은 완두콩을 넣은 소꼬리 요리를 반쯤 먹고 난 뒤 그는 창가 자리를 지키기 위해 나머지는 최대한 천천히 먹었다. 창밖으로 마을을 훤히 지켜볼 수 있었기 때문이다. 마을은 보이는 것이 전부였다. 우선 제네바 카페가 있고, 59번 고속도로에서 비스듬한 각도로 위쪽에 돔 모양의 지붕이 덮인 집이 있었는데, 사방으로 새하얀 나무 울타리가 두르고 있었다. 또한 고속도로변 제네바 카페가 있는 쪽에서 북으로 400미터 정도 올라가면 옛날식 선술집이 있었다. 평지붕의 건물 삼면에 딸린 테라스에는 야외석도 다수 마련되어 있었다. 테라스의 목재는 세월의 흐름에 따라 회색과 검은색으로 변했으며, 썩은 부분도 곳곳에 눈에 띄었다. 술집의 벽면은 알루미늄 소재였는데, 칙칙한 빛깔의 페인트를 칠해놓았다. 건물에 내걸린 가로의 네온사인에는 '제프의 주스 하우스'라고 적혀 있었다. 그렉이 이메일에서 언급했던 그곳이다.

이 마을의 또 다른 보배들이 무엇인지는 몰라도 그것은 모두 마을 변두리 혹은 개울가의 협소한 농로를 따라 자리하고 있었다. 소나무 사이를 뱀처럼 굽이치는 붉은 흙길은 숲에 드문드문 자리한 주택과 트레일러들로 이어지고 있었다. 텍사스주 라크는 눈 깜짝할 시간에 온 마을을 다 돌아볼 수 있을 정도로 작은 곳이었다. 대런은 차를 타고 마을을 두어 번 돌아본 뒤 이것이 마을의 전부라는 사실을 깨달았다. 처음 마을에 진입했을 때 제네바 카페 밖에 두 대의 순찰차가 서 있는 것이 눈에 띄었기 때문에 그는 카페부터 들러보기로 했다. 카운티의 서쪽 경계이자 제네바 카페 뒤쪽 숲을 관통하고 있는 아토약바이우에 대해서는 그도 잘 알고 있었다.

고속도로에서 벗어난 백인 트럭 운전수가 인근을 서성이고 있었다. 창문 밖으로 대런은 죽은 벌레들이 붙어 있는 그의 커다란 번호판을 볼 수 있었다. '만물의 심장, 오하이오.' 남자는 카페로 들어오더니 땀에 젖은 머리카락을 감추고 있던 야구모자를 벗고 주변을 둘러보았다. 실내에 있던 대여섯 명의 흑인들이 그를 쏘아보았고, 그는 흠칫 놀랐다.

"뭘 도와드릴까요?"

제네바가 말했다.

"근처에 트럭 휴게소가 여기 한 곳뿐입니까?"

"팀슨에 하나 있어요. 여기서 한참 더 가야 하지만."

트럭 운전수는 주차장의 절반을 차지한 자신의 대형 트럭을 돌아보았다. 쓸쓸한 주유기가 그 옆에 난쟁이처럼 서 있었다. 그는 망설였다.

"출출해 보이시는데, 걱정 말고 어서 들어오세요. 여기 카운터 석에 앉으시면 돼요."

미소를 짓는 그녀의 시선이 대런과 마주쳤고, 그녀는 윙크를 해 보였다. 그도 절로 미소를 지었다. 두 사람 사이의 대화는 그가 식사를 주문하면서 주고받은 몇 마디 말이 전부였지만, 그는 단번에 그녀가 마음에 들었다. 트럭 운전수는 돼지고기 샌드위치를 포장 주문했고, 대런은 그녀와의 대화 기회를 잡아보고자 했다. 그는 카운터 석의 마지막 남은 스툴에 앉았다. 60대의 흑인 남자와 나일론 셔츠를 입고 있는 젊은 흑인 남자의 옆자리였는데, 그의 셔츠에는 '트랜스웨스트[*]'라는 문구가 적혀 있었다.

---

[*] Traswest: 미국의 운송회사.

"별 얘기는 아닌데. 보니까, 여기 카페 주변에 제복 입은 남자들이 많이 오가는 것 같아서요. 무슨 일이 있습니까?"

대런이 제네바에게 말했다.

60대의 남자가 그의 앞에 놓인 신문의 끄트머리를 휙 낚아채며 나지막이 한숨을 내쉬었을 뿐 아무런 말도 하지 않았다. 제네바는 종이봉투에 물티슈를 집어넣다 말고 고개를 들었다. 그녀 역시 대답이 없었다. 그때 젊은 흑인 남자가 휴대전화에서 고개를 들고 대런을 흘끗 쳐다본 뒤 말했다.

"저기 뒤에서 여자가 죽었어요."

그런 뒤 대런에게는 전체 이야기를 들려줘도 되겠다고 판단한 듯 이렇게 덧붙였다.

"백인 여자요."

오하이오에서 온 트럭 운전수가 고개를 들었다.

"샌드위치 얼마나 더 기다려야 되는 거요?"

"애도 있는 여자래요, 그렇죠, 제네바?"

젊은 흑인이 말했다.

"누구 얘기야? 미시?"

하얀색 앞치마 차림으로 주방에서 나온 제네바의 요리사가 말했다. 그는 하얀색 종이로 감싼 샌드위치를 들고 있었다. 포장 옆면에 바비큐 소스가 살짝 묻어 있었다. 그는 종이봉투에 샌드위치를 넣었다.

"4달러 99센트예요."

제네바가 다른 사람들은 무시하고 트럭 운전수에게 말했다.

오하이오는 금전등록기 앞에 5달러를 내려놓은 뒤 종이봉투를 들고 사라졌다. 얼마 뒤 엔진이 으르렁거리는 소리와 함께 트럭은 다시 고속도로 위로 사라졌다. 제네바는 여전히 대런을 모른 척하고는 뒤쪽 벽에 자리한 그릇장 위에 놓인 우편물들을 분주히 살폈다.

"헉슬리, 혹시 우편물 보낼 거 있어?"

"오늘은 없어."

나이 많은 남자가 말했다.

그때 젊은 남자가 끼어들었다.

"애가 있다고 한 거 맞죠?"

"그만해, 팀."

제네바가 말했다. 그녀는 발신 우편물들을 깔끔하게 정리한 뒤 주홍색 머리끈으로 묶었다. 그녀는 대런의 눈을 의도적으로 피하는 듯 보였다. 그는 그들 일원이 아니었기 때문에 마을의 비밀을 알려 줄 수 없는 것일 테다.

그래, 좋다.

대런은 현금으로 식사비를 지불한 다음 말도 안 될 정도로 큰 금액의 팁을 남겼다.

트럭을 향해 밖으로 나서자 그의 등 뒤로 종이 딸랑거렸다. 그는 조수석 뒤에 항상 감색의 더플백을 싣고 다녔다. 안에는 갈아입을 옷가지와 현금 약 200달러, 콜트 권총의 여분 탄환, 직장 동료가 직접 만든 훈제 사슴고기 육포, 빗, 그리고 담배 한 갑이 들어 있었다. 대런은 담배를 피우지 않았지만, 사람들은 손에 담배를 들고 있는 사람한테는 좀처럼 질문을 하지 않는다는 사실을 습득한 바 있었다. 그는 캐멀 담배 한 개비를 꺼내 카페 뒤편으로 돌아 들어갔다. 제네바 카페 뒤로 펼쳐진 90제곱미터에 가까운 땅에는 수많은 흙덩

어리와 함께 바랭이 잡초들이 자라고 있었는데, 그러한 대지는 수풀이 우거진 아토약바이우의 기슭까지 이어지고 있었다. 강은 3.5미터 너비로, 군데군데 초록색 이끼가 떠 있고, 그 외의 곳들은 햇빛을 받은 나무들이 어느 방향으로 그림자를 드리우는지에 따라 오래된 페니 동전처럼 갈색을 띠고 있었다. 잔물결 하나 없는 수면은 색을 입힌 유리처럼 잔잔했다. 강이 얼마나 깊은지 혹은 수면 아래 어떤 야생이 잠들어 있는지는 알 수 없었다. 그는 다시금 '시체 상태'에 대한 이야기를 떠올렸다. 그건 어떤 의미였을까. 어떤 생명체가 마이클 라이트를 먹이로 삼았다는 이야기였을까.

그런 생각이 들자 대런은 속이 울렁거렸다. 검은 완두콩을 넣은 소꼬리 요리가 역류하는 것 같았다. 그는 구역질이 나는 것을 참기 위해 고개를 돌리고 풀숲을 향해 침을 뱉었다. 그때 생선 비린내와 함께 사람이 부패하는, 역하게 달콤한 냄새가 올라왔다. 대런은 금방이라도 혼절할 것 같아 입과 코를 손으로 막았다. 냄새만으로 사람이 어떻게 되지는 않는다. 그런 경우는 한 번도 없었다. 하지만 이런 반응은 본능에 가까웠다. 시체는 이미 천에 덮였지만 그는 그 정체가 아까 이야기 속의 여자라는 사실을 알 수 있었다. 그 여자가 분명했다. 마이클 라이트는 지금 댈러스 법의학자의 부검 탁자에 올라가 있으니 말이다. 여기는 미시 데일이 마지막 안식을 취한 곳이다. 대런은 강의 가장자리에서부터 카페 뒷문까지의 거리를 머릿속에 메모해두었다. 뒷문에는 제네바의 요리사가 앞치마 차림으로 문설주에 기대서서 이 모든 광경을 지켜보고 있었다. 그곳에는 꽤 큰 오토홈도 주차되어 있었다. 초록색 차체는 어머니의 트레일러보다 훨씬 컸다. 방 세 칸짜리인 듯 보였다.

그곳에 사는 사람이 누구이건 여자를 발견한 사람은 그 사람일지도 모르겠다.

"제네바에게 거기 사람들 이쪽으로 오지 말라 했다고 전해줘요."

통이 좁은 바지를 입은 남자가 말했다. 그의 흰색 셔츠 가슴에는 보안관 배지가 달려 있었다.

그는 대런에게 말하고 있었다. 그가 범죄 현장에 너무 가까이 접근한 탓이었다. 대런은 본능적으로 자신의 신분을 밝히려다가 문득 지금 이 순간만큼 자신은 그저 민간인일 뿐이라는 사실을 깨달았다. 레인저로 활동하면서 이런 작은 마을의 보안관들을 많이 만나 보았다. 레인저의 업무 중 절반 이상은 심도 있는 수사를 하기에는 역량이 부족한 소규모의 지역 보안관들을 지원하는 것이었다. 그들 중 일부는 레인저들, 특히 용의자들과 숨어 있는 목격자들을 다루는 데 능숙하다고 소문이 난 대런을 환영했지만, 키 170센티미터의 땅딸막한 체격으로 그의 앞에 서서 외부인을 경계하는 지금 이자와 같은 사람들은 그렇지 않았다. 그들은 레인저스가 주에서 받는 막대한 보조금에서부터 주 경계를 넘나드는 사법권, 어디든 쑤시고 다닐 수 있는 권리와 시민들로부터 받는 경외감까지, 레인저스의 모든 것에 분노했다.

대런은 무심한 구경꾼 역할일랑 아무래도 좋았다. 날은 점차 시원해지고 있었고, 날뛰던 신경도 잠잠해지고 있었다. 그는 어쩐지 나른했다. 든든한 식사가 그의 신경체계에 묘한 작용을 한 모양이었다. 그리고 사실상 그는 자신도 모르게 집을 떠올리게 되었다.

커밀라에 있는 집, 아니면 휴스턴의 집? 물론 리사가 그를 받아준다면.

이건 모두 목이 말라서다.

야생마의 고삐를 잡은 갈증은 그가 타려던 마차를 추월해 대런의 목을 낚아챘다. 그에게는 망할 술이 필요했다. 어쩌면 사건을 해결하는 것보다 더 절실히. 해가 질 때까지 이 부근에 머물며 그렉에게 전달할 정보를 수집한 뒤 휴스턴으로 돌아갈 수도 있다. 윌슨 부서장에게 얘기했던 대로 말이다. 삼촌의 저녁 초대나 오스틴 캠퍼스 투어에 뭔가가 있었던 것인지도 모른다. 어쩌면 로스쿨이야말로 대런이 좀처럼 묵살할 수 없는 무엇일지도. 그는 이 길고 엿 같은 하루가 끝난 뒤 맛볼 버번의 맛이 벌써부터 느껴지는 것 같았다. 그것은 리사가 환영할 미래에 마음을 연 것에 대한 보상이 될 것이다. 그는 항복의 유혹을 느꼈다.

그는 보이지 않는 선 뒤로 물러섰다. 카페 뒷문에서 몇 미터가량 떨어진 지점이었다. 보안관은 용인의 뜻으로 고개를 끄덕였다.

"그거 하나 더 있나?"

누군가의 목소리가 들렸다.

대런이 고개를 돌리니 나이 든 흑인 여자가 그의 옆에 서 있었다. 그녀는 10대 초반 아이들보다 키가 작았지만, 젠더 유동성의 개념을 방금 발견한 남성 노인처럼 옷을 입고 있었다. 대런이 이곳 뒤편을 서성이는 동안 그녀는 보안관들이 작업하는 모습을 줄곧 지켜보고 있었다. 그녀는 그의 담배 쪽으로 손을 내밀었다. 그는 담배에 불을 붙이지 않았기 때문에 들고 있던 것을 정중히 그녀에게 건넸다. 하지만 그녀가 얼굴을 찌푸렸고, 대런은 주머니에 손을 넣어 담뱃갑을 꺼낸 뒤 새것 하나를 끄집어냈다.

"좋아."

그녀가 말했다. 그녀는 불을 청하지 않고 자신의 주머니에서 라이터를 꺼냈다. 옆면에 춤추는 악어가 그려진 플라스틱 라이터였다. 그녀는 담뱃불을 붙이고 대련에게 담배에 불을 붙여줄 테니 몸을 숙이라고 손짓했다. 그녀는 일렁이는 불꽃 너머로 그를 응시했다.

"누구?"

그녀가 말했다.

"네?"

"근처에서 한 번도 못 본 것 같은데."

"지나던 길이에요."

"날을 제대로 골랐네."

그녀가 음울한 현장을 향해 고갯짓을 하며 말했다.

"그러게요. 무슨 일입니까?"

그가 말했다.

여자는 땅바닥에 담뱃잎을 뱉고는 자신을 좀 더 보호하려는 듯 재킷의 양옆을 안쪽으로 바짝 당겼다. 9시 뉴스 보도를 막 시작하려는 사람처럼 말이다.

"엉망진창이지, 뭐. 처음은 지난주 수요일에 여기 왔었던 사람이라던데. 제네바가 그렇게 말했던 것 같아. 그런데 그 사람이 금요일에 죽어서 발견됐어. 경찰에서는 익사로 몰아가는 것 같고. 그런데 이번엔 이 젊은 여자야. 신 앞에 두려움도 없이 용케 여자에게 저런 짓을 저질렀군."

그녀가 하얀색의 나일론 방수포에 덮인 152센티미터가량의 시체를 가리키며 말했다. 한쪽 끝에 여자의 금발 머리카락 가닥이 삐져나와 있었다.

"마이클 라이트도 여기서 발견됐습니까?"

그가 말했다

그는 자신이 그저 이 길을 지나던 사람인 척해야 한다는 사실을 잊고 말았다. 대런이 죽은 남자의 이름을 알고 있다는 것을 이상하게 생각할 법도 한데 그녀는 그것에 관해서는 아무 말도 하지 않았다.

"여기서 더 북쪽에서 발견됐다던데. 선술집 뒤에서."

"하지만 여기도 왔었다면서요."

"이 마을에서 흑인이 달리 갈 데가 어디 있겠어?"

대런이 모빌홈이 있는 방향을 향해 고갯짓을 했다.

"저긴 누가 삽니까?"

"제네바. 가끔 방 하나를 빌려주기도 해. 가장 가까운 모텔도 여기서 9킬로미터나 떨어져 있거든. 카페 물품들도 저곳에 두고, 조가 여행을 다닐 때 쓰던 물건들도 저기 보관하지."

여자가 담배를 빨아들이며 말했다.

"조?"

"여기서 조 스위트를 모르는 건 말도 안 되지."

그녀의 얼굴 위로 그림자가 떨어지는가 싶더니 그의 등 뒤로 누군가의 존재가 느껴졌다. 아쿠아 벨바*와 비탈리스** 냄새가 어깨 너머로 흘러들었다. 고개를 돌리니 몸집이 큰 백인 남자가 서 있었다. 부츠를 신은 그는 189센티미터의 키에 머리가 컸는데, 얄팍한 퐁파두르 스타일***이 익숙한 검은 머리카락에, 관자놀이 주위로는 회색

---

* Aqua Velva: 애프터쉐이브 브랜드.

** Vitalis: 헤어토닉 브랜드.

*** 머리 전체를 빗으로 빗은 다음 목덜미에서부터 끌어올려 후두부에 느슨한 볼륨감을 갖게 한 업스타일.

머리카락 몇 가닥이 드러나 있었다. 손에 담배를 든 그의 얼굴에는 희미한 미소가 떠올라 있었다. 이 작은 마을에서 일어난 끔찍한 사건에 비뚤어진 흥분을 감추지 못한 듯했다.

"우리 이웃에 연쇄살인범이 사는가 보군."

그가 말보로 레드 끝을 손으로 탁탁 쳐서 재를 털어냈다. 손가락에는 리사의 것보다 더 큰 다이아몬드가 박힌 결혼반지를 끼고 있었다. 그는 대런이 있는 쪽을 슬쩍 곁눈질했지만 별 달리 흥미로운 것이 없었는지 다시 보안관보들에게로 시선을 돌렸다.

"흑인 연쇄살인범 얘기 들어본 적 있어?"

여자가 말했다.

"그럼 범인이 흑인이라는 건가?"

"당신이 그렇게 생각하고 있는 것 아니야?"

그녀는 머리 깊숙이 담배를 빨아들였다.

"백인 여자가 셸비카운티에서, 그것도 흑인들이 가장 많이 돌아다니는 동네 뒤편으로 90미터를 떠내려왔어. 자, 어떻게 생각해?"

"그래서 보안관이 이곳에 이리도 빨리 도착한 거겠지."

"이곳 여자야, 웬디. 그래서 그런 거지."

"백인 여자잖아. 그래서 그런 거고."

제네바는 뒷문의 요리사 옆에 서서 이 모든 것을 지켜보고 있었다. 요리사 역시 얼룩진 앞치마 위로 팔짱을 끼고 서서는 계속해서 보안관과 그의 수하들을 지켜보고 있었다. 굳게 맞물린 두 입술에는 짜증 섞인 주름이 선명했다. 보안관보들은 기록을 하고 있었다. 대런은 다른 흑인들에게서 저 요리사의 표정을 본 적이 있었다. 몸수색, 빨리 끝나길 바라는 초조함, 질책, 피할 수 없는 관심의 순간.

늘 예상하던 일이 닥친 그 순간.

그리고 당연하게도 보안관이 이쪽으로 다가오더니 제일 먼저 웬디 옆에 서 있는 백인 남자에게 고갯짓을 했다.

"윌리, 여기 우리, 일 좀 하게 해줘요."

"그래야지, 파커."

윌리가 말했다.

두 남자는 친근하게 서로의 이름을 불렀지만, 존중은 잘못된 방향으로 흐르고 있는 것 같았다. 윌리는 보안관을 향해 고개를 삐딱하게 들고 있고, 보안관은 누군가의 발을 밟지는 않았는지 확인당하는 초등학생만큼이나 긴장한 얼굴을 하고 있다는 것을 대런은 눈치챌 수 있었다. 보안관이 이번에는 카페 뒤편을 향해 고갯짓을 했다.

"제네바."

그가 말했다.

그녀는 짧게 고개를 끄덕였다.

"밴혼 보안관."

"아직 기억이 생생할 때 빨리 어젯밤 카페에 왔던 사람들 명단 좀 만들어줘요. 이름을 모르거든 인상착의라도 좋아요. 어쨌든 그 명단이 빨리 필요해요."

웬디가 입을 열었다.

"젠장, 미시가 어젯밤 윌리의 술집에 갔었다는 건 모두가 아는 사실이잖아."

"지금 시점에서 알 수 있는 건 아무것도 없어요."

"웬디, 거기 일은 거기서 알아서 하게 둬. 시신을 빨리 수습할수록 모두에게 좋아. 부모님에게는 연락했죠, 보안관? 아들도 하나 있어요."

제네바가 부드럽게 말했다.

"압니다."

밴혼 보안관이 한숨을 쉬고는 손으로 자신의 가느다란 머리카락을 쓸었다. 50대쯤으로 보이는 그는 나이 든 야구 선수처럼 두꺼운 목에 널찍한 등을 가진 다부진 남자였다.

"가족들은 팀슨에서 지내고 있는데, 애들을 시켜 연락을 취하게끔 했어요. 키스가 소식 듣자마자 제재소에서 출발했다고 하네요. 시신에 대한 신원 확인이 필요하거든요. 그래서…."

제네바는 어깨를 살짝 떨었지만, 음성은 단호했다.

"그녀가 맞아요."

"가족들이 확인해야 돼요, 부인. 가족들의 확인이 필요하다고요."

"그렇겠죠."

제네바가 고개를 끄덕였다. 목 위로 유목을 이고 있는 것처럼 그녀의 머리가 무거웠다. 대런은 시신을 발견한 사람이 그녀라는 것을 단번에 알 수 있었다. 밴혼은 방금 도착한 부검의의 밴을 맞이하며 다시 분주한 현장으로 돌아갔다. 밴은 카페 앞쪽에서 차를 돌려 울퉁불퉁한 노면에 접어들었고, 이내 경적을 울려 보안관보들을 물러서게 했다. 윌리는 그들 앞에 펼쳐졌던 으스스한 광경에서 고개를 돌려 다시 카페 쪽으로 걸어가기 시작했다.

"암튼 유감이야, 제네바. 이런 난처한 일이 생기다니. 가급적 그쪽에 피해가 없도록 내가 잘 살피지."

누구도 원치 않던 일이었다는 점을 강조하며 그가 말했다. 그러고는 카페 뒷문으로 향했다.

그러자 제네바는 손을 들어 그를 저지했다.

"여기가 자기 것인 양 뒷문으로 들어가지 말아요. 다른 사람들처럼 앞문을 사용해요. 당신 아버지가 누구였는지는 상관없어요."

그녀가 말했다.

6

대런은 월리보다 몇 걸음 더 뒤에서 카페의 앞문을 통과했다. 월리는 카운터에 단 하나 남은 자리를 차지했다. 다만 앉지는 않고, 먹을 것을 찾아 숲을 어슬렁거리는 곰처럼 그 주변을 서성였다. 타조 가죽 부츠를 신은 두 발을 60센티미터 정도의 간격으로 벌린 채 리놀륨 바닥에 꼿꼿이 서서 검버섯이 올라온 두 손으로 카운터의 가장자리를 굳건히 쥐고 선 그의 당당한 자세에는 묘한 위세가 있었다. 젊은 트럭 운전수인 팀은 가급적 그에게서 멀찍이 떨어지기 위해 스툴에서 슬며시 내려와 창가의 빈 부스 좌석으로 자리를 옮겼다. 나이 많은 남자 헉슬리는 돋보기의 렌즈 위로 월리를 올려다보았다. 제네바는 월리의 고갯짓도 없이 그의 앞에 빈 커피 컵을 밀어 넣고는 페이스트리와 네모난 티 케이크, 튀김 파이―대런은 어렸을 적 이걸 사 먹으려고 니켈을 모았다―처럼 보이는 턴오버들이 진열된 동그란 유리장 옆에 있던 주홍색 꼭지의 커피 주전자를 들어 커피를 따라주었다. 월리는 감사의 인사를 했고, 제네바는 미세하게, 그리고 다소 무뚝뚝하게 고개를 끄덕였다. 대런은 둘 사이의 기이한 분위기에 뭔가가 있다고 느꼈다. 월리가 커피값을 지불하기 위해 지갑으로 손을 뻗었고, 제네바는 그의 머니 클립에 꽂힌 현금의 금액을 이미 알고 있다는 듯 20달러에 대한 잔돈을 세어두고 있었다. 거기에는 닳고 닳았지만 여전히 잘 보존되고 있는 익숙한 무언가가 있었다.

월리스 제퍼슨 3세, 대런이 알아본 바 그는 고속도로 위편에 자리한, 이상한 붉은색 벽돌 건물의 소유자였고, 그의 집 거실에서는 제네바 스위트의 카페가 한눈에 내려다보였다.

"나 원, 이렇게 창피한 일이 있나. 고속도로가 온갖 쓰레기들을 이곳으로 끌어들이고 있어. 지금에서야 말이지만, 밴혼과 그의 수하들에게는 그 여자가 당신 뒷마당에서 발견된 것이 그리 좋게 보이지 않을 거야. 여기는 온갖 종류의 사람들이 모여드니까. 시카고, 디트로이트 같은 저 멀리 북부에서부터 러레이도까지 다니는 트럭 운전수들 말이야. 그들 중 누군가가 이런 일을 저질렀을지도 몰라. 미시가 강간을 당했을지도 모른다고 하던데."

월리가 말했다. 그의 음성에는 진한 니코틴이 발려 있었다.

"전화 좀 쓸 수 있을까요?"

대런이 물었다.

"그쪽 손에 든 건요?"

제네바가 그의 휴대전화로 고갯짓을 하며 말했다. 아까 저녁 식사를 가져다주었을 때 보였던 친절은 이미 사라지고 없었다. 그녀는 그가 왜 아직도 여기에 있는지 모르겠다는 듯한 표정을 하고 있었다. 그는 이미 식사를 마쳤고, 돈도 지불했으며, 그녀 혹은 그 외

다른 사람과 친분이 있는 것도 아닌데 말이다. 그녀는 소금통과 후추통을 채우느라 분주했고, 그 움직임에는 돌발 홍수처럼 밀려들어온 쓸쓸함이 그득했다.

"배터리가 다 돼서요."

그가 말했다.

"저 일 때문에 우리 전부 하루 만에 배터리가 방전됐지."

웬디가 주방에서 나오며 말했다. 그녀는 제네바를 따라 뒷문을 통과했고, 카운터 뒤편 구석에 놓인 비닐 등받이 의자에 앉으며 한숨을 내쉬었다. 제네바는 후추통으로 카페 모퉁이에 놓인 공중전화기를 가리켰다. 오리 그림이 그려진 폴리에스테르 커튼 뒤였다. 대런은 그녀에게 고맙다고 인사한 다음 홀을 가로질렀다. 그 과정에서 부스 밖으로 삐져나와 그의 진로를 막고 있는 팀의 작업용 부츠 발을 치우도록 하기 위해 "실례합니다"라는 말을 두 번이나 해야 했다. 팀은 대런을 대하는 제네바의 태도를 보고 그녀를 지지하기로 했는지, 그녀의 태도를 그대로 답습해 발을 치우는 데 꽤나 여유를 부렸다.

커튼 뒤로 작은 나무 선반이 있었고, 대런의 추측대로 팀슨과 그 주변 지역을 안내하는 전화번호부—초등학교 졸업앨범처럼 얇았다—가 놓여 있었다. 마을 사람들 전부에게 그가 누군가를 찾고 있다는 것을 홍보하느니 이런 방식으로 발견하는 것이 나았다. 그는 엄지손가락으로 페이지를 넘기며 미시 데일의 남편이자 헌츠빌에 있는 텍사스주 교도소에서 출소한 키스 데일을 찾아보았다. 그곳이야말로 아리안 브러더후드의 가장 열성적인 배양지였다. 2중 살인과 연계된 아주 희미한 단서였지만, 수색 영장을 청구하기에는 너무 추측에 가까웠다. 여기서 그가 배지 없이 할 수 있는 일은 그리 많지 않았다. 힘의 부재를 생생하게 느낄 수 있었다.

그는 난생처음으로 근거리에서 이 힘을 보았던 때가 떠올랐다.

윌리엄 매슈스가 200년의 텍사스 레인저스 역사상 최초의 흑인 레인저가 되었을 때 대런은 열두 살이었다. 그가 개트니 가의 아이들과 물총 싸움을 하며 놀고 있을 때 그의 삼촌이 파란색 GMC 픽업트럭을 몰고 와 그에게 손을 흔들었다. 근처 셰퍼드에 있는 보안관 사무실에서 받아와야 할 사건 파일 두어 개가 있었기 때문이다.

같이 가자, 아들.

대런의 축축하게 젖은 다리가 운전석의 비닐 좌석에 끈끈하게 달라붙었다. 그는 줄곧 삼촌의 옆구리에 달린 357매그넘을 쳐다보았더랬다. 진짜 호두나무로 만든 손잡이가 달린 총은 카운티의 남부로 향하는 가운데 조수석 창을 통해 쏟아져 들어오는 햇빛에 반사되어 반짝거렸다. 결혼한 지 얼마 되지 않았던 윌리엄은 헌츠빌 지부에서 근무하고 있었고, 나오미와는 휴스턴에서 살고 있었다. 클레이턴과 나오미, 윌리엄은 초등학교 시절부터 함께 어울렸는데, 클레이턴은 나오미와 사랑에 빠지기도 했다. 그러나 그가 로스쿨에 진학해 멀리 떠나 있는 동안 클레이턴은 사랑 경쟁에서 그의 생물학적 쌍둥이에게 지고 말았다. *미안해, 클레이.* 그녀는 윌리엄과의 약혼 사실을 밝히며 클레이턴에게 그렇게 말했다. 클레이턴은 윌리엄과 더 이상 말을 섞지 않았고, 형제가 함께 자란 커밀라에 있는 집에 윌리엄이 방문하는 것도 막았다. 윌리엄은 자신에게 첫 아이나 다름없는 대런이 보고 싶었지만, 대런은 레인저 선서식에 참석하는 것도 허락받지 못했다.

그들은 존 리 후커*의 노래 테이프를 틀었고, 윌리엄은 시내의 가게에서 시원한 콜라를 사 주겠다고 약속했다. 대런은 레인저 삼촌을 두지 않은 아이들과 사람들을 지나치며 자랑스럽게 손을 흔들었다. 하지만 셰퍼드의 고속도로 표지판을 지나면서는 몹시 긴장이 되기 시작했다. 인구 1,674명. 그곳에는 가지 말라는 이야기를 귀에 못이 박히도록 들어온 그였다. 삼촌들이 기억하는 한 그곳은 카운티 내 KKK단의 근거지였다. 그래서 대런은 셰퍼드로 이어지는 길로는 절대 자전거를 타지 않았다.

하지만 배지가 그런 것들을 바꿔놓았다.

윌리엄이 시내 보안관 사무실에 들어서자 백인 보안관보들이 멈칫하며 그를 쳐다보았다. 그리고 그를 향해 대런이 지금껏 백인들에게서 한 번도 본 적 없는 새로운 차원의 태도를 보였다. 그들로서도 달리 선택의 여지가 없었을 것이다. 윌리엄은 그들보다 계급이 더 높았으니 말이다. 지금까지도 대런은 그날 삼촌이 대런을 데려갔던 것은 레인저 배지의 힘을 보여주기 위해서였다고 믿고 있다. 윌리엄은 대런을 변호사로 만들려던 클레이턴과의 전쟁에서도 승리를 거두었다. 나오미를 쟁취했던 것처럼 말이다.

대런은 팀의 목소리를 들을 수 있었다.

"이 일로 우리를 몰아붙이도록 두고 볼 순 없어요."

"'우리'라니? 휴스턴 꼬맹이, 너 말이겠지, 안 그래?"

윌리가 말했다.

"꼬맹이라니, 말조심해요."

"예민하기는. 그게 바로 밴혼이 두려워하는 거야. 여기 있는 사람

---

* John Lee Hooker: 미국의 블루스 가수이자 기타리스트.

들 중 누군가는 그들이 그 다른 친구를 의심하고 있는 것에 대해 예민한 반응을 보이는 것, 익사한 그….”

월리가 카페 안에 있는 흑인들 절반을 둘러보며 말했다.

"살해당한 남자 말인가요?”

제네바가 말했다.

"살해당했다는 망할 증거 하나 없잖아. 당신도 알겠지만.”

"아직은 아무것도 몰라요. 그들이 우리에게 말해줄 리도 없고.”

대런은 키스 데일의 주소를 발견했지만, 영장이 없었다. 그러니 합법적으로 남자의 집에 들어갈 수 있는 방법은 없었다. 흑인이 배지 없이 남의 집을 염탐했다가는 바로 주거침입죄로 연행될 터였다. 이곳에 오기로 한 결정의 어리석음이 다시 한번 그를 날카롭게 베고 지나갔다. 대관절 무엇을 얻으려 했던 것일까? 그는 지금 정직 상태란 말이다, 맙소사. 배지 없이 그는 아무것도 아니었다. *집으로 돌아가자.*

하지만 또 다시 갈증이 솟구쳤다. 5시가 가까워지고 있었고, 그는 술 한 잔 마시지 않고 휴스턴까지 먼 길을 갈 수 있을지 확신이 들지 않았다. 딱 한 잔, 아니, 두 잔만.

"조가 죽은 이후로는 주변에 이런 일이 없었잖아.”

헉슬리가 말했다.

"어느 조요?”

팀이 물었다.

"그만, 팀.”

제네바가 재빨리 말했다.

"사람들은 이번 일로 당신을 여기서 쫓아낼 수 있을 거라 생각해.

얘기할 준비가 되거든 말해. 내 제안은 여전하니까. 당신이 이곳이 아니더라도 어떻게든 남을 방법을 내가 찾아볼 테니."

"여길 당신한테 팔려고 했으면, 진작 팔았을 거예요."

대런이 헉슬리와 월리 사이의 공간을 비집고 들어가 포마이카 카운터 위에 두 팔꿈치를 얹었다. 그는 제네바와 눈을 맞추려 했다. 그녀가 지난 며칠간 그녀의 카페를 다녀간 손님들 명단을 만들고 있다면, 그는 자신이 완전히 결백하다는 인상을 줄 필요가 있었다. 동네에 대해 별로 아는 것도 없이 그저 지나가는 사람으로서 그는 이미 의도한 것보다 더 많은 주목을 받았으니 말이다.

"고마웠습니다, 부인."

제네바는 그에게 아무런 대꾸도 하지 않았다.

월리가 말했다.

"로라에게 뭘 좀 사 가겠다고 했는데."

"복숭아와 사과 버터 있어요. 얼마나 줄까요?"

제네바가 진열장에 놓인 튀김 파이를 가리켰다.

"복숭아 네 개랑 사과 버터 두 개."

그녀는 진열장의 무거운 유리 뚜껑을 열었다.

"사과 버터는 시험 삼아 만들어본 거니까 돈은 됐어요."

이번에도 제네바는 월리가 또 다른 20달러를 꺼내기도 전에 미리 잔돈을 준비했다. 금액에 상관없이 그는 늘 20달러 지폐만 사용하는 모양이었다. 대런은 그의 7만 달러짜리 트럭의 운전석에 사용하지 않은 5달러와 10달러 지폐가 산처럼 쌓여 있는 것은 아닐까 생각했다. 그는 트럭 창문에 중개상의 가격표를 여전히 달아둔 채 자신의 집 앞에서 제네바의 카페까지 20미터 정도 되는 거리를 그 트럭을 타고 왔다. 밖으로 나온 대런은 윌리의 검은색 포드 F-250 옆을 지나쳤다. 얼마나 광을 냈는지 그의 모습이 비칠 정도였다. 의협심으로 시작한 하루의 끄트머리에서 대런은 초췌하기 이를 데 없었다. 그는 자신의 9년 된 셰비에 올라타 시동을 걸고 59번 고속도로로 차를 몰아 선술집으로 향했다. 미시 데일이 그곳에서 일했다고 하니 뭔가 알아볼 것이 더 남았을지도 모른다. 아직 뒤집을 돌이 남아 있을지도 모른다.

7

그는 술을 마시기 전 리사에게 전화를 해야겠다고 생각했다.

그는 선술집 주차장에 트럭을 세운 뒤 잠자코 앉아 있었다. 저무는 태양이 셰비 운전석의 뒤쪽 창문을 데우고 있었다. 내일이 되면 다시 새롭게 시작하리라. 아내에게 그렇게 말할 계획이었다. 그는 귓가에 울리는 신호음을 헤아리며 몇 번이고 연습했다. 그녀가 과연 전화를 받을지는 모르겠지만. 아직 회사에 있다면 그의 연락을 묵살할 이유는 많았다. 하지만 클레이턴이 오늘 아침 대런과의 통화를 마치자마자 리사에게 전화를 했을지도 모른다. 삼촌이 대런과 리사 사이에서 말을 전달하고 있으니 말이다. 이제 그 녀석, 준비됐어. 이제 대런이 직접 그 말을 크게 외치기만 하면 되었다. 그들의 관계는 처음부터 이런 식이었다. 두 사람 사이의 직선이 때로 클레이턴 삼촌이 개입하면서 삼각형이 되어버리는 것이다. 대런이 그녀를 집으로 데려왔던 순간부터 클레이턴은 그녀를 마음에 들어 했다. 당시 그는 중고 도요타 터셀에 그녀를 태우고 저녁 식사를 위해 커밀라에 있는 집까지 운전을 했다. 한 번 기어를 바꿨을 때를 제외하고 그는 줄곧 그녀의 손을 잡고 있었다. 대런은 리사에게 자신의 정수를 보여주고 싶었다. 소나무 그늘 아래서 자란 시골 소년. 말을 가져본 적은 없지만 뭐든 앞에 놓아주면 능히 올라탈 수 있던 꼬마. 매년 크리스마스에 사촌 리베카와 함께 뒤쪽 테라스에서 흙으로 파이를 만들며 놀던 소년. 변성기가 오기 수년 전부터 산탄총을 쐈던 소년. 리사의 부모님은 산타페에 별장을 갖고 있었지만, 대런의 가족들은 커밀라에 오래된 농가를 소유하고 있었다. 그는 가족 소유의 땅 경계를 돌아다니는 공작새만큼이나 그 집이 자랑스러웠고, 그래서 여자친구에게도 보여주고 싶었다. 리사는 미소를 지었고, 그때까지 한 번도 먹어본 적이 없는 호그* 요리를 먹었다. 초록색 철제 테라스에 마련된 식사 자리에 앉기 전에 먼지를 털어내기도 했다. 그는 그런 그녀의 노력이 사랑스러웠다. 그것을 두고 시골 생활에 대한 그녀의 열정이 자라기 시작한 것이라고 착각했다. 몇 년 후 그가 그녀에게 언젠가 그런 곳에서 살자고 제안하자 그녀는 웃음을 터뜨렸다. 가을과 봄 학기 동안 오스틴에서 지내는 클레이턴은 리사가 대런에게 딱 맞는 짝이라고 생각했다. 리사와 대런의 결혼 생활이 삐걱거리는 동안—서로 다른 대학에서 생활하는 그 몇 년 사이—그 어떤 의심이라도 자라날라 치면 항상 클레이턴이 나서서 대런을 타일렀다. 그런 여자, 또 없다. 대런은 그것을 리사에 대한 칭찬으로 여겼지만, 동시에 남편으로서의 대런의 잠재력에 대한 완곡한 의심 같기도 했다. 그러나 대런 역시도 리사처럼 자신을 사랑해주는 사람은 또 다시 찾지 못할 것이라 믿고 있었다.

---

* Hog: 거세한 수퇘지.

"대런."

그녀가 전화를 받았다.

그녀는 한숨과 함께 그의 이름을 불렀지만, 절망보다는 안도에 가까운 음성이었다. 수화기 너머로 딸각 소리가 들렸고, 이내 침묵의 키스가 이어졌다. 그는 그녀가 귀고리를 뺐음을 깨달았다. 그를 위해 제대로 집중하고 있다는 사실에 그의 마음이 활짝 쪼개졌다.

"보고 싶어."

그가 말했다. 그의 서툰 손가락 사이로 구슬이 미끄러져 사방으로 튕겨나가듯 자신도 모르게 단어들이 쏟아졌다. 이어지는 침묵 속에서 그들은 각자의 숨을 고르고 있는 듯했다.

"집으로 와."

그녀가 말했다.

너무도 쉽게 나온 말에 그는 뭐라고 말해야 좋을지 몰랐다. 자신이 잘못 들은 것이 아닌지 의심스러웠다.

"도움을 필요로 하는 사람들을 위해 봉사하겠다고 선서한 당신인데 맥을 위해서는 그렇게 하지 말라고 했던 건 선을 넘은 행동이었어. 그게 당신 일인데."

그녀가 말했다. 그녀의 말은 양보보다는 비난에 가깝게 들렸다.

"그냥 두려웠어. 지금도 그렇고. 당신을 잃고 싶지 않아."

그건 사실이 아니다. 지난 몇 주간 그녀와 떨어져 지내면서 그는 그렇게 생각했었다. 리사는 그를 나누고 싶지 않은 것이다—일과, 자정의 호출과, 텍사스주 전체와, 그가 충성을 맹세한 이방인들과.

그는 이 일로 그녀를 더 사랑해서는 안 된다는 것을 알고 있었다—아내의 마음속 인색함, 그를 독차지하고 싶어 하는 욕심. 하지만 그는 그녀를 사랑했다.

"당신한테 무슨 일이라도 생기면…."

리사는 차마 이야기를 마무리하지 못했다.

"이건 일이야."

그가 그녀의 표현을 반복했다.

"내가 너무 고집을 부렸어. 인정해."

그녀는 그의 레인저 생활이 끝났다는 것을 알고 있었다. 따라서 그녀가 단지 말로만 이러는 것임을 그도 알고 있었다. 하지만 아무래도 상관없었다. 그는 그 말을 듣기 위해 몇 주를 기다렸다. 그것을 위해서라면 배지라도 던져버릴 수 있을지 모른다.

"사랑해, 리사."

그녀는 그가 함께했던 유일한 여자일 뿐만 아니라―여러 해 동안 그녀와 1,600킬로미터를 떨어져 지내며 섹스에 굶주린 대학 생활을 보냈던 그였다. 물론 그 사이에 있었던 일들은 서로 이야기하지 않기로 합의한 바 있다―진정으로 사랑했던 유일한 여자이기도 했다. 설사 클레이턴이 그녀를 지나치게 아낀다고 해도 괜찮았다.

"술 마시는 건 싫어."

그녀가 조건을 내걸었다.

"잘 조절할게."

술집 주차장에 앉은 그가 말했다.

그저 잠깐 둘러볼 생각이었다. 이 작은 마을을 떠나기 전 마음의 평화를 위해서 말이다. 그러나 이왕 술집에 들어간 김에 아무것도 마시지 않을 수는 없었다. 어쨌든 뭔가 의지할 것이 필요하기도 했다.

버번은 제네바의 뒷마당에서 들고 있던 담배 같은 것이었다. 다만 이번에는 진짜 들이마실 계획이라는 것이 다를 뿐.

"여기서 마무리해야 할 일이 있어."

"어딘데?"

"그렉이 부탁한 게 있어서."

"그렉."

그녀가 말했다. 돌처럼 무거운 두 음절이었다.

대런은 얼음장 같은 음성의 배후를 굳이 캐고 싶지 않았다. 집으로 돌아갈 수 있는 길이 가까웠다. 그는 계획을 나열했다. 윌슨 부서장이 기다리고 있으니, 내일 배지를 반납한 뒤 일이 어떻게 진행되는지 두고 보는 것이다. 맥이 기소가 될지 안 될지, 그리고 그 일이 대런에게 어떤 영향을 미칠지. 리사는 로스쿨에 대해 한마디도 하지 않았다. 내일 너머의 것에 대한 그 어떤 얘기도 없었다. 그는 그런 그녀를 사랑했다.

"나도 사랑해."

그녀가 말했다.

그는 기분이 너무 좋아 술집 따위 다 그만두고 바로 그녀에게 달려가고 싶었다. 59번 고속도로는 곧장 휴스턴으로 이어지니 〈스캔들〉 혹은 〈리얼 하우스와이브스 오브 섬웨어〉 같은, 리사가 즐겨보는 TV 프로그램 시작에 맞춰 집에 도착할 수도 있을 것이다. 하지만, 아니. 이미 술이 그를 기다리고 있었다.

그도 싸구려 술집에 많이 들락거려 봤고, 리사와 본격적으로 만나기 전이었던 2학년 때에는 거기서 만난 치어리더단 단장에게 홀딱 빠지기도 했었다. 그리고 그해 가을 학기에는 거의 매주 주말이면 시내에서 두 시간가량 떨어진 외곽 빅토리아의 술집까지 달려가곤 했다. 그곳에서는 고등학교 동창들과 함께 술을 마셔도 아무도 궁금해하지 않았다. 그는 투 스텝을 배운 적도 없었고 여자애에게 볼뽀뽀 이상의 것을 받아본 적도 없었다. 그 여자애는 그가 귀엽다고 했지만, 만약 흑인인 그를 집에 데려갔다면 자기 아빠에게 맞아 죽었을 것이다. 그래도 고등학교 시절 백인 친구들은 그와 어울리는 데 거리낌이 없었다. 그들은 그와 합석을 했고, 심지어 그에게 맥주 한두 잔을 사 주기도 했다. 문제가 되는 건 그 외의 사람들이었다. 그가 댄스 플로어와 가까워지면 두 눈을 굴리던 여자들. 지나갈 때마다 그에게 다 들리도록 '깜둥이'라고 중얼거리며 그를 밀치던 남자들. 야구모자와 카우보이모자의 챙 아래로 그를 쏘아보던 위협적인 눈빛들. 제프의 주스 하우스에 들어서면서 그는 그때와 똑같은 시선들을 느꼈다.

안에는 미니 포켓볼 게임이 한창 진행 중이었다.

그러니까, 대런이 들어서기 전까지만 해도 말이다.

펠트가 덮인 테이블 주위로 풀 얼룩이 묻은 작업용 셔츠를 입은 선수들이—그중 한 명은 크루즈 2016 티셔츠를 입고 있었다—손에 큐대를 든 채로 돌처럼 굳어서는 방금 출입구를 통과한 흑인 남자를 쳐다보았다. 선술집의 실내는 거대한 크기의 놀이방 같았다. 당구대가 있었고, 핀볼 기계가 두 대 있었으며, 다트판에, 제네바의 카페에 있던 골동품과는 차원이 다른 주크박스에서는 CD 음악이 흘러나오고 있었다. 그 음악은 당연하게도 컨트리 송이었다. *쉽게 얻는 것은 쉽게 잃기도 하지, 소녀여.* 조지 스트레이트가 노래를 부르고 있었다. 온 사방 벽면에는 과거 남부 연맹의 깃발이 걸려 있었고, 고속도로 표지판을 비롯해 루크 브라이언과 댈러스의 레이디 앤터벨룸의 공연 포스터도 붙어 있었다. 손님들 대부분은 남자였고, 풍만한 몸매의 여자 바텐더가 근무 중이었다. 마흔이 넘어 보이는 그녀는 갈색의 얇은 머리카락에 얼굴은 그런대로 예쁘장했지만, 농익은 여드름 혹은 메스암페타민의 숨길 수 없는 흔적 같은 무언가로 뒤덮여 칙칙했다. 텍사스 동부에서는 이런 백인 여자들을 두고 이렇게 말한다. 열심히 말을 달린 뒤 세척 물을 뒤집어썼다고.*

그는 바로 다가가 버번을 니트로 주문했다. 그녀는 그가 이곳에 들어오면서 구석구석에서 느꼈던 적대감에 대해서는 전혀 아는 척 없이 그의 주문대로 술을 준비하기 시작했다.

"길 잃었어요?"

그녀가 말했다.

"전혀요."

그가 옆구리에 차고 있는 45구경 권총의 가죽 총집이 보이도록 바 스툴에 왼쪽 엉덩이를 올리며 말했다. 바텐더는 매서운 눈으로 물러섰다. 대런은 그의 입술 너머로 술 말고 다른 무언가가 넘어가는 일이 없도록 그녀가 술을 따르는 모습을 줄곧 지켜보았다. 그녀가 그에게 술을 건넸고, 그는 잔을 들며 말했다.

"오픈 캐리**를 위해."

그는 이곳에 더 머물 생각이라는 것을 보여주기 위해 바 위에 20달러를 내려놓고는 고개를 돌려 홀 뒤편의 빈 자리를 찾았다.

거기에는 또 다른 여자가 일을 하고 있었는데, 딱 붙는 제프의 주

---

* 말을 타는 사람들에게서 기원한 표현으로, 말을 달린 뒤에는 빗질하고 씻겨주어야 한다는 의미에서 거칠고 난잡하게 생긴 외모를 빗대는 말.

** Open Carry: 총기를 공개적으로 휴대할 수 있는 텍사스주의 법을 뜻하는 말.

스 하우스 티셔츠에 짧게 자른 청바지를 입은 웨이트리스였다. 지난 밤 미시가 이곳에서 일했을 때도 같은 옷을 입고 있었을 것이다. 그는 바 주위에 둘러앉은 남자들을 살펴보았다. 나이는 열아홉부터 쉰까지 다양했고, 홀에는 들뜬 분위기가 감돌았으며, 담배와 땀의 냄새가 그득한 가운데 온통 여자의 젖꼭지와 엉덩이 사진들로 가득했다. 오토바이와 콜벳 후드 위의 가슴들. 여자들은 거의 헐벗고 있었다. 그 어떤 여자도 혼자서는 이곳을 안전하게 빠져나갈 수 없을 듯했다. 그렉에게 부검 보고서 사본을 얻을 수 있는지 물어봐야겠다. 그라면 시골 흙먼지나 차고 다니는 지금의 대런보다 마이클 라이트와 미시 데일에 대해 더 많은 것을 알아낼 수 있을 테니 말이다. 그는 자리에 앉아 버번이 위장에 가라앉을 때까지 기다렸다. 그의 정맥을 따라 뜨거운 버터가 퍼져나가듯 모든 것이 나른해지고 있었다. 그의 뒤편으로는 화장실 문이 열려 있었고, 그는 자신의 등이 노출된 것이 마음에 들지 않았다. 화장실 쪽으로 고개를 돌린 그는 이 술집에도 여자 화장실이 있다는 것에 놀랐고, 방금 거기서 나온 여자가 흑인이라는 사실에 또 한 번 놀랐다.

그녀는 얼굴에서 제 갈 길을 잃은 물방울들을 닦아내고 있었다. 얼굴에서 떨어진 물기는 그녀가 입고 있는 눈처럼 새하얀 코트 위로 떨어져 캐러멜색으로 번졌다. 술집에 대해 알 만한 사람이라면 이런 곳과는 전혀 어울리지 않는 차림새임을 깨달았을 것이다. 잿빛에 가까울 정도로 창백한 얼굴의 그녀는 옆구리에 검은색 훌라 핸드백을 낀 채로 끈끈한 테이블 사이를 지나면서 아무와도 눈을 마주치지 않았다. 그녀에게서 한시도 눈을 떼고 있지 않은 대런과도 마찬가지였다. 순간 레인저 생활 동안 몇 번 느끼지 못했던 확신이 대런에게 번뜩였다.

그 사람 아내에게 연락이 갔어.

그녀는 홀의 구석 테이블에 홀로 앉아 누구와도 이야기하지 않고 오로지 주변만 응시할 뿐이었다. 남부 연맹 깃발, 그녀의 존재에 서로의 옆구리를 찌르는 백인 남자들, 돼지고기와 콩, 교과서 크기의 토스트가 가득 쌓인 접시들. 외국 거리의 표지판들을 읽어보려는 듯, 자신이 어디에 있는지, 어떻게 해서 이곳에 왔는지 모르겠다는 듯 말이다. 대런은 생각할 겨를도 없이 바로 자리에서 일어났다. 그가 그녀의 테이블에 다가가자 그녀는 안도가 아닌 혼란이 가득한 표정으로 그를 올려다보았다. 그는 자신이 배지를 차지 않았고, 이 일에 역할이 제한되어 있다는 사실도 깜빡 잊고 있었다.

"괜찮아요?"

그가 물었다. 그녀의 대답은 음악과 전자 게임과 〈먼데이 나이트 풋볼〉을 방영하고 있는 두 대의 TV 소리에 묻혀버렸다. 그가 그녀의 맞은편에 앉자 그녀는 움찔했다. 그는 자신의 이름을 말했다. 그 어떤 지위도 없이 순수하게 이름만. 그녀는 고개를 끄덕이고는 무어라고 말했지만, 그는 여전히 알아들을 수 없었고, 그는 몸을 그녀에게로 더 가까이 기댔다. 그녀의 눈 밑으로 늘어진 피부는 붉고, 촉촉했다. 그녀는 고개를 가로저으며 말했다.

"내가 왜 여기 있는지 모르겠어요."

그녀는 서둘러 일어서다가 그만 핸드백 끝으로 물컵을 넘어뜨리고 말았다. 물은 테이블 위로 넘실대며 번지더니 대런의 무릎으로 떨어졌다.

"여기 오는 게 아니었는데."

그녀가 테라스와 주차장으로 연결된 문으로 향하며 말했다. 대런은 그녀의 손을 잡고 그녀를 따라 일어섰다.

"건드리지 말아요."

그녀가 손을 빼며 말했다.

이쯤 되자 두 사람은 구경거리가 되고 말았다.

바텐더가 바의 저쪽 끝에 서 있는, 검은색 셔츠와 스틸러스 야구모자의 남자를 향해 고갯짓을 했다. 그는 팔짱을 끼고 있던 문신투성이 팔을 풀고 그들을 향해 다가오기 시작했다. 마이클 라이트의 아내는 대런을 밀치고는 출입문으로 향했다. 그는 몇 걸음 뒤에서 그녀를 따라갔다. 홀의 남자들이 전부 그들을 쳐다보고 있었다. 밖으로 나가자 음악 소리가 희미해졌고, 남부로 향하는 대형 트럭들이 굉음을 내며 술집 옆을 지나고 있었다. 주차장에는 트럭들이 내뿜은 매연이 카펫처럼 깔렸다. 해가 지고 술집의 네온사인이 땅을 노란색과 푸르스름한 흰색으로 물들이고 있었다. 주차장의 픽업트럭의 앞 유리창에도 술집의 이름이 번쩍였다.

대런이 테라스 계단의 제일 아래 칸에 내려섰을 때 등 뒤로 부츠 소리가 들렸다. 고개를 돌리니 스틸러스 야구모자를 쓴 덩치 큰 남자가 출입문을 막아서고 있었다.

"그대로. 둘 다, 그대로 여기서 꺼져."

그가 마치 떠돌이 개를 내쫓듯 말했다.

대런은 여자를 찾아 주차장을 두리번거렸다.

"조용히 갈 겁니다."

그가 검은색 티셔츠의 남자에게 말했다.

"흠, 어쨌든 여기는 네가 올 데가 아니야."

남자가 앞으로 나섰다. 대런에게 비치던 네온사인의 불빛이 가로막히면서 그는 남자의 팔에 새겨진 잉크를 분명히 볼 수 있었다. 남자에게는 위험한 표식이 적어도 세 개가 있었다. 양쪽 이두박근에 똑같이 새긴 문신, 검은색 테두리, 그 위에 올라앉은 알파벳 A와 B. T 모양의 단검이 문양을 꿰뚫은 가운데 작은 핏방울이 떨어지고 있었다. 그의 왼쪽 손목에는 SS 번개도 한 쌍 새겨져 있었다.

덩치 큰 남자 뒤로 문이 열리더니 네 명의 남자가 테라스로 나왔다. 대런은 그들 중 적어도 한 명은 아까 포켓볼 게임을 하던 자라는 것을 알아볼 수 있었다. 다른 두 명은 총집을 차고 있었다. 대런 역시 마찬가지였지만 수적으로 열세였다. 그는 총집 방향으로 손이 스치기만 해도 즉각 죽을 수도 있다는 것을, 마이클 라이트의 아내까지 죽을 수 있다는 사실을 알고 있었다. 그때 대런의 등 뒤로 그녀가 모습을 보였다.

"무슨 일이 있었는지 알고 싶어요."

그녀가 말했다. 아까보다 거친 음성이었다. 그녀는 술집 앞에 버티고 선 남자들을 향해 말하고 있었다. 여기 어딘가에서 뭔가 일이 있었다. 대런도 들어 알고 있었고, 테라스에 선 남자들 역시 알고 있었다. 그는 그녀가 남자들에게 더 가까이 다가가지 않도록 팔을 들어 그녀를 막았다.

"여기 있는 누군가는 알고 있잖아요."

그녀가 말했다.

시카고, 대런은 문득 남자가 어디 사람인지 떠올랐다.

그녀는 자신이 어디에 있는지 모르고 있다.

그녀는 하얀색의 캐시미어 코트를 포함해 값비싼 옷을 입고 있었다. 리사와 함께 살면서 터득한 안목이었다. 텍사스 기준으로 꽤 쌀쌀한 10월이었지만, 코트는 지나쳤고, 그녀는 땀을 흘리기 시작했다. 잿빛의 안색은 그녀의 머리 선에서부터 점점 아래로 내려오고 있었다. 다소 헝클어진 단발머리는 눅눅한 공기에 부풀어 올랐다. 그는 그녀의 두 눈을 똑바로 쳐다보았다. 커다랗고 둥근 그녀의 눈은 많은 밤 술잔에서 보았던 것과 같은 빛의 황색을 띠고 있었다.

"이러지 말아요."

대런이 속삭였다.

"누군가는 뭐라도 봤을 거예요."

그녀가 말했다. 그녀는 진짜 눈물을 흘리고 있었다. 두 개의 눈물 줄기가 그녀의 얼굴 양옆을 타고 흘렀다.

"당신들이 그런 건 아닌가요? 그에게 무슨 짓을 한 거예요?"

그녀는 대런을 지나쳐 계단 발치에까지 다가갔다. 그곳에는 포켓볼 게임을 하던 남자가 서 있었다. 50대 초반의 그는 야구모자의 챙 아래로, 가장자리가 불그스레하고 얼음장처럼 파란 눈으로 자신만의 눈물 자국 가득한 분노를 분출하고 있었다. 그는 그녀가 더 이상 제멋대로 떠들도록 내버려두지 않을 생각이었다. 그녀에게 손을 대는 한이 있더라도 말이다. 그는 그녀를 붙잡을 것처럼 손을 뻗었다.

"키스!"

검은색 티셔츠의 육중한 남자가 계단을 내려와 그의 등 뒤로 나타나더니 그보다 더 체구가 작은 이 남자의 어깨를 억누르듯 쥐었다. 키스. 그 이름이 대런의 목 뒤쪽의 머리카락들을 간질였다. 이 사람이 키스 데일?

"부인, 이제 그만 떠들고 여기 있는 당신 쪽 사람 말을 들어요."

검은색 티셔츠의 문신한 남자가 자신의 앞에 있는 두 명의 흑인들을 몰상식하게 한 부류로 몰아넣으며 말했다. 그의 뒤로 무장을 한 남자들 중 하나가 계단을 내려오며 총집의 덮개를 들어 올렸다. 대런의 계산에 따르면, 곧 깜깜한 밤이 될 터였고, 그렇게 되면 상황이 더욱 나빠질 터였다. 이 여자는 적어도 저들의 문신이 무슨 의미인지 모르는 듯 보였다. 하지만 그녀도 그들의 총을 보았고, 그 의미를 이해했는지 처음으로 그의 뒤로 물러섰다. 당장 여자를 이곳에서, 저들에게서 데리고 나가야 했다. 그들의 혐오를 부추겨 자발적으로 희생양이 될 수는 없었다. 대런의 트럭이 가까이에 있었다.

"어서 타요."

그는 그녀의 팔을 붙들고 셰비로 데려갔다.

"렌터카가 있어요."

"어디에요?"

"주차를…."

그녀는 어느 미국산 세단이 자신의 것인지 기억이 나지 않는다는 듯 주차장을 훑었다. 포드, 셰비, 크라이슬러—그 모두가 그녀에게는 똑같아 보였다. 그녀는 어디로 가야 할지 당혹스럽고 혼란스러운 듯했다. 눈물이 터져 나왔다.

"놔둬요."

그는 자신의 트럭 조수석 문을 열었다. 그녀가 말했다.

"당신 차에는 안 타요."

렌터카 열쇠를 찾는 그녀의 두 손이 떨렸다.

그는 셰비의 운전석에 몸을 기댄 뒤 글러브박스를 열어 술집의 불빛에 배지가 보이도록 했다. 익숙한 말들이 흘러나왔고, 그는 제일 처음 그 말을 했던 때처럼 그 어떤 목적의식을 느꼈다.
"제 이름은 대런 매슈스예요, 부인. 텍사스 레인저입니다."
그가 말했다.

8

그녀의 이름은 랜디 윈스턴이었고, 사흘 전 연락을 받았다. 사실 영국 〈보그〉의 사진 작가로 일하는 탓에 직장이 있는 런던 외곽의 세인트올번스에 살고 있는 그녀에게 연락을 취한 것은 그녀의 에이전트였다. 연락을 받은 직후 그녀는 쉬지 않고 달려왔다. 런던까지 기차를 타고, 뉴욕까지 여덟 시간의 비행을 한 뒤 그곳에서 다시 댈러스행 비행기로 갈아타고. 왜냐하면 댈러스가 파커 밴혼 보안관이 있는 셸비카운티 보안관 사무실과 제일 가깝다고 들었기 때문이었다. 텍사스 센터에 있는 그 조그만 사무실에서 그녀를 맞이한 것은 물론 그가 아니었다. 열두 시간의 여정에 세 시간을 더 보태야 했는데도 말이다. 그 대신 열아홉도 채 되지 않은 애송이 보안관보가 그녀를 맞아주었다. 졸업 이후로 줄곧 오른손에 끼고 있던 졸업반지가 그의 나긋한 손에 무게감을 더하고 있었다. 그녀가 들어섰을 때 그는 주유소에서 산 칠리 핫도그를 빨아먹고 있었고, 그녀가 자신의 이름을 대자 하마터면 목이 막힐 뻔했다.

"마이클 라이트의 아내예요."

그녀가 말했다. 마지막 단어는 그녀의 목구멍에서 넘어온 흐느낌에 거의 묻혀버렸다. 그녀와 마이클은 1년 이상 떨어져 지내고 있었지만, 모든 것을 던져두고 출근할 때 입고 있던 옷 그대로 이곳까지 달려온 그녀는 마지막 순간까지 그의 아내였다. 그녀는 세계적인 트렌드를 추구하는 패션지의 사진 작가였고 그녀의 세계에 어울리던 캐시미어 코트와 고급 보석은 이곳에서 그녀를 이방인으로 부각시킬 뿐이었다. 그녀의 카메라 장비는 여전히 렌터카에 있었고, 대런은 술집까지 10킬로미터의 거리를 걸어서라도 그녀에게 꼭 다시 가져다주겠다고 거듭 이야기했다. 그는 라크에서 조금 떨어진, 고속도로 위쪽에 위치한 모텔로 향했다. 그녀는 트럭이 고속도로에 접어들고 대런의 백미러로 술집이 점차 멀어지자 몸을 떨기 시작했다. 트럭의 앞좌석을 감도는 좌절과 슬픔은 그녀의 날개를 무너뜨렸다.

모텔은 열 개의 객실이 들어찬 말발굽 모양의 건물로, 낡은 타이어로 만든 6미터짜리 탑 위에 네온사인이 걸려 있었다. 로비 데스크의 점원은 대런이 묻기도 전에 객실 두 개를 내주었고, 그녀의 시선이 그의 왼쪽 손에 끼워진 결혼반지와 랜디의 손에 분명하게 부재한 반지 사이를 슬며시 오갔다. 집에서 손수 파마를 한 듯 점원의 머리 컬은 자잘하고 건조했으며, 흰머리가 자라고 있었다. 60대인 그녀는 얼룩덜룩한 목에 금 십자가 목걸이를 걸고 있었고, 두 사람이 각각 열쇠를 받았는지 확인했다. 대런은 랜디에게 더 큰 침대가 있는 객실을 양보했고, 지금 그녀는 그 침대 끄트머리에 앉아 노란색의 두꺼운 커튼을 응시하고 있었다.

대런은 등받이가 곧은, 짙은 초록색의 비닐 의자에 앉았다. 그는 부츠를 신은 발을 두꺼운 카펫에 파묻은 채 두 손은 그녀가 볼 수 있는 곳에 두었다. 그는 단지 그녀가 안전하다고 느끼기를 바랐다.

"보안관이랑 얘기 안 했습니까?"

"사무실에 없었어요."

그녀가 말했다.

그녀는 코트를 벗고 검은색 진과 회색 티셔츠 차림으로 앉았다. 대런은 그녀가 얼마나 말랐는지 볼 수 있었다. 등을 굽힌 채 그녀는 머리카락을 뒤로 넘겼고, 덕분에 그는 그녀의 얼굴을 더 잘 볼 수 있었다. 대런은 밴혼이 오늘 오후 라크에 있었다는 것을 알고 있었지만, 아무 말도 하지 않았다. 다른 사람의 죽음이나 미시 데일에 대한 것도 언급하지 않았다. 지금은 이야기하지 않을 것이다. 적어도 아직은.

트럭들이 59번 고속도로를 지날 때마다 굉음이 울렸다. 늦은 밤의 메아리가 고속도로를 따라 내려가고 나면 무거운 침묵이 뒤따랐다. 주위를 둘러싼 숲에 청개구리들이 우는 소리 외에는 아무런 소리도 들리지 않았다.

"보안관보들 중 한 명을 만났어요. 남편 소지품이 들어 있는 비닐 백을 가져오면서 '유감입니다'라고 하더군요. '시신은 댈러스에 있어요'라면서. 그리고 뭔가 다른 말들도 많이 했는데 기억이 나지 않네요. 그러더니 사진을 보고 그의 신원 확인을 해달라고 했어요."

"어떤 소지품들요?"

그녀는 고개를 돌려 자신의 지갑을 찾아 침대 커버 위를 더듬었다. 그리고 습기가 차서 안이 뿌옇게 변해버린 작은 비닐 백을 꺼냈다. 보안관실에서는 잠재적 증거물은 고사하고 점심 포장보다도 더 엉성하게 비닐 백을 포장해두었다. 익사, 공식 부검 보고서는 그렇게 말하고 있었다. 하지만 그렉의 말에 따르면, 법의학자는 마이클 라이트의 죽음이 살인이든 아니든 상관없이 그 사망의 형태를 놓고 고심했다. 대런은 공기 중에서 의심스러운 무언가를 느꼈다. 비닐 백에서 풍기는 악취였다. 강의 냄새가 비닐 백에 묻어 온 것이다. 그의 트럭에 라텍스 장갑이 한 상자 있었지만, 지금 당장은 그녀를 혼자 둘 수 없었다. 그래서 대신 비닐 사이로 안을 살펴보았다. 안에는 물에 흠뻑 젖어 불은 검은색 가죽 지갑이 있었다. 그리고 금반지. 대런의 손에 끼워진, 오늘 아침 법정에 희망의 상징으로 끼고 나갔던 것과는 다른 종류의 것이었다. 낡은 검은색 가죽의 BMW 열쇠고리도 있었다. 은색 고리에는 대여섯 개의 열쇠들이 매달려 있었는데, 마이클 라이트의 남은 그 흔적들은 모두 더해도 500그램이 채 되지 않았다.

"그의 시신에서 찾은 것들이에요. 발견되기까지 물속에 며칠을 있었나 봐요. 시신이 너무 부어서 알아볼 수가 없었어요."

그녀가 말했다. 그녀의 목소리가 갈라졌다. 그녀는 침을 삼키고 계속해서 말을 이어나가려 애썼다.

"지갑이었어요. 저것 때문에 마이클인 줄 알아본 거예요. 작년 크리스마스에 내가 선물한 거거든요."

그녀가 말했다.

그리고 다시 울기 시작했다. 부드럽고 나지막하게. 그녀가 흐느끼는 가운데 산소가 천천히 새어나왔고, 소금기 어린 눈물이 떨어졌다.

대런은 욕실로 가서 티슈 상자를 찾았다. 두꺼운 티슈 상자에는 분홍색과 빨간색의 장미다발 문양이 그려진 플라스틱 커버가 씌워져 있었다. 그는 그것을 통째로 들고 나와 그녀의 옆에 놓았다. 그리고 원래의 자기 자리로 돌아왔다. 그리고 부츠 발은 땅 위에, 두 손은 보이도록 하고 검은색과 갈색의 소들이 그려진 목장 풍경의 그림 액자 밑에 앉았다.

랜디가 코를 풀었다.

"그 사람 말은 정말 말이 되지 않았어요."

"보안관보가 익사에 대한 것 말고도 다른 얘기를 했습니까?"

"보안관은 마이클이 강도를 당한 것으로 추정한다고 했어요."

대런은 처음 듣는 이야기였다.

"강도요?"

"그날 밤 그 술집에서 나왔으니 술에 취한 상태였을 거라면서요."

뭘 근거로? 대런은 생각했다. 그렉에게 들었던 부검 보고서 얘기로는 그의 혈액에 정상치 이상의 알코올이 검출됐다는 소견 같은 건 없었다. 대런은 문득 그 보고서를 직접 봐야겠다는 생각이 들었다.

그녀는 또 다른 티슈를 뽑았다.

"하지만 남편의 신용카드들은 지갑에 그대로 있었어요."

"만졌습니까?"

그가 말했다. 물론 그 비닐 백을 보자마자 보존 같은 것은 아무런 의미가 없겠다고 생각했지만 말이다. 물건들에 증거가 남아 있었다고 한들 이미 다 훼손되었을 것이다.

"보안관보 앞에서 바로 열어봤어요. 신용카드들과 100달러 이상의 현금이 있었고요. 그의 시계는 누군가 가져갔는지도 모르겠어요. 아니면 물속에서 분실됐거나. 하지만 지갑이 그대로인데 어떻게 강도를 당했다고 볼 수 있죠?"

"차요."

그가 말했다. 그렇게 믿어서가 아니라 여느 경찰이라면 의심해볼 만한 정황이었기 때문이다. 랜디는 그의 추측에 놀라며 그를 쳐다보았다.

그녀는 고개를 끄덕였다.

"네, 보안관보의 표현대로 마이클은 '완전 죽이는 차'를 타고 있었죠. 그 자체가 범죄인 것처럼 말하더군요. 누군가 그걸 노리고 마이클의 차에 뛰어들었을지도 모른다고요."

"하지만 그의 차 열쇠가 여기 있군요."

대런이 말했다.

"글러브박스에 여분의 열쇠를 보관해요. 누군가 그걸 손에 넣었을지도 모르죠. 차를 도둑맞은 마이클이 길을 잃었을지도 모른대요. 이 지역 사람이 아니니까. 어쩌면 걸어서 숲을 빠져나가려다가 강에 빠졌을지도 모른다면서요. 그들 말로, 차는 결국 발견될 거래요. 하지만 그곳을 봤잖아요. 마이클은 그런 곳에 제 발로 걸어 들어갈 사람이 아니에요."

랜디가 설명하며 고개를 가로저었다.

미시 데일이 일했던 바로 그곳을 말하는군, 대런은 생각했다.

"결혼 생활은 어땠습니까?"

그가 즉석에서 물었다.

"그쪽은요?"

그녀가 말했다.

그로서는 처음이었다. 여자가 눈물 뒤로 눈을 가늘게 뜨고 분노를 표출하는 모습을 본 것 말이다. 스탠드 불빛 아래의 그녀의 턱이 굳었다. 그의 질문에 그녀는 화를 내고 있었다. 질문이 반대로 자신에게 되돌아오자 그 역시도 기분이 썩 좋지 않았다.

"떨어져 지낸다고 해서요. 그래서 물어본 겁니다."

그가 말했다.

"그가 바람을 피웠어요."

그녀는 솔직한 고백 뒤 이어지는 어색한 침묵을 그의 몫으로 남겨두었다.

"유감입니다."

그는 재빨리 말했지만, 이것이 그로서는 최초의 애도 표현이라는 것을, 그런데 하필이면 그녀의 남편이 다른 여자와 동침했다는 사실에 대한 애도라는 것을 뒤늦게 깨닫고 말았다.

"미안합니다."

그가 다시 말했다. 이번에는 의례적 인사였다. 하지만 그녀는 손사래를 치고는 다시 침묵에 잠겼다. 그저 반지를 뺀 손가락만 내려다볼 뿐이었다.

"그래서 그를 떠났습니까?"

"아뇨."

그녀가 말했다. 그녀는 더 이상 울고 있지 않았지만, 목소리에는 회한이 깃들어 있었다.

"아무것도 안 했어요. 이혼하지 않았지만, 그를 용서하지도 않았죠. 떠나지 않았지만, 그의 곁에 머물지도 않았어요. 몇 달 동안 계속 일만 했어요. 일이 들어오는 대로 무조건 다 받았죠. 가능한 한 멀리 떨어져 있으려고요."

"그를 사랑했습니까?"

"그게 상관이 있나요?"

그는 이제야 좀 더 분명히 보이는 듯했다. 그녀는 단연 아름다운 여자였다. 이런 여자와 사랑에 빠졌던 이가 어째서 외도를 했는지 그로서는 도무지 이해할 수가 없었다. 하지만 어쨌든 그는 좀 더 물어봐야 했다. 마이클이 왜 텍사스에 왔는지 아직 모르고 있으니 말이다.

"그 사람이 여전히 다른 여자들을 만나고 다녔어요?"

"마이클과 이야기하지 않은 지 몇 달은 됐어요."

그녀가 대런을 향해 냉랭하게 어깨를 들어 올리며 전에 없이 형식적인 태도로 말했다.

"그럼 그가 왜 이곳에 왔는지는 압니까? 시카고에서부터 1,600킬로미터를 달려서? 라크에 뭐가 있기에?"

그녀는 침대 가장자리에 놓인 남편의 유류품 비닐 백을 흘끗 쳐다보았다. 하지만 답은 그곳에 없었다.

"모르겠어요."

그녀가 말했다. 랜디의 말로는, 둘이 함께였던 7년 동안 마이클은 한 번도 그녀를 자신의 고향에 데려가지 않았다고 했다. 그래서 그의 고향이 팀슨인지 타일러인지 헷갈린다고 말이다.

대런은 그녀에게 고맙다고 인사한 뒤 트럭에 사슴고기 육포와 크래커가 있는데 좀 들겠냐고 물었고, 그녀는 그의 제안을 환영했다. 모텔 자판기는 자정이 지나면 작동되지 않는다고 점원이 안내한 터였다. 랜디는 너무 배가 고프다면서, 입맛이 그렇게 까다로운 편도 아니라고 했다.

"고마워요."

그녀는 희미하게 미소를 지어 보였다. 여자들의 반사적인 감사 표현이었다. 심지어 고통 중에 있을 때도 발휘되는 표현 말이다. 하지만 대런이 의자에서 일어나 문을 향해 걸어가자 그녀는 침대에서 벌떡 일어나 그의 팔을 잡았다. 그가 다시는 돌아오지 않을지도 모른다고 생각하는 듯 그녀의 얼굴은 혼란 그 자체였다. 그녀의 손가락이 그의 팔뚝 근육을 파고들었다.

"그에게 무슨 일이 있었던 건지 알아봐 줄 거죠? 왜냐하면 난 그를 사랑했거든요…. 사랑했어요."

그녀는 마치 자신의 말을 믿어달라고 사정하는 것 같았다. 자신이 그를 사랑하지 않았다고 하면 그가 도와주지 않을 것처럼.

"누구 짓인지 알아봐 줄 거죠, 그렇죠? 그러니까, 그래서 그쪽에서 당신을 여기 보낸 거잖아요, 안 그래요?"

대런은 실질적으로 그를 파견하거나 그에게 이런 일을 부탁한 사람은 아무도 없다는 사실을, 그를 필요로 하는 사람은 지구상에 그녀 하나뿐이라는 사실을 차마 말할 수 없었다.

그리고, 지금은 이 정도로도 충분했다.

"좀 쉬어요. 혼자 두지 않을 테니."

그가 그녀의 팔을 토닥이며 말했다.

그는 리사가 이미 잠자리에 들었을 시간이라 대신 문자를 보냈다. 그가 집으로 돌아가는 문제에 대한 대화는 내일로 미뤄도 될 것이다. 랜디는 눈물과 함께 소금기 어린 크래커를 먹은 뒤 잠이 들었고, 그는 그녀의 객실 문을 부드럽게 닫았다. 다른 쪽 손에는 그녀의 렌터카 열쇠가 들려 있었다. 그리고 그는 기다렸다. 9번 객실 밖에서 그는 그들의 객실 사이의 치장 벽토에 기대서서 밖을 지켜보았다. 그의 시선은 그의 트럭이 서 있는 주차장과 그 너머 4차선의 고속도로를 오갔다. 누구도 그들의 뒤를 쫓지 않는 것이 확실해질 때까지. 아까 그 술집의 불량배들이나 다른 누군가는 이제 죽은 남자의 아내가 마을에 왔다는 사실을 알게 되었을 것이다. 동이 트기 전에 움직이는 편이 안전했지만, 그는 한 시간을 더 기다렸다. 텍사스 동부에서는 그 어떤 술집도 악마의 시간*인 새벽 2시를 넘어서까지 영업하지 않았다. 마침내 그는 고속도로로 나섰다.

그는 손에 맥라이트**를 들고 엉덩이에는 45구경 권총을 찬 채 차에서 내렸다. 뒷주머니에는 와일드 터키 병이 꽂혀 있었다. 반쯤 남은 버번은 그에게 부족했지만, 아예 없는 것보다는 나았다. 밤하늘이 낮게 깔리고, 소나무 위에는 별들이 눈꽃처럼 흩뿌려져 있었다. 공기가 이제 꽤 차가워서 그는 재킷을 입고 오지 않은 것을 후회했다. 하지만 목숨을 부지하려면 흰색 셔츠가 필요했다. 시속 110킬로미터로 지나가는 차의 그 어떤 전조등 불빛에도 반사되는 상반신 크기의 반사 장치가 필요했기 때문이다. 그는 어깨를 숙이고 발밑의 자갈과 흙을 향해 자세를 낮췄다. 고속도로와 나란히 자리한 숲에서 그 어떤 야행성 동물들의 소리가 들리지는 않는지 귀도 쫑긋 세웠다. 지금 시간에는 지나는 트럭도 몇 대 없었고, 지나는 간격 또한 멀었다. 시골의 고요함 속에 그의 마음도 명료해졌다. 그는 버번을 두어 모금 마셨다. 온기를 위해, 그리고 인정하고 싶지는 않지만

---

* 유령이나 마녀들이 활동한다고 알려진 시간.
** Maglite: 손전등.

용기를 위해. 라크에 머무는 것은 그로 하여금 어떤 대가든 치르게 할 것이다. 그도 잘 알고 있었다. 다만 그 대가가 무엇인지 모를 뿐. 그는 이번 살인 사건들에 왜 그토록 마음이 쓰이는지도 알 수 없다. 사건들의 뻔한 전개, 그러니까 수년간의 역사의 물결에 표류해 오던, 그렇고 그런 살인 사건의 시나리오와 다르다는 점이 대련의 의심을 부추겼다.

  우선 살인의 순서가 그랬다. 흑인 남자가 죽고, 그다음에 백인 여자가 죽었다. 이건 지금까지의 미국식 대본과는 전혀 달랐다. 백인 여자들과 어울리거나 백인들에 대해 좋지 않은 말을 할 때면 삼촌들이 경고했던 말들과 일치하지 않았다. 마을에 사는 흑인들의 편에서 보았을 때 백인 여자의 죽음은 이방인이었던 마이클을 살해한 것에 대한 일종의 복수라고도 볼 수 있는데, 그것은 더더군다나 말이 되지 않았다. 제네바 카페에 있던 손님들은 카페 뒤편에 포진해 있던 보안관 쪽 사람들을 제외하고는 다른 누군가를 향해 그 어떤 악의도 내보이지 않았다. 미시 데일에 대한 나쁜 이야기도 없었다. 오히려 제네바는 그 젊은 여자의 아이를 걱정했다. 트럭 운전수인 팀도 똑같이 그녀를 걱정하는 듯 보였다. 사실상 미시가 라크의 흑인들에게 미움을 사서 죽었다고 생각한 사람은 월리였다. 마이클 라이트에 뒤이어 그녀가 죽은 것은 우연이 아니라 분명한 인과 관계가 있다고 말이다. 뭐, 월리와 밴혼 보안관—지난 밤 카페에 왔었던 남녀 손님들의 명단을 작성해달라고 제네바에게 부탁했던 그 남자—은 똑같이 그렇게 생각하고 있었다. 그때 그의 머릿속에서 그렉의 목소리가 들렸다. 그 '부족'들은 우연이라는 막연한 힘에 굴복하지 않으려는 습성이 있다고 상기시키는 목소리. 여기서 '부족'이란 경찰을 말한다. 아무것도 묻혀 있지 않은 곳을 파헤치는 경찰은 또 다른 문젯거리를 발굴할 수도 있다. 그 부분에 골몰하면 골몰할수록 누군가 마이클의 신형 BMW를 탐을 내 그것을 강탈해갔고, 홀로 남겨진 그가 오늘처럼 어두운 밤을 헤매다 실족사했을 가능성도 영 말이 안 되는 건 아니라는 생각이 들었다. 정말로 그가 길을 잃었을 가능성이 있는 것이다. 적어도 그 점을 염두에 두어야 했다. 미시의 일과 그녀가 발견된 현장 모습은 마이클 라이트와는 아무런 상관이 없고, 술집의 손님들과 연관이 있을 수도 있다. 그녀가 일했던 술집의 거친 손님들 중 누군가는 성범죄 전과를 가지고 있을지도 모른다. 그 부분도 생각해봐야 한다. 그는 또 다시 스스로에게 되뇌었다. 물론 의심은 여전했지만 말이다.

술집까지는 10킬로미터 정도 거리였고, 딱딱한 부츠를 신은 탓에 그는 발이 아팠다. 피칸 색상의 소가죽 로퍼를 신고 이 정도 거리를 걸었다면 이미 찢어지고 말았을 것이다. 드디어 렌터카를 찾았다. 파란색의 투 도어 포드가 어두운 주차장에 홀로 서 있었다. 네온사인도 어둠에 잠겼고, 술집 안도 밤과 같이 어두웠다. 그는 누군가 차를 털어갔을지도 모른다고 생각했지만, 보기에는 멀쩡했다. 손전등으로 차 안을 들여다보니 랜디의 핸드백도 검은색 카메라 가방과 함께 뒷좌석에 그대로 있었다. 그는 이곳까지 걸어오느라 흘린 땀으로 몸이 축축했기 때문에 시동을 켜자마자 차의 창문을 내렸다. 그리고 미약하게나마 불어오는 바람에 얼굴을 맡겼다.

그는 모텔로 돌아가지 않았다. 할 일이 남아 있었다.

그는 주차장에서 나와 59번 고속도로에서 모텔의 반대 방향으로 향했다. 작은 차에 몸을 구겨 넣은 탓에 그의 무릎이 거의 가슴까지와 닿았다. 그는 19번 국도를 찾아 그 길로 빠졌다. 고속도로에서 숲을 관통해 아토약바이우까지 이어지는 농로로, 제네바의 카페와 윌리의 술집 뒤편을 지나고 있었다. 두 건물과 서로 다른 두 세계 간의 거리는 고작 400미터였다. 농로를 달리던 대런은 포장이 깨진 도로를 맞닥뜨렸다. 차선도 없는, 작은 마을의 주민들이 서로 양보해가며 오가는 길이었다. 차 바닥으로 길의 굴곡과 아스팔트의 갈라진 틈이 세세하게 느껴졌고, 그의 머리는 매 초마다 차 천장에 닿을 듯했다. 그 길을 따라 45미터 정도 달린 뒤에 그는 차를 세웠다. 운전석 쪽 문이 삐걱 소리를 내며 열렸다. 어둠 속에서 들리는 소리라고는 귀뚜라미와 청개구리들이 다 함께 합창하는 소리뿐이었다. 그의 양옆으로 소나무들이 높다랗게 자라나 그와 포드는 마치 난쟁이 같았다. 차의 하이빔 불빛에 각다귀와 딱정벌레가 날아와 춤을 추었다. 시험 삼아 그는 창문 안으로 손을 넣어 전조등을 꺼보았다. 그러자 기이한 어둠이 내려앉았다. 만질 수 있을 것만 같은, 벨벳의 질감처럼 두꺼운 어둠에 별빛이 수놓였다. 그러나 그 빛은 너무도 미세해 자기 손도 얼굴에 바짝 가져다 대야 겨우 보일 정도였다. 마이클은 술집에서 근거리인 이곳에서 발견됐다. 그런데 애초에 그는 이 길에서 무엇을 하고 있었던 것일까?

보안관의 가설이 타당하다면, 마이클의 차는 술집 주차장에서 도난당한 게 아닐 것이다. 마이클은 로스쿨을 졸업한 똑똑한 남자였다. 술집 주차장에서 차를 잃었다면 그는 당연히 상대적으로 불이 환한 고속도로를 따라 제네바의 카페까지 걸어갔을 것이다. 무언가 마이클을 이 농로로 이끌었고, 그는 바로 이곳에서 차를 도난당했다. 그래야만 말이 되었다. 고속도로에 지나는 차도 없는 이 시간에,

전조등 불빛이 있어야 숲을 빠져나갈 수 있는 상황에서 어둠에 갇힌 그는 충분히 혼란스럽고 두려웠을 것이다. 특히 술 몇 잔 걸친 뒤라면 더더욱. 대런의 현재 혈중 알코올 농도는 0.09퍼센트 정도 될 것이다. 이 정도면 약간 어지럽긴 하지만 언제 멈춰야 하는지 정도는 충분히 알 수 있다. 그의 기준으로 보면 보안관의 가설상의 문제가 발생할 정도의 만취 상태는 아니란 뜻이다. 제대로 서 있을 수만 있었다면 강의 물소리를 들을 수 있었을 것이다.

그의 앞에 강이 시작되고 있었다. 그가 서 있는 곳에서 50미터 정도. 마이클이 차를 잃고 홀로 이곳을 서성였다면, 왜 보이지도 않는 강 쪽으로 이동했을까? 제정신이 박힌 사람이라면 지금 대런이 하는 행동을 할 리가 없다. 지리도 모르는 빽빽한 숲으로 걸어 들어가는 것 말이다. 대런으로서는 이렇듯 미지의 세계로 걸어가는 것이 바로 그가 작정한 바지만 말이다. 아직 배지도 반납하기 전이다.

그는 곧장 앞으로 걸어가 남쪽으로 굽어지는 지점을 지났다. 그리고 계속해서 삼림 지역으로 나아갔다. 그는 강이 출렁거리는 소리를 따라갔다. 낮게 드리운 나뭇가지 아래를 지나고 길을 가로막고 있는 큰 가지를 밀며 한 손으로는 주머니 크기의 손전등을 단단히 쥐고 있었다. 하지만 깊은 숲에 비해 그 불빛은 미약하기 짝이 없었다. 그는 다시 돌아가 포드의 전조등을 켤까 생각했다. 혈중 알코올 농도 0.09의 사람이라면 보이지 않는 어둠 속을 막연하게 걷는 비상식적인 행동은 하지 않을 테니 말이다. 다시 차로 돌아가기 위해 몸을 돌렸을 때, 왼쪽 발의 중심축이 기울면서 그는 넘어지고 말았다. 떨어진 높이는 그렇게 높지 않았지만, 넘어진 충격 탓에 좀처럼 몸을 가눌 수가 없었다. 그는 몸을 틀어 손으로 흙을 움켜쥐었지만 힘이 충분하지 않았고 그 과정에서 손전등을 잃어버리고 말았다. 그는 부츠 발부터 빠졌고, 수면에 수평으로 빠져들면서 그의 상체 앞쪽이 순식간에 물에 젖어들었다.

그는 때맞춰 눈을 감았지만, 물은 그를 향해 달려들었다.

입을 굳게 다문 그는 숨이 차오르는 가운데서도 정신을 놓지 않기 위해 강력한 의지를 발휘했다. 오늘 밤 여기서 죽을 수는 없어. 그는 몸이 가라앉는 것을 막기 위해 평영 비슷하게 팔을 휘둘렀다. 다리를 차자 그의 오른쪽 발이 강둑에 부딪혔다. 부츠 안에서 발가락이 부어오르는가 싶더니 이내 날카로운 고통이 찾아왔다. 일어서자, 일단 일어서는 거야. 그는 생각보다 꽤 빨리 두 발로 일어설 수 있었다. 일어서고 보니 강물은 그의 허벅지 이상 올라오지 않았다. 그때 그는 깨달았다. 마이클 라이트가 제 발로 강에 들어가 익사했다는 것은 말도 안 된다는 사실을.

3부

9

 그는 갈증을 느끼며 깨어났다. 눈은 여전히 쓰라렸다. 침대 옆 협탁에 놓아둔 휴대전화가 그를 향해 소리치고 있었다. 휴대전화는 어젯밤에 분해해 놓아둔 총과 함께 모텔 수건 위에 자리하고 있었다. 물기를 말리기 위한 처사였다. 리사, 그는 생각했다.
 하지만 그보다 더 최악이었다. 훨씬 더 최악.
 휴스턴 지부에서 걸려온 윌슨 부서장의 전화였다. 대런이 좋은 아침입니다, 부서장님이라고 인사하기 위해 목청을 채 가다듬기도 전에 그의 목소리가 귓전을 때렸다.
 "라크의 2중 살인이라니, 지금 내가 들은 얘기들은 대관절 뭔가?"
 대런은 일어나 앉아 중얼거렸다.
 "부서장님."
 그러나 즉시 말이 가로막히고 말았다.
 "우선, 셸비카운티에서 지원 요청이라곤 전혀 없었네. 두 번째, 그런데도 자네가 거기 갔다는 건 뭐야? 무슨 위장 요원 놀이라도 하려는 건가? 그리고 망할 그 무엇보다 중요한 세 번째는 자네 지금 징계 중이라는 거라네, 레인저."

대런은 시계를 쳐다보았다. 7시가 지났다. 몇 시간 전에는 일어날 생각이었다. 그리고 이내 다른 객실에 있는 그 남자의 아내에 대해 생각했다. 그녀의 이름을 떠올리기 위해 머릿속을 이리저리 뒤적이면서. 그리고 그녀가 괜찮은지, 혼자 놀라 깨어나지는 않았을지 궁금해졌다. 랜디. 그는 그 이름을 거의 속삭이듯 입 밖에 내었다.

"설마 아직도 셸비카운티에 있는 건 아니겠지. 이제 내가 상부에 연락해 자네 운명을 저울질할 필요도 없으니, 부디 그냥 명령불복종으로 잘라버리라고 말하지 않아도 되길 바라네."

윌슨이 말했다.

윌슨은 8년 전 그를 채용한 사람이었다. 주 소속 경찰관이었던 대런이 텍사스 레인저로 승격될 수 있도록 그를 지지했고, 대런에게 레인저의 영혼이 없고, 프린스턴과 로스쿨 출신인 그의 지적 능력과 자의식이 오히려 현장 활동에 방해가 될 것이라고 비방한 고위 간부들에 맞서 그를 두둔하기도 했다. 현장에서는 종종 본능이 우세하기도 하며, 가장 간결한 결론이 거의 모든 경우에 있어서 사실이며, 텍사스의 외딴 지역에서 일어나는 살인 사건—대부분 술집 인근에서 술에 취한 누군가가 역시나 술에 취한 또 다른 누군가에게 선전포고를 하면서 발생한다—의 경우에는 더더욱 그렇기 때문이었다.

윌슨은 윌리엄이 휴스턴 지부 최초의 흑인 텍사스 레인저가 되었을 때 그와 함께 근무했다. 그는 윌리엄의 세계와 매슈스 가의 명성을 고려해 대런을 휴스턴 지부에 발령해야 한다고 주장했다. 그래서 그는 공공 부패 전담반에 배치되어 사건 수사에 투입되었지만, 수사라고 해봤자 서류 작업이 전부였다. 대런은 지루했고 피곤했다. 그래서 텍사스 아리안 브러더후드 TF팀에 넣어달라고 간청했고 그 이후로는 윌슨이 그를 전과 다르게 대한다고 느꼈다. 흑인들의 삶에 대한 관심을 노골적으로 드러내고 여러 범죄들 중 특정 범죄를 더 중요하게 생각하고 있음을 알림으로써 그의 가장 강력한 지지자를 잃고 만 것이다. 텍사스 아리안 브러더후드 소탕에는 불법 마약류 유통과 총기류 매매가 그 우선적인 이유였으나 그의 마음 깊은 곳에서는 또 다른 이유가 자리하고 있었다. 그리고 윌슨도 그것을 잘 알고 있었다.

"합의를 했잖아, 매슈스."

윌슨이 말했다. 그의 음성은 거의 무호흡으로 느껴질 정도로 경계심이 가득했다. 그 순간 대런은 윌슨이 자신의 사무실에서 한껏 목소리를 낮춰 통화하고 있음을, 대런의 상황이 아직 지부에 알려지지 않았고, 따라서 스스로를 구명할 기회가 남아 있을지도 모른다는 사실을 깨달았다.

"오늘 아침이면 자네가 내 사무실로 올 줄 알았네."

"그런데 어떻게 아셨습니까?"

대런이 말했다.

그는 문득 그렉이 뭔가를 얘기했을지도 모른다는, 갑작스럽고도 당혹스러운 생각이 들었다. 그것은 피해망상적이고 불명예스러운 생각이자 숙취에 전 상상일 뿐이다. 그는 자리에서 일어나 욕실 바깥에 있는 세면대로 다가갔다. 그는 오른손으로 물을 떠 마셨고 그 과정에서 떨어진 물방울들이 그의 속셔츠 앞자락을 적셨다.

"그 아내라는 사람. 언론과 접촉을 했더군."

윌슨이 말했다.

"사진 작가랍니다."

"그래. 그 여자가 〈시카고 트리뷴〉에 연락을 했어. 그래서 오늘 아침에 나한테 전화가 왔고. 10분도 안 됐을 거네. 그곳 기자가 의심스러운 죽음에 대해 묻더군. 그래서 난 도대체 무슨 얘기인지 모르겠다고 했지. 그 사람이 자네 이름을 대면서 레인저스에서 증오 범죄를 수사하고 있는 게 아니냐고 묻기 전까지는 말이야. 그 지역 보안관이 사건을 은폐하려 하는 거냐더군. 도대체 무슨 짓을 하고 있는 건가, 매슈스?"

"익사가 아닌 익사 사건입니다. 그 정도만 말씀드릴 수 있어요."

"그곳에도 보안관이 있잖아. 파커는 좋은 경찰이야."

"그럼 그 사람과 얘기할 수 있게 해주십시오. 제 역할을 할 수 있도록."

대런이 말했다. 그는 밴혼과의 10분 이상의 대화를 청하고 있었다. 두 사람 모두 그것을 알고 있었다. 어제 아내와의 통화에서는 의논하지 않았던 내용들이다. 그의 양심이 그의 퇴직을 허락하지 않는다는 것, 배지가 이제 대런 그 자체이자 텍사스 사람으로서의 그의 인생을 헤쳐나갈 수 있는 유일한 방법이라는 것.

"하나가 아닙니다. 흑인 남자랑 또 다른 백인 여자가 있어요. 그 지역 사람이고요. 같은 강의 기슭에서 떠내려온 시체로 발견됐습니다. 흑인 남자가 발견되고 며칠 후에요. 마이클 라이트는 실종됐던 날 밤에 그 여자가 일했던 술집에 있었고요."

수화기 너머가 조용했다. 대런은 그가 자신의 이야기에 집중하고 있음을 깨달았다. 레인저스 측의 그 누구도 이런 자세한 내용까지는 모르고 있을 테고, 이번 사건들에 숨은 이야기가 있다는 사실조차 모르고 있을 테지. 대런은 홈런을 위해 한번 몸을 날려보기로 했다.

"그리고 〈시카고 트리뷴〉에서는 이미 흑인 레인저가 자기와 같은 흑인의 불명확한 죽음을 수사하고 있다고 생각하고 있으니, 한창 상상의 나래를 펼치고 있는 지금 제가 사건에서 손을 떼고 떠나버린다면 그 모습이 결코 좋아 보이진 않을 겁니다. 제가 사건에 대해 더 알아볼 수 있도록 해주십시오. 두 사건이 서로 어떤 연관이 있는지 말이에요. 매일 보고드리겠습니다, 약속해요."

"매일? 그곳에 얼마나 있을 생각이지?"

윌슨이 멈칫했다.

"알아보는 데까지는요."

"일주일 내로 끝내게. 매일 내게 상황 보고하고, 매슈스. 난 이 얘길 자네에게서 들은 게 아니야. 이 모든 것을 상부에 보고하고, 자네 거취는 거기에 맡기겠네."

"배심원단은요? 무슨 얘기 들은 거 없으십니까?"

윌슨은 러더퍼드 맥밀런 사건에 대한 대런의 부적절한 관심에 한숨을 내쉬었다. 애초에 그의 신념이 대런을 난처한 상황에 빠트린 것만 같았다. *그곳에 가면 안 되는 거였네.* 그는 그 말을 되풀이했다. 그래도 다른 이들과는 달리 그는 대런이 맥을 보호하기 위해 증거를 숨겼다고 생각하지 않았고, 설사 그렇게 생각하고 있더라도 직접 표현하지 않았다. 대런은 윌리엄 매슈스의 조카였고, 그것만으로도 의심할 여지가 없었다.

"기소 얘기는 없네…. 아직은. 어느 쪽으로든 아직이야."

윌슨이 말했다.

대런은 안도와 공포를 동시에 느꼈다. 맥과 브리애나가 이 시기를 어떻게 견디고 있을지가 걱정이었다. 대런이 증언대에 서기 전부터 맥은 집을 팔아야겠다며, 자기가 감옥에 갇히게 될 경우 손녀딸의 일을 대런에게 부탁하기도 했다. 집과 트럭을 판 돈이면 브리애나가 마지막 학기를 무사히 마칠 수 있을 것이라고 말이다. 그는 말했다. 약속해줘, 대런.

"셸비카운티의 밴혼 보안관에게 연락해놓지. 수사를 돕기 위해 자네를 파견했다고."

윌슨이 말했다.

"부검 결과서 사본도 필요해요."

"보안관에게 요청하게. 절차를 따르고 그의 경계심을 풀어줘. 증오 범죄라는 추정에 아무 데서나 무력을 쓰거나 소란 피우지는 말고. 그게 어떤 사건인지 확실해지기 전까지는 말이야. 알아듣겠나, 대런?"

윌슨이 말했다. 그리고 이렇게 덧붙였다.

"그리고 그 아내라는 사람 좀 말려봐."

우선 그녀부터 찾아야 했다.

주차장에는 렌터카가 보이지 않았고 그가 그녀의 객실 문을 두드렸을 때 안에서는 아무런 소리도 들리지 않았다. 프런트 데스크 직원은 가장 기본적인 것을 포함해 그의 질문에는 아무것도 답해주지 않을 것이다―내 방에 들어올 수 있는 사람은 여기 직원뿐인 상황에서 어떻게 랜디가 내 방에 있는 렌터카 열쇠를 가져갈 수 있었을까요?

"손님들 일은 내 알 바 아니지만, 숙녀분이 와서 말하길 남자가 자기 차 열쇠를 갖고 있어서 떠날 수가 없다잖아요? 난 가만히 앉아 방관하는 사람은 아니에요. 나도 〈데이트라인〉을 본다고요."

점원이 대런의 방에 들어왔고, 점원이 잠에 취한 그의 바지 주머니를 뒤지는 동안 랜디는 밖에서 기다린 모양이었다.

"당장 짐 챙겨서 나가요. 당신 같은 사람들이 주변에 있는 게 싫으니까."

그녀가 말했다. 그녀의 목에 걸린 금 십자가가 창문으로 쏟아져 들어오는 아침 햇살에 반짝였다. 그는 배지를 보여 소란을 일으켜 볼까 생각했지만, 상사에게 그러지 않겠다고 약속한 뒤였다. 그는 하룻밤 숙박비를 지불하고, 랜디의 방값까지 내려 했지만, 점원은 받지 않았다.

"체크아웃했어요?"

그녀가 동네를 홀로 돌아다니고 있는 걸까 하는 생각에 그는 깜짝 놀라 물었다.

"그랬다 해도 말해줄 수 없어요. 이제 10분 줄게요."

그녀가 말했다.

대런은 짧고 뜨거운 샤워로 몸에 남아 있던 강의 악취를 없앴다. 그런 다음 옷을 입고 45구경 콜트 권총을 조립해 트럭에 넣은 뒤 그녀를 찾아 나섰다.

술집 주차장은 아침 8시 반의 시간에도 이미 반은 차 있었다. 하지만 파란색 포드는 보이지 않았고, 아래쪽 제네바의 카페 앞에도 그 차는 없었다. 그가 트럭을 돌리기 위해 근처 주유소에 들어섰을 때 카페의 전면 창을 통해 익숙한 광경이 눈에 들어왔다. 제네바가 카운터 뒤에 있었고, 오색찬란한 의상을 입은 웬디가 빨간색 비닐 스툴 중 하나에 앉아 있었으며, 헉슬리는 신문을 들고 있었다. 대런의 셰비 가장자리 크롬의 번쩍임이 제네바의 시선을 붙들었다. 그녀는 고개를 들고 운전대 뒤에 앉은 대런을 보더니 얼굴을 찌푸렸다. 대런은 기어를 바꿔 다시 고속도로에 올랐다. 라크의 메인 도로들은 다 훑었다. 이제 남은 길은 뒤쪽 길들뿐이다. 거기에 생각이 미치자 그는 랜디가 어디로 갔을지 알 것 같았다. 남편의 마지막 장소.

그는 59번 고속도로에서 내려 19번 국도로 접어들었다. 농장에서 시장까지 강을 따라 난 길이었다. 그는 급작스럽게 포드와 맞닥뜨렸고 해치백의 뒤 범퍼를 들이박지 않기 위해 급히 브레이크를 밟아야 했다. 트럭을 세우고 차에서 내렸다. 부츠 밑창은 어젯밤 강물에 빠졌던 탓에 아직도 축축했다. 포드의 운전석에는 아무도 없었고, 그는 포장도로에서 벗어나 어젯밤 서성였던 숲 안쪽까지 걸어 들어갔다. 햇살 아래서 보니 강둑이 가파르게 떨어지는 지점을 분명히 구분할 수 있었다. 강둑의 몇 미터 아래로 강물이 일렁이며 둑의 흙을 어루만지고 있었다. 랜디는 강둑 가장자리 끝에, 대런이 보기에 아슬아슬할 정도로 강과 가까이 서 있었다. 손에는 렌즈를 낀 검은색 카메라를 들고 있었는데, 카메라는 문자 그대로, 그리고 어떻게 보면 비유적으로 수면을 향하고 있었다. 카메라만이 그녀가 지금 보고 있는 것들을 이해할 수 있는 유일한 수단이라는 듯.

대런은 자신이 다가가는 소리를 그녀가 들을 수 있도록 굽으로 잔가지들을 밟았다.

"놀랬잖습니까. 그렇게 도망가다니."

그가 말했다.

랜디는 고개를 돌려 그를 쳐다보았다. 불그스름한 눈에는 분노가 담겨 있었다. 그녀는 어제와 똑같은 이상한 흰색 코트를 입고 있었지만, 빽빽한 숲을 뚫고 들어온 탓에 코트에는 나뭇잎들과 흙이 묻어 있었다. 코트 안도 어제와 똑같은 검은색 진과 흰색 티셔츠 차림이었다. 마찬가지로 어제와 똑같은 하이힐의 앵클부츠에도 진흙이 잔뜩 묻어 있었다.

"나한테 거짓말했어요."

그녀가 말했다.

"들어봐요, 랜디…."

"경찰도 아니라면서요."

"그건 사실이 아닙니다."

"〈시카고 트리뷴〉에 연락해봤더니 레인저스에서는 마이클 사건을 담당하지 않는다던데요. 그래서 내가 직접 레인저스 사무실에 전화를 걸어봤어요. 거기서 대런 매슈스를 찾았더니 현재 '정직' 중이라더군요."

"이젠 아니에요."

그는 그녀에게 미안하면서도 고마웠다. 그녀의 상실 덕에 그의 인생이 다시 제자리를 찾게 되었으니 말이다.

"오늘 아침에 부서장님과 얘기했습니다. 이제 공식적으로 이 일에 발 담그게 됐어요. 남편분의 사건을 수사할 수 있게 되었다고요."

그녀는 그의 옆을 지나쳐 다시 렌터카로 향하기 시작했다. 그녀의 부츠 굽이 부드러운 흙에 푹푹 빠졌다.

"내 차에는 무슨 짓을 한 거예요? 아침에 보니 좌석이 젖어 있던

데요. 바닥에서 병도 하나 찾았는데, 끔찍한 냄새가 나더군요."

대런은 고르지 못한 땅에서 그녀가 넘어지지 않도록 손을 뻗었다.

"날 내버려둬요."

그녀가 말했다.

"그는 익사한 게 아니에요, 랜디."

그녀는 걸음을 멈추고 그에게로 고개를 돌렸다. 두 사람 사이의 거리는 1미터도 채 되지 않았고, 그 사이 흙에는 솔방울들이 박혀 있었다. 바람이 두 사람을 휘감았지만, 랜디는 어젯밤의 나약한 상처들 따위에 이미 단단해진 듯 완벽하리만큼 가만히 서 있었다. 그녀에게는 분노를 가라앉힐 그 무엇이 필요했고, 대런은 그 대상이 아무래도 자신이 된 것만 같았다. 그녀는 그의 말을 듣지 못한 것처럼 다시 차로 향했다. 그는 그녀가 자신의 말을 믿어주기를, 자신이 그녀가 지금 보고 있는 주름지고 더러운 바지 차림에 차 바닥에는 술병을 버려두는, 그런 형편없는 모습 그 이상이라는 사실을 알아주길 바라며 그녀의 뒤를 바짝 따라갔다.

"마이클은 익사하지 않았습니다."

"살해당했다는 거군요."

그녀도 알고 있었지만, 막상 그 생각을 큰 소리로 말하고 보니 상황이 달리 느껴지는 듯했다.

대런은 음울하게 고개를 끄덕였다.

"여자가 한 명 있었어요."

"무슨 말이에요?"

"또 다른 살인 사건이 있었습니다."

그가 말했다.

그녀는 놀란 듯 보였지만, 코트를 단단히 여미는 그녀는 사실 두려워 떨고 있었다. 아침이라 공기는 여전히 뻣뻣하고 쌀쌀했고, 잿빛 하늘에서 내리쬐는 미미한 햇살은 세상을 흑백으로 뒤덮고 있었다.

"그 여자는 어제 제네바의 카페 뒤편 강에서 발견됐습니다…."

"어디요?"

그녀가 혼란스러워하며 물었다.

"백인 여자도 살해됐다고요."

그는 그 부분을 명확히 할 필요가 있다고 생각했다.

"그걸 알고 있었으면서 나한테 얘기하지 않은 거예요?"

"나도 이곳에 온 지 얼마 되지 않아서 어떤 사건들인지 제대로 알지 못했습니다."

"그럼 마이클이…."

그녀는 잠시 말을 잃었다.

"그가 아는 여자예요?"

"모르겠습니다. 하지만 보안관 말로는 남편분이 수요일 밤에 이곳 술집에서 술을 마셨다고 하는데, 살해당한 여자가 그곳에서 일했어요. 두 사건이 서로 연관이 있는지는 모르겠지만, 그 답이 나올 때까지 충분히 알아볼 생각입니다."

대런이 말했다.

랜디는 말이 없었다. 대런은 강 위로 부는 바람의 희미한 물결 소리를 들을 수 있었다. 바람의 키스에 나뭇잎이 떨어지고 수면이 일렁였다.

"당신 말을 어떻게 믿죠? 레인저스에서 당신에게 이번 사건의 수사를 맡겼다는 걸요."

그녀가 말했다.

"원하면 전화해봐요. 휴스턴 지부의 프레드 윌슨 부서장이에요. 벌써 이곳 보안관과의 미팅도 잡아두셨을 겁니다."

그녀는 등을 곧추세웠다.

"미팅에 나도 데려가요."

대런은 반대하려 했지만, 랜디는 완고했다.

"나도 가겠어요."

그녀가 말했다.

그 아내라는 사람 좀 말려봐.

하지만 대런에게는 다른 아이디어가 있었다. 그 아내라는 사람을 보호할 것. 그 아내라는 사람을 도울 것. 그 아내라는 사람에게 마땅한 답을 줄 것. 그가 마이클 라이트라면, 누군가 자신의 아내를 위해 이렇게 해주기를 바랐을 것이다.

"내가 운전하겠습니다."

그가 말했다.

10

 파커 밴혼 보안관은 윌리 제퍼슨의 집 거실에 임시 사무실을 차려놓고 있었기에 대런은 그곳에서 그를 만나기로 했다. 하지만 그 넓은 저택에 도착했을 때 두 대의 링컨과 한 대의 캐딜락, 크라이슬러를 포함해, 원형의 진입로에 세워진 고급 차들 가운데 경찰차는 보이지 않았다. 윌리의 저택이 자리한 대지는 광대했고, 쨍하게 푸른 잔디가 깔린 건물 앞으로는 빨간색 수국을 줄지어 심어놓아 표면상 잘 관리되고 있는 것처럼 보였지만, 집 뒤편은 거친 시골 풍경 그대로였다.
 대런은 윌리의 트럭 옆에 차를 세웠고, 그의 옆에 앉은 랜디가 숨을 풋 내쉬었다. 웃음은 아니었지만, 그것에 가까웠다.
 "장난 아니네요."
 그녀가 집을 쳐다보며 말했다. 대런은 날벌레가 날아들어 얼룩덜룩한 전면 차창으로 목을 길게 빼어 붉은색의 벽돌과 하얀색의 기둥이 어우러진 대저택을 다시 쳐다보았다. 다시금 살펴보니 윌리의 집은 토마스 제퍼슨의 몬티첼로*와 거의 흡사했다. 랜디는 조수석 문을 열고 본능적으로 카메라를 집었다. 대런도 침착하게 트럭에서 내렸다. 텍사스의 도로에는 이보다 더 기이한 것도 많았다. 옥수수밭에 세운 등대, 거대한 크기의 진저브레드 집, 도널드 트럼프의 얼굴이 달린 헛간. 시골 사람들은 소나무와 삼나무가 빽빽한 숲과 나란히 뻗은 고속도로를 오가는 차들을 위해 저마다의 쇼를 보여주었다.

차에서 내린 대런은 막상 저택의 모습 따위에는 관심이 가지 않았다. 사유지의 경계를 알리는 담장에서 몇 미터 떨어져 있지 않은 월리의 저택 앞 지점에서는 제네바의 카페가 한눈에 보였다. 창문을 통해 벽에 달린 메뉴를 읽을 수 있을 정도였다. 최악의 이웃인 두 사람의 영역이 이토록 가까이 맞물려 있다는 것이 사뭇 이상했다. 원하지 않는데도 매일 같이 서로를 바라보며 지내야 하니 말이다. 어쩌면 월리는 더 나은 전망을 위해 그녀의 가게를 매입하려는 것일지도 모르겠다. 대런은 둘 중 누가 먼저 이곳에 자리를 잡았을까 궁금해졌다. 월리의 저택일까, 아니면 제네바의 카페일까.

"이거 보여요?"

랜디가 말했다.

대런은 고개를 돌렸다. 그녀는 저택 뒤의 작은 공간을 쳐다보고 있었다. 몬티첼로의 뒤편에는 6미터 높이의 개집이 있었는데, 백악관의 완벽한 축소판이었다. 개집 입구에는 검은색 래브라도가 나른하게 앉아 있었지만, 랜디와 카메라를 보자 네 발로 벌떡 일어나 으르렁대기 시작했다. 대런은 개가 덤벼드는 찰나에 그녀의 앞을 막아섰다. 래브라도는 그의 다리를 향해 달려들었고 대런은 녀석을

---

* Monticello: 미국의 제3대 대통령인 토마스 제퍼슨이 직접 설계한 그의 사저.

겁줄 요량으로 발끝으로 흙을 살짝 찼다. 래브라도는 몇 걸음 뒤로 주춤했지만, 자신이 실제로 맞지 않았음을 깨닫고는 아까보다 더 거세게 달려들었다. 녀석이 대런의 오른쪽 다리의 바지를 막 부여잡았을 때 저택의 문이 열렸다.

"버치!"

윌리가 현관 앞 계단을 내려오며 소리쳤다. 그러자 개는 대런의 다리를 놓고 애교스럽게 제 주인의 옆으로 총총 다가가 윌리의 두꺼운 손가락 끝을 핥았다.

"늦었군."

윌리가 어제 제네바의 카페에서 대런을 본 일을 기억했다면, 그는 오늘 미팅에 나서지도 않았을 것이고, 다시금 대런의 가슴에 달리게 된 배지에 가시적인 반응을 보이지도 않았을 것이다. 윌리는 날렵하게 선을 세워 다린 카우보이 바지에 폴로셔츠를 쑤셔넣었다. 그의 목 주위 피부는 늘어졌지만, 불그스름한 혈색만큼은 좋아 보였다. 대런은 그의 나이나 직업을 가늠할 수 없었다. 그의 땅 어디에도 소나 건초더미는 보이지 않았고, 밀이나 목화밭도 없었다. 그 어떤 농장 시설도 없었다. 대런은 이 막대한 부의 원천이어야 할 산업 형태의 부재를 머릿속에 메모했다.

"대런 매슈스입니다."

"아, 알지."

윌리가 두 걸음 앞으로 나서며 말했다.

그리고 랜디를 돌아보며 덧붙였다.

"남편 일은 유감이오, 부인. 그래도 이 동네 사람들은 그 일과 상관없다는 점은 알아줬으면 좋겠군요."

"뭐, 그건 두고 볼 일입니다."

대런이 말했다.

버치를 다시 백악관으로 쫓아 보내며 월리는 어쩐지 즐거워 보였다. 그가 자기 집 현관문을 열었다.

"보안관은 금방 돌아올 거야."

집 안의 벽면은 흰색이었고, 버터색 같은 카펫이 두껍게 깔려 있었다. 월리는 대븐포트* 쪽으로 고갯짓을 하며 랜디와 대런에게 앉으라고 말했다.

"로라."

그는 집 뒤쪽을 향해 말했다. 랜디는 장미 문양의 천을 씌운 소파에 앉았지만, 대런은 레인저 초기 시절 훈련받았던 대로 그 자리에 서 있었다. 랜디의 두 눈은 거실을 훑고 있었다. 청동 장식품에서부터 도자기로 만든 천사와 경주마 조각, 월리가 붉은색에 가까운 갈색 머리카락에 터키색 스웨터를 입은 50대의 백인 여자와 함께 찍은 사진 액자까지. 사진 속 여자는 꼼지락거리는 아기를 안고 순식간에 모습을 드러냈다. 대런이 그녀의 팔에 안긴 아기를 보고 놀란 것처럼 그녀 역시 대런을 보고 깜짝 놀란 듯했다. 응접실 전면에 아이들이나 손주들 사진은 전혀 없었다. 그녀는 아기의 무게 때문에 접혀 올라간 셔츠를 바로했다. 황금빛 머리카락의 아기는 걸음마를 한 지 일 년도 채 되지 않은 듯 보였다.

"레인저시군요."

여자가 공손하게 말했다. 그녀는 랜디를 쳐다보았지만 갑작스러운 과부 신세도 전염될지도 모른다는 듯 시선이 오래 머물지 않았

---

* Davenport: 침대 겸용의 대형 소파.

다. 그녀는 거실 뒤쪽으로 물러나려 했지만, 월리가 그녀를 멈춰 세웠다.

"로라, 이분들한테 물이나 콜라라도 한 잔씩 드리지."

"뭣 좀 가져다드릴까요, 레인저? 그리고 그쪽도?"

로라가 말했다.

"괜찮아요."

랜디가 말했다.

대런은 그녀가 말끝에 부인이나 *고맙습니다*를 덧붙이길, 백인들과의 만남에서 좋은 태도를 보이는 것이 유리하다는 사실을 알아주길 바랐다. 곧 그들의 실제 색깔이 드러날 테니, 공손하게 구는 편이 좋을 것이다. 내 편인 사람들과 추후 적이 될 경우를 대비한 일종의 보험이랄까.

"고맙지만 괜찮습니다, 부인."

그가 월리의 아내에게 말했다.

로라가 거실에서 나가면서 아기의 칭얼거림도 멀어졌다.

"당신 아이입니까?"

대런이 월리에게 말했다.

"미시의 아들이지. 키스 주니어. 미시 쪽 가족들은 장례 준비에 정신이 없어서 로라가 대신 아기를 봐주고 있어. 그녀의 묘소를 이곳에 마련할지 팀슨에 마련할지는 모르겠지만, 지금 키스가 뭘 할 수 있는 상황이 아니라서. 특히나 아이 양육은 더욱 그렇겠지. 슬픔에 완전히 넋이 나갔다더군."

남자가 말했다.

"보안관은 어디 갔어요?"

랜디가 재촉하듯 물었다.

대런은 대화에 끼어들기 전에 그녀에게 시선을 한 번 던졌다.

그는 윌리에게 이렇게 말했다.

"고속도로 위쪽에 있는 술집이 당신 거죠?"

"마이클이 거기 갔었어요."

랜디가 말했다. 그녀의 말은 비난으로 포장한 질문 같았다. 대런은 생각했다. 부디 이곳에서의 일은 나에게 맡겨주길.

"뭔가 본 것 없습니까?"

그가 말했다.

"수요일에는 술집에 가지 않았는데."

"그날이 수요일인 건 어떻게 알았습니까?"

"파커가 정보를 줬지. 난 이곳 카운티에 제법 넓은 땅을 소유하고 있어. 사업가로서도 꽤 명망이 높지. 4대를 거쳐 줄곧 이곳에서 터를 잡고 살아왔고. 라크에는 경찰이 없어서 내가 직접 우리 동네 돌아가는 일에 관심을 두고 있다네. 외부인들을 경계한다든가 하는 식으로. 그래서 파커도 내게 여러 일에 관련된 정보를 주지."

윌리가 말했다.

그때 현관으로 밴혼이 들어왔다. 그는 문턱 안쪽에 놓인 양탄자에 진흙이 묻은 부츠를 공들여 닦았다. 그런 뒤 짧은 다리로 터벅터벅 카펫 위를 가로질렀다.

"매슈스 레인저."

그가 대런에게 다가가며 말했지만, 악수를 나눌 만큼 가까워지자 그 자리에 우뚝 멈춰 섰다.

"이번 일에 대해 처음부터 분명히 해두지. 난 자네가 필요 없어.

그쪽에 지원 요청을 하지도 않았고. 하지만 그 아내라는 사람이랑 합세해 별것 아닌 사건을 부풀려 소란을 떨어대는 통에 내가 아주 골치가….”

"파커.”

월리가 말했다.

밴혼은 소파에 앉아 있는 랜디를 보고는 열변을 멈추었다. 그리고 자신이 무슨 실수를 저지른 것인지 파악해보려 했지만 이내 될 대로 되라는 듯 다시 입을 열었다. 이틀 연속 입고 있는 그의 제복은 꾀죄죄하기 그지없었다. 그 또한 자신이 처한 상황에 제대로 열이 올라 있었다.

"분명하게 정리해볼까. 내 카운티에서 자네 존재를 기꺼이 수용하지. 하지만 이 점은 분명히 하자고. 여긴 내 구역이야. 윌슨 부서장도 실제로 그렇게 얘기했고. 시카고나 뉴욕, 그 어디서든 여기 촌구석을 구경하러 사람들이 몰려올 텐데 자네가 있는 것을 보면 아프리카계 미국인이 이곳 카운티에서 사망한 사건에 대해 이러쿵저러쿵 떠들어댈 테지. 자넨 여기서 그저 지원 인력일 뿐이야, 젊은이. 그 이상은 아니라고.”

그가 시골 억양을 뽐내며 말했다.

"흠, 그렇다면 이 지원 인력에게도 마이클 라이트의 사망과 관련된 보안관의 사건 보고서 사본을 요청할 수 있는 자격이 있겠군요. 부검 결과서부터 부탁할까요.”

밴혼은 한숨을 내쉬고 월리를 쳐다보았다. 그는 이 사달을 만든 건 *자네야*라고 말하는 듯 보안관을 향해 질책 어린 어깻짓을 했다. 이 상황을 정리하는 건 밴혼의 몫이었다.

"나도 그것, 보고 싶어요."

랜디가 말했다.

그녀는 자신을 소개하지도 않았고, 밴혼 역시 그녀가 누구인지 묻지 않았지만, 그런 절차는 필요 없었다. 보안관은 조금 전의 발언에 대해 그녀에게 사과하면서 남편의 죽음에 애도를 표했다. 그런 뒤 그는 대런에게 말했다.

"한번 살펴보지. 일단 시신은 댈러스에 있고…."

그는 다시금 표현을 다듬었다.

"아…, 그러니까 남편분 말입니다, 부인. 그곳 부검의가 아직 살펴보는 중인 것 같아요."

대런은 밴혼이 거짓말을 하고 있다는 것을 깨달았다. 그렉이 어제 전화했을 때 부검은 이미 완료되었다고 했다. 하지만 순간 머릿속에 윌슨의 지시 사항이 떠올랐다. 절차대로 진행해. 그는 최대한 점잖게 말했다.

"부검이 완료되거든 미시 데일의 부검 결과서 요청 공문을 그쪽 부서로 보내겠습니다."

"내 설명이 명확하지 않았던 것 같군. 윌슨은 당신을 라이트 건과 관련해서 보낸 거야. 미시는 셸비카운티에서 태어난 이 동네 여자라고."

그의 뒤에서 윌리가 동의의 뜻으로 고개를 끄덕였다.

"우리 일은 우리가 알아서 처리한단 뜻이라네."

"두 사건이 서로 관련이 있다는 걸 알고 있을 텐데요."

대런이 말했다.

"물론 알지. 어떤 관련이 있는지."

월리가 씩씩거리며 말을 이었다.

"제네바 카페 사람들 중 하나가 폭력적인 상상력을 발휘하고 있는 것 같은데 그게 뭐든 일말의 증거도 없어. 게다가 우리 쪽 사람도 하나 죽었고, 그쪽 사람도 하나 죽었잖아. 파커, 자네도 알겠지만 제네바는 이 동네의 골칫거리야. 여기서 있었던 마지막 두 건의 살인 사건도 그 여자 친족들 일이었잖아."

보안관은 입을 오므렸지만, 어떤 방식으로든 동의를 표하지는 않았다.

"마이클은 '그쪽 사람'이 아닙니다. 이 부근에 살지도 않고요."

대런이 말했다.

"그의 이번 텍사스 방문은 몇 년 만에 처음이었어요."

랜디가 말했다. 그가 라크까지 거의 1,600킬로미터에 달하는 거리를 왜 달려왔는지에 대한 답은 없다. 그 질문은 잠긴 문과 같았다. 그녀는 자신이 열쇠를 쥐고 있어야 한다는 것도 잘 알고 있었다. 대런이 그 이유를 물어봤던 어젯밤과 똑같이 그녀의 얼굴이 죄책감으로 일그러졌다. 왜 그녀는 남편이 무엇 때문에 이곳에 왔는지 모르고 있을까? 왜 그 정도로 그에게 무관심했던 것일까?

대런의 시선이 밴혼에게서 제프의 주스 하우스 사장에게로 옮겨갔다.

"미시 데일이 수요일 밤에도 일했습니까?"

그가 월리에게 물었다.

"지금 직원 기록을 살펴보고 있는 중이네."

밴혼은 주민이 200명도 되지 않는 마을에서 그날 술집에서 일한 사람이 누구인지 확인하는 데에 몇 주는 족히 걸린다는 듯 말했다.

대런은 가슴에서부터 올라온 열기로 깃 안쪽의 목덜미가 확 달아오르는 것을 느꼈다.

"저기요."

그의 음성은 분노와 직위상의 존중 사이에 놓인 가느다랗고 팽팽한 줄을 타는 듯 아슬아슬했다. 최대한 화를 억눌러야만 했다.

"마이클이 실종됐던 날 밤에 그는 미시 데일이 일했던 술집에 있었습니다. 그런 두 사람 모두 죽어서 발견됐고요. 그런데 그게 아무런 의미가 없다는 겁니까?"

"그러니까, 어떤 미친놈들이 그날 밤 마이클과 미시가 얘기하는 걸 보고 술집에서 나와 그 남자를 쫓아가기라도 했다는 건가?"

밴혼이 말했다.

"마이클과 미시가 서로 얘기를 나눴다는 말은 하지 않았는데, 보안관이 그렇게 얘기하고 있으니 흥미롭군요. 난 어떤 한 미친놈 얘기만 했는데 말입니다."

그가 말했다.

"마이클이 그 다른 여자와 함께 있었어요?"

랜디가 말했다.

그녀는 상처받은 표정으로 대런을 쳐다보았다. 마이클 얘기 때문이거나 대런이 또 다시 그녀에게 뭔가를 숨겼다고 생각하기 때문일 것이다.

"대런?"

그녀는 화가 났다기보다는 상심한 듯한 음성이었다.

그녀가 자신을 성이 아닌 이름으로 부르는 소리를 들으니 그는 기분이 이상했다. 텍사스에서는 그가 배지를 달고 있을 때면 아무도 그를 이름으로 부르지 않았다. 그의 이름을 부르는 것은 무례의 극치였다. 하지만 그녀의 입으로 들으니 뭔가 그를 더 그답게 만드는 것 같은 느낌, 뭔가 더 사적인 느낌이었다.

"같이 있었다고 해도 달라질 게 없어. 우리는 그 사람이 강도를 당했다고 보고 있으니까. 자네 말대로 누군가 그를 숲으로 유인했다면, 그 사람 차는 19번 국도에 있었을 테고, 해가 뜨자마자 누군가에게 발견됐겠지. 하지만 그 차는 지금 댈러스 어딘가에서 폐차 중일걸."

밴혼이 말했다. 그의 얼굴이 발그스레해졌다.

"키스 데일, 그 사람은 수요일 밤에 어디 있었습니까?"

대런이 말했다.

밴혼은 팔짱을 꼈다.

"미시에 대해 그 사람과 이야기해볼 생각이긴 하지만, 그건 자네가 신경 쓸 사항이 아니야. 두 사건은 서로 관련이 없어, 젊은이."

"레인저입니다."

대런이 밴혼의 말을 바로잡았다.

밴혼은 턱을 굳게 다물었다.

"그래, 레인저."

그가 긴장감 어린 고갯짓을 하며 말했다.

"그 사람, ABT입니까? 키스가 헌츠빌에서 복역했다는 것, 알고 있습니다."

대런이 물었다.

랜디는 대런과 보안관을 번갈아 쳐다보았다.

"ABT?"

"텍사스 아리안 브러더후드요."

"우리 카운티는 그런 쓰레기 문제에 있어서는 깨끗해."

월리가 말했다. 밴혼은 얼굴이 창백해졌을 뿐, 아무 말도 하지 않았다. ABT를 언급하자 분위기가 사뭇 달라졌고, 그것이 그를 침묵하게 했다.

"아리안 브러더후드요?"

랜디가 말했다. 그녀의 얼굴은 핼쑥해졌고, 괴물이 실재한다는 사실을 알게 된 아이처럼 두 눈은 놀라 동그래졌다.

"KKK단을 말하는 거예요?"

"그보다 더하죠. 마약과 반자동식 무기를 불법 유통하는 집단이에요."

대런이 설명했다.

"내 카운티에서는 잘 통제되고 있어. 윌슨에게도 내가 있는 한 브러더후드를 쫓는 온갖 수사관들이 우리 카운티 문턱을 넘을 일은 결코 없다고 말했지. 우리는 현재 여자 변사체 사건에 집중하고 있어. 나한테는 그 사건이 단연코 1순위라고."

보안관이 말했다.

그는 고인의 부인과 눈이 마주쳤지만, 물러서지 않았다.

"제네바와 이야기해보지. 그녀는 우리 가족과 긴 역사가 있으니까. 도울 일이 있다면 도와야지. 그녀도 날 믿고 있고."

월리가 밴혼에게 말했다.

"그 사람 좀 내버려둬요."

대런은 소리가 난 쪽으로 고개를 돌렸고, 로라가 다시 모습을 보였다. 아이는 그녀의 발목 근처에 앉아 두꺼운 기저귀를 찬 엉덩이를 계속해서 들썩이고 있었다.

"지금 심각한 얘기 중이야, 로라. 계속해요."

월리가 말했다.

남자아이는 마침내 일어서 소파와 랜디를 향해 서툰 걸음을 떼었고, 로라는 허리를 숙여 아이를 팔에 안아 올렸다. 월리가 보안관에게 말했다.

"제네바의 카페를 들락거리는 거친 인물들에 대해 그녀에게 확인해보지. 약 빨고 말썽을 부렸을 만한 자가 있는지."

"당신이 그녀를 대하는 방식은 뭔가 자연스럽지 않아요."

로라가 말했다.

아이가 그녀의 귀고리를 때리더니 이내 입에 손을 넣고 오물오물 빨았다. 로라의 체크무늬 셔츠로 아이의 침이 흘러내렸다. 월리를 바라보는 그녀의 눈은 질책과 간청 그 사이 어디쯤이었다. 대런은 둘 모두를 포착했고, 월리가 그녀의 시선을 피하는 모습도 확인했다. 대런은 재빨리 보안관에게로 고개를 돌렸다.

"제네바의 카페는 당신 술집의 아래 쪽에 위치하더군요, 월리."

보안관에게 이미 사건 수사를 시작했다는 사실을 알리려는 요량으로 그가 말했다. 그는 어제 들었던 웬디의 말들 중 하나를 기억하고 있었다. *미시가 어젯밤 월리의 술집에 갔었다는 건 모두가 아는 사실이잖아.*

"미시 데일은 그곳에서 살해된 뒤 강에 버려졌을 수도 있습니다. 시체가 카페까지 떠내려간 거죠."

월리는 밴혼을 쳐다보았다. 그가 대안이 될 만한 아무 가설이라도 내놓기를 기다리는지도 모르겠다. 대런은 지갑에서 명함을 꺼내 보안관에게 건네며 말했다.
"부검 결과서 기다리죠."

11

다시 트럭으로 돌아왔을 때 그렉에게 전화가 왔다.
"나도 그 부검 결과서가 필요해요. 미시의 것도요."
랜디가 조수석 문을 닫으며 말했고, 대런은 세비의 시동을 걸었다.
"부서장이 이 일에 나를 넣어주긴 했는데, 보안관이 여유를 부리고 있으니 난 외부에서 도움을 좀 받아야겠어."
"어떻게 윌슨의 마음을 돌린 거야?"
그렉이 말했다.
"그 사람 아내가…."
대런이 이야기를 시작하려다 옆자리에서 자신을 쳐다보고 있는 랜디의 시선을 느꼈다.
"기자가 여기저기 쑤시고 다니기 시작했어. 그러니 말 다했지."
"내가 그쪽으로 갈까? 대충이라도 상황을 살필 수 있도록 상관에게 허가 청해? 거기 경찰이 텃세를 부리고 있다면…."
그렉이 물었다.

"내가 이제 여기 경찰이나 마찬가지야."

그는 조수석에 앉은 랜디를 흘끗 쳐다보았다. 그렉에게 하는 말이었지만 그녀에게 하는 말이기도 했다. 그는 그녀에게 약속을 하고 있었다.

"이제 이건 내 사건이야. 밴혼이 알든 모르든 상관없이."

"FBI에서도 이번 일에 관심을 보일지 몰라."

그렉이 말했다.

대런은 이번 일이 어떻게 시작되었는지를 떠올렸다. 그렉의 전문가다운 낚시질. 그렉은 책상에서 벗어나고 싶어 했고 대런도 그것을 알고 있었다. 하지만 그로서는 지금의 상황을 바로잡는 것이 무엇보다 우선이었고, FBI 요원의 투입은 그 과정에 포함되어 있지 않았다.

그가 말했다.

"지금 상황에서 또 다른 외부인이 들어오는 건 좋은 생각이 아닌 것 같아. 게다가 FBI라니. 이곳 카운티 사람들이 어떤지 알잖아. 그래도 키스 데일이 헌츠빌에서 어떻게 지냈는지 정도의 정보는 좀 알아봐 줘. 수감 생활이나 알려진 지인들이라든가 브러더후드와의 연계점 같은 것들."

그렉은 무어라고 웅얼거렸다. '그래' 아니면 '아니' 둘 중 하나일 테지만, 어쨌든 그의 대답은 엔진 소리에 묻히고 말았다. 분명하게 느낀 것은 그렉의 실망이었다. 심지어 분노일지도 모르고. 자신이 직접 발굴한 사건에서 정작 자신이 배제되고, 이제 대런이 그에게 잡일이나 시키며 그가 그토록 싫어하는 책상 자리를 지키게 만들고 있으니 말이다. 대런은 그의 입에서 나올 다음 말이 무엇일지 기다려보기로 했다.

"리사가 전화했었어."

"그래서 뭐라고 했어?"

"네가 어디 있는지 모른다고 했지."

"젠장."

그는 이미 그녀에게 그렉이 부탁한 일을 하고 있다고 얘기한 터였다.

이제 그녀는 그가 거짓말을 하고 있다고 생각할 테지.

그는 그렉과의 통화가 끝난 직후 리사에게 전화를 할 생각이었다.

하지만 그가 리사의 번호를 채 누르기도 전에 랜디가 그를 잡아세웠다.

"이러지 않고서도 마이클의 부검 결과서를 손에 넣을 수 있었던 거예요? 그럼 그 난쟁이 보안관과는 뭐 하러 얘길 나눴던 거예요? 왜 모자를 벗어 들고 굽신거렸던 거냐고요."

"그래도 거쳐야 하는 일들이 있습니다. 텍사스 동부의 보안관들을 상대하려면 따라야 하는 절차 같은 것들요."

그가 말했다.

랜디는 쓴웃음을 삼켰다.

"당신과 마이클,"

대런이 고속도로에 올라선 뒤 안전하게 제 차선을 찾아가자 그녀가 입을 열었다. 그녀는 창문 밖으로 시골의 풍경을 바라보고 있었다. 소나무와 붉은 흙길, 고속도로를 달리는 픽업트럭과 그 뒤쪽에 걸린 소총. 대런은 그녀 쪽에서 음울한 열기가 뿜어져 나오는 것을 느꼈다.

"그는 늘 입버릇처럼 말했어요. 텍사스가 이렇고, 텍사스가 저렇고. 그렇게 나쁜 곳은 아니라면서요. 이곳의 인종차별적 분위기에 대해서도 항상 예외로 뒀어요. 자신이 자란 카운티에 대한 묘한 향수 같은 것 때문에 빌어먹을 단점들은 보이지 않았던 거죠."

"예외로 둔 게 아닙니다. 나도 이곳에 있다는 거죠. 내가 곧 텍사스니까요. 텍사스 사람들은 이곳이 어떤 곳인지 판단하지 않아요. 나한테도 이곳이 내 집입니다."

대런이 그들의 뒤로 멀어지는 윌리의 저택을 향해 머리를 흔들며 말했다.

그는 더 이상 존재하지 않는 남자에 대해 말하고 있었지만, 스스로에 대해 하는 말이기도 했다.

"밴혼 문제에 대해서는 우리가 원칙을 따르고 있다고 생각하게 하는 편이 좋아요."

하지만 고요한 격분으로 달아오른 랜디는 냉정했다.

"이곳에 오지 말았어야 했어요."

그녀가 말했다. 보이지 않는 부표를 단단히 붙든 것처럼 주먹을 꼭 쥔 두 손으로 검은색 진의 허벅지를 누르고 있었다. 마이클에 대한 분노만이 그녀의 발가락을 간질이기 시작한 슬픔의 조수에서 그녀를 구명할 수 있다는 듯 말이다.

"이런 곳에 대체 왜?"

"고향에 오고 싶은 마음에는 이유가 없죠."

"라크는 그 사람 고향이 아니에요."

그녀가 말했다.

하지만 이곳 텍사스는 그에게 고향이었다. 랜디는 결코 알 수 없는 그 마음을 대런은 이해할 수 있었다. 물론 라크는 아니지만 텍사스주의 그 작은 조각은 대런과 마이클을 키웠다. 텍사스 동부의 붉은 흙은 두 사람 모두의 정맥에 흐르고 있었다. 대런은 고향의 힘을 알고 있었다. 조상들이 후대의 미래를 위해 흙 밭에서 가꾸어온 그 땅에 서는 것이 어떤 의미인지, 손으로 직접 일구어낸 것들의 힘과 추수가 바꾸는 운명에 대해 알고 있었다. 커밀라에 있는 그의 가족 농가의 뒤쪽 테라스에 서서 나무 사이로 조상들의 숨결을 느끼고, 오가는 바람에 고마움을 느끼는 것이 어떤 기분인지 그는 알고 있었다. 그는 이 모든 것 그 이상을 랜디에게 말해주고 싶었지만, 그녀는 굳은 표정으로 말없이 앉아 있을 뿐이었다. 그녀의 볼은 쉽사리 가라앉지 않을 분노로 툭 불거져 있었다. *신이시여, 벽이 무너지고 고통이 시작될 때 그녀를 구원하소서.* 대런은 생각했다.

모든 것이 다시금 제네바의 카페를 가리키고 있었다. 미시 데일을 죽인 범인을 찾는 과정에서 인종차별적 마녀사냥이 멈추기를 바라는 대런의 희망, 마이클 라이트를 위한 정의를 실현할 기회를 잡고, 그의 마지막 시간들에 대한 답을 찾는 것 모두.
웬디의 말에 따르면, 마이클은 카페에 왔었다.
대런은 그 단서를 쫓아 월리의 집에서부터 카페의 주차장까지 곧장 고속도로를 가로질렀다. 그가 주유소의 한쪽에 차를 세우는 찰나 휴대전화가 울렸다. 화면에 리사의 사진이 떴다. 그녀가 로스쿨을 졸업한 뒤 함께 떠났던 멕시코 여행에서 찍은 것이었다. 커다란 밀짚모자 챙 아래로 그녀의 짙은 콜 라인의 눈이 그를 쳐다보고 있었다. 랜디도 그 사진을 봤다. 그녀는 꽤 오랫동안 사진을 바라보더니 그가 잠깐 시간을 달라고 청하자 고개를 끄덕였다. 그는 전화를 받기 위해 차에서 내려 트럭 짐칸에 몸을 기대고 뒤쪽 타이어 중 하나에 오른쪽 발을 올렸다.

"뭐 하는 거야, 대런?"

리사가 피곤한 어투로 말했다. 그에게는 좋은 징조가 아니었다. 그녀의 인내심이 바닥나고 있는 것이다. 어젯밤 휴스턴으로 달려가지 않는 대신 선의를 불태운 그였다.

"윌슨 부서장님에게서 급한 연락이 왔었어."

"배지를 반납하기로 했잖아."

"아니, 반납 안 했어."

그는 '아직'이란 모호한 표현은 덧붙이지 않았다.

"클레이턴과 얘기한 줄 알았는데. 학교에 대해."

그녀가 말했다.

"나한테 물어볼 게 있으면, 직접 물어봐, 리사. 삼촌을 끼워넣지 말고."

그녀는 한숨을 내쉬고 말했다.

"같은 일을 반복하고 싶지 않아."

"나도 마찬가지야."

그가 말했다. 그녀는 이 싸움을 의미하는 것일 테다.

"여기서 시체 두 구가 발견됐어, 리사. 내가 나서서 일을 바로잡아 주길 바라는 사람들이 있고."

그는 랜디를 흘끗 쳐다보았다. 그녀는 운전석의 뒤쪽 창문으로 카페 전면을 응시하고 있었다. 창가에 묶인 커튼과 튀김 파이를 선전하는 광고판까지.

"당신한테는 여기 멀쩡히 살아 있는 아내가 있어."

"그런 식으로 말하지 마. 내가 어떻게 하길 원해?"

"집으로 돌아와."

"아니."

대답은 망설일 것이 없었다. 그는 진심이었다. 하지만 제대로 숨쉴 수 없는 선을 넘어섰다는 기분만큼은 떨칠 수가 없었다. 그를 둘러싼 공기가 얇아지더니 이내 무용해졌다. 그는 가슴에 충분한 공기를 채워 넣을 수가 없었다.

"리사…."

그녀가 전화를 끊었고, 때맞춰 랜디가 차 문을 열고 트럭에서 내렸다.

웬디는 론체어*에 앉아 있었다. 노란색과 파란색 직물을 엮어 만든 의자는 가을바람에 흔들리고 있었다. 그녀는 종이봉투 위에서 피칸을 쪼개고 있었다. 발치에 놓인 담요에는 여러 가지 물건들이 가득했다. 재봉틀, 먼지 묻은 콜라 병, "줄은 미포함"이라는 표지와 함께 놓인 낡은 기타, 통조림 몇 개, 그리고 자개로 만든 약병들. 근처에 주차된 머큐리 위에는 또 다른 표지판이 붙어 있었다. "텍사스를 당신의 집으로 가져가세요." 랜디는 되는 대로 차려진 매대를 유심히 쳐다보았고 대런은 트럭 옆을 돌아 그녀에게 다가갔다. 웬디는 익숙한 얼굴에 고갯짓을 하고는 그의 가슴에 달린 배지를 알아차렸다.

"그거 진짜야? 가짜면 내가 30달러 줄 테니 팔아."

---

* Lawn Chair: 야외용 피크닉 의자.

그녀가 말했다.

"진짜예요. 대런 매슈스 레인저입니다, 부인."

그가 말했다.

"흠, 지랄 맞게 됐군."

고개를 돌린 그녀는 랜디가 납작하고 동그란 깡통에 시선을 떼지 못하고 있는 것을 보았다. 초록색 라벨이 붙은 깡통은 군데군데 녹이 슬어 있었다. 웬디가 그 깡통을 가리키며 말했다.

"우리 엄마 거였지."

"파시는 거예요?"

랜디가 말했다.

"1949년에 만든 머릿기름을 내가 어디 쓰겠어?"

웬디가 피칸 조각을 튀기며 말했다. 그녀는 머리부터 발끝까지 붉은색이었고, 앞니에는 진홍색 립스틱이 묻어 있었다.

"일주일 전에 여기 왔던 숙녀는 10달러 내고 그것과 똑같은 걸 사 갔어. 젠장, 우리 엄마는 고작 10센트 주고 샀을 텐데."

그녀는 은색의 호두까기에 새 피칸을 넣고 으깨기 시작했다.

"맘에 드는 거 있으면 말해."

"우리는 여기 마이클 라이트 일 때문에 왔습니다."

대런이 말했다.

"누구?"

"살해당한 흑인 남자요."

"아, 젠장. 그 남자 가족은 아니겠지?"

웬디가 랜디를 뜯어보며 말했다.

"제가 그 사람의…."

대런이 그녀의 말을 막았다. 불필요하게 정보를 남발할 필요가 없다는 생각이었다.

"그 남자가 여기 왔을 때 무슨 얘기라도 나눈 것 있습니까?"

그가 웬디에게 물었다.

"아니. 제네바와 얘기했지."

그녀가 말했다. 그때 고속도로 위에 무언가가 그녀의 주의를 끌었다. 그녀의 표정이 어두워지더니 얼굴이 창백해졌다. 대런은 그녀가 자신의 생각보다 더 나이가 많을 수도 있겠다고 생각했다. 그녀의 표정은 완연한 공포에서 분노로 바뀌고 있었다. 그는 그녀의 시선이 닿은 곳으로 고개를 돌렸다.

"이제 여길 보고 있군."

그녀가 말했다. 파란색의 닷지 트럭 한 대가 59번 고속도로를 따라 40킬로미터의 속도로 천천히 카페 옆을 지나고 있었다. 운전자는 백인이었지만, 얼굴은 제대로 드러나 있지 않았다.

"벌써 세 번째야."

그녀가 말했다.

"저 트럭요?"

웬디가 고개를 끄덕였다.

"키스 데일."

"저 사람이 키스 데일이에요?"

랜디가 말했다. 그녀는 고개를 돌렸고, 트럭의 끄트머리만 간신히 포착했을 뿐, 트럭은 속도를 높이며 제네바의 카페를 지나 저 앞으로 달려 나갔다.

"저 사람, 어젯밤 술집에 있었어요."

그녀가 대런을 돌아보며 말했다. 대런은 키스를 이곳에서 본 것이 무슨 의미인지 이해해보려 하고 있었다. 그건 좋은 의미가 아닐 터였다. 대런도 그 정도는 알 것 같았다.

"저 사람뿐만이 아니야. 술집에서부터 윌리의 집을 거쳐 카페를 뚫어져라 쳐다보면서 지나가는 놈들이 한 무리라니까. 자기들이 제네바를 주시하고 있다는 걸 보이려는 거겠지. 제네바에게 이 사태가 끝날 때까지 내 총을 빌려주겠다고 했더니 금전등록기 밑에 12구경을 갖고 있다더군."

웬디가 말했다.

대런은 트럭이 다시 돌아오지 않을까 하는 생각에 계속해서 트럭이 사라진 자리를 주시했다.

그는 생각했다, *왜 키스 데일을 조사하지 않는 거지?*

그는 랜디의 팔을 붙들었다.

"안으로 들어가는 게 좋겠어요."

그는 그녀를 위해 문을 열어준 뒤 웬디를 돌아보았다. 웬디도 함께 피하자는 얘기였다. 하지만 그의 걱정에 그 늙은 숙녀는 스커트 자락을 들어 무릎에 묶어놓은 22구경 총을 보이는 것으로 대답을 대신했다. 모기 한 마리 죽이지 못할 것처럼 보였지만 그녀의 메시지는 분명히 전달되고 있었다. *내 일터를 두고 결코 아무 데도 가지 않아.* 제네바의 주차장 한구석에 자리 잡은 그녀의 매대는 전쟁이 아니고서는 결코 문 닫을 일이 없어 보였다. 대런은 라크에서 또 다른 살인이 일어나기 전에 부디 사건을 해결할 수 있기를 간절히 바랐다.

제네바는 카운터 뒤에서 포일로 접시를 포장하고 있었다. 그녀는 접시를 카운터에 놓인 종이 상자에 넣었다. 상자에는 '하인즈 케첩' 이라고 적혀 있었다. 그녀는 앞치마에 손을 닦았다. 오늘 입은 것은 노란색과 주홍색의 별 문양이 그려진 앞치마였다. 그런 뒤 페이스 트리 진열장의 뚜껑을 열었다. 카페 안은 버터와 설탕, 과일 통조림, 복숭아와 배의 냄새로 온후하게 달아올라 있었다. 헉슬리는 늘 앉던 자리에 앉아 신문을 읽고 있었는데, 그의 옆에는 20대 초반의 젊은 흑인 여자가 앉아 있었다. 노란빛이 살짝 부족한 희부연 피부 톤을 한 그녀는 웨딩 잡지에 코를 박고 있었다. 제네바가 튀김 파이 몇 개를 포일로 싸자 여자가 잡지에 있는 쿠튀르 드레스를 가리키며 말했다.

"할머니, 이거 어때요?"

제네바는 대충 시선을 던지는 둥 마는 둥 하더니 어깨를 으쓱했다.

"하얀색 입간판 같구나."

여자는 자신의 치아를 빨며 페이지를 넘겼다.

제네바가 랜디를 보더니 말했다.

"뭘 도와드릴까요?"

여자가 고개를 돌려 흥미로운 시선으로 이방인을 쳐다보았다. 그녀는 랜디를 머리끝부터 발끝까지 훑어보았다. 검은색 진과 팔꿈치까지 접어 올린 고급 린넨 티셔츠, 자그마한 원형 금귀고리까지 모두.

"머리 스타일이 맘에 들어요."

그녀가 말했다.

랜디는 살짝 고개를 끄덕였지만 대런은 그녀가 여자의 말을 들었는지 확신이 들지 않았다. 그녀는 카페 안을 물끄러미 살폈다. 크리스마스 달력과 녹슨 자동차 번호판들. 주크박스에는 파란색 불빛이 영롱했고, 라이트닝 홉킨스가 구슬프게 기타 연주를 하고 있었다. 카페의 리놀륨 바닥 저쪽에서는 중년 나이에 비교적 옅은 피부를 한 이발사가 10대 남자아이의 머리선을 가위로 다듬고 있었다. 머릿기름의 냄새가 주방에서 흘러나오는 베이컨 기름 냄새와 한데 뒤섞였고, 대런은 혀를 돼지 지방으로 칠한 듯 입 안 가득 그 맛을 느낄 수 있었다. 랜디는 여전히 어깨에 카메라를 걸쳐 메고 있었는데, 그로서는 이해할 수 없는 행동이었다. 대런은 그녀의 손이 카메라를 향해 움찔하는 것을 느꼈다. 그녀와 그녀의 앞에 놓인 것들 사이에 필터를 끼워 넣고자 하는, 그녀 자신과 텍사스 동부의 작은 마을 사람들 사이에 거리를 두고자 하는 그녀의 본능을 느낄 수 있었다. 그녀는 얼핏 관광객처럼 보였지만, 제네바는 눈치가 빠른 사람이었다.

"댈러스에서 오셨어요?"

여자가 적극적으로 말했다.

"아니, 페이스. 댈러스 사람이 아니야."

제네바가 말했다. 그녀는 대런에게만큼이나 랜디에게도 그다지 시선을 두지 않고 있었다.

"그렇죠, 레인저?"

대런은 그녀의 방향으로 고개를 끄덕였다.

"부인."

그가 말했다.

"무슨 장난질을 하고 있는지는 모르겠지만, 내 면전에서 거짓말하는 사람들과는 친분을 두지 않아요, 젊은이. 내 가게에서는 더군다나."

"그냥 제 일을 하는 것뿐입니다, 부인. 제 방식대로요."

"어제 여기 왔었을 때 뭔가 언질을 줄 수도 있었잖아요. 그런데 배지도 없이 와서는 레인저에 대해 일언반구도 없었어요. 내가 그쪽을 단순히 손님으로 봤다는 걸 뻔히 알면서도요. 위에서 시키는 대로 우리한테 자연스럽게 섞여 들어오면 밴혼 앞에서는 듣지 못할 얘기라도 훔쳐 들을 수 있을 줄 알았어요?"

"위에서 시킨 게 아닙니다, 부인. 그리고 몇 가지 질문에 기꺼이 답해주신다면, 보안관과 관련해서는 도움을 드릴 수도 있어요. 그가 이곳을 함부로 대하지 않도록."

대런이 말했다.

"미시 데일은 일요일 밤에 이 근처에는 얼씬도 안 했어요. 밴혼도 그걸 알고 있고요. 그게 내 진술의 전부예요."

"보안관에게 말씀하시든지, 저에게 말씀하시든지 둘 중 하나예요."

"그렇다면 난 내가 아는 악마를 택하겠어요."

제네바가 말했다.

그저 선의를 베풀고 싶었던 것일 뿐일 여자에게 형편없는 대접을 받게 된 대런은 저도 모르게 속이 쓰렸다. 앞치마, 제네바에게서 풍기는 음식의 향취, 그녀의 애정 어린 시선, 그 모든 것은 바로 대런의 안에 알게 모르게 자리하며 그 어떤 갈망을 간질이던 흑인 어머니의 전형적인 모습이었다. 그의 어머니가 부엌에서 내온 것들은 대부분 펄 맥주 캔이었다. 어릴 적 어머니의 트레일러 계단에 앉아 그녀의 발치에 있는 맥주를 맛본 것이 그의 첫 알코올이었다. 그때 그는 열세 살이었고, 당시 클레이턴은 오스틴에 있는 텍사스 주립대에서 헌법학을 가르치고 있었기 때문에 평일은 대부분 그곳에서 지냈다. 따라서 때로 며칠씩 혼자 지내야 했던 그는 자전거를 타고 어머니의 집으로 갔다. 클레이턴이 얼굴을 찌푸릴 법한 일이었다. 벨은 맥주 네다섯 캔을 마실 때마다 한 캔 정도는 그도 마실 수 있게 해줬고, 두 사람은 그렇게 대화를 나누었다―그녀에게는 따분한 학교생활에 대해, 그리고 그보다 훨씬 더 관심을 보였던 여자아이들에 대해. 벨은 로맨틱한 사람이었고, 자신의 아들이 신사가 되길 바랐다. *네가 먼저 저녁을 사야 하는 거야.* 그녀는 미래의 연인을 그리며 입버릇처럼 말하곤 했다. 당시에는 그 연인이 유부남이 되리라고 대런은 상상도 못 했지만 말이다. 클레이턴은 그를 휴스턴에 있는 고등학교에 보내 고급 교육을 시키면서 그가 제 어머니의 영향력에서 벗어나도록 애썼다. 하지만 달라진 것은 없었다. 그가 처음으로 섹스를 했던 날 밤―당시 여자친구였던 리사가 처음이었다―그는 센트까지 박박 긁어모은 돈을 웨스트오크 쇼핑몰에 있는 레스토랑 체인점에서 모두 썼다. *뭐든 원하는 대로.*

그의 등 뒤로 누군가 큰 소리로 말했다.

"저건 내 거예요."

랜디의 입에서 나온 외침이었다. 대런과 제네바는 동시에 고개를 돌렸고, 대런은 무슨 일인지 전혀 알 수가 없었다. 왜 랜디가 유령을 본 듯 멍한 얼굴을 하고 있는지, 왜 그녀의 호흡이 달라졌는지 말이다.

"저건 내 거예요."

그녀가 다시 말했다. 그녀는 출입구에서 가장 먼 쪽에 있는 부스를 응시하고 있었다. 소박하게 장식을 해놓은 부스 자리였다. 벽에는 50년 된 블루스 쇼의 광고 포스터들이 붙어 있었다. 휴스턴에 있는 엘도라도 무도회장의 라이트닝 홉킨스. 서드 워드 버라이어티쇼의 헤드라인을 장식하고 있는 앨버트 콜린스*. 댈러스에서 새로운 밴드와 함께 무대에 오른 보비 '블루' 블랜드. 조 '피티 파이' 스위트의 피처링이 더해진 포우포우 클럽의 쇼. 부스 위의 가장 낮은 선반에는 1955년에 제작한 깁슨 레스 폴**이 놓여 있었다. 금빛 나무는 흠집이 나고 한쪽 면이 닳아 있었다. 랜디가 보고 있는 것이 바로 그것이었다. 대런은 그녀의 두 손이 떨리고 있는 것을 보았다.

"뭐라고 하셨죠?"

제네바가 말했다.

"저건 우리 집에 있던 거예요. 제 거요. 그러니까, 마이클 거라고요."

그녀는 기타를 집으려 부스로 다가갔다.

"감히 어딜."

제네바의 목소리는 냉랭하기 이를 데 없었고 랜디는 멈칫하고 말았다.

"그건 내 남편 거예요. 계속 거기에 있을 거고요."

제네바가 말했다.

그녀는 양념이 든 꾸러미를 음식 상자에 넣은 뒤 상자를 들고 카페를 가로질렀다. 그녀는 헉슬리에게 보낼 우편이 있는지 물은 다음 출입구로 향하며 페이스에게 소리쳤다.

"안 올 거니?"

그녀가 물었다.

페이스는 두 눈을 굴렸다.

---

* Albert Collins: 미국의 블루스 기타리스트이자 가수.

** Gibson Les Paul: 악기 생산 기업인 깁슨이 제작하는 솔리드 바디 전기 기타.

"음식 낭비예요."

그녀가 부드럽게 말했다.

"그래도 네 엄마잖아."

제네바가 말했다. 페이스는 아무런 대꾸도 하지 않았다.

제네바가 밖으로 나가려 문을 짚자 문에 달린 종이 딸랑거렸다. 대런은 손을 뻗어 그녀의 손목을 잡았다. 얇은 피부 아래로 뼈가 느껴졌다.

"말씀해주십시오, 부인. 마이클 라이트가 여기 왔었는지만 알려주시면 됩니다."

제네바는 그를 쳐다보며 말했다.

"기타 봤잖아요, 안 그래요?"

그 말과 함께 그녀는 그를 지나쳐 밖으로 나갔고, 그녀의 등 뒤로 종이 딸랑거렸다. 밖에서 그녀의 폰티악에 시동이 걸리면서 엔진이 으르렁거리는 소리가 들렸다. 그는 제네바가 차를 돌려 59번 고속도로로 향하는 모습을 한동안 지켜보았다.

"어디 가시는 겁니까?"

대런이 물었다. 헉슬리는 눈썹을 치켜올렸지만 아무 말도 하지 않았다. 페이스는 한숨을 내쉬고는 보고 있던 웨딩 잡지를 덮었다.

"게이츠빌요."

그녀가 말했다.

"게이츠빌?"

게이츠빌이라면 텍사스 형사재판부 형무소에 복역 중인 누군가를 면회하러 가는 이유밖에 없다. 카운티에는 모두 여덟 개의 형무소가 있었고, 그중 다섯 곳은 여성 전용이었다.

"누구 면회라도 갑니까?"

페이스가 일어서서 말했다.

"우리 엄마가 힐탑에 2년째 복역 중이거든요."

그녀는 이발소 의자와 머리카락을 자르고 있는 남자 옆을 비집고 지나 다른 쪽 벽면에 걸린 커다란 거울에 자신의 모습을 비춰보았다. 그녀는 곱슬곱슬한 머리카락을 들어서 자신의 머리 위로 말아 올린 뒤 세련된 이방인 랜디를 돌아보았다.

"어때요? 머리에 안개꽃을 꽂으면? 로드니가 결혼식 때 팀슨에 있는 전문 헤어숍에 보내주겠다고 했어요."

제네바가 자리를 비운 가운데 랜디는 기타가 있는 곳으로 다가갔다. 그녀는 부스 자리들을 지나 선반에 있는 레스 폴을 집기 위해 좌석의 쿠션 위로 무릎을 꿇었다.

"내가 당신이라면 그러지 않겠소."

헉슬리가 말했고, 랜디는 다시 한 번 얼어붙었다. 그녀는 대런을 쳐다보았다. 그는 부드럽게 고개를 가로저었다. 그들에게는 제네바가 필요했다. 대런이 지켜보는 가운데 헉슬리는 신문을 접어 팔 아래에 꼈다.

"일주일에 하루 정도는 집에서 점심을 먹지 않으면 베티가 내 뒤를 밟고 말 거요."

대런이 그에게 물었다.

"선생님은 수요일에 어디 계셨습니까?"

"난 늘 여기 있소만."

"제 남편을 보셨나요?"

랜디가 말했다.

헉슬리는 자리에서 일어나 그녀를 쳐다보았다.

"남편의 부고에 애도를 표하오, 부인. 하지만 남편에게 일어난 일에 대한 대답은 이 주변에는 없어요. 내가 아는 건 그가 저녁 대여섯 시쯤 이곳에 와서 간단히 요기를 했다는 거요. 수요일에는 메기 요리가 나오죠. 제네바와 뭔가 얘기를 나누는 것 같더군요. 하지만 팀과 나는 카드 게임을 하고 있었기 때문에 무슨 얘기를 하는지는 별로 듣지 못했소. 뒤편에 있는 제네바의 트레일러에 방을 빌리는 얘기인가를 하는 것 같기도 하던데, 어쨌든 그 사람, 자리를 떠서는 다시 돌아오지 않았어요. 사람들 말로는 위쪽 선술집에 갔다고 하는 것 같던데. 그러니 그곳에서 알아봐야 할 거요."

"하지만 왜?"

대런이 랜디 역시 궁금해할 질문을 던졌다.

"왜 마이클은 여길 나가서 바로 술집으로 갔을까요?"

물론 대런의 어제 행보 역시 그와 똑같았다. 술이 필요했기 때문에.

"글쎄. 릴 조도 평소 그 술집을 뻔질나게 드나들었지. 그런데 봐봐, 그가 결국 어떻게 됐는지."

헉슬리가 다른 사람들을 향해 말했다.

"우리 엄마 얘기는 거기서 빼줘요."

페이스가 툭 끼어들었다.

"릴 조가 누굽니까?"

대런이 물었다.

거울 속 페이스가 말했다.

"우리 아빠요."

대런이 페이스의 아빠에게 무슨 일이 있었는지, 그녀의 엄마가 그것과 무슨 연관이 있는지 미처 묻기도 전에 그의 바지 주머니에서 휴대전화가 울렸다. 그렉의 문자였다. *부검 결과서 보냈어.*

12

 그는 부서장과 전화 한 통 해야겠다고 랜디를 향해 중얼거렸다. 부검 결과서를 혼자 살펴볼 수 있는 몇 분의 시간만 벌 수 있다면 어떤 핑계든 상관없었다. 정보를 입수하면서 동시에 그녀를 보호할 수는 없는 일이었다. 그녀에게는 말해줄 수 있는 부분만 말해주리라. 존 리 후커의 음반이 주크박스에 떨어지는 찰나 그는 카페에서 나왔고, 랜디는 기타 아래의 부스에 푹 주저앉아 레스 폴을 바라보았다. 블루버드, 블루버드, 이 편지를 남쪽으로 전해주오. 대런이 카페의 출입문을 열고 밖으로 나가면서 그의 등 뒤로 종이 딸랑거릴 때 후커는 노래하고 있었다. 쨍한 바깥 공기에 앞이마에 맺혔던 땀방울이 시원해졌다. 그는 자신의 트럭 운전석에 올라탔다. 한낮의 햇살에 안은 따뜻했다. 파일은 이메일에 첨부되어 있었고, 메일에는 미시 데일의 최종 부검이 현재 댈러스카운티 부검의의 사무실에서 진행 중이라고 적혀 있었다.
 대런은 마이클 라이트의 파일을 열었다.

그의 사진이 제일 먼저 대런의 시선을 사로잡았다. 미끈거리는 피부는 보랏빛을 띤 회색이었으며, 너무 많이 부풀어 올라 같은 종의 인류인지 알아볼 수 없을 정도였다. 마이클은 물속에서 이틀을 보낸 터라—강 건너편에 사는 백인 농부가 술집에서 나오다가 그를 발견했다—훼손이 심했고, 그만큼 물리적 증거도 거의 남아 있지 않았다. 결과서의 첫 번째 페이지에도 그런 내용이 적혀 있었다. 하지만 부검 당시 마이클의 머리 왼쪽에 가시적인 외상이 남아 있었는데, 피부가 찢어졌고, 눈에는 멍이 들었으며 귀 위로 깊은 상처가 나 있었다. 두개골이 반으로 쪼개질 만큼 심한 폭행을 당한 것이 분명했다. 폭행 도구는 야구방망이 정도 넓이의 둔기로, 가장자리가 날렵한 무언가다. 피부를 찢을 만큼 날카롭고, 뼈를 부러트릴 수 있을 만큼 단단한 무언가. 에이미 권이라는 이름의 여자 부검의는 시신이 며칠간 물속에 가라앉아 있었음에도 불구하고 부상 주변 세포 깊숙한 곳에 여전히 나무 조각이 박혀 있었고, 그것을 부검용 핀셋으로 꺼냈다고 기록했다. 그 조각들은 가공하지 않은 소나무 펄프처럼 보였지만, 확인을 위해서는 실험이 필요할 것이었다. 부검의는 그의 두개골 균열 부위에 생긴 부패 때문에 마이클의 머리에 가해진 외력이 그 즉시 그를 무력화시켰는지 아니면 그 외력 후에도 그가 강가까지 제 발로 걸어갈 수 있었는지는 확신하지 못했다. 그의 혈중 알코올 농도는 0.02퍼센트였고, 그건 곧 그가 술을 한 잔 정도 마셨다는 의미였다. 어쩌면 한 잔도 채 안 될 수 있다. 대런은 그가 강에 빠지게 된 주된 요인이 술이었다고 생각하지 않았고, 그건 부검의의 생각도 마찬가지여서 그녀는 알코올의 요인을 사인에서 배제했다. 마이클의 폐에는 익사를 추정할 수 있을 만큼의 물이 차 있었지만, 그가 자기 스스로 강에 빠졌는지 아니면 아직 의식이 있을 때 강에 끌려 들어갔는지는 결과서에서 다룰 수 있는 범위 너머의 문제였다. 셸비카운티 수사에서 더 많은 정보를 얻지 못한 채 정확한 사망 유형은 불분명으로 기록되었다. 공식적으로 사고사도 타살도 아니게 되어버린 것이다. 지난 밤 대런은 얕은 진흙물에 서서 누군가 기력을 잃고 엎어진 마이클을 질질 끌어 강물에 던져버렸음을 확신했다. 그리고 그 사람이 누구인지 알 것 같았다. 그 어느 때보다 더 강한 확신으로 말이다.

그는 랜디에게 부검 결과서에 대해 최대한 완곡하게 설명했다. 사진들이나 결과서에 적힌 대부분의 이야기들은 생략했다. 놀랍게도 그녀는 결과서에 대해 그를 닦달하지 않았다. 그녀는 그 어느 때보다 차분했다. 그녀는 결과서에서 언급되었던 내용들의 기억을 가만히 풀어놓는 그의 말을 잠자코 듣고 있었다. 그녀는 고개를 끄덕일 뿐, 질문은 거의 하지 않았다. 그리고 어느 순간 머리를 조수석 쪽 창문에 기댄 채 눈물을 흘렸다. 그리고 토할 것 같다는 말과 함께 문을 열고 나가 회색의 인도 위로 머리를 숙였지만, 아무것도 나오지 않았다. 그래도 편안해지지 않자 그녀는 다시 조수석에 올라 아랫입술에 묻은 얇은 침 줄기를 닦았다. 그녀 안에 어떤 감정적 메스꺼움이 봉인되어 있는지는 몰라도 그것이 계속해서 그녀의 속을 헤집어놓고 있는 모양이었다. 그녀는 검은색 앵클부츠를 신은 발을 좌석에 올리고는 두 손으로 무릎을 꼭 껴안았다. 문자 그대로 그녀를 흔들고 있는 고통을 견뎌내기 위해 스스로를 닻으로 만들어버린 듯했다. 대런은 그녀의 이름을 부드럽게 불렀다.

"랜디."

그는 그녀의 어깨를 가만히 건드리려다가 그만 멈추었다.

"여기서부터는 내가 할게요, 알았죠? 이 모든 일을 견딜 필요 없어요. 남편을 데려가서 편히 쉬도록 장례를 치러줘요. 누가 마이클에게 이런 짓을 했는지는 내가 꼭 밝혀내겠습니다."

그녀는 무릎을 풀고 다시 똑바로 앉았다.

"난 아무 데도 가지 않아요."

"랜디, 나를 믿어요."

"그 사람을 잡기 전까지는 떠나지 않을 거예요. 그를 떠나지 않을 거예요."

그녀는 자신이 이번 일을 모두 지켜보지 않으면 마이클의 영혼이 라크에 영원히 머물 것처럼 말하고 있었다. 그녀는 다시 단단해졌고 분노가 잦아들었으며 정신이 또렷해졌다. 떨림이 멈추었다.

"좋습니다. 하지만 내가 혼자 해야 할 일들도 분명 있어요."

랜디는 그를 쏘아보았다. 치켜 올라간 그녀의 눈썹에는 질문이 담겨 있었다.

"그 술집에 다시 가볼 생각이에요. 하지만 당신은 그곳에 절대로 가면 안 돼요."

그가 말했다.

"당신도 마찬가지잖아요."

"안에 들어가지는 않을 겁니다."

그들은 그녀의 렌터카를 모텔—대런을 더 이상 환영하지 않는 그곳—에 주차한 뒤 그녀에게 그의 트럭을 몰게 했다. 그리고 그의 문자를 받는 그 즉시 혹은 문자가 없더라도 한 시간쯤 후에는 그를 데리러 이곳에 돌아오기로 했다. 그녀는 그를 19번 국도, 농로와 술집 사이에 자리한 자그마한 숲속에 내려주었다. 그는 셰비에서 내려 블랙잭 덤불과 떡갈나무 군집 사이를 걸었다. 나뭇가지들을 밀치고 지나가자 나뭇잎들이 우수수 떨어져 내렸다. 그렇게 걸어 마침내 그는 술집 뒤편에 도달했다. 컨트리 음악이 술집 벽을 통과해 밖에까지 흘러넘치고 있었다. 웨일런 제닝스가 텍사스 루켄바흐에서의 새 출발에 대해 노래하고 있었다. 대런은 셰비의 엔진 소리가 멀어지는 것에 귀를 기울였고, 사랑 노래의 퉁퉁거리는 기타 소리를 제외하고는 곧 아무 소리도 들리지 않게 되었다. 그는 랜디가 완전히 멀어질 때까지 기다렸다.

술집 뒤편에는 프로판 가스통과 발전기, 그리고 훈연기가 있었다. 위에는 솔잎이 가득 쌓여 있었고, 바닥에는 수년 전부터 축적된 녹이 쌓여 있었다. 플라스틱 론체어 옆에는 뒤집힌 페인트 통 위로 이 빠진 유리 재떨이가 놓여 있었는데, 그 가장자리는 살을 찢을 수 있을 만큼 날카로웠다. 숲과 가까운 지점이라 소나무 향이 달콤했지만, 커다란 검은색 쓰레기통에 쌓인 술병에서 나는 맥주의 썩은 내와 쓰레기통 뚜껑에 달라붙어 죽은 파리들, 그리고 각종 쓰레기 냄새와의 한바탕 전투에서 그 향기는 승기를 잃어가고 있었다. 대런은 담배를 셔츠 주머니에 집어넣고 기다렸다. 오후 3시가 되어가는 시각, 고속도로의 저 맞은편에서는 햇살이 춤을 추고 있었다. 제프의 주스 하우스의 뒤편에는 아무도 줍지 않은 종이 영수증 조각들이 드문드문 자란 잔디 위로 휘도는 바람에 날리고 있었다. 바닥에는 작은 비닐 지퍼백도 여러 개 있었는데, 단추나 잔돈 혹은 메스암페타민 가루 정도를 담을 수 있을 만큼 작은 크기의 지퍼백 몇 개는 떨어진 지 오래되어 거의 흙에 파묻히다시피 했다. 아리안 브러더후드가 출몰하는 곳에는 마약도 함께이기 마련이었다. 대런은 몸을 숙여 잠재적 증거품일 수도 있는 지퍼백 하나를 손수건에 감싸 집은 뒤 주머니에 넣었다. 그는 술집의 뒷문을 계속해서 주시했다.

시간을 죽이기 위해 그는 휴대전화를 꺼내 조 스위트를 검색해보았다. 대런이 이 마을에 들어온 이후 세 번이나 들었던 이름이었다. 위키피디아에 따르면, 조 '피티 파이' 스위트는 1939년 미시시피 페이엣 외곽의 한 농장에서 열한 명의 아이들 중 하나로 출생했고, 이름은 조셉 스위트였다. 그의 형인 네이선이 그에게 기타를 가르쳤고, 조는 열두 살이 되었을 무렵 주크 조인트*에서 연주를 했다. 아직 술을 마시지 못할 나이였는데도 말이다. 그는 1950년대 후반에 두 명의 형제와 함께 미시시피를 떠나 처음에는 인디애나 게리에 정착했고, 그다음에는 델타 블루스**의 메카인 시카고에 거주했다. 디프사우스***에서 자신들만의 음악으로 북부에 진출한 시골 청년들이었던 셈이다. 조는 곧 머디 워터스를 비롯, 리틀 월터와 함께 밴드에서 연주한 젊은 버디 가이에 빠져들었고 체스 브러더스 음반사에서 정기적으로 연주를 하기도 했다. 또한 보비 '블루' 블랜드 그룹에 참여해 투어를 다니기도 했지만 독자적인 행보를 보인 적은 없었다. 그는 1960년대 후반에 투어와 앨범 작업을 중단했고, 2010년 텍

---

* Juke Joint: 미국 남부 지역의 흑인들이 주로 운영한 작은 술집.
** Delta Blues: 미국 남부 미시시피강 유역과 테네시주 멤피스 등의 지역에서 발생한 초기 블루스 음악 중 하나.
*** Deep South: 미국 남부의 여러 주를 통틀어 이르는 말. 주로 루이지애나, 미시시피, 앨라배마, 조지아, 사우스캐롤라이나 등을 이르며 남부다운 특징을 가장 많이 지닌 지역이다.

사스 라크에서 강도를 당해 일흔하나의 나이로 세상을 떠났다. 그는 1968년 제네바 스위트와 결혼했으며 둘 사이에는 외아들 조 스위트 주니어가 있었는데, 그 또한 2013년에 세상을 떠났다.

호기심이 생긴 대런은 또 다른 페이지들도 클릭해 사진들을 살펴보았다. 짙은 피부의 흑인 남자는 짧게 자른 아프로* 스타일에 폭이 좁은 넥타이를 매고 있었다. 대런의 마음은 자꾸만 그 무언가로 회귀하고 있었다. 조가 죽은 이후로는 주변에 이런 일이 없었잖아요. 그러자 팀이 도발적으로 물었다. 어느 조? 둘 다 이 세상 사람이 아니었던 것이다—제네바의 남편과 아들, 페이스의 아버지.

두 명의 조, 제네바의 조들은 모두 죽고 없었다.

갑작스럽게 술집의 뒷문이 열렸다. 어젯밤 보았던 바텐더가 밖으로 나와 담뱃불을 붙인 뒤 고개를 들다가 대런을 발견했다. 그녀는 그에게 시선을 두면서도 그에게 다가가지 않고, 코로 담배 연기를 내뿜으며 말했다.

"여기 오면 안 될 텐데요. 근처를 돌아다니다가 브래디 눈에라도 띄면 당신 엉덩이는 물론이고 내 엉덩이도 무사하지 못할 걸요."

"당신 사장 말인가요?"

"사장은 윌리죠. 브래디는 매니저예요."

그녀가 말했다.

"여기 술집에 어떤 사람들이 오는지 그가 알고 있습니까?"

"당신이 여기에 오지 않았으면 한다는 건 알죠."

"전 지금 브러더후드 얘기를 하고 있는 겁니다, 부인."

---

* Afro: 흑인들의 둥근 곱슬머리 스타일.

그가 말했다. 이런 여자—오늘은 거무죽죽한 흰색 탱크톱 위로 망사 티셔츠를 입었고 어제보다 더 많은 모공과 여드름이 목 아래까지 내려와 있었다—는 '부인'이라는 호칭을 별로 들어본 적이 없을 테니 약간의 차이를 두는 것도 나쁘지 않겠다는 생각이었다.

"ABT 문신을 한 친구들 얘기를 하는 겁니다. 어젯밤에 우리를 내쫓았던 덩치 큰 사람이오."

"그 사람이 브래디예요."

그녀가 말했다. 그리고 어깨 너머를 흘끗 돌아보았다.

술집의 뒷문은 살짝 열려 있었다. 완전히 닫히지 않도록 그 틈에 돌을 걸쳐놓은 터였다.

대런은 주방에서 접시들이 부딪히는 소리를 들을 수 있었다.

"윌리도 알고요?"

그가 말했다. 자신이 듣기에도 자연스러운 질문이었다.

"윌리는 뭐, 그렇게까지 적극적인 타입은 아니에요."

그녀가 말했다. 그는 그녀의 나이가 궁금해졌다. 얼굴의 주름이 메스암페타민 때문이라면 어떤 식으로든 가늠하기 어려울 테다. 약물은 노화를 가속시키니 말이다. 그가 지켜보는 가운데 그녀는 담배를 빨며 그의 배지를 아주 오래도록 쳐다보았다. 그녀는 배지에 겁을 먹은 것이 분명했다. 어쩌면 브래디보다 더.

"나한테 물어볼 게 있으면, 쉬는 시간 끝나기 전에 빨리 물어보는 게 좋을 거예요."

그녀는 문 쪽을 두 번이나 돌아보면서 2초마다 한 번씩 다리의 무게중심을 바꾸었고, 손톱을 잘근잘근 씹으면서 왼손이나 오른손으로 머리카락과 입가를 만졌다. 그녀는 슬립온 스타일의 케즈 운동화를 신고 있었는데, 더러워져 회색빛이 도는 운동화 위로 드러난 피부는 창백하고 푸석했다.

"키스 데일? 그 사람도 브러더후드입니까?"

대런이 말했다.

"난 여기 비서가 아니에요."

대런은 그녀를 향해 알겠다는 듯한 시선을 보내며, 자신이 쉽사리 사라지지 않을 것이라는 신호로 부츠 굽을 더 단단히 흙에 박았다.

"여기 나타나죠."

그녀가 담배를 한 모금 깊게 빤 뒤 기침과 함께 남은 꽁초를 퉤 뱉어내며 마침내 인정했다. 그런 뒤 어깨를 으쓱했다.

"이 술집에는 사람들이 많이 와요. 멋진 곳이니까요. 키스도 특별할 거 없죠."

"그럼 수요일 밤에도 왔었습니까?"

"난 못 봤어요."

그녀가 말했다. 그의 머리 너머 소나무 꼭대기를 응시하며 그녀는 애써 그의 눈을 피하고 있었다. 대런은 표면에 드러난 것 외에 무언가가 더 있음을 감지했다. 하지만 더 이상 빨 것이 없어진 그녀는 안으로 들어가기 위해 등을 돌렸다.

그는 그녀에게 주머니에 있던 담배를 권했다. 당근과 채찍을 하나로 묶은 것이다.

"브래디가 여기서 메스암페타민을 거래합니까? 밴혼은 다른 쪽만 살피는지는 몰라도 레인저로서 나는 그럴 수 없어요. FBI에서 항상 우리 쪽에 정보를 요구하니까요. 지금 그쪽도 뭔가를 소지하고 있을지 모르겠다는 생각이 드는데."

그는 그녀의 딱 붙는 청바지 어딘가에 불거진 부분이 없는지 그녀의 몸 선을 유심히 살피며 말했다. 그녀는 얼굴이 새파래지더니 고개를 가로저으며 방어적으로 두 손을 내밀었다. 그런 그녀의 손가락 사이에는 어느새 대런이 준 담배가 꽂혀 있었다. 그는 몸을 앞으로 내밀어 담배에 불을 붙여주면서 그녀의 적갈색 눈을 바라보았다. 그녀가 내뿜은 담배 연기가 두 사람을 휘감고 올라갔다. 그는 그녀가 자신의 선택지들을 저울질하고 있다는 것을 느낄 수 있었다. 강의 반대편에서 누군가 사슴 고기를 굽고 있었다. 아직 사냥철이 2주나 남았는데도 말이다. 대런은 피칸 나무의 달달한 훈연 냄새를 맡을 수 있었다.

"저기서 벌어지는 약물 거래를 숨겨주기만 해도 기소 사유가 될 수 있습니다."

"그거에 대해서는 아는 거 없어요."

그녀가 밋밋하게 말했다. 그녀는 얇고 기름진 자신의 머리카락을 손으로 쓸어 넘기며 항복의 의미로 한숨을 내쉬었다.

"이봐요, 키스는 주로 제재소 일이 끝나면 여기 와서 맥주 한 잔 마신 다음 미시 근무가 끝나면 차에 태워 집에 데려가요. 하지만 그가 팀슨에 있을 때면 미시는 걸어서 집에 가죠. 두 사람은 19번 국도 바로 인근에 살거든요. 숲 옆에 나란히 난 농로 말이에요."

그녀는 대런이 좀 전에 지나온 숲속 덤불을 가리키며 말했다.

"신 앞에서, 애들을 두고 맹세하는데 그날 밤에는 키스 데일을 보지 못했어요."

"그럼 누가 이방인을 기다린 겁니까?"

"누구요?"

하지만 그녀는 그가 무슨 이야기를 하고 있는 것인지 알고 있었다.

"이름이 어떻게 되죠, 부인?"

대런이 말했다. 그는 직설적이었지만 무례하지는 않았다. 하지만 어느 쪽이든 그녀로 하여금 그가 경찰이라는 사실을 의식하지 못하게 하는 것이 중요했다. 물론 이런 과정이 늘 자연스럽게 진행되는 것은 아니다. 그녀가 망설이자 그는 다시금 그녀를 압박했다.

"이름을 물어봤는데요."

"린."

"린, 누가 그 흑인 남자를 기다리고 있었는지 말해줘요."

그녀는 한숨을 내쉬더니 마침내 내뱉었다.

"미시요."

그녀는 니코틴으로 시간이라도 가늠해볼 것처럼 자신의 담배를 유심히 살펴보았다. 한 개비 반의 담배는 곧 그녀의 휴식 시간이 끝났음을 의미했다.

"이봐요, 이제 들어가 봐야 돼요. 당신에게 개인적인 감정은 없지만, 경찰이랑 얘기했다는 걸 들켰다가는 아주 골치 아파진다고요."

"이 문제와 관련해서 벌써 보안관과 얘기하지 않았습니까?"

"그 사람은 미시가 죽은 이후로는 흑인 친구에 대해 물어보지 않았어요. 오늘 아침에도 왔었거든요."

그녀가 두 번째 담배를 비벼 끄며 말했다.

월리의 집에 늦게 왔던 것이 그것 때문이었군, 대런은 생각했다. 내내 관심도 없는 마이클 라이트의 사건을 알아보는 척하면서 그를 따돌리고 있는 것이다.

"그래서 뭐라고 했습니까?"

그가 물었다.

"뭐라고 했냐면, 미시가 그 사람을 기다렸다고 했죠."

"그 사람? 마이클 말입니까?"

그가 내용을 분명히 하기 위해 물었다.

그녀는 고개를 끄덕였다.

"여기 사람들 대부분이 그 둘이 얘기 나누는 걸 못마땅해했어요."

"얘길 나눠요?"

밴혼이 했던 말과 같았다.

"적어도 한 시간 정도요. 미시는 그의 자리에 잠시 합석하기도 했어요. 내가 가서 근무 시간 끝났다고 얘기해줬을 정도였으니까요. 근무 시간을 20분이나 넘겼고, 퇴근 체크도 하지 않더라고요."

"미시가 술집에서는 혼자 나갔어요?"

대런이 말했다.

마이클은 제네바의 트레일러에 방 하나를 빌렸지만, 그날 돌아오지 못했다.

"그건 내가 알 바 아니죠."

그녀가 대답을 얼버무렸다.

"꼭 대답해줬으면 좋겠어요, 린."

그녀는 턱 아래에 있는 여드름을 뜯었다.

"네, 그 남자랑 같이 나가는 걸 봤어요."

"확실합니까?"

그녀가 고개를 끄덕였다.

대런은 고개를 가로저었다. 사실이 아니기를 바랐다. 랜디와 함께였던 남자가 텍사스 벽지의 2년제 대학을 중퇴한 여자와 어울리는 모습이라니, 좀처럼 상상이 되지 않았다. 게다가 랜디에게 이런 이야기는 전하고 싶지 않았다.

"키스는요? 술집에 오지 않았다고 했던가요?"

그가 말했다.

"아뇨, 내가 보지 못했다고 했죠. 모르는 사이에 술집을 살짝 들여다보고 갔을 수는 있어요. 미시가 보이지 않으면 때로 집까지 걸어가는 그녀를 중간에 태워 가기도 하거든요. 그녀를 찾아다녔을 수도 있죠."

그녀가 말했다. 그리고 씁쓸하게 마지막 단어들을 내뱉었다.

"사람은 쉽게 변하지 않으니까."

대런은 그녀의 말이 무슨 뜻인지 바로 알아차리지 못했다. 하지만 이제 그림을 그릴 수 있었다. 하나의 가설. 키스는 그의 아내와 이방인인 흑인 남자가 함께 농로를 지나는 것을 우연히 보았을지도 모른다. 키스를 마이클 라이트와 가장 근거리에 둘 수 있는 상황은 그것밖에 없었다. 하지만 뭔가 구체적인 증거가 있어야 할 것이다. 가능하다면 문서상의 것들 말이다. 윌슨을 설득해 키스 데일을 제1의 용의자로 둘 수만 있다면.

"브래디가 직원들 근무표를 출력해 어딘가에 붙여놓진 않았습니까? 그러니까, 난 그의 사무실에 달리 뭐가 있는지는 관심 없어요."

그가 물었다.

그는 원활한 대화를 위해 은근슬쩍 약물 이야기를 다시 던져보았다.

"그 일정표가 필요해요, 린. 특히 수요일 밤이오. 아주 중요한 일입니다."

그는 그녀의 이야기들이 전부 증거로 채택받기 위해서는 공식 진술서를 써야 한다는 이야기는 하지 않았다. 하지만 그녀는 안으로 들어가면서 고개를 끄덕였고, 그는 더 이상 밀어붙이지 않았다. 그는 랜디에게 자신을 데리러 오라고 문자를 보냈다. 그가 시킨 대로 제네바의 카페 앞에 차를 세우고 있었다면, 몇 분 내로 이곳에 도착할 것이다.

그때 술집의 뒷문이 다시 열렸다.

너무 빠른데, 그는 생각했다. *너무 빨라.*

그는 니코틴으로 얼룩진 린의 손가락이 아닌, 브래디의 주먹이 빠른 공처럼 날아오는 것을 미처 확인하기 전부터 문제가 생겼다는 사실을 깨달았다. *그래, 이렇게 쉬울 리 없지.* 브래디의 주먹이 그의 턱 아래를 가격하면서 그런 생각이 머릿속에 폭죽처럼 터졌다.

그는 화급히 뒤로 물러났지만, 쓰레기통과 함께 바닥으로 나뒹굴고 말았다. 그는 총집의 잠금쇠를 풀고 콜트 권총을 손에 쥐었다. 그리고 재빨리 두 발로 일어섰지만, 그가 총구를 겨눴을 때는 이미 브래디의 357매그넘이 그를 향하고 있었다. 게다가 그는 혼자가 아니었다. 대런이 브래디 옆에 서 있는, 땀으로 얼룩진 야구모자를 쓴 백인 남자를 알아보기까지는 다소 시간이 걸렸다. 그 사람은 다름 아닌 키스 데일이었다. 브래디는 냉랭하게도 그에게 킬샷*을 권했고, 대런의 정맥에 아드레날린이 뜨거운 산처럼 솟구쳤다.

"이 자식은 너 가져, 키스. 이번 일 잘 처리하면 너도 끼워줄게."

브래디가 말했다. 그의 얼굴에 편향적이고도 으스스한 자신감의 미소가 떠올랐다.

대런은 그들의 브러더후드식 대화에 숨이 막힐 듯한 공포를 느꼈

---

* Kill Shot: 단발의 치명타.

다. 브래디는 자신의 후배가 이 중대한 순간을 놓치지 않길, 자신이 선사한 선물을 기꺼이 받아들길 바라고 있었다. 키스는 거친 웃음을 터뜨렸다. 브래디가 아까보다 더 진중한 어투로 말했다.

"로니 말보를 위해."

그 이름이 대런의 두개골을 관통했다.

로니 '레드럼' 말보, 지난달 맥의 대지를 무단으로 침입한 뒤 이틀 후 죽은 채 발견된 남자. 브라더후드가 어떤 종류의 소셜미디어를 활용하고 있는지는 몰라도, 페이스북과 레딧 등을 통해 말보의 죽음에 대런이 미세하게나마 관련되었다는 소식이 셸비카운티에까지 흘러들었음이 분명했다. 대런은 그들에게 공식적 표적이었고, 지금 당장 행동하지 않으면 곧 목숨을 잃게 될 터였다.

그는 브래디의 손에 들려 있던 357매그넘을 발로 차 그의 왼쪽 2미터 밖으로 날려 보냈다. 브래디는 총을 향해 움직였지만, 대런이 그 즉시 콜트를 그의 머리에 겨누었다. 배지 덕분에 그에게는 그를 쏠 권한이 있었다. 하지만 맥을 도왔다는 이유로 정직의 징계를 먹은 상황에서 비무장 상태인 이자를 쏜다면 그의 커리어도 당장 끝이 나고 말 것이다. 그는 교착 상태에 놓이고 말았다. 이런 망설임이 그는 당혹스러우면서도 화가 났다.

브래디는 키스를 질책했다.

"기회가 있을 때 쐈어야지."

하지만 지금은 대런이 우세했다. 두 남자 모두 콜트의 사정권 안에 있었다. 대런은 키스의 모자에서부터 작업 부츠를 신은 발까지 그의 아래위를 유심히 훑어보았다. 손가락 관절들에는 상처가 났고, 그의 오른손 위쪽은 멍이 들어 있었으며, 그의 왼쪽 눈 아래 볼에도 똑같은 멍 자국이 있었다. 멍의 가운데 보랏빛이 어느 정도 희미해진 가운데 그 주위로 노란 꽃이 피어나고 있었다. *며칠은 되었군.*

"그 멍은 뭡니까, 키스?"

키스는 멸시의 눈빛을 던지며 대런의 발에 침을 뱉었다.

"엿이나 먹어."

"말을 아껴. 나머지는 밴혼이 처리할 테니."

브래디가 말했다.

그때 사이렌 소리가 들렸다.

수백 미터 너머에서 들리던 소리는 점점 가까워지고 있었다.

땅에 떨어져 더러워진 대런의 휴대전화가 계속해서 울려댔다. 랜디가 기다리고 있다. 그는 이제야 생각이 났다. 아니, 적어도 그것이 그의 바람이었다. 부디 그녀가 약속한 그곳에서 가만히 그를 기다리고 있기를.

하지만 아니었다. 지금 그녀는 그의 트럭 운전석에 앉아 이곳으로 오고 있었다.

그녀는 애초에 제네바의 카페로 가지 않고, 술집 주차장 끄트머리에 숨어서 그를 기다리고 있었던 것이다. 이제 그녀는 고르지 못한 흙 위를 달려 건물 옆으로 트럭을 돌렸다. 곧이어 브레이크를 세게 밟았고, 그 바람에 붉은색의 흙구름이 땅 위로 피어올랐다. 대런은 흙먼지 때문에 운전대 위로 그녀의 얼굴을 제대로 볼 수가 없었다.

그녀는 총들을 보자 소리를 질렀다.

그녀의 비명에 브래디는 조급해졌다. 그는 발치에 놓인 총을 쳐다보았다. 왼쪽으로 움직이겠군, 대런은 눈치챘다. 그것도 아주 빨리. 그는 랜디가 교전 한가운데 놓이는 상황은 원치 않았다. 그녀를 데리고 서둘러 이곳을 빠져나가야 했다. 대런은 45구경을 브래디와 키스에게 겨눈 채 자신의 휴대전화를 집어 서둘러 트럭으로 달려갔다. 랜디의 옆자리에 올라타는 가운데 사이렌 소리가 아까보다 더 가까워졌다. 브래디는 자신의 총을 찾아 움직였고, 대런은 그녀를 향해 소리쳤다.

"출발해요!"

그녀는 화급히 액셀을 밟았고 트럭은 쏜살같이 앞으로 달려 나갔다. 하지만 이대로 갔다가는 몇 미터 앞에서 곧장 강에 빠지게 될 터였다. 셰비를 돌리려면 다시 술집으로 돌아가는 수밖에 없었다. 잠깐의 찰나였지만, 그 공포스러운 순간 그들은 셰비 앞을 가로막고 선 브래디와 정면으로 마주하게 되었다. 그의 손에 들린 총의 총구는 곧장 두 사람을 향하고 있었다. 랜디는 앞 유리창 너머로 그의 모습을 보고는 손가락으로 운전대를 감싸 쥔 채 완전히 얼어붙고 말았다.

"브레이크에서 발 떼요, 랜디."

대런은 그녀가 두려움을 떨칠 수 있도록 소리를 지르며, 운전대를 돌려 앞 타이어를 곧장 고속도로 방향으로 향하게 했다.

"이제 가요. 액셀 밟아요."

그가 말했다.

그녀는 액셀을 밟았고 차는 앞으로 튀어나갔다. 대런은 계기판에 부딪히지 않기 위해 몸을 숙였다. 그녀는 운전대 위로 몸을 잔뜩 붙이고는 좌우가 넓은 트럭을 숲과 술집 옆면 사이로 난 협소한 길로 몰았다.

그들 뒤로 두 번의 총탄 소리가 들렸다.

그중 하나는 대런의 트럭 사이드미러에 맞았다.

다른 하나는 뒤쪽 타이어들 중 하나에 맞았다.

주차장을 빠져나오면서 그들은 고속도로에서 내려 이쪽으로 향하고 있는 밴혼을 지나쳤다. 순찰차가 자갈길에 들어서면서 그는 대런과 눈이 마주쳤다. 경찰의 등장에 랜디는 망설였지만, 대런은 그녀에게 멈추지 말고 계속해서 운전하라고 말했다. 브래디가 치명적인 한 방을 날리기 전에, 그들 모두를 죽이기 전에.

13

그들은 카운티 경계에 도달할 때까지 멈추지 않았다. 대런은 랜디에게 개리슨에 있는 볼링장 주차장에 차를 세우라고 말했다. 공권력을 피해 도망치는 레인저라니, 그는 이 상황이 우습기도 하고 분하기도 했지만, 굳이 그 자리에서 멈춰 보안관과 서열 다툼을 벌이고 싶지 않았다. 작은 마을의 공권력과 지휘 체계를 두고 말다툼을 해봤자 윌슨 부서장만 욕보이게 될 것이다. 게다가 배지를 돌려받은 지 얼마 되지 않은 지금 상황에서 문제를 일으켰다가는 상부에 그가 배지를 감당하지 못할 인물이라는 인상만 주게 될 터였다. 월리의 술집에서 총 놀이나 하는 폭도들은 밴혼이 처리하도록 내버려두자. 보안관이 정보를 공유하고 있지 않은 상황이니 대런의 수사 방식에 대해 그 누구도 이의를 제기하지 않을 것이다.

그는 랜디에게 차에서 내리라고 했다. 그녀는 여전히 공포에 질려 찌릿한 전기가 통하고 있는 전선처럼 사지를 부들부들 떨고 있었다. 총알이 관통한 뒷바퀴를 교체하는 동안 그는 그녀에게 셰비에서 물러나 있으라고 두 번이나 이야기해야 했다. 땅에 누워 스페어타이어를 제자리에 부착하면서 그의 왼쪽 어깨가 콘크리트 바닥에 쓸렸고, 셔츠에 핀 크기 정도의 구멍이 났다. 그는 작업하는 내내 땀을 흘렸고, 그 땀이 등줄기를 타고 흘렀다. 해가 저물어가는 가운데 랜디는 여전히 몸을 떨고 있었고, 흰색 코트를 벗은 그녀는 티셔츠와 진 차림이었다. 15분 안에 타이어 교체를 끝낸 뒤 그는 곧장 부서장에게 전화했다. 윌리의 술집은 브러더후드와의 연계성에 상당한 근거가 있고, 밀매의 의도가 엿보이는 마약 소지의 혐의 또한 있으니, 그 부분에 대해 수색 영장을 청구할 생각이었다. 윌리의 술집을 수색하다가 미시의 근무 시간표를 손에 넣게 될지도 모른다. 마약은 일종의 미끼인 셈이다. 하지만 윌슨은 불같이 화를 냈다.

"조금 있으면 시카고 기자가 그곳으로 날아가 여기저기 캐고 다닐 텐데, 지금 자네는 메스암페타민 밀매나 파고 있는 건가? 이번 사건에 넣어달라고 한 건 자네였잖아. 마이클 라이트 살인 사건의 증거를 수집하겠다고 말이야. 그거면 된다고."

"미시 데일 살인 사건과 관련이 있습니다."

"그건 모르는 일이지."

대런은 자신의 전략을 설명했다. 우선 마약 건을 평계 삼아 영장을 발부하고, 그 영장에 술집 고용인들의 근무 시간표를 요청하는 내용을 포함시킨다. 그것은 두 피해자를 같은 날 밤, 마이클 라이트가 실종된 바로 그 밤으로 묶을 수 있는 잠재적 증거가 될 것이다. 하지만 윌슨은 용납하지 않았다.

"이건 마약 사건이 아니지 않나."

"잠깐만요. 제가 TF팀에 있을 때는 사건을 인종 범죄로 엮어서는 안 된다고 하시더니, 인종 범죄 수사 중인 지금 상황에서는 마약 건을 들고 나오는 건 안 된다고 하시는 겁니까?"

랜디는 트럭 운전석 반대편의 문에 기대서 있었다. 그녀는 그의 통화 내용을 전부 듣고 있었다.

"이게 인종 범죄인지 아닌지도 아직 모르잖아."

윌슨이 말했다.

"지금 저랑 말장난하시는 거죠?"

"말조심하게, 대런."

"면전에서 벌어지는 일들을 있는 그대로 인정하는 것이 왜 그리 어려우신 겁니까? 지금 제가 있는 이 마을에는 아리안 브러더후드 일당들이 활개를 치고 다닙니다. 그중 둘이 오늘 밤 승전 트로피로 제 엉덩이를 전시할 뻔했단 말입니다."

"뭐?"

대런은 말을 멈추었다. 부서장에게 총격 건에 대해서는 말하지 않았다. 지금의 상황에서 레인저스 측이 자신의 편을 들어줄 거라 확신할 수 없었기 때문이었다. 배심원단의 기소 여부가 어떻게 될지 모르는 상황에서 그가 로니 말보에 대해 한마디라도 내뱉는다면, 윌슨은 당장 그를 이번 사건에서 뺄 것이고, 랜디는 혼자 힘으로 사건의 전모를 알아보아야 할 것이다. 수화기 너머 윌슨은 말이 없었다. 저 멀리 배경으로 부드러운 전화벨 소리가 들릴 뿐이었다. 대런은 카펫이 깔린 휴스턴 지부의 그 고요함을 떠올렸다. 아리안 브러더후드 일당들 중 한 명에게 총격을 받고 셸비카운티 변두리에 자리한 시골 마을의 갈라진 아스팔트 위에 선 그는 예전에 몸담았던 공공 부패 전담반이 얼마나 세련되었는지, 자신이 어떤 식으로 화이트칼라 범죄 세계를 보조했었는지를 새삼 떠올렸다. 그는 윌슨 부서장에게 어쨌든 몇 가지 실마리를 잡아 추적 중이라고 말한 뒤 상대에게 들리지 않도록 나지막이 욕설을 내뱉으며 서둘러 전화를 끊었다. 랜디는 가슴 위로 팔짱을 끼고 있었다.

"이제 어떡해요?"

대런은 그가 알고 있는 유일한 진실을 말했다.

"좀 마셔야겠어요."

그는 좁은 뒷좌석에 총을 던져놓고 볼링장을 향해 걷기 시작했다. 랜디는 처음에는 아리송한 표정을 지었지만 이내 그를 따라나섰다. 볼링장 안의 술집에는 맥주와 와인밖에 없었기 때문에—젠장—그들은 재빨리 다시 트럭으로 돌아왔고, 결국 트럭의 양철 지붕 아래에 앉아 다시 고속도로에 오르는 신세가 되고 말았다. 카운티의 경계선과 가까워지자 그는 좀 더 깊이 숨을 들이마실 수 있었다. 대런이 랜디를 위해 술집 문을 잡아주었을 때 안에서는 블루스가 흐르고 있었다. 코코 테일러*의 노래가 단일한 공간의 술집과 댄스홀을 가득 채웠다. 손님들 대부분은 흑인으로, 늦은 오후의 낮술을 즐기고 있었다. 티셔츠 차림의 몇몇 남자들이 오늘 밤의 공연을 위해 무대에 드럼과 휴대용 스피커를 설치하고 있었다.

대런은 오늘이 며칠인지를 떠올려보았다. 그렉에게 이번 살인 사건 이야기를 들은 지 며칠이나 지났는지 말이다. 그의 일부는 이 술집에 앉아 있는 것이 자칫 실수가 될 수 있다는 것을 알고 있었다. 브래디와 키스 데일과의 대면에서 비롯된 열기가 그의 판단력을 흐리고 있었다. 아직 6시도 되지 않은 시각이었다. 랜디가 잠자코 있었

---

* Koko Taylor: 미국의 블루스, 소울 가수.

다면, 그는 그저 한 잔에 머물 생각이었다. 하지만 그녀는 그의 버번에 맞서 보드카 마티니를 주문했고, 스프라이트를 섞은 보드카 투샷에 마라스키노 체리를 얹은 잔이 나왔다. 랜디는 한 모금 마신 뒤 얼굴을 찌푸렸고, 이내 반 잔을 비웠다. 그들은 한동안 아무 말이 없었다. 음악이 흐르는 가운데 옆 테이블에서는 60대의 남자 둘이 거의 똑같은 체크무늬의 셔츠를 입고 도미노 게임을 하고 있었다. 나무 탁자 위로 도미노 조각들이 스피커에서 흘러나오는 블루스의 박자에 맞춰 경쾌하게 쩽쩽 소리를 냈다. 랜디가 자신의 술잔을 몇 센티미터 밖으로 물린 뒤 팔짱을 끼는 가운데 대런은 윌리의 술집에 들어갈 수 있는 또 다른 방법에 골몰했다. 수요일 밤 미시의 행방을 확인할 또 다른 방법, 린의 이야기를 확인할 방법 말이다. 랜디가 너무도 조용히 이야기하는 바람에 대런은 끈적거리는 테이블 위에 팔꿈치를 얹고 몸을 앞으로 기울여야 했다. 그러자 사방의 모든 것들이 기우뚱했고, 깜짝 놀란 대런은 하마터면 랜디의 술잔을 엎을 뻔했다. 하지만 그녀는 눈 하나 깜짝하지 않았다.

"난 그 사람을 떠나고 있었어요. 그렇다고 말한 적은 없었지만, 그도 알고 있었죠. 내가 그를 놓고 있는 중이라는 걸."

그녀가 말했다. 그런 뒤 잔을 들어 크게 한 모금 마셨다. 순순한 인정이 그녀를 어깨에서부터 가라앉히고 있었다. 그 뜨거운 수치가 그녀의 가슴에 아로새겨졌다.

"그와 결혼하는 게 아니었어요. 진심이 아니었던 거예요. 사랑은… 맞아요. 하지만 삶은… 아니었어요."

"당신 잘못이 아닙니다, 랜디. 당신이 그를 죽인 게 아니잖아요."

그가 말했다.

이런 부분에 대해 경찰 시절 그도 훈련을 받았다. 그래서 갑작스러운 죽음을 맞닥뜨린 사람들 중 일부는 전혀 말이 되지 않는 이유로 스스로를 비난하기도 한다는 것을 잘 알고 있었다. 그 역시도 윌리엄 삼촌의 죽음 이후 그런 자책감에 시달렸다. 윌리엄의 목숨을 앗아간 트래픽 스톱*의 현장 근처에도 가지 않았는데 말이다. 그는 가장 좋아했던 삼촌이자 자신의 인생을 인도해주는 북극성이나 마찬가지였던 그를 잃고, 맹목적인 우울감에 빠져 몇 주의 시간을 그냥 흘려보냈다. 자지도 않고, 규칙적으로 먹지도 않았으며, 성적은 바닥을 쳐서 덕분에 로스쿨도 쉽게 떠날 수 있었다. 윌리엄은 기한이 만료된 번호판을 달고 있던 용의자의 차를 세우고 운전석 쪽으로 다가섰다가 얼굴에 두 발의 총을 맞았다. 말도 안 되는 일이었고, 대런의 잘못도 아니었다. 그가 레인저가 된다고 해도 윌리엄이 다시 살아 돌아오는 건 아니었다. 그도 그 모든 것을 알고 있었다. 하지만 몇 년이 지난 후, 그는 이렇게 배지를 달고 있다.

"그 사람이 여기 온 건 나 때문이에요."

랜디가 마침내 말했다.

"그게 무슨 말이에요?"

그는 제네바의 카페에서의 일이 불현듯 떠올랐다. 그가 부검 결과서를 받기 직전에 벌어졌던 그 긴장 어린 순간들 말이다.

"그 기타. 마이클이 직접 그걸 라크에 가져온 겁니까?"

그가 이야기의 가닥을 잡아보았다.

"그는 사랑 이야기를 쫓고 있었어요."

"이해가 안 돼요."

---

* Traffic Stop: 차량을 멈춰 세워 검문하는 것.

"나한테 열 번도 넘게 말했을 거예요."

그녀가 말했다. 입술에는 달콤쌉쌀한 미소가 떠올랐다.

"기타에 얽힌 이야기요. 그와 함께 자란 기타예요. 우리에 대해 그가 믿고 싶어 했던 이야기죠. 단 하루 만에 당신의 삶을 뒤바꾸어놓는 사랑. 모든 것을 변화시키는 사랑 말이에요."

그녀는 테이블 위로 손을 뻗어 술잔을 집은 뒤 남은 것을 모두 입에 털어넣었다.

"그의 삼촌인 부커가 항상 그 이야기를 해줬었어요."

"부커 라이트?"

그는 조 스위트의 위키피디아에서 그 이름을 보았다.

그녀는 고개를 끄덕이고는 손가락으로 잔의 가장자리를 만지며 그 이름을 되뇌었다.

"부커."

그는 조 스위트와 함께 밴드에서 베이스를 연주했다. 이야기는 거기서부터 시작되었다. 1967년의 어느 때인가 부커와 조는 보비 블랜드와 함께 공연을 다녔다. 디트로이트에서 시작해 게리, 콜럼버스, 저 위 북부로, 그런 뒤 미주리, 캔자스시티, 그리고 조플린, 다시 리틀록까지. 그해 여름 그들은 휴스턴으로 향했고, 엘도라도 룸과 펀업 클럽에 공연 날짜를 박아두고 있었다. 조와 부커는 1950년대 후반에 시카고에서 만났고, 함께 팀을 구성해 리듬 앤 블루스를 연주하는 지방 클럽에서 공연을 하거나 치틀린 서키트*에서 에타 제임스와 윌슨 피켓, 조니 테일러와 O. V. 라이트의 보조 연주자로 활동하기도 했다. 심지어 애틀랜타와 사우스캐롤라이나, 노스캐롤라

---

* Chitlin' Circuit: 대도시에서 흑인들이 모여 사는 빈민가에 있는 클럽이나 유흥업소.

이나에서 오티스 레딩과 함께 한 차례 공연 무대에 오르기도 했다. 그들은 계속해서 고속도로를 달려 다음 도시, 다음 공연을 이어가면서 흑인들과 그들의 59년식 임팔라를 받아주는 모텔에서 잠을 잤다. 부커는 여러 도시에서 여자들을 만나긴 했지만, 둘 중 누구도 결혼하지 않았고, 결혼할 생각조차 하지 않았다. 늘 음악이 우선이었고, 돈을 벌 수 있는 곳이 그다음이었다. 그들은 텍사캐나 외곽의 59번 고속도로에 올라 휴스턴을 향해 남쪽으로 달리면서 부커가 나고 자란 텍사스 동부의 숲을 관통했다. 그와 조는 제일 앞선 차에 타고 있었고, 보비 밴드의 다른 연주자들은 그 뒤를 따랐다. 그들의 소식은 던 로비에게 전해졌고, 그는 휴스턴 인근에서 정기적으로 공연할 수 있는 레뷔*를 기획하고 있다며, 그들에게 무대를 제안하기도 했다. 그들은 로비야말로 그들이 음악계에 족적을 남기는 데 도움을 줄 수 있을지도 모른다고 생각했다. 그들만의 밴드명으로 앨범을 발표하는 것이다. '조 스위트 미드나이트 리빌러스.'

그것은 그들에게 있어 절호의 기회였다. 피콕 레코드사와 계약할 수 있는 기회. 그들은 새로운 샤크스킨** 정장을 두어 벌 구매했고, 조가 59번 고속도로를 달리는 동안 부커는 임팔라의 조수석 발치에 구두닦이 도구들을 놓고 솔과 광택제로 부지런히 스테이시 애덤스*** 구두에 광을 냈다.

부커의 말에 따르면, 이쯤에서 이야기는 전환점을 맞이한다. 조는 휴스턴까지 가지 못했어. 그는 마이클에게 그렇게 말했다. 마이클은 또한 랜디에게 그렇게 얘기했고, 이제 랜디는 대런에게 같은 이야

---

* Revue: 시사 풍자극.

** Sharkskin: 모양이 상어 가죽 같은 양모 혹은 무명 직물.

*** Stacy Adams: 구두 브랜드.

기를 하고 있었다. 40여 년 전 7월의 어느 날 조와 부커가 도착했던 곳에서 그리 멀지 않은 곳에 위치한 주크 조인트에서 그와 마주 앉아서.

그곳은 제네바 카페라고 불리었다. 모래빛의 나무 목판에 부채꼴 모양의 지붕을 얹어 그 아래에 자그마한 오색 전구를 매단 그곳은 매우 잘 지어진 건물처럼 보였다. 손수 지은 그곳은 텍사스 동부를 관통하는 남북의 고속도로를 여행하는 흑인들을 위해 마련된 안락한 공간이었다. 그때는 주유소도 없었다. 주방이라고 부를 만한 곳도 없었고, 화구 네 개짜리 민트그린 색깔의 도자기 가스 버너가 전부였다. 당연히 직원도 없었다. 제네바라는 이름의 여자가 홀로 밤 11시 15분에 그들을 위해 가게 문을 열어주었다. 영업 시간이 끝난 지 이미 오래였는데도 말이다. 그들 무리는 모두 여섯이었는데, 하나같이 배가 고팠으며, 작은 마을의 경찰이나 시골 보안관의 얼굴을 한, 끔찍한 인종차별주의자들과 언제든 맞닥뜨릴 수 있는 KKK단의 지역을 마저 관통할 준비가 되어 있지 않았다. 적어도 빈속으로는. 제네바는 양파와 얇게 저민 감자를 넣은 폭찹을 몇 접시 만들고, 그들을 뒤편에 있는 냉장고 주위로 둘러앉을 수 있게 해주었다. 45분 동안 그들은 각자 맥주 두 병씩을 마시고 허가를 받지 않은 진*도 한두 잔 마셨다.

오래지 않아 그들은 음악을 연주하기 시작했다. 제네바가 약간의 음악 정도는 상관없다고 했기 때문이다. 스물한 살을 갓 넘긴 그녀에게 그런 식의 파티는 언제든 환영이었다. 블루스 앨범도 몇 장 갖고 있긴 했지만 팀슨보다 더 멀리 나가본 적이 없었고, 라이브 공연

---

* Gin: 정류 알코올에 노간주나무 열매로 향기를 내는 무색투명한 증류주.

도 한 번도 본 적이 없었던 그녀로서는 그들의 공연이 특별할 수밖에 없었다. 조가 먼저 자신의 기타를 연주했다. 조와 마이클 그리고 이제 랜디와 대런을 비롯해, 많은 사람들의 운명을 뒤바꾼 그 깁슨 레스 폴 기타를 말이다. 그의 연주를 들은 그녀는 제자리에 얼어붙고 말았다.

조는 서른에 가까운 나이였다. 짙은 피부에 담청색 면 셔츠를 팔꿈치까지 올린 그의 팔뚝의 울퉁불퉁한 근육은 그가 음을 짚을 때마다 춤을 추었다. 그는 라이트닝 홉킨스의 음악을 연주했다. *네 마음을 잘 들여다봐, 베이비 (…) 작은 소녀여, 느린 여행을 하고 있다는 걸 아는지*, 그리고 그는 제네바가 따뜻한 접시를 그의 앞에 내려놓는 동안 그녀에게서 시선을 떼지 않았다. 거의 검은빛에 가까운 그의 눈은 그녀의 크고 동그란 두 눈, 머리 위에 매달린 가스램프 불빛에 반사되어 금빛으로 달아오른 그 두 눈을 꿰뚫어보고 있었다. 조가 그녀를 향해 노래를 부르는 동안 부커는 그 모든 광경을 지켜보면서 그들을 둘러싼 공기의 간지러운 흐름과 단일 공간의 카페에 번지는 온기와 여름밤 자그마한 건물 안에 둘러앉은 일곱 사람들의 숨결에서 뿜어진 습기를 느꼈다. 조와 제네바의 얼굴에 떠오른 표정을 보면 다섯 명의 사람들은 그야말로 들러리였다. 부커의 인생을 통틀어 두 남녀가 서로를 그토록 가깝게 느끼는 것을 본 적이 없었다. 조가 가게에 들어선 순간부터 제네바는 그에게서 시선을 떼지 않았고, 그도 그녀가 요리를 하는 내내, 고기를 뒤집거나 돼지기름에 양파를 볶으면서 그녀의 머리가 흔들리는 모습을 지켜보았다. 그는 기타를 집어 들고 눅눅한 샴브레이 소재 드레스 안으로 그녀의 엉덩이가 실룩이는 모습을 쳐다보았다. 보비의 밴드에서 뛰

처나온 토미와 본즈가 그다음으로 음악을 연주하는 동안 부커는 조가 건드리지 않은 맥주와 임팔라의 글러브박스에 넣어두었던 휴대용 술병까지 양손에 하나씩 쥐고는 기분 좋게 취했다. 그렇게 휴스턴은 조금씩 멀어지고 있었다.

 그는 조가 언제 자리를 떴는지 기억나지 않았다. 그저 어느 순간 음식을 먹었고, 접시들이 여전히 테이블 위에 놓여 있었던 부분들만 기억이 날 뿐이었다. 본즈, 토미, 그리고 아몬 리치먼드와 보비의 밴드에서 나온 아이들 중 또 다른 한 명은 다시 고속도로 여정을 이야기하며, 이곳 주인 여자가 머물 곳을 내주지 않는다면 바로 출발하면 될 테고, 그러면 동이 틀 때쯤 휴스턴에 도착할 수 있을 것이라고 했다. 취기 때문에 부커는 자신이 밖에 나가 제네바에게 혹시 하룻밤 머물 수 있는지 물어봤는지, 아니면 조에게 이제 떠나야 할 시간이라고 말했는지 잘 기억이 나지 않았다. 심지어 조와 제네바가 밖에 있는 것을 어떻게 알았는지조차 기억이 나지 않았다—달리 갈 곳이 어디 있었을까마는—어쨌든 그는 뭔가 서사적인 차원에서 안도감을 느꼈다. 그리고 두 사람이 참나무에 등을 기대고 선 모습을 본 순간 그의 날개도 함께 접혔다. 조의 셔츠는 등에 찰싹 달라붙어 있었고, 그의 손이 제네바의 얇은 드레스 아래를 더듬는 가운데 그녀의 목에는 땀이 흐르고 있었다. 부커는 그 일이 일어나는 동안 뭔가 이상한 기분이 들었고, 화급히 다시 안으로 들어갔다. 조는 그로부터 몇 분 뒤 돌아와서는 휴스턴에 가지 않겠다고 했다. 또한 제네바가 그들 모두 이곳에서 밤을 보내도 좋다고 했다며—여기서 제네바는 그의 결정이 곧 자신의 결정이었던 것처럼 고개를 끄덕였다—그리고 조는 그 뒤에도 계속 라크에 머물렀다.

바로 이 부분이 부커의 마음을 아프게 했다. 수년이 지난 뒤에도 그는 조의 결정을 이해할 수 없었다. 이것은 배신이었다. 이제 '조 스위트 미드나이트 리빌러스'는 없는 것이다. 또한 부커는 자신의 인생에서 그 어떤 결손을 느꼈다. 지금껏 많은 여자들과 잠자리를 하고 서로의 몸을 더듬으며 밤을 보냈지만, 그중 해가 뜰 때까지 바라보고 싶은 마음이 들었던 여자는 단 한 명도 없었다. 그는 조가 후회에 사로잡혀 눈뜨지 않기를 바랐지만, 설사 그렇게 된다고 해도 그의 곁에서 직접 그 모습을 보고 싶지 않았다. 심지어 낮의 햇살 아래서 그의 눈을 똑바로 바라볼 자신도 없었다. 조는 그에게 차를 넘기겠다며 정신없이 임팔라에서 짐을 챙겼다—서로에게 상처가 될 말들이 오갈 수도 있는 침묵의 순간을 피하기 위한 방책이었을 것이다—조의 레스 폴은 차 뒷좌석에 실려 있었다. 부커는 스페이스 시티에서 15킬로미터가량 벗어난 뒤에야 기타가 차에 남아 있다는 사실을 깨달았다.

줄곧 생각은 있었다. 그것을 돌려줄 생각. 하지만 그가 의식하고 있든 의식하고 있지 않든, 남은 음악 생활 동안 그는 두 번 다시 59번 고속도로를 밟지 않았다. 적어도 텍사스주 동부를 관통한 일은 단 한 번도 없었다. 라이트 가문의 그 누구도 텍사스로 돌아가지 않았다. 그의 두 번째 고향인 시카고가 있었으니 말이다. 그의 마음에 텍사스는 늘 회피의 장소였다. 조 스위트는 그에게 형제나 마찬가지였기에 그를 잃은 상실감은 부커를 오래도록 괴롭혔다. 그리고 미처 화해를 청할 기회를 잡기도 전에 부커는 조가 죽었다는 소식을 들었다. 그 후 폐암 4기 판정을 받은 부커는 텍사스주 동부에 살고 있는 예쁘장한 흑인 숙녀에게 마땅한 소유권이 있다는 메모와 함께 그 기타를 조카에게 남겼다.

"아름답군요."

대런이 말했다.

랜디는 어깨를 으쓱했다. 이제 그녀의 술은 두 잔째였고, 그도 세 번째 잔을 들이키며 기분 좋은 취기와 실수 사이의 아슬아슬한 경계를 걷고 있었다.

"믿기지 않을 만큼요."

그녀가 덤덤하게 말했다. 하지만 대런은 그녀의 냉소를 있는 그대로 받아들이지 않았다. 조와 제네바는 40년 이상을 함께 살았다. 이것은 현실이었고 두 사람 모두 그 사실을 알고 있었다. 비록 그들 인생에서 그런 헌신을 경험해본 적은 없지만 말이다.

"로맨틱하지 않다는 겁니까?"

그가 그녀의 냉소에 깃든 무언가를 짚어내며 말했다. 무엇이 이 여자로 하여금 그런 이야기에도 등을 돌리게끔 만든 것일까.

"화가 날 뿐이에요."

"왜요?"

"마이클은 그 이야기를 하면서 내가 그를 위해 꿈을 포기하지 않는 건 자신을 충분히 사랑하지 않기 때문이라고 했거든요. 상당히 조작적이고 불공평하죠."

그녀가 말했다.

대런은 자신도 모르게 마이클의 편에 서고 말았다. 자신의 입에서 나온 이야기들이 얼마나 리사의 말들과 닮아 있는지도 깨닫지 못한 채 말이다.

"그냥 그게 사랑일지도 몰라요. 그는 그저 당신과 함께 있고 싶었던 것일지도."

적어도 그게 바로 리사가 원하는 것이라고 그는 믿고 싶었다. 그녀는 책상만 지키는 레인저를 용납했을 뿐, TF팀에 합류하고 현장 일에 더 열의를 보였던 그의 행동은 그들 사이의 무언가를 변하게 했다. 부츠와 트럭, 다섯 개 꼭짓점의 빛나는 별, 그것이 바로 그녀가 결혼한 어린 법학도와 그가 되고자 했던 남자의 삶 사이에 극명한 차이를 만들어내는 론스타의 모든 것이었다. 어쩌면 그들의 결혼은 그의 아내가 수천 번의 키스와 수천 번의 사랑 고백 아래에 묻어둔 요구 조건을 토대로 작성된 계약, 그가 애써 읽어보려 하지 않았던 그 조건들 위에 성립된 것일지도 모른다는 생각이 들자 그는 두려워졌다.

"어쩌면 그는 당신에게 선택을 강요한 게 아닐지도 모릅니다."

그가 말했다. 그의 표현에 담긴 동경 어린 희망에는 혼인 유지의 문제에 있어 그 자신의 불편한 감정이 고스란히 드러나 있었다. 그는 테이블 너머로 랜디를 쳐다보았다. 순간의 분위기를 가볍게 만들 요량으로 미소를 지어 보였지만, 실패하고 말았다. 그때쯤 밴드는 샘 쿡의 노래를 연주하고 있었다. 지금의 순간을 영원토록 멈추고 싶다는 가사의 슬로 드래그*였다. *이제 가야 할 시간이에요, 그러자 그녀는 말했죠, 네, 알아요. 하지만 1분만 더요.*

대런은 가슴에 고통스러운 무언가가 가라앉는 것을 느꼈다. 마치 진실이 테이블 앞 의자를 빼내어 앉아 그에게 다음 판을 제안하듯, 이전에는 직면하지 못했던 무언가가 분명하게 보였다. 그의 눈가가 살짝 촉촉해졌고, 벽에 달린 네온 불빛의 맥주 간판이 뿌연 만화경

---

* Slow Drag: 느린 댄스곡.

처럼 흐릿해졌다. 그는 마치 조수가 차오르는 바다에 서 있는 것 같았다. 그는 반쯤 남은 버번 잔을 손으로 꽉 쥐었다.

랜디는 그의 왼쪽 손의 반지를 향해 고갯짓을 했다.

"당신은요?"

그녀는 문을 열고 있었다. 그도 알고 있었다. 이건 그가 원한다면 이야기해도 좋다는 초대였다. 그녀의 손이 테이블 위로 몇 센티미터가량 움직였고, 그는 그녀가 손을 뻗어 그의 손을 잡을지도 모른다는, 그 간결한 친절이 그를 무너뜨려 자신도 아직 믿고 싶지 않은 것들에 대해 크게 외치도록 만들지도 모른다는 생각이 들어 당혹스러웠다. 그와 리사, 그들의 미래는 그로서도 장담할 수 없었다. 그는 의자에 등을 기대고는 또 다른 남자의 결혼 생활에서 불거진 감정의 복받침에 댐을 세우고 다시 사건으로 돌아갔다.

"말해줄 것이 있습니다."

그녀가 입을 열기 전 블루스의 느낌이 가득한 비트가 그 고요를 채워주었다.

"그 백인 여자 얘기군요."

그 이야기일 줄 알았다는 듯 그녀가 어깨를 으쓱 추켜올렸다.

"무슨 일이 있었는지는 모르겠어요."

그가 조심스럽게 말했다.

"처음이 아니었겠죠."

그녀가 말했다.

그는 문득 선술집 밖에서 린이 했던 말이 떠올랐다. *사람은 쉽게 변하지 않으니까.*

"백인 여자들 말입니까?"

그가 물었다.

"그게 중요한가요?"

"이곳에서는 그렇습니다."

랜디는 한숨을 쉬고 시선을 돌렸다. 외관상으로 그녀는 아무래도 어려 보였다. 낮의 햇살 아래서 그는 그녀를 서른여섯 혹은 서른일곱 정도로 보았지만, 어두운 술집 안, 네온사인의 노랗고 붉은 저조도 불빛의 키스를 받은 그녀의 피부는 매우 부드러웠고 체격도 매우 자그마해 마치 소녀 같았다. 그녀가 바텐더를 향해 잔을 들었을 때는 더욱 그러해, 한 손으로 전화 통화를 하면서 또 한 손으로는 문자를 보내는 20대의 젊은 여자처럼 보이기도 했다. 대런은 랜디의 팔에 손을 얹어 그녀를 말렸다. 네 번째 잔에서 이미 돌이킬 수 없는 상태가 된 그였기에, 새로운 잔이 테이블에 나타난다면 그로서도 저항할 수 없을 것 같았다. 그의 손이 여전히 그녀의 팔 위에 놓여 있을 때 랜디가 말했다.

"여자들이 있었겠죠. 흑인이든 백인이든, 누가 알겠어요? 몇이나 있었는지 나도 모르죠. 그는 결코 말한 적이 없고, 나도 결코 물어본 적이 없으니."

그 뒤 그녀는 오래도록 말이 없었다. 넓은 깃이 달린 회색 정장을 입은 70대의 무대 위 기타리스트에게 시선을 두고 있을 뿐이었다.

"내가 너무 나아갔네요."

"당신 잘못은 전혀 없어요, 랜디."

"내 잘못이라고 한 적 없어요."

"당신에게 상처를 주려는 게 아니에요. 난 그저 당신 남편과 또 다른 여자 사이에 어떤 연계가 있을 수 있다는 걸 말해주고 싶었을 뿐입니다."

하지만 그는 줄곧 자신의 상처를 회피하려 하고 있었다.

"비행기에 올랐을 때부터 그런 가능성은 생각하고 있었어요. 그리고 난 여전히 이곳에 있네요."

그녀가 말했다.

그녀는 결국 또 다른 잔을 주문했고, 그 역시 그렇게 했다. 그리고 그는 마이클이 미시와 함께 술집에서 나왔을지도 모른다는, 키스가 농로를 지나는 그들을 발견했고, 그것이 사건의 시발점이 되었을지도 모른다는 의심에 대해 이야기했다.

하지만 이야기 속 어떤 부분들이 여전히 잘 들어맞지 않았다.

그것은 마치 환각지 같았다. 그의 몸에서 어느 부분인가가 사라져, 긁고 싶어도 이미 그곳에 존재하지 않는 그 무엇. 버번과 음악, 밴드가 연주하는 재키 윌슨의 노래에 맞춰 춤을 추는 사람들의 몸이 내뿜는 열기. 그 모든 것이 소용돌이쳐서 그는 생각을 제대로 조합할 수가 없었다.

어느 시점에서 랜디가 그에게 무슨 말을 했지만, 베이스 소리 때문에 잘 듣지 못했다. 그는 몸을 그녀 앞으로 숙였고, 그 바람에 그녀의 머리카락 몇 가닥이 그의 볼을 쓸었다. 그녀는 고개를 돌려 달콤한 술에 끈적거리는 입술로 그의 귓가에 속삭였다.

"난 형편없는 아내였어요."

대런은 그녀의 등에 손을 얹었다. 그녀 또한 몸을 숙였고 그는 그녀의 귓가에 속삭일 수 있었다.

"나 역시도 형편없는 남편이었던 증거가 차고 넘칩니다."

14

 밴드의 첫 무대가 끝난 직후 그들은 술 주문을 그만두었다. 주변이 점점 시끄러워져 바텐더를 부르기 어려워졌기 때문이다. 그들은 노상의 술집에서 나와 흔들림 없이 걸었다. 그럼에도 불구하고 대런은 랜디에게 차 열쇠를 던지며 운전을 부탁했다. 그녀가 그보다는 술을 덜 마셨고, 그렇게 하는 편이 합리적으로 느껴졌기 때문이다. 자갈이 깔린 주차장에 세워진 셰비에 도착했을 때까지만 해도 그런 생각이었다. 하지만 운전석 옆에 선 그녀는 너무도 작아 보여서 그는 애초에 자신이 그녀에게 운전대를 맡기려 했다는 사실이 믿기지 않았다. 셰비는 건물의 북측에 주차되어 있었는데, 짙은 남색의 건물은 그 주위를 둘러싼 밤하늘과 거의 하나처럼 보였다. 술집에 외부 조명은 출입문 위에 매달린 헛간용 양철 등불이 유일했다. 불빛 또한 약해서 모퉁이까지 밝히지 못했고, 그 때문에 그는 단번에 피를 알아차리지 못했다. 사실 눈으로 보기 이전에 냄새부터 맡을 수 있었다. 이건 그가 경찰 훈련을 받은 덕분이라기보다는 어린 시절을 커밀라에서 보낸 덕분이었다. 커밀라에서 삼촌들 혹은 그들 중 한 명이 사냥 시즌에 맞춰 사슴을 사냥해오면 뒤쪽 테라스에서 사슴 사체의 피를 빼내곤 했다. 철 성분이 다량 포함된 사슴피가 잔디를 적시면 대런은 호스를 잡고 사슴의 분비물들을 언덕 아래로 흘려보냈다. 강을 이룬 피는 점차 땅으로 스며들었고, 큰 비가 내리기 전까지 공기 중에 밴 구리 냄새는 좀처럼 가시지 않았다.

오늘 밤 트럭의 운전석 쪽에서 그 피 냄새가 나고 있었다. 대런은 랜디에게 뒤로 물러서라고 말했다. 그는 강에서 손전등을 잃어버렸다. 물론 트럭에 또 하나가 있긴 했지만 이 냄새의 정체를 확인하기 전까지는 무엇도 만지고 싶지 않았다. 그는 휴대전화의 손전등 기능을 사용해 현장을 비춰보았다. 트럭의 왼편 자갈돌 위로 큼지막한 핏방울이 떨어져 있었는데, 자국은 말라서 거의 검은빛을 띠고 있었다. 하지만 트럭의 문에는 아무런 흔적도 없었다.

"그게 뭐예요?"

랜디가 말했다.

대런은 대답하지 않았다. 대신 셔츠 자락으로 손을 감싼 다음 문을 열었다. 문을 열자마자 붉은 여우의 머리가 안쪽에서 풀썩 떨어졌다. 여우는 목이 잘렸고, 상처 주위로 피가 말라붙기 시작했으며, 털 군데군데에 검은 덩어리들이 매달려 있었다. 누군가 여우의 목을 잘라 대런의 트럭 운전석에 매달아둔 것이다. 랜디는 비명을 질렀고, 대런은 또 다시 그녀에게 차에서 멀리 물러서라고 말했다.

"아무것도 만지지 말아요."

고개를 돌려 59번 고속도로의 상행선, 하행선을 모두 살피며 그의 마음은 분주해졌다. 술집 주차장도 샅샅이 훑어보았다. 그러나 주위에는 아무도 없었고, 술집 안에서 흘러나오는 음악 소리 외에는 달리 들리는 소리도 없었다. 베이스와 드럼 소리가 퉁퉁거리며 그의 흉곽을 울렸다. 그는 희생 제물의 상징성—자신의 영역이 아닌 숲에 침입했다가 벌을 받은 교활한 여우—에 충격을 받기보다는 그와 랜디가 미행을 당하고 있었다는 사실, 그들의 행적이 줄곧 드러나 있었다는 깨달음에 더 큰 충격을 받았다. 그는 총집의 잠금쇠를 풀고 콜트가 잘 있는지 확인한 다음 맨손으로 트럭에 달린 여우를 끄집어냈다. 그 바람에 마지막 남은 멀쩡한 셔츠를 다 버리고 말았다. 그는 셔츠를 벗고 속셔츠 차림으로 주차장 끄트머리의 높이 자란 잔디 위로 동물을 눕히며 힘겹게 숨을 들이마셨다. 그리고 트럭 짐칸에 부착된 상자에서 걸레를 꺼내 최대한 깨끗하게 핏자국을 닦아냈다. 피를 닦는 동안 그는 확신할 수 있었다. 누군가 여우를 다른 곳에서 도살한 뒤 조심스럽게 끌고 와 그의 트럭에 매달아놓았다. 트럭에는 그 어떤 침입의 흔적도 남아 있지 않지만, 카운티 경계를 넘나드는 누군가는 오늘 밤 자신의 손에 피를 묻혔음이 분명했다.

밤늦은 시간에 엉망이 된 트럭 안을 정리할 수 있는 곳은 단 하나뿐이었다. 많은 것을 묻지 않고 그의 피부 색깔이 되레 보호막이 되어줄 그곳, 셸비카운티에서 유일한 그곳 말이다. 오늘 같은 밤에 배지를 유용하게 사용할 수도 있겠지만, 불을 환히 밝힌 개리슨이나 팀슨의 트럭 휴게소 점원에게 굳이 이 핏자국을 설명하고 싶지 않았다. 그는 랜디에게 운전을 맡겼다—너무 떨고 있어 제대로 운전할 수 있을지 의심스러웠지만—그리고 자신은 짐칸에 올랐다. 시속 110킬로미터로 달리는 가운데 열린 공간에서 불어오는 바람 탓에 그는 눈이 따가웠다. 그들 뒤로 깔리는 어둠 속에서도 그는 고속도로에서 시선을 떼지 않았다. 무릎에는 장전한 콜트를 얹어놓고 그는 따라붙는 이들이 없는지 끊임없이 확인하며 랜디가 그들을 부디 안전한 곳으로 데려다주기를 기도했다.

카페는 열려 있었지만 제네바의 손녀, 페이스를 제외하고는 손님이 아무도 없었다. 그녀는 부스 자리 중 하나에 앉아 커피 테이블용 잡지 크기의 델 노트북 컴퓨터에 무언가를 치고 있었다. 대런이 속셔츠와 바지 앞쪽을 피로 물들인 채 안으로 들어섰을 때 아이작은 초록색 이발 의자 옆에서 바닥에 떨어진 머리카락들을 쓸고 있었다.

페이스는 고개를 들더니 입을 떡 벌렸다.

대런이 말했다.

"할머니는?"

페이스는 그의 뒤로 들어온 랜디를 쳐다보았다. 이곳까지 운전을 하느라 그녀의 곱슬머리는 검은색 솜털처럼 헝클어져 있었다. 스프라이트와 보드카, 빨간 체리 덩어리들을 토하지 않기 위해 창문을 모두 내리고 운전한 탓이었다. 그녀와 대런 모두 개리슨에서부터 카운티 경계를 넘어 10킬로미터를 맨발로 달려온 사람들처럼 거칠게 숨을 내쉬고 있었다.

"문 잠가."

대런이 말했다. 페이스는 자리에서 일어나 그가 시키는 대로 했다. 문의 자물쇠에 청동 열쇠를 넣어 돌리자 문에 달린 자그마한 종이 딸랑거렸다. 대런이 또 다시 말했다.

"제네바는 어디 있지?"

할머니는 주방에 있다는 페이스의 말이 채 끝나기도 전에 그는 이미 카운터 뒤로 들어가고 있었다.

대런은 다른 공간으로 통하는 회전문을 밀었다. 제네바의 요리사인 데니스가 검은색 쓰레기봉투를 묶는 가운데, 바닥으로는 짙은 색의 액체가 흘러나오고 있었다. 제네바는 폭찹을 은박지로 싸서 타파웨어 용기에 담고 있었다. 거대한 영업용 냉장고가 8구짜리 가스레인지와 어깨를 나란히 한 채 좁은 주방의 공간 대부분을 차지하고 있었다. 냉장고 문을 닫은 그녀는 대런과 그의 핏자국을 알아차렸다.

"대체 무슨?"

대런이 청소 도구들을 찾느라 주방을 둘러보는 동안 그녀는 뒤로 물러나며 걱정스러운 시선으로 데니스를 쳐다보았다.

잠시 후, 소총의 폭발음이 벽면을 울렸다.

바깥 홀의 유리들이 폭발하듯 깨지는 소리가 들리더니 페이스가 비명을 질렀고, 그 소리에 대런은 공포에 질리고 말았다. 그는 총집에서 45구경을 꺼내 들고 회전문을 밀어 통과했다. 페이스는 카페 문 옆에 서 있었는데, 손잡이 바로 위로 야구공만 한 구멍이 나 있었고, 문에 달린 청동 종은 여전히 부르르 떨고 있었다.

"피해."

대런이 그녀를 옆으로 밀며 말했다.

랜디는 카운터 아래 바닥에 웅크리고 있었다. 그는 그녀에게 달려가고 싶은 충동을 억누른 채 권총을 들고 밖으로 나갔다. 때맞춰 빨간색 미등 한 쌍이 제네바의 주차장을 빠져나가 고속도로로 향했다. 북쪽, 대런은 머릿속에 메모했다. 그는 총을 내리고 주차장과 카페를 둘러싼 풀숲을 확인했다. 제네바의 카페 뒤편에 누군가 숨어 있지 않은지도 확인해야 했다. 어둠 속에서 고르지 못한 잔디와 흙과 잡초 무더기 위를 걸으며 그는 자신이 고스란히 노출되어 있음을 느꼈다. 희미한 밤의 빛 아래서 앞도 잘 보이지 않아 어느 방향을 살펴야 할지조차 감이 오지 않았다. 심장이 두근거렸고, 호흡은 가빠졌다. 밖의 트레일러에는 불이 켜져 있었지만, 방 안은 비어 있었다. 그는 방을 하나하나 확인했다. 세 개의 침실과 협소한 부엌, 냉장고와 올리브그린빛의 스토브. 공간 전체에는 붉은빛에 가까운 주홍색의 장모 카펫이 깔려 있었다. 55제곱미터의 이곳은 제네바의 집이었고, 백단향과 설탕이 뒤섞인 그녀의 냄새가 났다.

그는 웬디가 제네바와 12구경 총에 대해 이야기했던 것을 떠올렸다.

카페로 돌아간 그는 그녀에게 앞치마 주머니에 총탄을 가득 넣고, 12구경 총을 항상 손닿는 곳에 두라고 일렀다. 이런 일이 반복될 수 있다고 말이다. 그는 다른 사람들도 확인했다. 아이작은 잿빛의 두 손을 마주 잡아 비틀며 계속해서 중얼거리고 있었다.

"그들이 귀신처럼 들이닥칠 거예요."

그는 단어 사이사이에 콧소리를 섞으며, 발꿈치에서 발가락까지, 다시 발가락에서 발꿈치까지 양발을 옴지락거렸다. 그는 헐렁한 바지를 입고, 페니 로퍼를 신고 있었는데, 솔기 부분의 인조 가죽은 조금씩 벗겨지고 있었다. 대런은 이 남자의 정신이 과연 온전한지 걱정스러웠다. 페이스는 제네바를 보자 그녀에게로 달려갔고, 제네바는 손녀의 어깨에 팔을 둘러 그녀를 감싸 안았다. 방금 주방에서 모습을 보인 제네바의 옆에는 데니스도 함께였다. 그의 두 눈은 이글거렸고, 턱은 분노로 굳었다.

"내, 이럴 줄 알았지."

그가 말했다. 대런은 고개를 돌려 마침내 랜디를 확인했다. 그는 총을 다시 총집에 넣고는, 생각할 겨를도 없이 그녀의 두 어깨에 손을 올렸다. 그리고 다친 곳은 없는지 확인했다. 소총 탄환 파편에든 날아든 유리 조각에든, 어딘가 부상을 입지 않았는지 말이다. 둘 중 어느 것에라도 눈이나 정맥, 동맥 등을 다칠 수 있었다. 하지만 다행히 그녀는 괜찮아 보였다. 그녀는 그의 주위로 팔을 두르고 흉포하게 넘실거리는 물살에 떠다니는 나무 잔해들을 부여잡기라도 하듯, 혹은 손가락 사이로 미끄러지려는 생명줄을 붙잡으려는 듯 그를 꼭 끌어안았다. 그녀가 너무 강하게 매달린 탓에 그는 속셔츠의 얇은 면 너머로 그녀의 뛰는 심장을 느낄 수 있었다. 랜디 안의 무언가가 터져버린 듯 그녀의 눈물이 그의 가슴을 적시는 것을 느낄 수 있었다. 이 밤은 단지 슬픔을 넘어 무언가의 마개를 열었고, 메이슨-딕슨 라인*의 그림자에 살고 있는 모든 유색인종의 피부 아래에 묻힌 공포를 건드렸다. 그의 품 안에서 그녀는 겁에 질려 떨고 있었다. 대런은 그녀에게 속삭였다.

"내가 있잖아요."

나도 이곳에 있다. 세대를 거슬러 올라가 매슈스 가의 다른 남자들처럼 그는 달아나지 않을 것이다. 그 사람의 아내를 가까이 안으며, 대런은 마이클을 죽인 살인범을 반드시 잡겠노라고 다시 한 번 다짐했다.

---

* Mason-Dixon Line: 메릴랜드주와 펜실베이니아주의 경계선으로, 미국 남부와 북부의 경계. 과거 노예 제도 찬성 주와 반대 주의 경계이기도 함.

자정에서 얼마 지나지 않은 시각, 고속도로 너머로 보이는 월리의 저택 전면 방들에는 여전히 불이 켜져 있었다. 대런은 제네바, 페이스, 그리고 랜디를 트레일러로 보냈고, 데니스는 산탄총을 들고 론체어에 앉아 그 앞을 지켰다. 데니스는 대런을 대신해 보호자 역할을 맡은 것이 행복한 듯했다. 아이작은 대런의 강한 만류에도 불구하고 걸어서 집으로 돌아갔다. 제네바는 대런에게 그를 내버려두라고 했고, 대런도 되레 자신에게 겁을 먹은 아이작에게 더 이상 강요할 이유가 없었다. 대런은 마지못해 그를 보내준 뒤, 피로 얼룩진 자신의 트럭에 올라 고속도로 건너까지 짧은 거리를 달렸다. 몬티첼로의 입구는 여전히 열려 있었고, 밴혼의 순찰차 역시 원형 진입로에 주차되어 있었다.

몇 초 뒤 월리가 문을 열었고, 대런은 문턱 너머로 그를 밀치고 들어갔다. 월리는 거실 쪽을 들여다보며 말했다.

"파커, 여기 현행범 하나 잡았군. 문을 박차고 들어오기 전부터 버번 냄새가 났다고."

밴혼은 식당 테이블 뒤에 서 있었다. 테이블 위에는 보안관이 의도적으로 가져다놓은 것이 분명한 데스크톱 컴퓨터와 함께 온갖 서류와 파일, 그리고 커피 머그잔이 놓여 있었다. 밴혼의 발치에는 갖가지 전선들이 이리저리로 꼬여 있었다. 보안관은 대런의 옷에 묻은 피를 보았다. 그리고 그가 셔츠를 입지 않고 배지도 차지 않고 있다는 사실을 깨달았다. 월리는 휘파람을 불었다.

"총소리 못 들었습니까? 당신은 코앞에 있으면서도 망할 커피나 마시고 있었군요."

대런이 말했다.

"말조심해, 젊은이."

"레인저입니다."

대런이 말했다.

"무슨 총소리?"

월리가 말했다. 하지만 그는 앞 유리창으로 고개를 돌려 제네바의 카페 쪽을 쳐다보았다. 의미 있는 제스처였다.

"10분도 되지 않았을 겁니다. 누군가 제네바 카페 정면에 총을 쐈어요."

월리가 말했다.

"안됐군."

하지만 밴혼의 반응은 그보다는 덜 멸시적이었다. 그는 바지를 끌어 올리고는 다이닝룸 테이블 구석에 놓인 순찰차 열쇠를 집었다.

"가서 살펴봐야겠어."

대런은 가해자는 이미 사라진 지 오래라고 말하며, 픽업트럭의 크기와 미등의 모양 등을 설명했다. 너무 어두워서 번호판은 읽지 못했지만, 숫자 2, 어쩌면 5를 본 것 같기도 했다.

"술은 얼마나 마신 거지, 레인저?"

보안관이 말했다.

"똑똑히 봤습니다."

"아까도 얘기했지만, 내가 직접 가서 봐야겠어."

"소총의 탄피는 내가 찾아볼 수 있을 거고, 지금 바로 그 트럭을 찾아 나선다면 아직 온기가 남아 있는 소총을 발견할 수 있을 겁니다. 월리의 술집이나 그 주변부터 살펴보면 좋겠군요."

"이제 보니 그곳의 골칫거리는 자네가 아닌가?"

월리가 말했다.

"오늘 당신 술집에 있던 두 사람이 나한테 총을 쏘려고 했던 것 압니까?"

"내가 들은 이야기는 그것과 다르던데."

"월리, 당신은 물러서 있어요."

밴혼이 말했다. 그리고 그는 대런에게 말했다.

"목격자 말로는 거기서 권총을 흔들고 돌아다닌 건 자네라던데."

"레인저를 모욕했으니까요."

보안관은 붉은 녹빛의 피로 얼룩진 대런의 속셔츠를 향해 고갯짓을 했다.

"자네는 그런 식으로 자네 신분을 노출하나? 배지를 내보이면서? 그 모든 게 오해를 불러일으킬 수가 있어. 자네 하는 걸 보면 사람들한테 충분히 혼란을…."

"이건 어떤 개자식이 개리슨까지 날 미행해서는 내 트럭에 죽은 동물을 던져놓고 갔기 때문입니다."

그가 옷의 핏자국을 설명했다.

"흠, 거기에 대해서는 내가 해줄 게 없군. 자네가 카운티 경계를 넘었으니."

"완전 취했구만."

월리가 덧붙였다.

대런은 정신이 번쩍 들었다. 그는 왼쪽 주먹을 동그랗게 말아 쥐고 체리목 소재의 다이닝룸 테이블 위로 주먹을 통통 두드렸다.

"누군가 공포를 조장하고 있어요. 마이클 라이트 사건을 조사하는 나를 방해하고 있단 말입니다."

"제네바 카페에서 있었던 총격은 당신과는 아무 상관이 없어. 그녀의 카페 뒤에서 동네 여자가 살해당했어. 그리고 그 일로 인해 그곳을 드나드는 사람들에 대한 케케묵은 감정이 다시금 불거지게 됐지. 마을 사람들은 이 일로 그녀를 내쫓으려고 할걸. 하지만 그녀가 거길 나한테 팔면, 나는 그녀가 여생을 편안하게 보내도록 도와줄 수 있지. 하루 열두 시간을 서서 일하지 않아도 된단 말이야. 그런데 제네바는 당최 그런 쪽으로는 머리가 안 돌아간다니까."

월리가 말했다.

"당신의 술집이야말로 주에서 가장 폭력적인 조직원들이 들락거리는 곳인데, 지금 그녀의 카페에 드나드는 사람들 걱정을 하는 겁니까? 레인저와 브러더후드에 관해 이야기하던 중에 그곳에 있던 둘이 나한테 총을 겨눴는데?"

그들은 로니 말보를 언급했었다.

"우리 쪽 목격자는 그런 얘기를 하지 않던데."

월리가 말했다.

우리 쪽, 대런은 머릿속에 메모했다. 그는 자신이 보지 못한 그 일에 대해 이미 많은 것을 알고 있는 듯 보였다. 대런은 월리가 브래디와 키스에 대해 무엇을 더 알고 있을지 궁금해졌다.

"그들이 ABT라는 것 알고 있습니까?"

그가 말했다.

"누가?"

"당신 매니저 브래디와 키스 데일 말입니다."

이 대화가 어디로 흘러갈지 알아차린 밴혼이 말했다.

"그때 다들 좀 흥분했었다는 이야기는 브래디에게서 들었네. 하지만 그렇게까지 말하는 건 심각한 명예훼손이야."

"ABT라니, 뭘 근거로? 고작 문신 몇 개로?"

월리가 말했다.

"난 브러더후드를 조사하는 TF팀에 있습니다. 그들의 근황에 대해 다른 이들보다 조금은 더 잘 알고 있단 말입니다. 불법 매매 총기류와 약물들요."

그가 말했다. 총기와 마약, 둘 중 하나는 그의 선술집에서 거래가 이루어지고 있을 가능성이 높았다. 그는 월리를 유심히 쳐다보았다.

"TF팀에서 빠지게 됐다고 들었는데. 기적적으로 라크에 오기 전까지는 정직 상태였고 말이지."

월리가 말했다.

그렇게 나온다 이거지? 대런은 생각했다.

월리는 대런의 소속처를 캐고 그의 개인 기록을 들여다볼 수 있을 만큼의 뒷배가 있는 듯 보였다. 대런은 다시금 월리의 생계 수단이 궁금해졌다. 어떻게 해서 이 거대한 465제곱미터의 집에 살면서, 어떤 방식으로, 그리고 어디까지 공권력과 끈이 닿아 있는지 말이다. 위에서부터 저 아래 바닥까지. 그는 단지 자신의 술집에서 브러더후드 일당들이 술을 마시든 말든 상관하지 않고 있는 것뿐일까, 아니면 그보다 더 깊게 그들 조직에 관여하고 있는 것일까? 그때 월리가 의기양양한 표정을 지으며 말했다.

"잔뜩 취해서 길고양이 같은 복색으로 여길 나타난 걸 보니 왜 배지를 빼앗겼는지 알 것 같군."

집의 다른 쪽에서 아이의 울음소리가 들렸다.

키스의 아들, 대런은 기억을 떠올렸다. 그는 그 아이가 왜 아직도 여기 있는지 이해할 수 없었다. 아이의 아버지가 왜 아이를 계속 이곳에 두는지 말이다.

"술 취하지 않았습니다."

대런이 말했다.

하지만 그에게서는 술 냄새가 났고, 꼴도 말이 아니었다.

그는 밴혼 보안관을 돌아보며 말했다.

"키스 데일을 만나봐야겠어요."

"자네 말 한 마디로 사람을 체포할 순 없지."

"제대로 독대하고 싶은 것뿐입니다. 면담을 해보고 싶어요."

대런이 말했다.

밴혼은 그의 요청을 숙고하는 척했지만, 그도 알고 있었다. 사건 수사와 관련해 텍사스 레인저의 요청을 거절할 수 없다는 사실을. 대런은 사실상 그런 요청을 할 필요도 없었지만, 절차상 보안관을 배제하고 싶지는 않았다.

"라크에는 경찰력이 없네. 하지만 기꺼이 여기서 그 사람을 만날 수 있게 해주지. 당연히 나의 입회하에 말이야."

밴혼이 말했다.

그는 그래도 괜찮은지 확인을 받으려는 듯 월리를 쳐다보았다.

대런은 고개를 가로저었다.

"센터에 있는 보안관 사무소에서 하죠."

"나도 함께한다면 얼마든지. 단 마구잡이식으로 할 생각은 말게. 원칙에 따른 질문만 허용할 테니."

밴혼이 말했다.

그러나 밴혼은 결국 대런이 원하는 모든 것을 허용하게 될 것이다.

15

그는 제네바의 주방에서 플라스틱 양동이와 걸레 여러 개를 챙겼다. 그리고 그중 한 개는 표백제를 탄 물에 담그고 나머지 무더기는 팔 밑에 끼웠다. 그런 뒤 밖으로 나갔다. 카페의 전면 창에 반사된 전조등 불빛 아래서 그는 트럭 앞좌석을 물로 닦아냈다. 걸레를 적신 뒤 피를 닦고 걸레가 피로 물들어 더 이상 효용이 없어지면 바닥에 버리기를 반복했다. 이곳에 물 호스가 어디 있는지, 과연 물 호스가 있는지조차도 알지 못했지만 그는 제네바의 주차장 어디에도 피 한 방울 남기고 싶지 않았다. 그는 묵묵히 일하며 고속도로를 지나는 차들의 소리에 귀를 기울였다. 엉덩이에는 45구경 콜트를 차고 있었다. 그는 부서진 카페 출입문을 열어놓고 있었기 때문에 페이스가 나오는 소리를 듣지 못했다. 그는 누군가의 대략적인 형체를 알아차리고는 재빨리 손을 총으로 가져갔고, 그때 그녀가 입을 열었다.

"바닥 카펫에는 암모니아를 뿌려야 돼요. 표백제를 섞으면 안 되고요. 그럼 망해요."

트럭으로 다가왔다가 표백제 냄새를 알아차린 그녀가 말했다.

"여기 나오면 안 돼. 랜디는 괜찮아?"

그가 말했다.

"그분과 할머니는 지금 자고 있어요."

그녀가 말하고는 허리를 숙여 걸레 두 개를 집어 들었다. 비위가 그렇게 나쁜 편은 아닌지 그녀는 주차장 끝으로 걸어가 냄새 나는 분홍빛 물을 수풀에 짜냈다. 어느 정도 깨끗해진 걸레를 들고 다시 트럭으로 돌아온 그녀는 그를 쳐다보며 말했다.

"그 여자분, 좋아하세요?"

"랜디?"

그는 무슨 말인지 알고 있으면서도 되물었다.

"그분처럼 젊은 과부는 본 적이 없어요."

"끔찍한 일이지."

그는 단지 그렇게 말할 뿐이었다. 사실 그는 그녀의 질문이 뜻하는 바가 정확히 무엇인지 혹은 어떻게 대답해야 할지 알 수 없었다.

"텍사스 레인저도 처음 봐요."

대런은 열린 운전석 문에서 고개를 돌려 페이스를 쳐다보았다. 그녀는 작고 아담한 체구에 예쁘장하게 생긴 소녀였다. 법적 혼인이 가능한 열여덟 살은 최소 넘었을 텐데도 불구하고 어쩐지 인형 같은 인상을 주었다. 그녀의 립스틱은 수 시간 전에 지워져 분홍빛의 얼룩만 남았고, 그녀는 뭔가 더 말하고 싶은 듯 아랫입술을 잘근잘근 깨물고 있었다. 그가 걸레를 짜주어서 고맙다고 인사하자 그녀가 말했다.

"옷에서 피 얼룩을 지우려면 소금과 베이킹소다가 있어야 돼요. 필요하시면 제가 빨아드릴게요."

"핏자국 지우는 것에 대해 많이 알고 있네, 어린 아가씨가."

그가 말했다.

그는 분위기를 가볍게 만들고 싶은 마음에 이 어두운 밤 어설픈 농담을 던졌지만 페이스의 표정은 애초에 뭔가 말을 건넸다는 것이 미안해질 정도로 음울해졌다.

"제 빨래는 스스로 해야 하거든요."

그는 그녀가 자신에게 뭔가 더 할 말이 있는 것인지, 아니면 그가 그녀의 이야기를 더 듣고 싶은 것인지 알 수 없었다.

그는 되는대로 질문을 던졌다.

"할머니랑 같이 카페 뒤에서 살아?"

"지금은 그래요. 전에는 와일리 대학에 있었고요. 마셜에요."

그도 와일리를 알고 있었다. 텍사스 동부에 사는 대부분의 흑인들은 그곳에 진학했다. 와일리, 프레리뷰* A&M, 그리고 텍사스 서던 대학교는 세대를 거슬러 흑인들이 많이 가는 상징적인 학교들이었다. 그의 삼촌들도 프레리뷰에서 학사 학위를 받았다. 대런의 아버지인 듀크는 휴스턴에 있는 텍사스 서던 대학교에 들어갔지만, 입학을 연기하고 그의 큰 형 윌리엄의 발자취를 따라 베트남으로 파병을 떠났더랬다.

"뭘 전공했는데?"

"홍보학요. 이 동네에 영원히 살 건 아니니까요. 댈러스나 휴스턴의 어디쯤에서 생을 마감하리라 늘 생각하죠."

---

* Prairie View: 미국 텍사스주 월러카운티에 있는 도시.

그녀가 말했다.

"가능한 일이지, 안 그래?"

그가 말했다. 좌석에 말라붙은 피는 거의 다 닦아냈다. 비록 수많은 땀과 노력을 필요로 했지만 말이다. 바닥 카펫이 남았지만, 그건 세비를 좀 더 자세히 살필 수 있는 여유가 생길 때까지 대충 짐칸에 던져놓기로 했다. 그게 언제가 될지는 몰라도.

"홍보학이라, 그거면 어디든 갈 수 있겠구나."

"그런데 학위는 따지 못했어요."

그는 아무 대꾸도 하지 않았다.

그녀는 착한 소녀였지만, 한밤중에 트럭에서 핏자국을 닦아내는 그를 귀찮게 하고 있는 건 사실이었다. 시골 아이들은 늘 이런 식이다. 솔직히 말해 그는 잡담을 나눌 기분이 아니었기에 뭔가 먹을 것이 있는지 물었다. 버번 외에 배 속에 음식물을 넣은 지 여덟 시간이 다 되어가고 있었다. 페이스는 주방으로 향했고 대런도 그녀의 뒤를 따라 주방에 들어갔다. 그리고 양동이와 걸레들을 내려놓고는 출입문을 손볼 수 있는 합판 같은 것이 있는지 물었다. 페이스는 뒤쪽을 살펴보라고 했고, 그는 그녀의 말대로 따랐다. 주방 뒤쪽에는 채소가 들어 있는 상자와 오래된 소다, 포도 맛 니하이와 코카콜라 등이 놓여 있었고, 눅눅해진 마분지 상자에 신문지도 잔뜩 쌓여 있었다. 덤프스터 옆으로는 찢어진 마분지 상자가 몇 개 더 놓여 있었다. 대런은 마분지 상자들을 챙기고, 주방 개수대 위로 높이 달린 선반에서 덕트 테이프를 하나 꺼냈다. 페이스가 가스레인지에 폭찹 두어 개를 데우는 동안 대런은 출입문을 대충 가리고, 종도 제자리에 달아놓았다. 제네바의 손님들을 위해 마음껏 흔들거리며 딸랑일 수 있도록 말이다. 페이스가 카운터 위로 그를 향해 접시를 밀자 뼈에 붙은 돼지고기의 지방이 지글거리며 먹음직스러운 냄새를 풍겼고, 그는 하마터면 맨손으로 고기를 뜯을 뻔했다. 그녀는 닥터 페퍼도 따라주었다. 그는 맥주를 마시고 싶었지만, 아직 근무 중이라는 사실을 상기했다. 경계를 늦추지 않는 편이 좋을 것이다. 페이스는 금전등록기 근처 카운터로 몸을 기대고는 그가 먹는 모습을 지켜보았다. 음식을 다 먹은 그는 좀 더 먹고 싶었지만, 지금까지 진 신세로도 충분했다. 그녀를 더는 성가시게 하고 싶지 않았다.

"그 여자가 제 인생을 망쳤어요, 우리 엄마요."

그녀가 불현듯 말했다. 씁쓸한 감성이 듬뿍 담겼지만, 그래도 그녀는 청자가 있는 것이 기쁜 듯 보였다.

"그래서 할머니랑 같이 게이츠빌에 가고 싶지 않았던 거예요. 궁금하셨을까 봐 말씀드려요."

그는 궁금하지 않았다.

그는 소다를 마시고 트림을 했다.

"우리 엄마가 아빠를 총으로 쐈다는 말이 와일리까지 퍼지자 거기 여자애들은 저한테 설명할 기회조차 주지 않고 절 댄스팀에서 내쫓았어요. 그 이후로 대학 생활은 엉망이 됐죠. 학점도 엉망이 됐고, 아무것도 할 수 없었어요. 그래서 결국 학교를 마치지 못했어요. 낙제해서가 아니라 너무 창피했기 때문이에요. 로드니에게 결혼식에는 할머니만 오실 거라고 얘기해야 했을 때는 정말 최악이었어요. 그의 아빠가 버진로드를 함께 걸어주겠다고 했지만, 그럴 수는 없죠."

대런은 접시에 담긴 뼈 위로 냅킨을 버리고는 종이에 기름이 스머드는 것을 지켜보며 말했다.

"미안한데, 뭐라고 했지?"

"휴스턴 신문에도 났었는데."

페이스가 말했다. 그리고 몹시 혼란스러운 표정으로 이렇게 덧붙였다.

"알고 계신 줄 알았어요."

페이스는 휴스턴 신문의 2센티미터 크기 기사가 단연코 대런의 주의를 끌었을 것이라 생각한 모양이었다.

그녀의 말에 따르면, 몇 년 전, 그녀의 어머니 메리 스위트는 욕조에 몸을 담그고 있는 남편 조에게 다가갔다. 페이스가 나고 자란 그 집은 욕실 하나에 방 두 개짜리 A자형 통나무집으로, 제네바의 카페에서 800미터가량 떨어져 있었다. 욕실은 집의 뒤편에 있었는데 그는 욕조 옆 의자에 놓인 라디오 소리에 그녀가 오는 소리를 듣지 못했다. 손에 권총과 원한을 움켜쥔 그녀는 심판을 내릴 준비가 되어 있었다. 릴 조는 완연한 나체였고, 메리는 릴 조의 휴스턴 로케츠 티셔츠를 드레스처럼 입고 있었다. 다음으로 이어지는 이야기를 얼마나 믿을지는 유죄 판결을 받은 흉악범의 입에서 나온 이야기를 어디까지 믿을 수 있을 수 있는지에 달렸을 것이다.

메리는 남편의 이마에 권총을 겨눈 가운데 라디오의 손잡이를 집었다. 그리고 물 위로 라디오를 들어 올리며 전선이 벽면 플러그와 연결이 되어 있는지 확인했다. 한 손에는 권총을, 또 다른 손에는 라디오를 들고 그녀는 말했다.

"어느 걸로 해줄까? 어느 쪽이든 난 상관없거든."

페이스처럼 옅은 피부색을 한 그는 앞니 사이에 작은 틈이 벌어져 있었고, 목선에 닿은 짙은 갈색의 곱슬머리는 물에 젖어 축축했다. 그는 20년간 그의 아내였던 그녀를 향해 미소를 지었다. 그 상황을 단지 그녀의 감정적 위협으로 오인했던 것이다. 그는 다른 여자와 1년 이상 동침했지만, 메리는 그의 등 뒤에서 혼자 분을 삭일 뿐, 그것에 대해 뭔가 행동을 보인 적은 한 번도 없었다. 그는 뒤쪽 치아 사이로 가느다란 여송연을 물고 있었는데, 담배를 그대로 문 채 덤덤하게 말했다.

"흠, 그냥 쏴."

그는 센 척했지만, 메리가 분홍색 욕실 양탄자 위에 라디오를 떨어뜨리고 22구경의 방아쇠를 당기자마자 릴 조는 물에서 펄쩍 뛰어나와 메리를 바닥에 쓰러뜨린 다음 집 현관을 향해 달아났다. 그는 거의 현관에 도달했지만 그녀는 그의 등에 세 발의 총을 쏘았다.

어머니가 체포된 뒤 페이스는 무릎과 손으로 바닥을 짚으며 혼자 그 현장을 청소했다. 달리 해줄 사람이 없었기 때문이다. 카페에 들이닥친 강도에게 남편 조를 잃은 지 얼마 되지 않아 아들까지 잃은 제네바는 슬픔에 무너져 내려 일주일 동안이나 가게 문을 닫아야 했다. 조가 죽었을 때도 가게 문은 닫지 않았는데 말이다. 릴 조와 메리가 사라진 집은 팔아버렸고, 학교를 그만둔 페이스는 그때부터 할머니와 함께 트레일러에서 지내게 되었다.

"로드니가 결혼해서 우리끼리 살 작은 집이라도 알아보자고 했어요."

"어머니는 왜 그러셨지?"

"아빠가 백인 여자랑 놀아났거든요. 흑인에 대한 적대감이 지금처럼 심하지 않았을 때 아빠는 윌리의 선술집에 자주 가곤 했는데,

둘이 19번 국도에 차를 세워놓고 그 주변에서 많이 희희낙락거렸나 봐요."

페이스가 말했다.

대런은 헉슬리의 이야기를 떠올렸다. 릴 조가 평소 그 술집을 뻔질나게 드나들었잖아. 그런데 봐봐, 그가 결국 어떻게 됐는지. 그는 그렇게 말했다. 그리고 뒤이어 린은 허스키한 목소리로 미시가 마이클과 이야기를 나눴던 일을 비난했었다. 사람은 쉽게 변하지 않으니까.

그들의 목소리가 그의 머릿속에 조화롭게 내려앉았다.

"그럼 그 백인 여자가?"

그는 이미 답을 알 것 같았다.

"미시 데일이에요."

페이스는 대런의 접시를 집어 주방 문을 통과했다. 대런은 비닐이 덮인 스툴에서 내려와 카운터를 돌아 그녀의 뒤를 따랐다. 개수대에서는 물이 흐르고 있었고, 페이스는 지저분한 스펀지로 대런의 접시를 닦고 있었다. 그는 잠시 할 말을 잃었다.

"아빠는 자기 외모가 꽤 괜찮다고 생각했나 봐요. 남자들이란 자기 옷을 세탁해주는 사람이 누군지 종종 잊어버린다니까요."

페이스가 말했다. 그러고는 접시와 포크를 건조대에 올려놓고 다시 말했다.

"말이 나와서 얘긴데, 바지와 셔츠 벗어주시면 제가 빨아놓을게요."

"그 여자를 평소에 알고 있었어? 미시?"

그가 물었다.

"아뇨, 저랑 같은 나이고, 팀슨의 같은 고등학교를 나왔지만, 말을 걸어본 적은 없어요. 걔도 나한테 말 건 적은 없었고요. 우리들 세계에는 교차점이 없거든요."

그녀는 자신이 한 말의 역설을 무시했거나 혹은 깨닫지 못하고 있었다. 그녀는 행주에 손을 닦고 할머니의 카페 문을 고쳐줘서 고맙다는 인사를 했다.

대런은 미시 데일의 사진을 한 번도 본 적이 없다는 사실을 깨달았다. 마을에 들어온 날 아침에 하얀 시트 아래로 삐져나온 금발의 머리카락 가닥들만 보았을 뿐이었다.

"예뻤냐?"

그가 물었다.

그러자 페이스는 어깨를 으쓱 추켜올렸다.

"백인이라고 항상 예쁜 건 아니잖아요."

대런은 해가 뜰 때까지 데니스와 번갈아 번을 서느라 두 시간 이상 자지 못했다. 잠에서 깨어난 그는 자신의 옷을 찾았다. 다림질을 한 지 얼마 되지 않은 듯 아직 따뜻한 옷은 곱게 접혀 제네바의 거실, 코듀로이 소재의 러브 시트* 팔걸이에 놓여 있었다. 트레일러 안은 매우 고요했고, 제네바나 랜디의 소리도 들리지 않았다. 밖에 놓인 나일론 론체어도 비어 있었다. 그는 월리스 제퍼슨의 집에 사실상 살고 있는 듯 보이는 키스 주니어에 대해 생각하며 눈을 떴다. 제네바의 아들과 미시 데일과의 관계를 알고 나니 제네바에게 묻고 싶은 것들이 많아졌다. 하지만 동쪽에서 몰려온 머리 위 두터운 회

---

* Love Seat: 2인용 안락의자.

색빛 구름은 금방이라도 비를 쏟을 듯했다. 셰비에서 지문이라도 뜰 생각이라면 지금이 기회였다. 사실 어젯밤에 했어야 하는 일이었다. 하지만 어젯밤에는 그가 해야 할 일이 그 외에도 많았다. 밤늦게 기름진 폭찹을 먹은 덕분에 숙취는 없었지만, 기억의 끄트머리는 여전히 희미했다. 어젯밤 사건들, 그러니까 여우 피와 총격, 그리고 윌리의 집에서의 대치 상황은 분명하게 떠올랐지만, 그가 달리 행동할 수 있었던 선택지들에 대한 기억은 사실상 흐릿했다.

그는 트럭에 보관해두었던 지문 채취 키트를 꺼내 셰비 주변을 돌며 묵묵히 작업에 임했다. 주로 운전석 문손잡이에 집중했으며, 특히 누군가 전문가다운 솜씨로 무력화시킨 잠금장치 주변을 꼼꼼히 살폈다. 그가 조수석 문에서 랜디나 그 외 알지 못하는 누군가의 최근 지문을 막 채취했을 때 빗방울이 떨어지기 시작했다. 그는 키트와 트럭 안에서 수집한 증거품들을 밀봉한 다음 주차장을 가로질러 제네바의 카페 출입구를 향해 뛰었다. 문의 마분지 부분은 눅눅해졌지만, 그래도 카페 지붕의 살짝 드러난 돌출부를 잘 지탱해주고 있었다. 안에는 손님들로 가득했다. 헉슬리와 팀을 포함해, 대런이 지금껏 본 그 어느 때보다 많은 손님들이 자리하고 있었다. 처음 보는 얼굴들도 있었다. 부스 자리도 빈 곳이 없어서 랜디가 찾을 수 있는 빈자리라고는 카페 반대쪽에 놓인 이발소의 의자뿐이었다. 아이작은 평소 있던 곳에 없었고, 페이스 역시 보이지 않았다. 대런은 카운터 건너편에 있는 제네바에게 그녀에 대해 물었다. 어젯밤 알게 된 그녀의 아들과 미시와의 로맨스에 대해 자연스럽게 대화를 터보고자 하는 희망에서였다.

"자요."

제네바가 대답했다. 그녀는 주방에서 나오는 접시들을 받아내느라 두 손이 바빴다. 그녀는 마분지로 땜질을 한 출입문을 향해 고갯짓을 했다.

"고마워요."

그런 뒤 그녀는 그의 존재를 완전히 무시했다. 그녀와 단둘이 그런 예민한 주제에 대해 얘기를 나눌 수 있는 기회는 아무래도 없을 듯했다. 대런이 배지를 이용해 그녀를 추궁하지 않는다면 말이다. 하지만 그로서는 친구로 다가가는 편이 나았다. 그녀가 아들의 외도 사실을 기꺼이 털어놓을 수 있는 대상이 되어야 한다. 랜디는 그가 들어오는 것을 보고는 이발소 의자에서 벌떡 일어나 재빨리 그에게 다가오더니 여기서 나가자고 말했다. 그녀는 모텔에 가서 샤워를 하고 옷도 갈아입고 싶다고 했다. 릴 조와 미시에 대한 제네바와의 대화는 다음으로 미루는 것이 좋을 듯했다.

두 사람은 카페 밖으로 나와 트럭에 올라탔다. 운전석에서는 여전히 표백제 냄새가 났고, 랜디는 안전벨트를 채우며 말했다.

"진짜였나요?"

그녀의 눈 아래로 두 개의 반달 그림자가 드리워져 있었다.

"어젯밤에 있었던 일이 전부 진짜였냐고요."

"네, 전부요."

그가 말했다.

그는 그녀가 먼저 샤워를 할 수 있도록 양보했다. 그는 얼굴에 차가운 물 몇 방울 끼얹었고, 손가락에 치약을 짜서 이빨을 몇 번 닦는 것으로 충분했다. 방에 일회용 칫솔이 있었지만, 대런은 그것도 랜디에게 양보했다. 대신 그는 손을 씻고 조그마한 분홍색 비누로 얼굴을 닦으면서 세면대와 욕실 사이의 문이 살짝 열려 있는 것을 알아차렸다. 그는 커튼 뒤로 물소리를 들을 수 있었다. 샤워 중인 여자와 그와의 몇 미터 사이 거리로 뜨거운 김이 밀려오는 것을 느꼈다. 그는 자랑스럽지 않은 무언가를 느꼈다. 어떤 곳에서의 흔들림을, 가슴뼈 안에서의 어떤 온기를 느꼈다. 옳든 그르든 그는 그녀를 향한 애정이 당혹스러웠다. 그녀 남편의 죽음에 대한 복수를 다짐한 것만큼이나 그녀를 보호해야 한다는 의무감 또한 강렬했다. 또한 텍사스에 대해 그녀가 갖고 있는 생각이 틀렸다는 것을 증명하고 싶었다. 텍사스가 흑인들을 좌절시키는 곳이 아니라는 것을 알고 떠나도록 해주고 싶었다. 그는 거친 수건으로 얼굴을 닦은 다음 랜디가 사용할 수 있도록 단정히 접어 제자리에 놓았다.

퀸사이즈 침대 끄트머리에서 그의 휴대전화가 울렸다.

윌슨이었다.

데일과의 면담 시간과 장소가 정해졌다. 2시, 대런의 요청에 따라 센터에 있는 보안관 사무소에서. 구체적인 지침도 함께였다. 대런은 소도시의 공권력을 존중하는 가운데서 충실하게 자신의 일을 해나갈 생각이었다. 즉, 밴혼이 마뜩해하지 않을 질문은 하지 않을 것이란 뜻이다. 미시 데일 살인 사건이 마이클 라이트의 죽음과 관련이 있다는 충분한 증거가 나오지 않는 이상 그 사건은 여전히 보안관의 영역에 있었다.

"그 남자와 이야기해보지 않고서는 알 수 없습니다."

대런이 말했다.

"그래, 그렇게 해. 어쨌든 밴혼이 자네를 막지 않았다는 데에는 존

경심이 드는군. 자넨 그 사람한테 빚졌어. 이번 일이 끝난 후에도 그 보안관 사무소와 오래도록 같이 일해야 한다는 걸 기억하게. 레인저가 그들 권한을 부정하고 나섰다는 불명예를 입는 건 안 될 일이야. 자네를 두고 오스틴 본부의 윗사람들과 싸워야 할 일이 생긴다면, 내 입장에서는 자넨 그저 시키는 대로 했을 뿐, 돌발 행동을 할 사람이 아니라고 말할 수 있어야 할 거야."

"제가 그러지 않을 거라는 거 아시지 않습니까."

"알지, 맞아. 그래서 그곳에서의 자네의 한계점을 분명히 인지하고 있으라고 일러두는 거라네. 그 지역 여자 사건은 민감한 문제야. 부검실에서 오늘 아침 일찍 사전 결과가 나왔는데, 얘기가 좀 달라질 것 같더군."

"어떤 내용인데요?"

"말할 수 없네."

"알고는 계시고요?"

"때가 되면, 밴혼이 그 결과를 공유해주기로 했어."

"보셨습니까? 부검 결과서?"

대런이 물었다.

윌슨은 말이 없었다. 대런은 욕실 쪽에서 물이 끊기는 소리와 함께 수도꼭지가 잠기는 소리를 들었다. 랜디의 샤워가 끝난 것이다.

"거기서 흑인 카페를 운영하는 여자와 자네의 관계에 대해 염려하는 목소리가 있어. 이름이 지니인가 제네비에브인가, 그렇지? 나이 든 흑인 여자?"

"제네바요. 미시의 부검 결과서가 그녀와 무슨 관련이 있는데요?"

"때가 되면. 밴혼이 약속했네."

윌슨이 말했다.

대런이 전화를 끊자 때맞춰 랜디가 욕실에서 슬쩍 나와 개수대 가장자리에 놓여 있는 수건을 재빨리 집어 몸을 감쌌다. 그런 다음 제대로 모습을 드러냈다. 대런은 고개를 돌리며 중얼거렸다.

"미안해요."

랜디는 욕실에서 옷을 입을 수도 있다고 말했지만 대런은 그럴 필요 없다고 말했다. 그는 밖으로 나가 아까보다 더 굵어진 회색의 빗줄기를 바라보았다. 비는 꼬인 밧줄처럼 처마를 타고 내려와 그의 발자국에 생긴 물웅덩이 바로 앞 아스팔트로 튕기듯 떨어졌다. 그는 연방수사국 그렉의 자리로 전화를 걸고, 신호음에 귀를 기울였다.

그때 대런은 주차장에 또 다른 차가 서 있는 것을 눈치챘다. 회색의 뷰익 세단으로, 운전석에는 짧은 갈색 머리카락에 30대로 보이는 백인 남자가 타고 있었다. 그는 모텔 로비 가까이에 차를 세웠지만, 차의 앞머리는 대런이 있는 객실 문 앞을 가리키고 있었다. 그는 대런이 랜디의 방에서 나오는 것을 지켜보더니 이내 운전석 문을 열고 차에서 내렸다. 대런은 엉덩이에 찬 콜트에 손을 올리고 그의 접근에 대비했다. 남자는 대런의 소리를 듣지 못했거나 들었어도 별로 개의치 않는지 계속해서 걸었다. 젊은 남자는 갈색의 스포츠 코트 안에 격자무늬 셔츠를 입고 있었고, 락포트 신발을 신고 있었다. 안경을 쓰고 있었지만, 항상 착용하는 건 아닌 듯했다. 왜냐하면 멀리서 보았을 때는 안경을 쓰고 있지 않았기 때문이다. 그는 대런의 가슴에 달린 배지와 총을 의식한 듯 우뚝 멈춰 서서는 비에 젖은 인도 위에 낡은 가죽 메신저 가방을 떨어뜨렸다. 그는 대런이 처음 생각했던 것보다 더 젊었다. 가까이서 보니 서른도 안 되어 보였다.

 남자는 등 뒤로 손을 넣었고, 순간 방아쇠에 걸린 대런의 집게손가락으로 온몸의 피가 몰렸다. 그는 총잡이 특유의 환상을 느꼈다. 총을 든 사람을 기분 좋게 만드는 그 힘, 시야와 소리에 예민해지고, 이성은 저 멀리 회색빛으로 흐려지게 하는 그것. 그는 남자를 재빨리 훑었다. 메신저 가방, 어색한 카키색 바지. 대런은 남자가 자신의 뒷주머니에서 가죽지갑을 꺼내는 순간에 맞춰 총을 내렸다. 대런은 자신도 모르게 참고 있던 숨을 내뱉었고, 심장은 안도감으로 폭발했다. 남자는 대런이 묻기도 전에 자신의 신분을 밝혔다. 몇 분 뒤 랜디가 방에서 나왔을 때 대런은 그녀에게 〈시카고 트리뷴〉의 기자 크리스 워즈니악을 소개했다. 외부의 시선이 드디어 라크에 도착한 것이다. 그에게는 궁금한 것이 많았다.

16

크리스 워즈니악은 랜디 남편의 죽음을 수사하고 있는 텍사스 레인저가 어째서 아침 9시에 그녀의 모텔 방에서 나왔는지 궁금했을 수 있지만, 애써 묻지 않았다. 대신 그는 랜디를 쳐다보며 두 번이나 물었다.

"고인의 부인이시라고요?"

확인을 하려는 듯 말이다. 그는 애도를 표한 다음 그녀와도 인터뷰를 하고 싶다고 했다.

"테레사 마틴을 알 거라고 저희 편집장님이 그러던데요."

랜디는 고개를 끄덕일 뿐 그와 눈을 마주치지 않았다.

"SAIC에 함께 다녔어요. 시카고 예술학교요."

그녀는 대런을 위해 덧붙였다. 그녀는 검은색 바지에 크레페의 피만큼이나 매우 얇은 진홍색의 티셔츠를 입고 있었다. 그녀는 몸을 떨었고, 가슴 위로 양팔을 교차해 스스로를 꽉 부여안고 있었다. 대런은 방에 들어가 그녀의 하얀색 코트를 가져다주고 싶었지만,

지금은 10월이었다. 10월의 텍사스는 정오가 되기 전부터 27도로 올라갈 터였다.

"그 학교, 압니다. 시카고에 몇 년 살았거든요."

그가 말했다.

그녀는 그가 신고 있는 부츠와 가슴에 달고 있는 배지가 그런 정보와는 전혀 어울리지 않는다는 듯 이상한 표정으로 그를 쳐다보았다.

"그래요?"

그녀가 물었다.

대런은 고개를 끄덕였다.

"시카고 대학 로스쿨을 다녔었어요."

로스쿨 역시 어울리지 않는 모양이었다. 하지만 그의 말에 그녀는 미소를 지었다.

"마이클도 시카고 로스쿨을 다녔는데."

그녀가 말했다.

"아, 그 부분도 확인했어요. 피해자의 배경 말예요…. 두 사람이 그런 공통점이 있다는 것이 흥미롭더라고요."

워즈니악이 펜과 수첩을 찾아 메신저 가방으로 손을 뻗으며 대런에게 말했다. 그는 재빨리 메모를 한 뒤 다시 대런 쪽으로 고개를 돌렸다. 대런은 피해자의 아내 앞에서 죽은 사람의 이야기를 아무렇지도 않게 하는 기자의 태도가 경악스러웠다.

"저기, 곧 카메라맨이 올 거예요. 오늘 늦게요, 바라건대 아마도요. 그래서 이쯤에서 기본 정보들을 좀 알고 싶은데요. 현 상황에 대해서는 말할 것도 없고요. 이곳 마을의 시골 술집에 뭔가 있다고 하던데."

기자는 랜디를 흘끗 쳐다보았다. 뭔가 더 이야기하고 싶은 것이 있는 듯했지만, 그녀의 앞에서는 할 수 없는 이야기인 모양이었다.

"제가 운전할게요."

그는 렌터카에 디지털 캠코더를 갖고 있었고, 가급적 빨리 범죄 현장 사진을 찍고 싶어 했다. 그러는 사이 운전은 대런이 맡아주기를 바라는 눈치였다. 하지만 대런은 제네바의 카페로 돌아가고 싶었다. 새롭게 알게 된 미시 데일과의 관계와 제네바 카페의 세계를 좀 더 들여다보고 싶은 생각이었다. 마이클이 생의 마지막 시간을 윌리의 선술집에서 보낸 사실을 새롭게 알게 됐으니 말이다. 마을의 서로 반대편에 자리한 두 장소, 고속도로상 400미터의 거리로 떨어져 있는 이 두 곳은 두 건의 살인 사건을 지탱하는 두 개의 기둥과도 같았다. 하나를 빼놓고는 다른 하나를 이해할 수 없었다. 이제 밴혼은 제네바가 연계된 새로운 정보들을 파악하고 있는 모양인데, 대런으로서는 그것이 무엇인지 알 수 없는 노릇이었다.

대런은 랜디를 이 기자 친구에게 두고 떠나기가 마뜩잖았다. 하지만 어젯밤 제네바의 카페에 가해진 총격은 그에게 뭔가 의미하는 바가 있었다. 텍사스 아리안 브러더후드는 셸비카운티에 적을 두고 있으니 랜디와 함께 다니다가는 그녀를 더 큰 위험에 빠트리게 될지도 모른다. 그는 그의 트럭과 랜디와 워즈니악의 렌터카가 세워진 주차장을 둘러보았다. 그리고 모텔 앞을 지나는, 비에 젖어 번들거리는 고속도로를 살펴보았다. 도로 위 빗물이 잡초가 빽빽한 고랑으로 흘러드는 모습을 바라보던 그에게 계획 하나가 떠올랐다. 그러나 큰 그림에 퍼즐 조각들이 어떻게 맞아 들어가는지 제대로 파악하기 전까지는 그 내용을 기자와 공유할 생각이 없었다. 사실 지금 당장은 그 큰 그림이 무엇인지도 알지 못했다. 그는 미시와 제네바의 아들인 릴 조의 관계에 대해 더 알고 싶었다. 어젯밤부터 그 생각이 머릿속에서 떠나지 않았다. 키스 데일이 자기의 아내와 릴 조의 관계를 알고 있었다면, 릴 조에게 풀지 못했던 분노를 마이클 라이트에게 대신 발산한 것은 아닐까? 그거면 살인의 순서에 대한 설명이 가능하다. 키스는 술집에서 나온 마이클과 그의 아내를 농로에서 맞닥뜨렸고, 그녀와 놀아났다고 오인해 흑인 남자를 죽였다. 그리고 이틀 뒤 화를 참지 못해 아내까지 살해한 것이다. 두 구의 시체 모두 똑같은 흙탕물에서 발견됐다. 하지만 키스가 굳이 이틀을 기다려 아내를 살해한 이유 역시 다소 모호하다. 추후에 보안관 사무실에서 키스를 만나게 되면 그 시간대를 제대로 가늠해볼 수 있을 것이다.

그전에 우선 제네바와 이야기해봐야 했다.

그는 보안관 측에서 사건에 대해 공식적인 언급을 하기 이전에 유가족에게 먼저 언론과 인터뷰할 수 있는 기회를 주는 것이 레인저의 절차라고 워즈니악에게 말하며 랜디를 향해 간청의 눈길을 쏘아 보냈다. 사실 말도 안 되는 거짓말이었다. 하지만 180센티미터가 넘는 키에 배지와 총을 차고 있는 그의 앞에서는 어느 누구도 되물을 수 없었다. 워즈니악 역시 아무것도 묻지 않았다. 랜디는 기자의 뒤를 따르며 마이클이 왜 텍사스에 왔는지 잘 모른다고 이야기할 것이다. 그게 사실이기도 하고. 대런은 그런 것에 대해 아무런 제한도 두지 않을 생각이었다. 그런 이야기를 하는 것은 그녀의 자유니까. 덕분에 그는 시간을 벌 수 있을 것이다. 그녀는 그에게 언제 돌아오는지 물으며, 잠시였지만, 그의 곁을 떠나야 한다는 사실에 실망스러운 눈빛을 보냈다. 그는 기자 앞에서 키스 데일과의 면담에 대해 언급하지 않았지만, 그녀를 바라보며 약속했다. 금방 돌아오겠다고.

대런이 여전히 붐비는 카페 주차장에 진입했을 때 웬디는 가게 앞에 나와 있었다. 제네바는 오늘 아침 그가 랜디와 함께 그곳을 나왔을 때처럼 여전히 바빴다. 바쁘지 않다고 해도 대런은 제네바와 단둘이 남는 일이 쉽지 않겠다고 생각했다. 꺼내려는 화제 자체가 워낙 민감하고 사적이니 말이다. 라크는 아주 작은 마을이었다. 제네바의 가게에 있는 모두가 릴 조가 선술집에 자주 들락거렸다는 사실을 알고 있는 듯했고, 바텐더인 린은 대런에게 미시의 흑인 남자 취향에 대한 힌트를 주었다. 어쩌면 미시와 릴 조의 관계는 모두가 공공연하게 알고 있던 사실이었는지도 모른다. 다만 입 밖에 꺼내지 않았을 뿐.

"아직도 이 근처를 어슬렁거리고 있는 건가?"

웬디가 말했다.

그녀는 무릎에 맥주 한 캔과 녹이 슨 22구경 권총을 놓아두고는 그날의 매물들을 지키고 있었다. 젤리 단지와 녹이 슨 냄비, 나무로 만든 가발 받침대, 그리고 30년은 된 듯 보이는 노란색과 빨간색의 코카콜라 상자. 그녀는 집 주변에 널브러져 있던 물건들을 주워 오색찬란한 노부인의 퀼트 위에 진열해놓았다. 푼돈이라도 벌기에 충분한, 역사적 의미가 있는 물건들. 대런은 그녀의 수단이 감탄스러울 따름이었다.

"이번 사건으로 잡혀가는 사람은 아무도 없을걸. 아무도 잡혀가지 않을 거라고."

그녀가 말했다. 이제 비는 그쳤고, 갈라진 구름 사이로 점차 햇살이 모습을 드러내고 있었다.

웬디는 손으로 햇살을 가렸다.

대런은 미소를 지으며 말했다.

"그러니까 저한테 진실을 말씀해주셔야 하는 겁니다."

그런 뒤 그가 단도직입적으로 말했다.

"그 아이는 릴 조의 아이가 아닙니까, 그렇죠?"

"흠, 이 아침에 갑자기 명석해진 젊은이 좀 보게."

"제네바도 알고 있고요?"

웬디는 그걸 이제 알았냐는 듯 그를 쳐다보았다.

"키스도?"

그가 물었다.

"그놈이 애한테 자기 이름을 주긴 했지만, 속은 사람 아무도 없지."

"죽은 여자의 남편이 다른 남자의 아이를 키우고 있는 상황에서 밴혼은 왜 제네바에게 손님 명단을 요구한 겁니까? 그들은 그저 마을을 지나가는 사람들일 뿐인데요."

대런이 물었다. 키스와 그의 친족들은 월리와 로라 제퍼슨 부부에게 서툰 변명을 둘러대며 자기들의 혈육이 아닌 아이를 버린 모양새가 아닌가? 웬디는 자신의 오른편으로 다가오라고 손짓했다. 그래야 그의 등 뒤로 내리쬐는 태양을 정면에서 바라보지 않아도 될 테니 말이다. 그는 처마 밑에 섰고, 처마 아래로 드리워진 그늘에서 웬디의 두 눈동자가 그의 처음 생각처럼 벌꿀빛이 아니라, 그보다 더 창백한 갈색이라는 사실을 깨달았다. 그녀가 말했다.

"우리 텍사스 젊은이, 이 이야기가 어떻게 시작되는지 짐작이 갈 텐데."

이야기의 시작점은 윌리였다. 그녀는 그에게 말했다.

"그에게는 오랜 원한이 있어."

웬디는 윌리가 보안관을 자신에게 유리한 쪽으로 조종하고 있다고 확신했다.

"보라고, 이 마을을 만든 게 윌리스 제퍼슨 가 사람들이거든."

그녀가 말했다.

라크는 170년도 더 전에 한 농장에서 시작되었다. 오래된 집도 있었지, 그녀는 고속도로 건너편에 있는 윌리의 저택과 몬티첼로의 돔을 향해 고갯짓을 하며 말했다. 제퍼슨 가 사람들은 스스로를 제3대 대통령과 먼 친척 관계라고 여겼고, 자신들이야말로 미국 역사의 적통 후계자라고 생각했다. 토머스처럼 그들 역시 노예 소유주로서 번창했으며, 양심의 가책 같은 것은 전혀 없이 부유한 생활을 즐겼다. 준틴스*가 그들 주변 환경을 바꾸어놓긴 했지만, 그렇게 큰 변화는 없었다. 돈을 벌어들일 수 있는 새로운 방법은 늘 있게 마련이니까. 라크에 사는 대부분의 흑인들은 소작농 출신이었고, 소작농을 함으로써 쌓이는 빚을 노예 노동과 맞바꾸었다. 프라이팬에서 뛰쳐나와 불로 뛰어드는 꼴이었다. 지옥에서 뛰쳐나와 오래도록 뜨거운 희망고문에 시달리는 꼴이었다.

주에서 마을의 중심을 관통하는 새 고속도로를 건설하면서 제퍼슨 가는 큰돈을 벌었다. 웬디는 한 세대가 지난 후에도 윌리가 멋들

---

* Juneteenth: 미국 텍사스주 흑인들의 노예 해방 기념일.

어진 트럭들과 다이아몬드 반지들을 누릴 수 있는 것은 그때의 사업 수단 덕분이었을 것이라 말했다. 또한 윌리는 아직도 카운티 내 이 작은 모퉁이 마을의 90퍼센트에 달하는 땅을 소유하고 있었다. 단, 제네바의 구역은 제외하고. 대런은 1960년대에 아직 어리고 독신이었던 흑인 여자가 어떻게 해서 고속도로 인근 땅을 구입할 수 있었는지 궁금해졌다.

"그게 내가 지금부터 해줄 얘기지."

웬디가 말했다.

제네바 마리 믹스는 11학년 때 학교를 그만두었다. 아버지가 병에 걸려 4만 제곱미터에 달하는 목화밭을 경작하지 못하게 되었기 때문이다. 그녀의 어머니와 오빠들까지 생업에 뛰어들었지만 살림은 여전히 나아지지 못했고 결국 가족의 제일 막내인 제네바까지 생업 전선에 뛰어들기에 이르렀다. 그녀는 부엌 찬장의 제일 위쪽 선반에 간신히 손이 닿을 만큼 키가 자랐을 무렵부터 여섯 식구를 위해 음식을 했고, 그 덕분에 제퍼슨 가 부엌에서 가정부로 일할 수 있었다. 그녀는 일주일에 엿새 동안 아침, 점심, 저녁을 준비하고, 당시 팀슨에 있는 고등학교에 다니던 어린 윌리스 제퍼슨 3세를 위해 점심 도시락을 쌌다. 윌리스 제퍼슨 3세는 그의 아버지가 사준 조그만 포드 페어레인을 타고 하루에 두 번씩 멋들어지게 고속도로를 달리곤 했다. 윌리스는 다소 거만했으며, 자신이 뭔가 특별하다고 여겼다. 또한 그는 자신의 아버지와 그의 모든 것을 우러러봤다. 멋진 은색 버클이 달린 허리띠를 꽉 조이는 방법이라든가, 점잖게 마을을 돌아다니는 태도라든가, 숙녀들을 위해 문을 잡아주거나 모두가 있는 자리에서 '깜둥이'라는 단어는 절대 쓰지 않는다든가 하는 것들 말이다. 월리스 제퍼슨 2세, 사람들은 그냥 제프라고 불렀던 그에게는 당시 두 번째 아내가 있었다. 월리의 어머니였던 첫 번째 아내가 갑작스럽게 세상을 떠난 뒤 그는 재혼할 여자를 찾아 마셜이나 댈러스 같은 먼 지역의 교회 모임에 빈번하게 참석했다. 그의 집을 다시 안락하게 만들어줄 좋은 여자를 찾아서 말이다. 하지만 두 번째 월리스 제퍼슨 2세 부인인 롱뷰 출신의 필리스 슬래터리는 21세기 농장 생활에 대한 기대가 너무 컸던 나머지 그리 오래 버티지 못했다. 그녀는 고작 인구 200여 명 남짓한 시골 생활이 금세 지루해졌다. 그나마 마을 사람들도 대부분 흑인이거나 월리스 제퍼슨 2세 부인이라는 그녀의 위치를 부러워하는 가난한 이들뿐이었다. 게다가 제프의 돈을 만족스러울 만큼 쓰기 위해서는 마을에서 거의 300킬로미터 밖으로 나가야 했다. 그녀가 자신의 고향으로 달아나 그곳 법원에서 혼인을 취소하기까지는 18개월밖에 걸리지 않았다. 제프는 그녀를 보내준 뒤 혼자서 아이들을 키웠다. 월리와 그의 남동생 트렌트를 말이다. 트렌트는 텍사스 주립대 신입생 시절 교통사고로 죽었다. 그는 그런대로 독신 생활에 안착했고, 사랑은 포기했다. 그러했기 때문에 당시 그는 제네바를 받아들일 준비가 전혀 되어 있지 않았다.

그녀는 그에 비해 너무 어렸다. 그도 알고 있었다.

사실 그것이 그의 아들 월리가 제네바를 바라보는 시선에 영향을 미친 셈이다. 제네바는 월리의 집 어느 방이든 수시로 들락거렸고, 월리는 팀슨에서부터 그녀에게 차가운 콜라를 사다 주기도 했으며, 잠시 뒤쪽 계단에 같이 앉아 쉬기를 청하기도 했다. 월리와 제네바는 동년배였지만, 성격은 서로 달랐다. 그는 열여덟 살 때부터 허풍

쟁이였다. 사람 구실도 제대로 하지 못하면서 제 것도 아닌 돈을 자랑하고 다니길 좋아하는 소년 말이다. 반면 제네바는 차분하고 똑똑했으며, 기분이 좋을 때는 재미있기까지 한 소녀였다. 게다가 그녀는 힘든 노동에 익숙했다. 일주일에 이삼 일 정도 그녀는 음식 준비를 하느라 밤늦게까지 일했고, 다음 날 집에 돌아와 또 다시 자신의 가족들을 위해 식사를 준비했다.

그렇게 해서 두 사람의 대화가 시작됐다. 나이 든 제퍼슨과 어린 제네바 말이다. 늦은 밤, 제프는 부엌 테이블에 위스키를 올려놓고 제네바가 만두 반죽을 밀거나 양배추 벌레를 확인하느라 콜라드를 낱장씩 떼어 씻는 모습을 지켜보고 있었다. 그는 몇 번이나 도와주겠다고 말했지만, 그녀는 그에게 앉아 있으라고 했고, 그는 시키는 대로 따랐다.

그들은 학교에 대해 이야기했다. *학교를 그만뒀나? 네.*

그들은 그녀의 아버지에 대해 이야기했다. *병세는 좀 나아지고 있나? 아뇨.*

그들은 제프의 첫 번째 아내에 대해, 그가 아직도 그녀에 대한 그리움에 가끔 눈물을 흘린다는 사실에 대해 이야기했다.

몇 번의 밤 동안 그들은 서로의 가족사, 서로의 선조 이야기를 교환했다.

그는 거기서 멈춰야 했지만, 제길, 그녀는 예뻤다.

"장담하건대, 그녀도 그에게 빠졌을 거야."

웬디가 말했다.

제프는 제네바가 늦게까지 일한 날이면 차로 집까지 데려다주었다. 그녀의 집은 1.5킬로미터 정도밖에 떨어져 있지 않았지만, 자정이 넘은 시간에 그녀를 홀로 밖에 내보내는 것이 어쩐지 이상하게 느껴지기 시작했기 때문이다. 그는 또 다른 면에서도 이상한 감정을 느끼기 시작했다. 그녀가 그를 쳐다볼 때면 목 아래에서부터 열기가 올라왔고, 그녀가 너무 가까이 서 있을 때면 허리 아래가 끔찍하리만큼 욱신거렸다. 게다가 그녀의 어디든 만지고 싶은 갈망, 저 곱슬머리를 손가락에 감으면 어떤 느낌일지 알고 싶은 욕망이 수시로 치밀어 올랐다.

어느 날 밤 그녀는 엄마에게 제퍼슨 가에서 밤늦게까지 일해야 한다고 알렸고, 제프는 평소처럼 그녀를 데려다주기 위해 픽업트럭에 올랐다. 그리고 그녀는 그에게 어디든 잠깐 차를 세우라고 말했다. 그는 그녀를 바라보며 온몸에 피가 솟구치는 것을 느꼈다. 무슨 일이 일어날지 알 것 같았기 때문이다. 그는 손톱을 잘근잘근 씹으며 그의 저택이 자리한 대지의 가장 끄트머리로 차를 몰았다. 그는 흑인과 함께였던 적이 한 번도 없었기 때문에 처음으로 그녀를 맛보았을 때, 한 시간 가까이 여운이 남았던 그 달콤한 키스가 흑인의 것인지 아니면 제네바의 것인지 알 수 없어 혼란스러웠다.

그건 그녀에게 처음이었고, 그는 서두르지 않았다.

하지만 그다음 이어진 일은 그도 어쩔 수가 없었다. 이내 트럭은 대지 한가운데서 흔들렸고, 제프는 한 손으로 습기 찬 조수석 쪽 창문을 짚고, 다른 한 손으로는 그녀의 왼쪽 엉덩이를 움켜쥐었다. 그들은 서로 단단히 결합되었고, 제네바는 소리를 지르며 그의 귓불을 물고 감사의 기도를 드렸다. 10분이 채 지나지 않아 두 사람은 트럭 앞쪽에 누워 아침 해가 떠오를 때까지 함께했다.

다음 날 월리가 아침식사를 하러 내려왔을 때, 제네바는 어제 입었던 것과 같은 옷을 입고 '출근해' 있었다. 그는 간밤에 무슨 일이 있었는지 몰랐을 것이다. 하지만 그 운명적인 밤 이후 그의 아버지가 아무런 설명도 없이 그들의 집 아래쪽 고속도로변에 작은 판잣집을 짓기 시작한 것은 그로서도 모를 수가 없었다. 그는 손수 집을 지었는데, 제퍼슨 가를 위해 농장 일을 해주던 아이작에게 일주일에 5달러의 추가금을 주고 통나무 자르는 일을 부탁했다. 당시 열두 살 남짓이었던 아이작은 지금처럼 그렇게 우둔하지 않았다고 웬디는 말했다. 월리는 그걸 보자마자 제네바의 집임을 알아차렸고 기분이 좋지 않았다. 그리고 그의 가족 소유 땅에 카페까지 들어서자 소년은 더욱 열이 받았다. 아버지가 자신이 사랑하는 소녀를 위해 사업장을 마련해준 것이다. 제프는 그녀의 이름이 들어간 간판을 손수 적어 걸었고, 제네바는 카페가 좀 더 다채로운 색상으로 손님들의 시선을 끌 수 있도록 건물 주위에 조명 줄을 달자고 아이디어를 냈다. 그곳은 근방 몇 킬로미터를 통틀어 흑인들을 위한 유일한 장소였고, 그녀와 제프는 꽤 좋은 수익을 냈다. 덕분에 그녀의 가족들은 더 이상 소작농 생활을 하지 않아도 되게 되었다. 그녀의 아버지가 결국 암으로 세상을 떠났을 때 그녀는 새틴으로 내부를 장식한 관에 아버지를 눕히고 대리석으로 만든 비석을 세웠으며, 어머니가 제일 좋아하는 꽃인 백합으로 주변을 꾸몄다. 그렇게 할 수 있는 돈이 그녀에게는 있었다. 참으로 이상한 조합이었다. 제프가 카페에 앉아 자기 밑에서 일하던 흑인 가족들과 함께 식사를 했으니 말이다. 월리는 그곳에 끼기를 거부했다.

그 모습을 본 사람들은 누구든 그들이 행복하다고 말했을 것이다. 제네바와 제프가.

그리고 조가 나타났다.

그녀가 제프에게 음악하는 남자에 대해 이야기했던 날 밤, 조는 이미 카페 뒷방에서 이틀째 머물던 차였다. 그 둘은 서로에게 깊이 빠졌고, 처음 만난 날부터 진심을 약속했다. 그리고 조는 더 이상 숨지 않았다.

그녀는 제프와 가장 멋진 테이블에 앉아 그에게 레몬머랭 파이 한 조각과 위스키 한 잔을 가져다주었다. 하지만 둘 중 누구도 그것을 건드리지 않았다. 그는 자신보다 훨씬 젊고 훨씬 더 짙은 피부의 남자를 쳐다보며 단 하나를 물었을 뿐이다.

"이게 네가 원하는 건가, 제네바?"

그녀가 그렇다고 대답하자 그는 테이블에서 일어섰다.

"좋아, 그럼."

그것이 그가 그녀에게 건넨 마지막 말이었다.

조는 갖고 있던 음악 자금으로 카페 부지의 제 값을 치렀고, 제프는 그로부터 1년도 지나지 않아 세상을 떠났다. 하느님, 그를 축복하소서. 그리고 여기 제네바는 여전히 윌리의 땅에서 돈을 벌고 있다. 아니, 적어도 윌리가 보는 관점으로는 그러했다. 그는 그녀가 자신에게서 훔쳐간 그곳을 자기에게 다시 넘기라며 수년 동안 그녀를 종용하고 있었다. 단지 그곳을 허물어버릴 계획이라면서.

"그 사람은 그렇게 하는 것이 옳다고 생각하는 거지."

"그럼 조가 이곳에 온 지 얼마 만에 릴 조가 태어난 겁니까?"

대런이 조심스럽게 물었다.

"그런 날짜들에 대해서는 아는 게 없어."

웬디가 말했다.

"하지만 릴 조가 조의 혈육이냐고 묻는다면 내 대답은 '아니오'야. 뭐, 상관없었지. 조는 그 아이를 제 자식처럼 사랑했으니까. 아이가 자기처럼 자라길 바라지 않았거든."

"그럼 월리와 릴 조는 형제지간이군요?"

"꽤 빠른데."

그녀가 윙크를 하며 말했다.

"그렇다면 그 아기… 세상에, 미시의 아이는 월리의 조카로군요. 월리도 그 사실을 압니까?"

키스 주니어가 사건 직후부터 그의 집에 머물고 있는 것을 알고 있는 그였다.

"그자가 뭘 아는지 난 모르지."

카페에서 덩치 좋은 흑인 여자가 빨간색 이쑤시개로 이를 쑤시며 나왔다. 그녀는 출입문 옆에 펼쳐진 웬디의 물건들을 흘끗 보더니 자세히 살펴볼 요량으로 몸을 숙였다가 이내 뒤뚱거리며 자신의 자주색 혼다 시빅으로 돌아갔다. 그녀가 운전석에 올라타자 차체가 왼쪽으로 기울었다. 웬디는 말했다.

"차에 빅 사이즈 거들도 있는데 안타깝군. 그걸 봤으면 분명 샀을 텐데."

혼다가 후진을 한 뒤 주차장을 빠져나갔고, 대런은 흥미로운 시선으로 그 광경을 쳐다보았다. 마침 셸비카운티 순찰차가 파란색과 하얀색의 경광등을 켜고 고속도로에서 내려오고 있었다. 사이렌은 켜지 않았지만, 소리와 속도 간의 불일치로 인해 대런은 자신을 둘러싼 세계가 슬로모션으로 움직이는 것 같은 착각이 들었다. 첫 번째 순찰차 뒤로 두 번째 순찰차가 따르고 있었고, 두 대의 차는 제네바의 주차장 끄트머리에 멈춰 섰다. 밴혼이 앞선 차에서 내리자 웬디는 나지막이 휘파람을 불었다. 대런은 가슴속에서 무언가가 가라앉는 듯한 느낌이 들었다. 희망의 돌이 우물 속에 잠기는 가운데, 중력이 피할 수 없는 게임을 하는 것만 같았다. 일은 항상 이렇게 전개된다, 그렇지 않은가? 제네바의 카페에 있는 누군가가 미시의 살인 용의자로 지목된 거겠지? 그는 밴혼이 문에 미처 도달하기도 전에 손을 내밀어 그를 가로막았다.

"무슨 일입니까?"

그가 두 번째 순찰차에서 내리는 두 명의 보안관보들을 쳐다보며 물었다. 무엇 때문에 이 정도의 지원 인력이 필요한 것일까? 밴혼은 대런에게 물러서라고, 그와는 상관없는 일이라고 말한 뒤 제네바의 카페로 들어갔다. 그 뒤를 두 명의 보안관보들이 따랐다. 대런도 곧장 안으로 들어갔고, 안에서는 보안관의 무장한 수하들이 주크박스 근처 벽에 기대어 대기 중이었다. 카운터 뒤에서 제네바가 고개를 들어 대런과 카운티 사람들을 동시에 발견하고는 혼란스러운 표정을 지었다. 마치 그들이 이곳을 함께 찾은 양, 서로 협력하고 있는 관계인 양.

"제네바, 마찰 없이 쉽게 쉽게 진행합시다, 알았죠?"

밴혼이 말했다.

그는 그녀에게 두 손을 앞에 두고 카운터 앞으로 나오라고 말했다. 그런 뒤 수하 중 한 명에게 고갯짓을 했다. 밴혼보다 더 젊고 뚱뚱한 남자였다. 그는 벨트에서 수갑을 꺼내 들고는 제네바가 앞으로 나오길 인내심 있게 기다렸다. 그녀는 자기 앞에 펼쳐진 광경을, 그녀의 유흥을 위해 만들어진 쇼인 듯, 형편없는 실력의 배우들이 볼품없는 대본으로 연기를 하고 있는 듯 바라보았다.

"파커, 지금 이 망할 짓거리들이 다 뭐예요?"

"제네바, 말씀하지 마십시오. 아무 얘기도요."

대런이 말했다.

"미시 데일 살인 혐의로 체포하겠습니다."

보안관이 말했다.

헉슬리가 자기 자리에서 몸을 휙 돌렸고, 팀은 벌떡 일어섰다.

"미쳤어요? 제네바가 왜 미시를 죽여요?"

팀이 말했다.

"미시가 살아 있는 모습을 마지막으로 본 사람이 스위트 부인이라는 증거가 우리한테 있어."

"그게 무슨, 그럼 내가 그녀를 강간했다는 거예요?"

제네바가 말했다.

보안관보가 수갑을 들고 말했다.

"강간당했다고 보지 않습니다."

"그 정도면 됐어."

밴혼은 보안관보의 말을 가로챈 뒤 즉각 여자에게 수갑을 채우라고 명령했다. 헉슬리와 팀은 보안관보가 제네바에게 다가가는 것을 막으려 했다.

"셋 다 체포할 수도 있어요."

보안관이 말했다. 그러자 헉슬리와 팀이 뒤로 물러섰다. 결국 보안관보는 카운터 뒤로 들어가―대런이 보기에는 다소 부드럽게―제네바의 가느다란 손목에 철제 수갑을 채웠다. 그때 주방 문이 열리더니 페이스가 뛰어나와 비명을 질렀다.

"우리 할머니한테 뭐 하는 거예요?"

대런은 페이스를, 헉슬리와 팀을, 그리고 마침내 제네바를 쳐다보았다. 그의 옆을 지나는 그녀의 손목은 등 뒤로 묶여 있었다. 보안관보는 그녀의 어깨를 굳게 잡아 쥐었다. 대런은 그들을 따라 밖으로 나가 경찰이 제네바를 차에 태우면서 차 문틀에 머리가 부딪치지 않도록 그녀의 머리를 아래로 누르는 모습을 지켜보았다. 그녀는 잠시 멈추어 카페 쪽으로 흘끗 시선을 던졌다. 그녀의 평생이 맴도는 이곳.

"헉슬리."

그녀가 말했다.

헉슬리와 팀, 그리고 또 다른 손님 몇 명이 함께 밖으로 나와 그 모습을 지켜보았다.

"가게 문 닫고 팀슨에 있는 변호사에게 연락해. 조가 죽었을 때 일 봐줬던 그 변호사."

그러더니 그녀는 대런을 쳐다보았다. 그녀의 아랫입술이 떨리고 있었다. 무쇠 같았던 그녀의 얼굴에서 처음으로 목격한 균열이었다. 대런은 처음으로 그녀의 두려움을 보았다.

"말씀하지 마세요, 무슨 일이 있어도."

그는 사법 연수 때를 떠올리며 말했다. 그런 뒤 지킬 수 있을지 알 수 없는 약속을 했다.

"꼭 빼내드리겠습니다."

그녀는 쇠살대가 쳐진 뒷좌석에 오르며 고개를 끄덕였다.

4부

17

　미시 데일의 부검 결과서는 밴혼 보안관이 제네바의 체포를 감행할 수 있었던 결정적인 증거였다. 아, 그는 자신이 발견한 사실을 대런과 공유하게 된 지금 무척 행복해하고 있었다. 할 수만 있다면 선물 포장이라도 하고 싶었을 것이다. 자신이 상황을 반전시켰다는 데에 우쭐해진 그는 적어도 한 사건을 해결했다는 사실에 자랑스러워했다. 60대 후반의 여자를 그런 식으로 체포하는 것이 대런에게는 전혀 말이 안 되는 일처럼 보였지만 말이다.
　보안관 사무실은 나무 패널로 지은 건물로, 얼음장처럼 추웠다. 아니, 적어도 밴혼이 머무는 공간은 그러했다. 바닥에 깔린 카펫은 눌리고 때가 탔으며 부츠 굽으로 인해 여기저기 해져 있었다. 벽면에는 주니어 풋볼 리그 포스터─셸비카운티 보안관실에서 후원하는 팀 아이들의 어렸을 적부터 10대가 됐을 때까지의 사진들, 텍사스주에서 자라는 야생화 사진이 실린 달력이 붙어 있었는데, 10월 달력의 사진은 빨간색과 노란색의 인디언 국화였다. 대런은 달력

아래 테이블에 앉았다. 테이블에는 스티로폼 컵과 각설탕, 그리고 커피머신 옆으로 비서가 놓아둔 컵받침이 있었다. 대런은 그것들을 옆으로 민 뒤 그의 앞에서 파일을 열었다.

사진들은 마이클 라이트의 것보다 덜 끔찍했다. 적어도 피는 덜했다. 미시의 얼굴은 살아 있는 듯 보였다. 여드름 흉터가 있는 둥근 턱, 하지만 그런대로 예쁘장한 얼굴, 텍사스의 작은 마을에서라면 아름답다고 할 법한 외모였다. 금발만으로도 단연 돋보였다. 미시는 염색의 흔적 없이 금빛의 풍성한 머리카락을 가지고 있었다. 목 위로는 그 어떤 상처도 보이지 않았다. 감은 두 눈은 잠을 자며 꿈을 꾸는 것 같았다. 그 끝자락에서 막 악몽으로 변하기 시작한 꿈 말이다. 그녀의 턱선 아래부터 진짜 이야기가 시작되고 있었다. 자신을 공격한 대상과 치열한 싸움을 벌였는지, 그녀의 목 양쪽, 위아래로 손톱에 긁힌 자국이 있었다. 대런은 그녀의 목을 조른 손가락의 자국도 분명하게 볼 수 있었다. 와인빛의 붉은색과 깊은 새벽빛의 푸른색 멍, 그리고 그 주위로 혈관 파열의 흔적들이 점점이 흩뿌려져 있었다. 부검의에 따르면, 미시가 아토약바이우의 산성 짙은 물에 잠겨 있었던 시간은 마이클 라이트보다 짧았다. 그녀의 폐에는 강물의 흔적이 없었다. 그 말은 곧 그녀가 강에 빠졌을 때는 이미 사망한 뒤였다는 얘기다. 사인은 교살로 인한 질식이었다. 그녀의 설골은 두 동강이 났고, 사망 유형은 살인으로 기록되었다.

강은 하나의 장치였다. 대런은 이제야 알 것 같았다. 강은 미시 데일의 살인과 마이클 라이트의 살인을 연결하는 무대였던 셈이다. 혹시나 있을지도 모르는 인과 관계를 주장할 수 있는 장소 말이다. 그건 매우 영민한 계략이었다. 밴혼 역시 마지막 페이지를 열기 바로 직전까지 그 가정하에서 수사를 벌이지 않았던가—하나의 사건이 또 다른 사건과 관련이 있다는? 하지만 그 과정에 제네바가 무슨 관련이 있다는 것인가. 대런은 짐작조차 되지 않았다. 하지만 문서의 제일 아래쪽에 깊이 묻혀 있던, 0퍼센트로 표기된 그녀의 혈중알코올 농도 수치 아래에 자리한 미시의 위장 내용물 목록은 그녀가 인생의 마지막 시간을 무엇을 하며 보냈는지에 대한 비밀을 말해주고 있었다.

"밴혼이 아주 배짱이네요."

대런이 마침내 제네바를 만나러 갔을 때 그녀가 말했다. 보안관 측에서는 이미 그녀를 카운티 법원 구치소에 수감시켰고, 그 과정에서 그녀의 앞치마와 결혼반지도 압수했다. 그녀는 밀가루나 기름이 묻는 것을 방지하기 위해 얇은 금시계를 앞치마 주머니에 넣어두곤 했는데, 그것마저 빼앗겼다. 그녀의 변호사는 뚱뚱한 백인 친구로, 하얗게 센 머리카락은 거의 천장에 닿을 듯했다. 비권위적인 줄무늬 양복을 입은 그는 영락없는 피고 측 변호사의 외양을 하고 있었다. 오스틴 인근에서 대런의 삼촌 클레이턴 역시 요상한 양말을 수집하기로 유명했다. 그는 격자와 도트, 그리고 줄무늬 양말들을 의기양양하게 정장에 섞어 신곤 했다. 스위트 부인의 변호사인 프레더릭 호지는 정장 재킷 안에 자개단추가 달린 웨스턴 스타일의 셔츠를 입고, 발에는 사각 코의 구두를 신고 있었는데, 전문직의 옷차림이라고 보기에는 다소 무리가 있었다. 그는 자신의 의뢰인이 보안관 측에 추가적인 진술을 하지 않을 수 있도록 최선을 다했지만, 밴혼은 제네바의 일과 관련해 대런에게 할 수 있으면 뭐든지 마음껏 해보라는 식이었다. 면회실에는 감시 장비도 다양하게 설치되어 있으니 말이다.

"말씀해보십시오."

그가 말했다.

면회실은 좁았고, 공기 역시 탁해서 희미하게나마 흰곰팡이 냄새가 났다. 천장에는 먹구름이 뜬 듯 갈색의 누수 흔적이 남아 있었다.

"그 사람, 아주 배짱이라고요."

제네바가 두 손을 비틀며 같은 말을 반복했다.

"배짱요? 그럴 만한 이유가 있는 건 아니고요?"

대런의 어깨 너머를 흘끗 쳐다보는 제네바의 두 눈이 가늘어졌다. 두 명의 보안관보들이 회반죽 벽면에 부착된, 한쪽에서만 비치는 유리창을 통해 그들을 지켜보고 있었다. 대런은 조심스럽게 접근하려 했지만, 자신이 잘 알지 못하는 여자에 대한 믿음의 경계에 간신히 발끝을 걸치고 있는 기분이었다. 사실 그녀는 고향 같았다. 그가 자랐던 커밀라 같은 여자. 그의 인생에 존재하지 않았던 전형적인 어머니상. 그는 그것 때문에 자신의 판단력이 흐려졌던 것은 아닌지, 그녀의 평범한 모성을 평화로운 마음으로 착각했던 것은 아닌지 걱정스러웠다.

"상황이 좋지 않아요, 제네바."

"변호사 말로는 날 오래 붙잡아두지 못할 거래요. 정황적 증거들뿐이라고. 사건이 발생한 지 사흘이나 지났는데도 누구의 소행인지, 무슨 일이 있었던 건지 제대로 알아내지 못한 보안관 측에서 당황한 나머지…"

"변호사는 아직 부검 결과서를 보지 못했어요."

그녀의 바로 맞은편에 앉은 대런은 미시 데일의 위장에서 나온, 소화가 덜 된 음식물의 목록을 적으며 그녀의 얼굴을 똑바로 마주했다. 소고기와 소고기 지방, 후자의 것은 분명 소꼬리라고 확신할 수 있을 만큼 충분한 양이 검출되었다. 검은색 완두콩, 익히지 않은 초록색 토마토와 식초, 튀김 반죽과 슈가파우더, 복숭아 통조림과 사탕수수 시럽. 페이스트리에 들어가는 재료들, 그건 그가 제네바 카페에서 먹었던, 미시의 시체가 카페에서 불과 90미터도 떨어지지 않은 지점에서 발견되었던 바로 그날 먹었던 식사의 재료들과 정확히 일치했다.

"어쨌든 정황적 증거들일 뿐이잖아요."

그녀가 맹렬하게 말했다.

그녀는 두 건의 살인 사건을 겪으며 형사상의 책임에 대해 남들보다 해박하다고 믿는 모양이었다. 그녀는 순찰차에 오를 때보다 한결 차분했다. 그녀의 눈가에 겹겹이 쌓인 주름과 굳게 다문, 말라 갈라진 입술에는 무언가 새로운 것이 자리하고 있었다. 그것은 순수한 노여움이었다. 그것이 대런을 화나게 했다. 그녀가 현재 자신의 위치를 착각하고 있는 딱 그 만큼.

"저한테 거짓말하셨죠?"

그가 말했다.

"아니, 그저 당신이 상관할 바가 아닌 일에 대해 이야기하지 않았을 뿐이에요."

"미시가 죽은 날 밤에 그녀를 보셨잖아요."

"봤다고 한들 뭐요?"

"아무에게도 얘기하지 않을 생각이셨습니까?"

"비밀이란 망할, 혼자서만 간직해야 하는 법이죠. 당신도 우리 가게 주변을 어슬렁거렸을 때 레인저라는 말은 하지 않았잖아요. 징계 중이란 사실은 더더욱."

그녀는 팔짱을 끼고 날카로운 팔꿈치로 탁자를 눌렀다.

윌리와 제네바가 이야기를 나눈 것이 분명했다. 대런은 도무지 그들의 관계를 이해할 수 없었다. 서로가 서로의 존재를 참아내고 있는 모습이, 심지어 수용하기까지 하는 그들의 모습은 때로 적나라하게 적대적일뿐만 아니라 이상하리만큼 가족적이기도 했다. 그들이 좋아하든 좋아하지 않든, 그들 스스로도 어찌하지 못하는 무언가가 있었다. 한마디로 그들은 하나의 가족 같았다.

"도와드리려는 겁니다."

대런이 말했다.

"그 배지 달고는 어림도 없어요."

"전 밴혼이 아니에요, 제네바."

그녀는 그의 말을 곱씹는 듯했지만, 별로 감동받지 않은 모양이었다.

"손자분에 대해 알게 됐습니다."

그가 마침내 말했다.

"그럼 누가 그녀를 죽였는지도 알겠군요."

"키스요?"

"달리 누구겠어요?"

"여기서는 미시를 마지막으로 본 사람이 부인이라고 말하고 있습니다."

"나한테는 권리가 있어요."

그녀는 주먹으로 탁자를 쾅 내리쳤다. 대런의 생각이 틀렸다. 그녀의 가냘픈 몸에서 뿜어져 나오는 것은 단지 노여움이 아니었다. 그것은 분노였다. 그녀는 니스 칠이 벗겨져 생나무가 군데군데 드러난 탁자에서 몸을 뒤로 물리며 벌떡 일어섰고, 그 바람에 의자가 뒤로 넘어갈 뻔했다.

"나한테도 내 손자를 볼 수 있는 권리가 있다고요. 그 점에 대해서는 늘 미시가 대단하다고 생각했어요. 그녀는 최선을 다해 나한테 아이를 보여주려고 했으니까요. 키스에게 거슬리지 않는 방법으로. 키스가 팀슨에 있는 제재소에서 늦게까지 일하는 날이면 내 트레일러를 찾곤 했어요. 한 달에 몇 번 정도는요."

"무슨 얘기를 하셨습니까? 미시랑?"

그가 물었다.

그의 마음에서 클레이턴 삼촌의 목소리가 울려 퍼졌다. *시간대에서 균열을 찾거라, 아들.* 대런은 로스쿨에서 두 학기를 마친 직후 여름, 쿡카운티의 무료 법률 클리닉에서 일했던 적이 있었는데, 늦은 밤 클레이턴과 통화를 하면서 대런이 맞닥뜨린 어려운 사건에 관해 의논을 하곤 했다. 그때처럼 두 사람 사이가 가까웠던 때가 없었다. 대런이 로스쿨을 다닐 때. 하지만 지금 그에게는 윌리엄보다는 클레이턴의 영향력이 더 필요했다. 부검 결과는 미시의 위장에 남은 내용물의 소화가 "진행 중"이었다고 기록하고 있었다. 음식물의 일부가 그녀의 소장으로 이동 중이었단 뜻이다. 그러니 그녀는 사망하기 네 시간쯤 전에 식사를 했던 것이 분명하다. 따라서 제네바가 미시를 교살하기 전, 두 사람이 트레일러에서 네 시간 동안이나 이야기를 나눈 것이 아니라면, 그사이 미시가 제네바의 트레일러에서 나와 어딘가로 이동했을 가능성이 짙었다.

제네바는 한숨을 내쉬며 말했다.

"그녀는 시간이 별로 없다는 걸 알고 있었어요."

여전히 서 있는 상태였지만 미시와 아기 이야기를 하는 그녀의 무릎이 살짝 내려앉는 듯 보였다.

"아이가 지금은 금발이지만 자세히 보면 진짜 색이 드러나고 있죠. 미시는 그 사실에 한동안 당혹스러워했어요. 그래서 올여름 그 더운 날씨에도 불구하고 아이한테 계속 긴 팔을 입혔죠. 그 바람에 열사병이 났고 몇 번이나 팁슨에 있는 소아과를 찾아야 했어요. 난 그녀한테 그만하라고 했어요. 그러다가 애가 잘못되겠다고요. 팔다리가 나오는 옷을 한 무더기 사다 주기도 했죠. 그리고 100년 가까이 사람들이 으레 그랬던 것처럼, 아이의 피부색은 햇빛에 많이 내놓아서 그런 거라고 둘러대라고 했어요. 키스를 제외하면 다들 대수롭지 않게 생각할 거라고. 키스가 이미 아기에게 자기 이름까지 준 마당에 그녀는 걱정할 필요가 없었어요. 그녀가 아이를 데려올 때마다 그런 이야기를 했죠. 가끔 말다툼을 하기도 했어요. 인정해요. 그래도 미시는 내가 아이와 함께 있을 수 있도록 해줬어요. 내가 아이와 놀아주는 동안 TV를 보곤 했고요."

여기서 제네바의 얼굴이 달아올랐다.

"릴 조에게 했던 것처럼 무릎에 앉혀서 튕겨주기도 했어요. 아기가 그걸 좋아하더라고요. 내가 만든 슈가 쿠키도 좋아하고."

그녀는 한숨을 쉬고는 다시 의자에 풀썩 주저앉았다.

"이제 미시가 죽고 없으니, 그들이 내게 아이를 다시 보여줄지 모르겠네요."

"아이는 지금 윌리의 집에 머물고 있습니다."

"알아요."

제네바에게는 이 사실이 다시는 손자를 보지 못할지도 모른다는 생각만큼이나 괴로워 보였다. 제네바와는 달리 윌리는 언제든지 아이와 함께 있을 수 있다는 생각에 슬퍼하고 있었다.

"날 아이와 영영 분리시켜 이곳에 처박아놓았으니 어쩌면 그 사람은 행복할지도 모르겠군요."

"제가 자세히 알아볼 테니 단서를 좀 주십시오."

대런이 어깨 너머 보안관보들을 향해 고갯짓을 했다. 밴혼의 수하들이 옆방에서 그들을 지켜보고 있었다.

"미시가 트레일러에서 나온 게 몇 시입니까? 떠날 때 어디로 간다든가 하는 얘기 같은 거 전혀 없었어요?"

"어디로 갔는지는 잘 알죠. 내가 그녀를 집까지 태워줬으니까요."

제네바가 말했다. 너무도 덤덤한 음성에 대런은 자신의 귀를 의심했다. 혹은 제네바가 스스로 무슨 말을 하고 있는지 모르는 것이 아닐까 하는 의구심마저 들었다.

"집에요?"

"네, 집에요."

"그럼, 키스가 그곳에 있었고요?"

그는 왜 미시가 살해됐는지에 대한 제네바의 이론이 자신의 초기 의혹과 얼마나 깔끔하게 맞아떨어지는지에 놀랄 수밖에 없었다.

"그 사람 트럭이 있더군요."

"그렇다면 그녀를 마지막으로 본 사람은 그자겠군요?"

"증거는 없어요. 그녀를 정확히 집 앞까지 데려가 초인종을 누르고, 차까지 한 잔 얻어 마시고 온 게 아니니까. 집 안에는 한 번도 들어가 본 적 없어요. 그저 미시와 아이가 집까지 안전하게 갈 수 있도록 하는 게 중요했거든요. 그래서 트렁크에 아이용 카시트를 늘 싣고 다녔죠. 아직도 내 차 뒷좌석에 부착되어 있고요."

"왜 그런 얘기를 진즉 하지 않으셨습니까?"

"키스는 날 보지 못했거든요. 얘기해봤자 그 사람과 감정만 안 좋아졌을 거예요."

"하지만 밴혼이 알았다면, 키스부터 조사했을 겁니다."

"여기에 이 정도 있었으면, 그렇지 않았을 거라는 걸 알 텐데요."

그녀는 무릎에 놓인 자신의 두 손을 내려다보았다. 그녀는 입고 있는 큰 사이즈의 스웨터 밑단에서 보푸라기를 뜯어냈다.

"그리고, 미시는 아이가 키스의 자식이 아니라는 사실을 아무도 모른다고 진실로 믿고 있었어요. 혼자만 알고 싶은 비밀이었던 거죠. 그녀가 죽고 나서 난 그녀의 사생활이 사람들 입에 오르내리는 걸 원치 않았어요."

젊은 여성의 죽음에도 제네바로서는 어기고 싶지 않았던 예의 같은 것이 존재했다. 미시가 더 이상 스스로를 대변할 수 없는 상황에서 그 비밀을 폭로하는 것이 옳지 않다고 생각했던 것이다. 제네바는 미시가 살아 있을 때에도 그 비밀을 지켜주겠노라고 약속했고, 그녀가 제네바에게 베풀었던 친절, 그러니까 그녀로 하여금 손자를 볼 수 있도록 해주었던 그 배려에 보답하기 위해 아무에게도 이런 이야기를 하지 않았다. 그 결과 의도치 않게 키스는 보호받았고, 대신 제네바가 대가를 치르게 되었다. 하지만 대런은 라크에서 자라지 않았고, 이곳 사람들도 알지 못했다. 그깟 망할 예의, 그는 생각했다. 밴혼은 엉뚱한 사람을 잡아들였다. 대런은 이 상황을 그대로 두고 볼 수 없었다.

18

키스 데일이 일하는 제재소는 팀슨의 북쪽, 카시지와 마셜로 향하는 길목에 위치하고 있었다. 59번 고속도로를 따라 자리한 4만 제곱미터의 대지에 자리한 곳이었다. 대런이 전화로 공장 감독관에게 확인한 결과 오늘 키스 데일은 마무리 공정 작업장에서 근무 중이었다. 그곳은 제재소 뒤편에 자리한 곳으로 그곳 팀은 화물 운반대에 잔뜩 쌓여 컨베이어 벨트에 실려 나오는 목재를 관리 및 감독하는 역할을 맡고 있었다. 그렇게 나온 목재는 '팀슨 팀버 홀딩스'라고 적힌 흰색의 비닐 덮개로 포장되었다. 감독관은 매슈스 레인저를 키스가 일하는 곳까지 안내하겠다고 했다—"그 사람 와이프 죽인 놈을 찾았대요?" 하지만 대런은 그럴 필요 없다고 대답했다. 아, 찾고말고요. 그는 은색의 셰비를 6미터 달하는 정문 뒤 주차장에 세우며 생각했다. TTH라는 글자가 그의 차창에 그림자를 드리웠다. 창고 근처에는 컨테이너 사무실들이 한 줄 자리하고 있었고, 거대한 크기의 트럭들은 마감이 끝난 목재들을 자신의 짐칸에 실어줄 지게 차를 기다리고 있었다. 대런은 공장의 양쪽 뜰을 살펴보았다. 공장 안의 열린 공간에는 소나무 목재들이 햇빛 아래 잔뜩 쌓여 있는데, 방금 잘라 부드럽고 달콤한 목재 향이 비의 습기와 뒤섞여 공기 중에 무겁게 떠다니고 있었다. 그는 어디로 가는지에 대한 별다른 언급 없이 보안관 사무실을 나왔다. 그는 그저 키스와 얘기를 해보려는 것뿐이라고, 제네바의 체포로 인해 무산될 것 같은 그와의 면담을 추진해보려는 것뿐이라고 스스로에게 되뇌었다.

창고는 축구 경기장의 3분의 1 정도 크기였고, 양옆이 열려 있었다. 대런은 정차 중인 지게차 옆을 지났다. 지게차 운전자는 또 다른 작업자로부터 신호를 기다리고 있었다. 그는 대런을 쳐다보았다. 그의 가슴에 달린 배지는 물론이거니와 멀끔한 셔츠와 바지까지. 대런은 형광노란색의 안전 조끼를 입고 단단한 작업모를 쓴 열댓 명의 남자들 사이를 지나갔다. 그들의 작업화는 흙과 진흙으로 얼룩덜룩했다. 대런은 공장의 반대편에서 키스를 발견했다. 그는 팀슨 팀버 홀딩스의 비닐 덮개 포장을 5×10센티미터 소나무 각목이 쌓인 1.2미터 넓이의 화물 운반대에 씌우고 있었다. *둔기에 의한 외상. 두개골 골절. 피부에 박힌 나무 섬유.* 마이클 라이트를 죽인 인물이라는 확신이 드는 남자, 그를 마구 폭행한 뒤 얕고 축축한 강물의 무덤에 던져버린 이 남자 앞에 서자 대런은 소름이 돋았다. 이보다 더 확실할 수 없었다. 그는 이 순간이야말로 윌슨이 말한 원칙에서 벗어나야 할 때라고 생각했다.

"키스 데일!"

그가 외쳤다.

여러 명의 남자가 고개를 돌렸다. 사실 키스는 그들 중에서도 가장 늦게 흑인 레인저의 존재를 알아차린 이였다. 대런을 발견한 그의 얼굴에 느긋한 미소가 번졌다. 노란색의 안전모 아래 그의 피부는 누랬고 심지어 어딘가 아파 보이기까지 했다. 그의 미소는 순수한 위협으로 느껴졌다. 그의 동료들은 창고에 등장한 대런을 약간의 경외감과 당혹감이 뒤섞인 시선으로 바라보았다. 왜냐하면 언뜻 보기에 그 모든 것들은 조화롭지 못했기 때문이다—흑인 레인저? 이런 곳에?—하지만 키스 데일만큼은 어이가 없다는 듯 실소를 흘리고 있었다.

"미시를 죽인 범인으로 그 노부인이 잡혀간 거 이미 알고 있는데요."

그의 근처에 있던 남자 둘이 서로를 바라보았다. 그리고 그중 한 명이 위로의 뜻으로 키스의 등을 토닥이려 했지만, 키스가 그의 손길을 물리쳤다.

"나한테 덮어씌우려는 수작인 거 알아요."

"같이 잠깐 밖으로 나갈까요."

대런이 말했다. 관중이 많아질수록, 그중에서도 백인 관중이 많아질수록 키스는 난처해질 것이 뻔했다. 저쪽 구석에 유일한 흑인 남자는 이 난리에도 불구하고 계속해서 일만 하기로 결심한 모양이었다.

"아뇨."

키스가 말했다. 그는 포장하고 있던 운반대에서 물러선 뒤 오른쪽 장갑을 벗었다. 그리고 왼쪽 장갑도 마저 벗었다. 그는 기름때가 줄줄이 묻은, 낡은 청바지 뒷주머니에 장갑들을 쑤셔 넣었다. 물리적 재주를 부릴 준비라도 하는 듯 위협이 서린 제스처였다. 대런은 물러날 뜻이 없다는 의지를 보이기 위해 앞으로 다가섰다.

"몇 가지 물어볼 게 있습니다, 키스."

"당신이 묻는 말에 대답할 필요 없죠."

"안됐지만, 그렇지 않을 텐데요."

키스는 자신의 몇몇 동료들을 쳐다보았고, 입가의 미소는 더욱 크게 번졌다. 대런은 그의 날카롭고 하얀 이빨, 담배 얼룩으로 물든 잇몸을 보았다. 지금의 상황을 즐기고 있는 키스는 구석의 흑인 남자에게까지 다 들리도록 큰 소리로 말했다.

"그 깜둥이 엉덩이 추켜들고 당장 내 일터에서 꺼져."

대런은 그 말을 삼켜 내렸다. 한 번의 '깜둥이' 정도는 참아줄 수 있었다.

그가 계속해서 우위를 점할 수 있다면, 한 번의 '깜둥이' 정도는 괜찮았다.

그는 단호하게 말했다.

"그런 일은 일어나지 않을 겁니다. 센터에 있는 보안관 사무소까지 함께 가죠. 적당히 면담 한번 할 때가 됐습니다."

"그쪽이랑은 아무 데도 안 가."

"당신 동료들 앞에서 꼴사나워지지 않으려면 순순히 따라오는 게 좋을 겁니다. 그러지 않는다면 나도 거칠게 나올 수밖에 없어요."

대런이 말했다.

"맘대로 해 봐."

거친 방법이란 수갑을 의미했다. 그의 벨트에 잘 부착되어 있는 한 쌍의 수갑 말이다. 물론 다른 방법도 있었다. 키스가 동료들 앞에서 쇼를 보여주고 싶다면, 대런 역시 기꺼이 쇼를 선사하리라.

"당신 아들에 대해 알고 있습니다."

그가 말했다.

키스의 온몸이 굳었다. 그의 눈동자가 왼쪽을 향했다가 다시 오른쪽을 향했다. 그의 주위에 있는 사람들 중 대런의 말뜻을 알아차린 사람은 없는지 살피는 듯했다. 그들 얼굴에 소문을 알고 있는 기색이 내비치진 않는지, 과연 그 소문이 이곳까지 도달했는지를 가늠하고 있었다.

"키스 주니어는 당신 아들이 아니죠, 안 그렇습니까?"

"닥쳐."

"가죠, 키스. 사무소까지 가면서 이야기합시다."

그는 키스에게 출구를 열어주었지만, 그는 여전히 움직이길 거부하고 있었다. 그는 되레 대런에게 더 가까이 다가섰고, 그의 동료들 중 한 명이 그의 이름을 속삭이며 어리석은 짓을 하지 말라는 양 그의 팔을 붙들었지만, 키스는 그에게 꺼지라고 말할 뿐이었다. 붉은 수염에 소녀스럽게도 팔뚝에 가시 돋친 장미 문신을 새긴 서른 초반의 남자는 키스에게 개자식이라고 말하며 자리를 떴다.

"어떻게 된 겁니까? 당신이 마이클 라이트에게 저지른 짓을 미시가 발설할까 봐 두려웠습니까?"

대런이 말했다.

"내 평생 그 남자는 본 적 없어."

"그렇지 않을 텐데요, 키스. 그와 당신 아내가 농로로 가는 걸 봤잖아요. 당신 아내가 흑인과 함께 차를 타고 가는 걸 봤고, 그 남자가 누구인지는 중요하지 않았겠죠. 그저 당신을 속인 누군가에 대한 앙갚음을 하고 싶었을 겁니다."

"아니, 잠깐, 난 그 일과 아무 관련 없어."

라이트 살인 사건에 대한 언급, 최근 셸비카운티에서 그 사건으로 체포당한 사람은 아무도 없다는 사실이—창고에 있던 몇몇의 남자들이 조금씩 그에게서 멀어지기 시작했다는 사실과 결합해—키스 안의 무언가를 흔들어놓은 모양이었다. 창고 안은 컨베이어 벨트가 45초마다 한 번씩 목재가 실린 화물 운반대를 토해내면서 나는 철커덩 소리를 제외하고는 고요했다. 모두의 움직임이 멈춘 탓에 벨트의 끄트머리에 운반대가 쌓이고 있었다. 아무도 일하지 않고 있었다. 흑인 남자조차 결국 이 광경에 넋을 놓고 말았다. 키스가 근처에 있는 5×10 규격의 각목을 집어 들자 대런은 수갑으로 손을 뻗었다. 그가 각목을 휘두르는 순간 누군가 소리를 질렀다.

"키스!"

대런은 몸을 숙였지만, 각목이 그의 어깨를 강타했.

통증이 무릎까지 번졌다. 키스는 다시 각목을 들었지만, 그가 한 번 더 휘두르기 전에 대런이 총을 들어 키스의 어깨 너머를 쏘았고, 머리 위 전등이 산산조각이 났다. 창고 천장에서 유리 조각들이 비처럼 쏟아져 내렸다. 키스는 움찔하더니 결국 각목을 버렸다. 그는 창고 안을 두리번거렸다. 사람들에 둘러싸인 자신의 위치를 가늠해 보려는 듯. 대부분은 그의 시선을 피했고, 자신의 행동 때문이 아닌, 숨겨왔던 비밀이 창고에 흘러넘치게 된 것에 창피해진 키스는 결국 고개를 숙였다.

대런은 수갑을 꺼내 남자의 손목에 채웠다.

"공무집행방해죄로 체포하겠습니다."

"앉아요."

그는 여전히 수갑을 차고 있는 키스에게 협소한 심문실 문 맞은편에 놓인 의자를 가리켰다. 네 개의 회반죽 벽면의 공간의 중앙에 둥근 탁자가 놓여 있었는데, 카드 게임을 하기에도 좁았다. 천장은 낮았고 대런보다 3센티미터가량 더 키가 큰 듯 보이는 키스는 수갑만 없었다면 천장에 손이 닿았을 것이다. 밴혼이 그들 뒤로 따라 들어왔다. 그의 손은 벌써 벨트에 매달린 수갑 열쇠에 가 닿아 있었다.

"대체 무슨 짓인가?"

그가 으르렁거렸다.

키스는 묶인 손목을 밴혼에게 내밀었다. 이 상황을 중단시킬 수 있는 보안관의 능력을 신뢰하는 듯, 대런이 이곳 카운티에서 보안관의 승낙 없이 그를 체포한 것에 대한 밴혼의 분노를 확신하는 듯한 태도였다. 대런이 보안관 사무소에 들어선 뒤 한마디 설명 없이 키스를 데리고 복도를 가로질렀을 때부터 이 늙은 보안관은 대런의 뒤를 바짝 쫓아오고 있었다. 밴혼은 거의 폭발하기 일보 직전이었다. 이제 그는 키스의 손목을 잡고 대런의 레인저 수갑에 자신의 열쇠를 꽂아 넣고 있었다.

"이 사람은 체포됐습니다."

대런이 말했다.

"누구 권한으로?"

"제 권한으로요."

"이 깜둥이 자식이 내가 일하는 곳까지 찾아왔어요."

키스가 말했다. 그의 축축한 머리는 안전모 모양대로 눌려 있었다. 안전모는 대런이 그를 트럭에 태울 때 이미 달아난 뒤였다.

"자기가 상관할 바도 아닌 일에 혀를 놀리면서, 내 사생활을 들먹

거리잖아요. 그보다 더한 얘기도 들추려고 했다고요."

밴혼의 얼굴이 붉게 달아올랐다.

"그래서 무슨 짓을 한 건가, 키스?"

"제 머리에 5×10 규격의 각목을 휘둘렀습니다. 마이클 라이트를 공격했던 무기와 비슷해 보이더군요. 그 수갑 풀기만 해보십시오, 보안관 님. 그럼 주 당국 수사를 방해한 혐의로 당신까지 체포할 겁니다."

밴혼은 미약하게나마 항변의 뜻을 담아 황소 같은 한숨을 내쉬었다. 그리고 마지못해 수그러졌다.

몹시 화가 난 듯, 혹은 자신을 한 번 휩쓸고 지나간 아드레날린의 파도에 완전히 나가떨어져 버린 듯 그는 또 다른 의자를 움켜쥐고 테이블에서 몇 미터 떨어진 곳에 앉았다. 그리고 대런이 주도하는 이 위대한 쇼를 지켜볼 준비를 했다. 그는 바지 주머니에서 손수건을 꺼내 이마를 닦았다.

"난 그 흑인 죽이지 않았어요. 누가 뭐라고 하든 그건 전부 사실이 아니라고요."

키스가 밴혼을 바라보며 말했다.

"하, 텍사스 레인저에게 덤벼봤자 자네 변호에 이로울 게 없어."

대런은 밴혼에게 여기서 빠지라고 말했다.

"제가 하죠."

그는 다시 키스에게 손짓했다.

"앉아요."

"자네가 일을 더 복잡하게 만들었어."

보안관은 키스에게인지 대런에게인지 모를 말을 중얼거렸다. 그가 누구를 밀고 있는 것인지 가늠하기 어려웠다.

"이 사람 질문에 대답하고, 빨리 끝내자고."

"간단해요, 키스. 미시가 제네바의 카페에서 나온 이후부터 다음 날 아침 사망 상태로 발견되기 전까지의 행방을 아는 이가 아무도 없습니다. 그런데 왜 당신은 아무에게도 연락하지 않았습니까? 아내가 어린아이와 당신만 집에 둔 채 거의 12시간 가까이 행방불명 상태였는데, 당신은 다음 날 아침 평소처럼 출근을 했어요. 전날 밤 아내가 집에 돌아오지 않았는데도."

대런이 말했다.

밴혼은 늘어지는 척추의 줄을 누군가 잡아당긴 것처럼 허리를 곧 추세웠다.

"아니, 잠깐. 자네가 그 시카고 친구와 관련해 이 사람에게 질문을 하는 것에는 동의해. 하지만 다른 방향에서 이미 용의자를 체포하지 않았나. 제네바 스위트가 그 모든 사건의 주범이라고. 우리가 뻘 짓한 게 아니야."

그가 말했다. 하지만 대런은 기세를 누그러뜨리지 않았다.

"하루이틀이었어야지."

키스가 말했다.

그는 키스의 무표정한 얼굴을 살폈다. 남자의 피부는 상기되었지만, 표정만큼은 잠잠했다. 키스는 아군으로 추정되는 밴혼을 쳐다보았다.

"그 정도면 됐어, 레인저. 여긴 내 사무소야."

밴혼이 말했다.

"제네바 스위트는 미시가 죽은 그 밤에 그녀를 분명 당신의 집까지 데려다줬다고 맹세했습니다. 그런데 진입로에 당신 트럭이 있었다고 하더군요. 그 말은 곧 당신 아내가 살아 있는 모습을 마지막으로 본 사람이 당신이라는 거죠."

"트럭만 갖고 뭘 알 수 있지?"

"그만 얘기해, 키스."

밴혼이 말했다. 대런은 경찰이 심문 중에 그런 말을 하는 건 처음 들어보았다. 솔직히 그건 대런에게 충격 그 자체였다. 보안관이 계속해서 이 젊은이를 방어하고 있는 것 말이다.

"그녀가 당신을 봤습니다."

대런이 말했다.

"거짓말이야."

거짓말이었다.

키스의 실언을 유도해보려는 의도였다.

"제네바 말로는 당신도 그녀를 봤다던데."

"자네는 마이클 라이트를 죽인 범인을 잡기 위해 이곳에 온 거 아닌가?"

밴혼이 말했다. 그는 테이블에서 키스의 방향으로 손을 올리고 있었다. 대런은 그 신호의 정확한 의미를 파악할 수 없었지만, 그 제스처에서 그 어떤 음모 같은 것을 직감할 수 있었다. 밴혼은 이 보안관 사무소에서의 자신의 절대적인 권한을 재확인하려 하고 있었다.

"네, 마이클 라이트 사건의 범인을 찾고 있죠. 하지만 제네바가 누명을 쓰는 일은 막을 겁니다."

대런이 말했다.

"역시 흑인들 레퍼토리일 줄 알았어. 저자들이 서로 얼마나 각별

한지 알겠죠?"

키스가 말했다.

"제네바는 미시를 좋아했어요, 키스. 당신 아들도 사랑했고. 그런 사람이 아이 엄마의 목숨을 제 손으로 앗아갈 리 없죠."

대런이 말했다.

그는 키스의 몸에서 새어 나온 땀, 그의 데님 작업복 셔츠의 헤진 부분으로 동그랗게 스며 나온 그 땀으로 인해 끈끈해진 공기 중에 그 마지막 퍼즐 조각을 던져놓았다. 아들의 이야기에 그의 턱이 굳게 다물렸다. 대런은 키스의 이마에 마치 불어난 강물처럼 흐르는 정맥을 뚜렷이 볼 수 있었다. 그는 대런의 타격이 얼마나 미미한지 보여주려는 듯 여유 있게 미소를 지어 보였다.

"이봐, 미시와 조 주니어의 관계에 대해서는 우리도 파악하고 있어. 미시와 제네바의 아들과의 관계, 그 사이에서 태어난 아이, 그 모든 것이 스윗트 부인이 이번 범죄를 저지르게 된 동기가 된 거지. 자기 아들의 죽음에 원한을 품고 있었던 거라고."

밴혼이 말했다.

그는 낡은 나무 조각 하나에서도 그럴싸한 이야기를 줄줄 뽑아낼 수 있는 실력 좋은 검사처럼 자신의 주장을 펼쳤다. 대런은 재빨리 그에게 상기시켰다.

"릴 조를 쏜 건 미시가 아닙니다."

"아니지, 하지만 그녀가 몸을 그렇게 제멋대로 놀리지만 않았다면, 그 사람, 아직 살아 있었을 거야."

키스가 말했다.

미소는 온데간데없이, 그의 얼굴에는 녹슨 철창에 처참하게 갇힌 황소와도 같은 분노가 대신하고 있었다. 그의 몸에서 솟구치는 열기는 방 안의 온도를 몇 도가량 상승시키고 있었다. 밴혼의 얼굴도 상기되었다.

"마이클 라이트에 대해서도 똑같이 말하겠습니까? 미시가 그와 놀아나지 않았다면, 그는 아직…."

대런이 말했다.

"난 죽이지 않았어."

"하지만 폭행했죠."

열린 대지를 가로지르는 일타였다. 대런은 그 공이 어디에 도달할지 지켜보기로 했다.

키스는 오랫동안 아무 말이 없었다. 들리는 것이라고는 머리 위에서 형광등이 지직거리는 소리와 중년이 된 자신의 복부 살집에 눌려 힘겹게 오르락내리락하는 밴혼의 숨소리뿐이었다. 숨소리만 들었을 때 그는 거의 혼절 직전이었다. 대런은 키스에게 단도직입적으로 물었다.

"수요일 밤에 그 농로에서 아내와 마이클을 만났습니까?"

키스는 대런이 댈러스까지 가는 가장 빠른 길을 묻기라도 한 듯 아무런 미동도 없었다.

"그러면 뭐가 달라지나?"

"키스."

밴혼이 경고 혹은 간청의 의미로 그의 이름을 부드럽게 불렀다.

"당신은 그 흑인 남자가 아내와 함께 있는 것을 봤고, 그래서 그를 폭행했죠."

"난 죽이지 않았다고."

"폭행은 했고 말입니다."

"그렇게 말하지 않았어."

"자네는 무엇 하나 제대로 부정하는 게 없군."

밴혼이 말했다. 그건 힌트였다. 불같은 성미 탓에 언제고 구렁텅이에 빠져버릴 수 있는 젊은 청년을 위해 던진 보이지 않는 구명줄이었다. 키스가 갑자기 테이블을 밀며 벌떡 일어섰다. 너무 급작스럽게 일어선 탓에 그의 두 다리가 리놀륨 바닥에서 거의 뜨다시피 했다. 다리가 다시 세차게 바닥을 치면서 키스의 이빨이 돌을 씹는 것처럼 딱 소리를 내며 맞물렸다. 그는 대런을 지나 심문실 안에 있는 또 다른 백인 남자를 쳐다보았다.

"보안관님이라면 어쩔 건데요?"

그는 팔짱을 꼈다. 밧줄 같은 근육들이 긴장으로 팽팽해졌다. 대런은 그의 문신들을 살펴보았다. SS 혹은 아리안 브러더후드의 이니셜이 뒤섞인 텍사스주의 문양, 햇볕에 그을린 곳과 몇 개의 점을 제외하고 키스의 피부는 부드러웠다. 대런은 그 점이 새삼 놀라웠다.

자신이 인도하는 대로 순순히 응하지 않는 키스에게 짜증이 난 밴혼은 이제 그를 바다 한가운데에 내버려두기로 한 모양이었다.

"글쎄, 모르겠군."

심문실 내의 힘이 이동하고 있었다.

대런이 미처 느끼기도 전에 키스가 먼저 그 사실을 눈치채고 말았다.

"보안관님, 제가 이 일과 아무 관련이 없다는 걸 아시잖아요."

"이 사건이 법정에 가게 되면, 검사 측에서 자넬 소환할 거야. 그리고 자네 아내가 실종된 날 밤에 어디에 있었는지, 왜 나나 미시의 부모님에게 연락해보지 않았는지 묻겠지. 그럼 자넨 뭐라고 대답할 건가?"

밴혼이 그에게 물었다.

"이 망할 새끼가 나를 모함하는 걸 그대로 두고 보실 거예요?"

"사실, 지금 두 건의 살인 사건을 조사 중인 상황에서 자네는 그 두 건 모두와 너무 가까워."

밴혼이 말했다.

"수치스러웠을 겁니다. 당신 혈육이 아닌 아이를 아들이라고 해야 했을 테니. 아이는 자랄수록 당신이 아닌 그쪽을 닮아가겠지요."

대런이 말했다.

"개소리하지 마. 키스 주니어는 내 아들이야. 난 그 아이를 사랑해."

"선술집 사람들의 생각은 다를 텐데요. 흑인 혼혈아를 키우면서 스스로 ABT라고 할 수 있겠습니까? 미시가 당신에게서 그것마저 빼앗아간 셈이라고 해야 할까요?"

브러더후드를 언급한 건 처음이었고, 밴혼은 의자 밑에서 불개미 떼라도 발견한 듯 펄쩍 뛰었다.

"잠깐, 우리 이미 얘기를 하지 않았나. 이건 이곳 셸비카운티에서 일어난 사건이야. ABT와 관련해서 우린 뒷문을 노리는 연방수사국은 물론이거니와, 주 당국 수사에도 문을 열지 않았다고."

그는 아까보다 더 굳은 얼굴로 키스를 쳐다보았다. 그 모습은 마치 일직선으로 달리지 않는 러닝 백*을 질책하는 코치 같았다.

"그 점에 대해서는 어떤 답도 할 필요 없네, 키스."

---

* Running Back: 미식축구에서, 라인 후방부터 공을 받아서 달리는 공격 팀의 선수.

하지만 키스는 그의 말을 듣지 않았다. 그는 목을 살짝 앞으로 빼고 앞뒤로 흔들고 있었다.

"주니어와는 아무 상관도 없어."

그가 거칠게 말했다.

"뭐가요? 무엇이 주니어와는 아무 상관이 없단 말입니까?"

대런이 말했다.

키스는 그의 말을 무시했다. 그는 이곳에 오래 머물러야 한다는 사실을 깨달은 듯 밴혼에게 담배와 콜라를 청했다. 밴혼은 두 사람만 두고 자리를 뜰 생각이 없었기 때문에 콜라는 어렵도 없었다. 대런은 자신의 주머니에서 담뱃갑을 꺼내 키스에게 권했다. 그리고 테이블에 성냥을 던졌다. 선술집에서 가져온 것이었다. 키스는 메마른 입술 사이에 담배를 끼고 불을 붙였다.

"아이를 윌리스 제퍼슨의 집에 맡긴 것 알고 있습니다."

"그럼 어쩌겠어? 그녀의 친척들은 아이를 맡을 생각이 없고, 내 친척들은 전부 몽고메리에 있는데. 제퍼슨 부인이 잠시 아이를 맡아주겠다고 했어. 미시가 없으면 아이를 키울 수 없다고. 그래서…."

"아이 할머니는요? 제네바는?"

"그건 전부 미시 생각이었지. 난 아이를 그쪽 사람들과 어울리게 하고 싶지 않아."

"그의 가족들과 말입니까?"

"깜둥이들과 말이야."

그가 말했다. 그리고 이내 그 깜둥이들 중 하나가 베푼 담배를 즐기고 있다는 사실을 깨닫고는 웅얼거렸다.

"그쪽한테 다른 감정은 없어."

"무슨 일이 있었던 거야, 키스? 미시가 제네바의 집에서 돌아왔을 때 집에 있었어? 말다툼을 하다가 잘못해서 그렇게 되어버린 것이라면 자네가 그녀를 죽이려는 의도는 없었다는 점을 참작해주지."

그는 대런을 쳐다보았다. 경찰 대 경찰로서 바통을 자신에게 넘기라는 의미가 담긴 시선이었다. *자네에게는 결코 자백하지 않을걸*, 그의 얼굴은 말하고 있었다.

"고등학교 2학년 때 처음 만난 이후로 한 번도 미시에게 손을 댄 적 없었어요. 그런데 그녀는 멈추지 않았어요. 멈추지 않고 계속, 계속했어요."

"뭘 말이야?"

밴혼이 물었다.

"돌아가지 않을 거예요. 절대로 돌아갈 수 없어요."

"어디로 말인가?"

"감방으로요."

그가 말했다. 헌츠빌에 있는 교정 시설을 말하는 듯했다.

"그럼 우리가 어떻게든 도울 수 있도록 얘길 해봐, 키스. 뭐든."

밴혼이 말했다.

"만약 사고였다면, 그러니까 둘 다… 흑인 친구와 그다음에 미시까지, 그렇다면 우리가…."

"그자를 죽이지 않았다고요!"

그는 나무 테이블에 담배를 비벼 껐다. 연기가 그의 머리 주위를 휘감으며 올라갔다. 그는 손가락으로 기름진 머리카락을 쓸어 올렸다.

"그러니까 미시는 그 빌어먹을 입을 닥치고 있었어야 했어요."

대런과 보안관은 그를 경계선까지 끌어 올렸지만, 둘 중 누구도 입을 열지 않았다. 대런은 마법이 깨어질까 선불리 움직일 수 없었다.

키스는 테이블 위로 두 손을 올렸다. 작업용 장갑을 벗은 그의 두 손은 온통 굳은살이 박이고 건조했다. 손등에는 어디선가 긁힌 듯 가느다랗고 붉은 상처들이 많았다. *그녀의 짓인가*, 대런은 생각했다. 미시가 사투를 벌인 흔적일 수도 있다. 키스는 무심코 두 손을 문질렀다.

"그녀를 사랑했어요. 하지만 그녀는 멈추지 않았어요. 멈추지 않고 계속해서 우리 둘 다 감옥에 갈 거라고 했어요. 내가 엉뚱한 깜둥이를 팼다면서. 보안관님 말이 맞아요."

그는 밴혼을 쳐다보며 말했다.

"싸움으로 시작된 것이 걷잡을 수 없어졌어요. 죽일 의도는 전혀 없었어요. 그저 그녀의 입을 다물게 하고 싶었을 뿐이에요."

그러더니 그는 흑인 레인저를 보고 말했다.

"하지만 맹세컨대, 내가 농로를 떠났을 때 그자는 살아 있었어. 멱살 잡고 몇 대 친 게 다야. 나쁜 마음을 먹기도 했었지, 인정해. 트럭에서 각목을 집었어. 하지만 미시가 정신 나간 여자처럼 소리를 질러댔고 그때 내 머릿속에 어떤 목소리가 말하는 것 같았지. 멈추라고. 그래서 멈췄어. 바로 그만뒀다고. 각목을 버리고 미시와 함께 차를 타고 바로 그 자리를 떴단 말이야."

밴혼은 한숨을 내쉬었다. 상태가 좋지 않은 브레이크처럼 쉭쉭 소리가 났다. 그는 어디로 방향을 틀지 알 수 없는 차를 타고 있었다. 밴혼은 키스가 배신이라도 한 것 마냥 그를 노려보았다.

"이해할 수 없군요. 마이클 라이트를 죽이지 않았다면, 왜 잡히는 걸 그토록 두려워했던 겁니까?"

대런이 말했다.

"그 차 때문에."

대런은 머릿속에 반짝 불이 들어오는 것 같았다.

"차라."

그는 말했다. 계속해서 신경이 쓰였던 문제였다. 맞아들지 않는 그 조각. 강도가 아니라면, 그의 차는 대체 어디에 있는 것인가?

"그날 밤 미시는 집에서도 그가 괜찮은지 봐야겠다고 고집을 부렸어. 집에 도착한 뒤에도 계속해서 목소리를 높였고, 입을 닫치게 하기 위해 같이 다시 차를 탔어. 키스 주니어를 데리고 19번 국도로 돌아갔다고."

키스가 연이어 말했다.

"그리고 똑똑히 말하는데, 그자는 사라지고 없었어. 우리가 떠난 지 30분도 지나지 않았는데 남자와 차가 모두 사라지고 없었단 말이야."

19

키스는 농로에서 깜둥이와 그의 아내를 맞닥뜨렸다. 키스가 매달 월세를 내며 살고 있는 집에서 몇 킬로미터 떨어지지 않은 곳이었다. 나중에 미시는 계속해서 말했다. 그는 그저 그녀를 차로 데려다주려 했을 뿐이라고. 키스가 완전히 오해한 거라고. 그들은 그저 얘기만 나눴을 뿐이라고. 하지만 키스는 그런 이유 따위 상관없었다. 그는 붉은 흙길에서 바퀴를 돌려 검은색 차 앞을 가로막았고, 마이클 라이트는 키스의 트럭 범퍼와 부딪히지 않기 위해 브레이크를 세게 밟아야 했다. 깜둥이는 차 앞좌석으로 찌를 듯 쏟아지는 흰색의 전조등 불빛을 가리기 위해 두 눈 위로 손을 들었다. 그는 대체 무슨 일인지 몰라 어리둥절해하고 있었고, 그것이 키스의 분노에 기름을 퍼부었다. 그는 자신이 뭘 잘못했는지도 몰랐고, 이곳 출신도 아니었기 때문에 그런 장난질은 위험하다는 것도 알지 못했다. 키스의 닷지 전조등은 일리노이주 번호판과 짙은 푸른색과 흰색의 후드 장식을 비추었다. 깜둥이는 자신이 히틀러가 좋아했던 차를 몰고 있다는 사실조차 모르고 있는 모양이었다. 휠이 마음에 드나? 키스는 오클라호마 북쪽으로는 한 번도 가본 적이 없었다. 그에게 텍사스 밖의 세상은 여러 인종이 뒤섞인 시궁창이며, 누가 이 나라를 세웠는지에 대한 혼돈으로 가득 차 있었다.

남미 놈들과 깜둥이들은 손을 내밀어 이것저것을 요구하고, 생계를 위해 제대로 된 일도 하지 않으면서도 일자리를 구하러, 자신들의 아내와 딸들을 탐하러 이곳으로 흘러든다고 생각했다. 그리고 이제는 텍사스의 이 작은 마을 라크에서도 그런 일이 벌어지고 있었다. 그에게 또 다시 그런 일이 벌어지고 있는 것이다.

미시가 먼저 넘어질 듯 차에서 내렸다. 그녀는 흰색 티셔츠에 옆면에 꽃무늬가 그려진 치마를 입고 있었는데, 키스는 누군가의 손이 그녀의 허벅지를 더듬었을 거란 상상을 멈출 수 없었다. 그때 문득 옆자리에 앉은 아들의 얼굴을 보게 되었고, 그제야 액셀을 밟아 두 사람을 볼링 핀처럼 들이받아 버리려던 충동을 참을 수 있었다. 그는 전에도 두어 번 이곳에서 그녀와 마주친 적이 있었다. 그중 한 번은 주니어가 태어나기 고작 몇 달 전이었다. 그는 아이가 파랗고 축축한 모습으로 세상을 향해 울부짖기 전부터 그 아이가 자신의 혈육이 아닐 수도 있다는 사실을 알고 있었다. 그 빼빼 마르고 조그만 깜둥이 년이 먼저 자기 남편을 쏘지 않았다면, 키스가 그를 쏘았을 것이다. 대상이 흑인이든 흑인이 아니든, 그는 그녀의 효율적인 문제 해결 방식에 경의를 표할 수밖에 없었다. 처음부터 키스는 아내와 아들을 향한 사랑으로 옴짝달싹할 수 없는 신세였다. 그와 미시는 고등학교 시절부터 연인 사이였다. 그는 그녀를 졸업 파티에 데려갔고, 고등학교 졸업 후 앤젤리나 대학에 진학했지만, 그녀와 함께하기 위해 학교를 그만두었다. 그들은 같은 음악을 좋아했고, 사냥과 낚시를 즐겼다. 그녀는 다정다감하지만 강인한, 전형적인 시골 여자였다. 첫 번째 사슴 사냥 시즌에 그들은 함께 사냥에 나섰다. 그는 그녀와 그녀의 아버지와 함께 오프닝 데이에 참가했고, 나선 지 한 시간도 되지 않아 그녀가 수사슴을 잡았을 때 그녀에게 두 손 두 발을 들고 말았다. 그리고 하느님, 맙소사. 그녀는 예뻤다. 초록색 눈에 금발, 봉긋한 엉덩이와 그의 한 팔에 쏙 들어오는 허리. 그에게 그녀는 두 번째 여자였지만, 한 번의 키스로 모든 것이 끝나버렸다. 그는 최대한 빨리 그녀와 결혼했고, 함께 살 작은 집을 빌렸다. 그들은 아이를 갖길 원했다. 그것도 많은 아이들을. 그러나 얼마 지나지 않아 그는 약물 복용 혐의로 구속되었고, 26개월 형을 선고받았다. 출소 후 집에 돌아온 순간 그는 자신이 그녀를 잃었다는 사실을 깨달았다. 그가 그녀에게 키스하기 위해 다가가자 그녀가 고개를 돌린 것이다. 결국 그의 입술은 대신 그녀의 볼에 안착했고, 그는 깨달았다. 그녀의 사랑이 끝났다는 사실을.

그녀는 두 손을 앞으로 내밀었다. 전조등 불빛이 그녀의 눈 밑에 검은 그늘을 만들고 있었다. 발치에는 붉은 흙탕물이 휘돌고 있었다.

"아니야, 키스."

그녀가 말했다. 초승달의 빛은 빽빽하게 들어 찬 소나무와 미루나무의 두터운 가지들을 뚫고 들어갈 만큼 강하지 않았기에, 두 대의 차를 감싼 원형의 전조등 불빛 너머로는 아무것도 보이지 않았다.

"당신이 생각하는 그런 거 아니야."

그녀가 말했다.

"여자분을 집으로 데려가세요."

깜둥이가 차에서 내리며 말했다.

그는 두려워하지 않았다, 아직은. 그 점이 키스를 더 열 받게 했다. 키스는 깜둥이에게 다가가 멱살을 잡은 뒤 그의 2년치 월급을 다 모아도 사지 못할, 빛나는 검은색 차 위에 내동댕이쳤다. 남자는 차의 지붕 선에 머리를 부딪쳤고, 그제야 그는 두려워졌다. 어두운 농로에 두 명의 백인과 함께였고, 그중 하나가 자신을 위협하고 있었으니 말이다. 그의 얼굴에 떠오른 공포가 키스의 가해 충동을 부추겼고, 그는 남자의 얼굴을 정면으로 가격했다. 그의 뒤에서 미시가 키스에게 그만하라고 소리쳤다. 그녀는 차의 반대편에서 달려 나와 두 주먹으로 그의 등을 내리쳤다. 키스는 또다시 살인적인 힘으로 남자를 가격했다. 하지만 깜둥이는 여전히 버티고 있었다. 사실 남자가 바닥에 나가떨어지기 전부터 키스에게서는 변화가 일고 있었다. 스트레스 호르몬의 물결이 투쟁과 도피의 저울에서 투쟁의 방향으로 흘러들기 시작한 것이다. 깜둥이 머리에 몇 개의 상처가 났지만, 그저 상처를 남기는 것으로는 충분하지 않았다. 남자의 값비싼 옷, 고급스러운 가죽 로퍼의 조롱을 되갚기에는 충분하지 않았다. 깜둥이는 싸울 수 있었다. 하려고만 했다면 키스에게 맞설 수도 있었다. 키스는 몸을 숙여 흙을 한 움큼 쥔 다음 그의 눈에 던졌다. 더러운 속임수였지만, 미시 외에는 달리 목격자도 없으니, 아무래도 상관없었다.

모든 상황이 그의 우세였다. 그는 두 주먹을 쥐고 남자에게 다가가 양쪽에서 그의 얼굴을 가격했다. 그의 피부가 찢어지고, 뼈가 느껴질 때까지 계속, 트럭 전조등 불빛에 비친 키스의 주먹 관절에 피가 맺힐 때까지 계속.

"그만해, 키스."

미시가 소리쳤다. 깜둥이가 더 이상 제 목소리를 낼 수 없는 상태였기 때문이다. 키스는 아내에게 깜둥이와 붙어먹은 그 엉덩이를 지금 당장 트럭에 밀어 넣으라고 소리쳤다. 그는 몇 미터 뒤로 물러났고 순간 미시와 깜둥이는 잘못된 생각을 했다. 그가 완전히 물러섰다고 생각한 것이다. 그녀는 사실상 남자의 옆에 서서 그가 일어설 수 있도록 부축했다. 그녀는 키스가 자신의 닷지 뒤로 돌아가는 것을 보지 못했다. 그가 짐칸에서 5×10 각목을 집어 든 것을 깨닫지 못했다. 그는 다시 그녀와 남자 앞으로 다가와 미시에게 말했다.

"비켜."

그는 단단한 각목을 들고 깜둥이에게 눈을 뜨라고 말했다. 키스는 그가 자신을 똑똑히 쳐다보길 바랐다.

"내 아내에게 얼씬도 하지 마."

"젠장, 키스. 제발 그만해."

깜둥이는 흙 위로 피를 뱉었다. 그는 방어를 위해 손을 올렸다.

"그저 집까지 데려다주려 했을 뿐이에요. 그게 다예요."

그가 껵껵거리며 말했다.

키스가 남자의 머리에 각목을 내려치려는 찰나 미시가 둘 사이로 끼어들었다.

"해봐, 그러면 나도 죽여야 할 거야. 하나 죽은 건 어떻게든 빠져나갈 수 있을지 몰라도 당신 머리로 둘은 어려울걸. 왜냐하면 내가 다 말할 거니까. 내가 못 할 것 같아?"

그의 뒤에서 비치는 전조등 불빛이 그의 머리에 후광을 만들었고, 미시는 그림자 때문에 그의 눈을 볼 수 없었다.

"이건 주니어 때와는 달라. 그 일과는 아무 상관도 없어. 저 사람은 정말로 나를 집까지 데려다주려던 것뿐이야."

하지만 키스가 여전히 무기를 버리지 않자 그녀가 다시 말했다.

"당신, 출소한 지 얼마 안 됐잖아, 키스."

감방에 대한 언급에 그의 머리가 하얘졌다.

그는 각목을 버리고, 깜둥이의 복부에 마지막 발길질을 한 다음 그의 머리 위로 침을 뱉었다. 그런 다음 미시를 붙들고 트럭 안으로 밀어 넣었다. BMW의 전조등은 여전히 그 모든 것을 환히 비추고 있었다. 그 불빛은 키스가 트럭을 뒤로 물린 뒤 흙길에서 유턴을 해 모퉁이를 돌아 자신의 집으로 돌아가는 모습까지 지켜보았다. 그때까지 깜둥이는 여전히 숨을 쉬고 있었다.

"맹세해요."

"거짓말이야."

밴혼이 말했다.

"미시에 대해 처음부터 거짓말을 했던 것처럼. 완전한 사실은 아닌 거야."

그는 셔츠의 제일 위 단추를 풀었다. 대런은 안에서 뻗친 열기 탓에 붉어진 그의 피부를 볼 수 있었다. 밴혼은 바지에서 손수건을 꺼내 이마를 닦았다.

"저 사람은 미시의 살인에만 관련이 있을 뿐입니다."

대런이 말했다.

그들은 심문실 밖의 좁은 복도에 서 있었다. 바닥에는 심문실과 똑같은 리놀륨 타일이 깔려 있었고, 지나치게 밝은 형광등이 일렬로 줄지어 달린 모습도 똑같았다. 밴혼이 대런에게 키스 데일을 기소하기 위해 지방 검사를 들일 의향이라고 말할 때 그는 어딘가 모르게 누그러지고 안도한 모습이었다.

"다른 사람을 죽인 사실을 덮기 위해 그녀까지 죽인 거야. 그런 다음에 그녀의 시체를 제네바의 가게 뒤에 버린 거지. 가게 손님 중 하나가 흑인이 당한 일 때문에 분노해 그녀를 죽인 것처럼 보이게 하려고. 그 친구한테 그렇게 잔혹한 면이 있는 줄은 몰랐군."

밴혼이 말했다.

대런은 그의 입에서 나온 말들을 믿을 수 없었다.

"그 사람 짓이라고 생각하지 않습니다. 적어도 혼자서는 아니에요."

그가 말했다.

밴혼은 그의 생각을 휘휘 물리쳤다.

"그는 냉혹하게 자기 아내를 죽였어."

"미시는 그렇죠. 하지만 마이클은 아닙니다."

"그 개소리를 정말 믿는 건가?"

"또 다른 누군가가 있어요."

그래야만 해. 브래디가 그의 머릿속에 떠올랐다. 선술집 뒤편에서 들었던 그들의 논쟁이 내내 찝찝하던 참이었다.

"아니, 잠깐만. 자네는 카운티 경계를 넘었을 때부터 줄곧 키스 데일을 의심하지 않았나."

밴혼이 말했다.

"하지만 차는 어디에 있습니까?"

"대관절 누가 알겠나? 그가 몰고 가서 트리니티강에 처박았는지도 모르지. 어쨌든 그날 밤에 그가 남자를 죽인 게 확실해."

"설사 그랬다고 해도 혼자는 아니었을 겁니다."

밴혼은 고개를 설레설레 저으며 복도를 걷기 시작했다. 그의 검은색 로퍼 굽이 타일 바닥에 딸깍딸깍 소리를 내며 대런을 자신의 사무실로 따라오도록 채근하고 있었다. 이전에 그가 미시 데일 부검 결과서의 소름 끼치는 내용들을 읽는 동안 머물렀던 공간과 똑같이, 밴혼의 사무실에도 나무판자가 둘러져 있었다. 하지만 바닥에는 나무판자 벽면과는 전혀 어울리지 않는 칙칙한 회색 카펫이 깔려 있었다. 옅은 색의 참나무로 만든 널따란 책상에는 전화기 한 대와 황동 문진, 그리고 먹다 만 샌드위치가 놓여 있었다. 대런이 키스 데일에게 수갑을 채운 채 보안관 사무소에 들어왔을 때 그가 한참 먹고 있던 것이었다. 집에서 만든 샌드위치로, 두꺼운 흰 빵 사이로 매콤하게 양념된 햄과 얇디얇은 토마토 슬라이스, 그리고 붉은 양파가 삐져나와 있었다. 그 옆에는 다이어트 콜라도 놓여 있었다. 대런은 가족사진이나 밴혼의 왼쪽 손에 자리했었을 반지를 찾아 사무실을 두리번거렸다. 둘 다 보이지 않자 그는 문득 동이 틀 무렵 보안관이 사각팬티 차림으로 부엌 조리대 앞에 서서 자신의 점심 도시락을 싸는 모습이 눈앞에 그려지는 듯했다. 그러자 무언가 형언할 수 없는 불안감이 들었다. 어쩐지 그의 사무실에서 그를 대면하고 싶지 않았다. 밴혼은 대런의 등 뒤로 문을 닫았다.

단둘이 남게 되자 보안관이 말했다.

"이봐, 자네가 이겼어. 자네가 결국 그 사람을 잡아들였군. 사람들이 고마워할 거야."

"브래디 말입니다."

대런이 운을 뗐다.

"누구?"

"선술집의 매니저요. 그가 키스에게 살인을 권했습니다. 저를요. 저를 죽이라고 했단 말입니다."

그 일에 대한 언급만으로도 대런은 자신의 얼굴이 달아오르는 것을 느꼈다. 그 일은 레인저로서 최악의 경험이었고, 당당하게 살아야 한다고 배운 한 인격체로서도 최악의 경험이었다.

"브러더후드의 가입 테스트로요."

"이봐, 브러더후드에 감정이 많은 건 알겠네. 하지만 자네, 그 TF팀에서도 쫓겨났다고…."

밴혼이 성급하게 나섰다.

"사실이 아닙니다."

"하지만 이건 이곳 카운티의 일이야. 키스 데일은 자기 여자를 건드린 데 대한 앙갚음을 엉뚱한 다른…"

그는 특정한 한 단어를 입 밖에 꺼내고 싶지 않은 듯 말을 멈췄지만, 이내 내뱉고 말았다.

"…흑인 남자에게 푼 거야. 완전히 미쳐서는 남자를 폭행했고 결국 죽인 거지. 그리고 미시가 그 일을 다른 사람에게 얘기할까 두려워 그녀까지 죽인 거고. 자기를 끝장낼 게 분명한 아내를 통제하지 못해 저지른 일이야."

"하지만 그가 이미 마이클 라이트를 죽였다면, 왜 브래디는 ABT 가입 테스트로 날 죽일 기회를 줬던 겁니까? 그 사람을 죽인 걸로 이미 가입 승인이 났을 텐데요."

"내 말을 듣지 않고 있군, 젊은이."

밴혼이 말했다. 그는 책상 뒤에 서서 반쯤 먹다 만 샌드위치를 바라보았다. 그러고는 이내 통째로 쓰레기통에 던져버렸다. 그의 갑작스러운 행동에 양파의 신 냄새가 방 안에 퍼졌다.

"키스 데일은 겁쟁이라 브러더후드에는 어림도 없어."

그는 키스가 해병대 입대에 실패하기라도 한 것처럼 말했다. 텍사스 아리안 브러더후드가 명예의 상징이라도 되는 듯 말이다.

"전 아직 이번 수사 관련자입니다."

대런이 말했다.

"자네가 실질적인 관련자였던 적은 한 번도 없네만."

"레인저스에서는 마이클 라이트 사건 수사에 절 파견했습니다. 그러니 진범을 잡아 레인저스나 주 정부에 보고해야 할 의무가 있단 말입니다."

"라이트 사건과 미시 사건, 이 두 건 모두와 관련해 키스를 체포할 생각이네."

"그럼 키스를 체포하십시오. 그럼 제가 직접 검사에게 말하죠. 이 사건은 개똥이라고요. 사건이 법원으로 올라갔다가 유죄 판결을 받아내지 못하면, 잘해봤자 보안관은 무능한 사람으로 찍힐 거고, 최악으로는 이 사건이 ABT와 연관이 있다는 사실을 덮기 위해 무리하게 키스를 기소했다는 소문이 돌 겁니다. 그렇게 되면 보안관이 눈 깜빡하기도 전에 연방수사국에서 이곳 카운티에 발을 들이게 되겠죠."

대런은 그가 자신의 말에 수긍했음을 깨달았다. 쉘비키운티에서 활동하는 텍사스 아리안 브러더후드에 대한 언급만으로도 밴혼은 완전히 질려버린 듯했다.

"그럼 저 친구를 그냥 여기서 내보내자는 건가?"

"제재소에서 제게 각목을 휘둘렀으니 일단 공무집행방해죄로 잡아두죠. 제게 시간을 주면 좀 더 확실한 증거들을 모아보겠습니다. 키스 단독 범행이면, 그렇게 결론 내는 거지만, 이 일에 누군가 다른 사람이 개입되었다면, 그들이 누구인지 알아낼 시간이 필요해요."

"좋아, 그렇다면 일단 공무집행방해로 잡아두지. 그 말은 곧 미시 사건의 유일한 용의자는 여전히 제네바 스위트라는 얘기네. 그녀는 풀어줄 수 없어."

밴혼이 말했다.

그는 구치소에서 밤을 보낼 제네바를 떠올렸다. 시멘트 벽에 사슬로 매달린 간이침대에서. 운이 좋아야 혼자일 테지. 바닥은 갈라지고, 정체를 알 수 없는 무언가로 얼룩진 벽면에, 철창은 주먹 하나 들어갈 수 없을 정도로 촘촘할 것이다. 그곳에 들어간 지 벌써 몇 시간은 되었지만, 해가 지고 나면 느낌이 사뭇 다를 것이다. 밤이 되면 주변에서 들리는 모든 소리가 불길한 메아리로 울려 퍼질 테니 말이다. 그녀가 그런 곳에서 밤을 보낸다는 생각을 하니 그는 어쩐지 기분이 좋지 않았다. 그는 그녀가 어떤 옷을 입고 있었는지 떠올려보았다. 밤이 되면 기온이 내려갈 텐데, 그 옷차림으로도 괜찮을까?

"미시 건으로는 키스를 체포해도 좋습니다. 그건 괜찮을 것 같아요."

그가 말했다.

"아니. 이제 모든 게 의심스러워지는군."

밴혼이 음흉한 미소를 지으며 말했다. 갖고 있던 카드를 그의 앞에 내민 것이다.

"제네바 스위트는 지금 구속 수감 중이야. 그녀를 기소하기까지 나한텐 48시간이 남았고."

그는 다이어트 콜라 캔을 들고는 바닥에 남은 것을 모두 들이켰다. 그는 거칠게 트림을 한 뒤 분명하게 말했다.

"이틀 주지, 레인저."

20

 법원 계단은 빗물이 남아 매끈거렸고, 머리 위 구름은 하늘을 온통 잿빛으로 뒤덮고 있었다. 텍사스 동부의 오늘 오후는 가을에게 살짝 기회를 줘보기로 결심한 듯, 공기가 상당히 차가웠다. 셸비카운티에 온 이후 처음으로 대런은 스포츠 코트나 트럭에 넣어두고 다니는 바람막이 점퍼라도 꺼내 입어야겠다는 생각을 했다. 얇은 셔츠의 면 사이로 시린 바람이 불어 들었다.
 그는 제네바를 만나보려 했다. 만나서 그녀를 곧 꺼내주겠다고 재차 약속할 참이었다. 그저 시간이 조금 필요할 뿐이라고. 하지만 밴혼은 제네바를 면회할 수 있는 대런의 특권을 막아버렸고, 대런은 보안관보들의 제지에 3층에서 길이 막히고 말았다. 그는 라크로 돌아가기 위해 서둘러 트럭으로 돌아왔고, 마침 크리스 워즈니악과 랜디가 기자의 렌터카에서 내리는 모습을 보았다. 그의 렌터카는 법원 주차장 대런의 픽업트럭에서 몇 자리 옆에 주차되어 있었다. 그를 발견한 랜디는 뷰익의 조수석에서 거의 뛰어내리듯 벗어나 그에게 달려왔다.

"대런, 어떻게 된 거예요? 저 사람 말로는 제네바가 체포됐다던데요. 미시 건으로요. 그리고 키스 데일도 체포됐다면서요. 그럼 그 사람은 마이클 건으로 잡힌 거예요?"

그녀는 워즈니악을 향해 고갯짓을 했다.

그녀는 떨고 있었다. 기온이 내려갔기 때문이거나 아니면, 상황이 변한 탓에 기쁘면서도 혼란스럽기 때문일 것이다. 그녀는 또다시 캐시미어 코트를 입고 있었다. 어깨 부분에는 흙이 묻어 있었고, 텍사스 동부에서 며칠을 보낸 탓에 군데군데 더러워져 있었다.

"키스는 내가 잡아들였어요. 하지만 상황이 또 달라질 겁니다. 아직은 모든 게 다 밝혀진 것이 아니에요."

그는 기자 앞에서 그녀에게 무언가 이야기해주기가 난감했다. 대런은 그녀에게 키스 데일을 약속하다시피 했다. 그녀의 남편에게 무슨 일이 있었는지에 대한 대답으로 말이다. 키스야말로 대런이 정의를 실현하고, 이 악몽을 끝낼 수 있는 대상이었다. 하지만 그런 그의 자리를 대신할 그 무엇도 없이 랜디에게서 그를 빼앗아간다는 것이 어쩐지 잔인하게 느껴졌다. 워즈니악은 대런의 존재를 알아차리지 못했는지 그와 랜디 옆을 재빨리 지나 법원 정문을 향해 제 갈 길을 갔다. 대런은 그를 불러 세웠다.

"잠깐만요. 들어가기 전에 지금 상황에 대해 당신이 이해해줘야 할 게 있습니다, 크리스. 사건에 대해 뭐가 언급하기 전에 정보 수집 과정이 더 필요해요."

그건 사실상 랜디에게 하는 말에 더 가까웠다. 그녀는 그의 완급 조절을 알아차리고는 그의 팔을 거칠게 붙들었다.

"대런."

그녀가 말했다. 하지만 그는 계속해서 워즈니악에게로 향했다. 대런이 낚아채기라도 할 듯 옆구리에 메신저 가방을 꼭 붙들어 맨 남자의 바지는 온통 주름투성이였다. 그제야 대런은 그와 워즈니악 사이에 무언가 변화가 생겼다는 사실을 깨달았다. 워즈니악은 법원 정문을 몇 미터 앞에 두고 대런을 향해 몸을 돌렸다.

"이 사건과 관련해 레인저와는 더 이상 이야기하지 않을 거예요."

"네?"

"정리를 한번 해볼까요. 두 건의 살인 사건이 일어났고, 심각한 인종 갈등 문제가 내포된 걸로 보이지만, 보안관 측에서는 초반에 흑인 남자 사건에는 별다른 관심을 두지 않았어요. 그런데 텍사스 레인저스에서 현재 징계 중인 일원을 보내…."

"징계 중 아닙니다."

하지만 그 역시 자신의 말에 확신이 들지 않았다. 그가 다시 배지를 달 수 있었던 것은 상부의 허가하에서였지, 마땅한 권리하에서는 아니었기 때문이다. 레인저로서의 그의 미래는 샌재신토카운티 배심원단의 결정에 달려 있었다.

"그 얘기를 어디서 들었는지 알아요? 레인저스 측에서는 정작 이 사건에 관심도 없다는 것. 당신이 이곳 보안관들보다 더 나을 것도 없다는 것 말입니다. 사실 당신이 더하죠. 왜냐하면 본인이 이용당하고 있다는 사실도 모르고 있으니까요."

워즈니악이 말했다.

그의 말들이 대런의 복부를 강타했다. 자괴감을 악화시키는 불시의 타격이었다. 왜냐하면 그 역시도 그의 말이 사실이 아니라고 당당하게 말할 수 없었기 때문이었다.

"레인저스에서 날 보낸 게 아니에요. 연방수사국에 있는 친구가 라크에서 일어난 살인 사건에 대해 내게 귀띔을 준 겁니다."

"그렉 헤글룬드. 알아요. 나한테 전화했었어요."

워즈니악이 말했다.

"당신한테 전화했다고요?"

"이제부터 사건 관련 이야기는 연방수사국으로부터 직접 듣겠어요."

워즈니악은 법정 정문에 손을 올리고는 정장 스커트 아래로 팬티 스타킹에 케즈 스니커즈를 신은 여자를 위해 문을 잡아주었다. 그녀는 밖에서 잠깐 담배를 피우고 다시 안으로 들어가는 길이었다. 그는 자신의 뒤에 서 있는 대런을 쳐다보았다.

"들어갈 거예요?"

그가 말했다. 그리고 그가 바로 대답하지 않자, 건물 안으로 휙 사라졌다. 그의 등 뒤로 유리 회전문이 원을 그리며 닫혔.

"대체 어떻게 된 거예요, 대런?"

법원에서 몇 블록 떨어져 있는 술집 주차장에 들어선 뒤 차를 주차할 때까지도 그녀는 제대로 안전벨트를 채우지 못하고 있었다. 그렉은 왜 〈시카고 트리뷴〉 기자에게 연락을 했을까? 수사의 진행 상황을 제대로 알고 싶어서?

그가 차에서 내리자 랜디가 말했다.

"여기서 뭘 하려고요?"

그는 트럭에서 내리며 그녀의 질문을 무시했다.

오후 3시였고, 그는 여전히 정복 차림이었다. 위까지 잠근 단추, 부츠, 그리고 배지. 하지만 계산대 뒤의 흑인 여자는 짐 빔 한 병 값으로 25달러 지폐를 내려놓을 때까지도 그에게 시선 한 번 주지 않았다. 짐 빔은 이런 시골에서 구할 수 있는 가장 최선의 것이었다. 그는 다시 셰비 운전석에 올라타면서 뚜껑에 덮인 비닐을 벗겼다. 랜디는 웬 낯선 사람이 자신의 차에 타기라도 한 듯, 생전 처음 보는 사람처럼 그를 쳐다봤다. 그는 손가락 두 개로 뚜껑을 연 다음, 턱과 목구멍 아래로 술을 흘려보내며 그 타는 듯한 통증을 즐겼다. 그녀가 말했다.

"술 마시고 운전하는 거 별로예요."

그는 그녀에게 아무렇게나 차 열쇠를 던지고는 트럭에서 내려 조수석 쪽으로 걸어갔고, 랜디는 조수석에서 운전석 쪽으로 넘어갔다.

59번 고속도로에 진입하자 그는 거창하게 병뚜껑을 닫았다. 단지 그 순간 술이 필요했을 뿐, 그저 작은 상처에서 느껴지는 가려움 정도였을 뿐, 큰일은 아니었다는 것을 보여주려는 듯 말이다.

랜디는 운전대의 10시와 2시 방향을 단단히 잡아 쥐고 있었다. 의자를 그녀의 키에 맞게 조절하지 않았기 때문에 액셀과 브레이크 페달에 발이 닿으려면 그녀는 의자의 끄트머리에 거의 걸터앉다시피 해야 했다. 라크 외곽으로 2킬로미터가량 벗어나서야 그녀는 입을 열었다.

"그들이 키스를 구속 수감했어요, 그런데요? 갑자기 당신은 그의 짓이 아니라는 거예요?"

버번으로 얼굴이 달아오른 대런은 조수석 창문을 내리고 소란스러운 바람에 몸을 맡겼다. 트럭 운전석 주변을 휘감은 바람은 그의 귓가에 쉭쉭 소리를 냈다. 그는 그렇게 잠자코 있었다. 술기운에 혀는 느려졌고, 이 여자를 실망시킬지도 모른다는 생각에 마음이 약해졌다.

마을의 북쪽에 접어들자 윌리의 선술집이 모습을 보였다. 대런은 그녀에게 차를 세우라고 두 번이나 이야기했고, 그래도 그녀가 세우지 않자 손을 뻗어 운전대를 움켜잡았다. 그녀는 그를 물리치려 했지만, 결국 트럭은 선술집의 자갈 깔린 주차장으로 진입하고 말았다. 시동이 꺼지고 엔진이 식어가는 가운데 운전석에 들리는 소리라고는 저 멀리서 흘러오는 드럼과 기타의 소리뿐이었다. 술집 안에서 흥겹게 연주되고 있는 컨트리 음악의 소리.

마침내 그녀가 입을 열었다.

"도대체 뭐가 어떻게 되고 있는 건지 말해줘요. 아무렇게나 둘러댈 생각은 말고요."

그녀가 그들 좌석 사이에 놓인 버번 병을 집어 운전석의 협소한 뒷좌석으로 던져버렸다.

"제3자의 개입이 있었을지도 모릅니다."

그의 말은 고백, 혹은 이해를 구하는 간청과도 같았다, 적어도. 그는 키스의 기소 진행을 멈춰놓은 데 대해 극도의 불안감을 느끼고 있었다. 만약 내가 틀렸다면?

"어떻게요?"

하지만 그녀가 진정으로 묻고 있는 것은 *왜*였다. 왜 나쁜 누군가가 있다고 생각하는 것인지? 그는 사라진 BMW에 대해 이야기했다. 현장으로 돌아갔을 때 차와 마이클 모두 그 자리에서 증발해버린 듯, 밤이 그들을 통째로 삼켜버린 듯 사라지고 없었다는 키스의 이야기를. 하지만 정작 랜디가 관심을 보인 것은 다른 이야기였다. 잠재적 공범이 득실거리는 아리안 브러더후드에 대한 이야기. 그들 중 상당수가 윌리의 선술집을 자기 집 안방마냥 편안하게 들락거린다는 사실. 그런 것들이 랜디의 관심을 끌었고, 그녀는 몇 번이나 고개를 끄덕이면서 그의 직감을 믿기로 했다. 하지만 이런 표면상의 이야기들 뒤에 무언가가 더 있었다. 그는 느낄 수 있었다.

"당신 입에서 술 냄새 나요."

그녀가 말했다. 그녀가 자신의 입 냄새를 맡을 수 있을 정도로 가까이 있다는 사실에 그의 맥박이 빨라졌다. 무어라 이름 붙이고 싶지 않은 흔들림이었기에 그는 버번 평계를 대기로 했다. 그는 글러브박스에 있는 물병을 꺼내 반을 마셨다. 그녀가 말했다.

"저기는 가지 않는 게 좋겠어요."

"날 믿어요. 지금쯤 키스 데일이 구속됐다는 얘기가 퍼졌을 겁니다. 브러더후드는 복수를 하고 싶어서 엉덩이가 들썩거릴 테고. 저 안에 들어가서 메시지를 남길 생각이에요. 총으로 협박한다면 나도 가만히 있진 않아요. 이번에도 그런 일이 벌어지도록 손 놓고 있지 않을 겁니다."

술기운에 그는 용기가 났다, 아니면 무모해졌거나.

이제 어느 쪽인지 알아볼 때다.

랜디는 트럭에서 기다렸다.

대런은 랜디를 시켜 트럭을 술집에서 반대 방향으로 돌리도록 했다. 그렇게 하면 주차장으로 들어서는 차들을 바로 볼 수 있었다. 위험을 알리는 첫 번째 신호로 그녀는 경적을 울리기로 했다. 그녀는 백미러를 통해 대런이 테라스에 올라가 술집 문을 여는 모습을 지켜보았다.

안에 들어선 그는 제일 먼저 주크박스로 다가갔다. 그는 몸을 숙여 벽면에 연결된 검은색의 두꺼운 전기선을 뽑았다. 음악이 사라지자 당구대에서 공이 굴러가는 소리들이 선술집 내부를 울렸다. TV 화면을 꽉 채운 주간 〈폭스 뉴스〉와 〈푸드 네트워크〉는 대런 매슈스가 허리춤에서 45구경 콜트를 꺼내 드는 모습을 묵묵히 지켜보고 있었다. 그는 총을 든 손으로 안에 있는 사람들을 향해 한곳으로 모이라고 손짓했다. 낮 시간이라 다섯 명의 사람들밖에 없었다. 바 뒤로 린, 당구대에 남자 둘, 엉덩이 부분이 빛에 바랜 헐렁한 청바지를 입은 그들은 은퇴 나이를 훌쩍 넘긴 듯 보였다. 바에 홀로 앉아 있는 남자 하나. 그는 칠리 그릇 위로 몸을 숙이고 있었는데, 허리의 군살 탓에 티셔츠가 팽팽하게 늘어나 있었다. 그리고 브래디. 그는 도움받을 만한 동료가 없다는 사실을 재빨리 간파하고는 허리에 달린 휴대전화를 집었다.

대런이 말했다.

"내려와."

그는 말마디마다 구두점을 찍듯 콜트를 휘휘 저으며 남자를 앞으로 불러냈다.

"모여봐요."

그가 다시 사람들을 향해 말했다. 그는 브래디와 여자에게 바 뒤에서 나오라고 명령했다. 린은 브래디가 움직이자 그제야 그를 따라 움직였다. 브래디는 앞으로 나오면서 바에 앉아 있는 백인 남자의 뒤통수를 때리고 그를 스툴에서 밀어냈다. 일흔 살 미만의 손님은 그가 유일했다. 브래디가 그에게 말했다.

"제길, 정신 차려."

그와 뚱뚱한 남자는 살짝 앞으로 나왔다. 대런은 자신의 등이 출입문이나 주방 쪽을 향하지 않도록 위치를 잡았다. 주방 쪽에 아무도 없다는 린의 말을 믿을 수밖에 없었다. 직접 확인하겠다고 여기를 벗어났다가는 브래디에게 시간과 기회만 벌어주는 꼴이 될 터였다. 대런이 안으로 들어선 순간 브래디가 바 뒤에서 12구경을 집어 들지 않은 것은 지금 이곳에 있는 손님들이 브래디의 동료가 아니란 의미였다. 그렇지 않았다면 ABT 형제들을 믿고 진즉 포악한 행동을 취했을 것이다. 그러니 대런이 이곳에서 살아서 나갈 수 있는 확률은 충분했다. 브래디는 육중한 두 팔로 팔짱을 꼈다. 깃발처럼 보이는 문신은 바람에 휘날리는 모양새였다. 린은 아랫입술의 가장자리를 잘근잘근 씹고 있었다. 그녀의 입 주변 피부는 울긋불긋했고, 며칠 동안 짜고 또 짠 여드름 상처로 갈라져 있었다. 나이 많은 남자 둘은 큐대를 내려놓았다. 뚱뚱한 남자는 먹다 만 칠리를 향해 갈망의 눈빛을 보냈다.

나이 많은 남자들 중 한 명이 강도를 만난 것처럼 두 손을 높이 들었다. 대런의 셔츠에 달린 배지를 보지 못했거나 봤더라도 무슨 상황인지 이해하지 못했거나 둘 중 하나일 것이다.

"그냥 조용히 놀다 갈 생각이었어요."

그가 말했다. 그의 당구 적수도 고개를 끄덕였다.

대런은 브래디에게 단도직입적으로 이야기했다. 제네바의 카페는 건드리지 말라고, 랜디나 대런에게 의도적으로 접근하는 자는 그 자리에서 총을 맞게 될 거라고. 이 이야기는 자연히 그의 동료들에게도 전달될 것이다. 그러자 브래디가 거칠게 위협했다.

"이 마을 어디서든 흑인들이 소란을 일으키면 그 얘기가 다 내 귀에도 들어오지. 그럼 여기로 돌아와서 제일 처음 만나는 백인 새끼를 쏘고 당신 짓이라고 말할 거야. 그리고 당신 손에 빌어먹을 총 한 자루 쥐어줄게. 그럼 아무리 당신이라도 절대 빠져나가지 못할걸."

그의 말대로라면 법을 세 개나 위반하는 셈이었지만 대런은 신경 쓰지 않기로 했다.

그는 선술집 뒤편에서 자신이 느꼈던 그대로, 곧 죽을지도 모르겠다는 생각이 들었던 그때처럼 브래디 역시 공포의 순간을 맛보길 바랐다.

"그러니 어디 한번 해보자고."

그가 말했다.

"제길, 브래디. 키스에 대해 그냥 말해. 걔는 남은 사람들 따위 신경 안 써."

린이 말했다.

"닥쳐."

브래디가 말했다.

"난 애들도 있어. 감옥에 갈 수 없단 말이야."

"키스에 대해서는 잘 알죠. 또 다른 이는 누굽니까?"

대런이 말했다.

브래디는 그녀를 쏘아보았다. 그러자 그녀는 입을 굳게 닫아버렸다.

"수요일 밤, 여기 있던 다수의 사람들이 미시와 마이클이 이야기를 나누고 있는 모습을 못마땅하게 생각했다고 했잖아요. 그 사람들이 누굽니까?"

"특정인들이 있었던 건 아니에요. 그저 이곳은 그런 장면이 어울리는 곳이 아니라는 의미였어요."

그녀가 말했다. 그리고 허락이라도 받는 표정으로 브래디를 쳐다보았다. 그가 미세하게 고개를 끄덕이자 그녀는 미소를 지었다. 그녀는 얼굴의 양옆으로 머리카락을 땋아 내리고 손톱에 파란색 매니큐어를 칠했는데, 갈라지고 벗겨진 각피의 윗부분에 조그마한 웅덩이로 남아 있을 뿐이었다. 그녀에게서는 포도 맛 껌 냄새와 함께 대런이 맡기에 딱히 나쁘지 않지만, 또 그렇게 좋다고도 할 수 없는 살 냄새가 났다.

"키스가 미시를 데리러 왔었죠. 누군가 그녀의 행방을, 그녀가 누구와 떠났는지 알려줬을 테고요. 그러니 누굽니까? 그날 밤 키스에게 그걸 알려준 사람이?"

린은 말을 할 듯 입을 열었지만 브래디가 그녀의 팔에 손을 올렸다. 그녀는 잠시 머뭇거리더니 다시 입을 열었다.

"그날 밤 키스는 한 번도 보지 못했어요."

마치 급하게 쓴 대본의 대사를 읊는 듯한 느낌이었다. 대런은 그녀의 얼굴에 떠오른 안도의 빛을 읽을 수 있었다. 그녀는 브래디의 눈치를 보며 그의 앞에서 연극을 하고 있었다. 날씨처럼 변화무쌍한 상황에서 브래디 쪽에서 밀려오는 폭풍을 의식하고 있었다. 약물 혐의로 감옥에 갈지도 모른다는 막연한 걱정보다도 눈앞에 있는 브래디를 더 두려워하고 있었다. 결국 대런은 아무런 성과도 거두지 못했다.

술집을 떠난 그들은 한 시간 이상 차를 몰며, 농지 구석구석과 차가 지나갈 만한 덤불을 쑤시고 다녔다. 대런은 셰비를 몰고 라크의 무성한 잡초밭 사이로 난 흙길 곳곳을 누볐다. 그는 두 번이나 트럭에서 내려 버려진 건물의 이곳저곳을 살펴보기도 했다. 회색 목재로 지은 마구간의 나무판자들은 제 역할을 다해 독보리 잡초 위에 쓰러져 썩고 있었다. 그리고 텅 빈 헛간들. 지붕은 만에서부터 불어온 폭풍으로 뜯겨 날아가고 없었다. 휴스턴에서부터 이곳까지 날아든 그 기록적인 힘의 폭풍 말이다. 잿빛 하늘 아래서 대런은 흙 위로 난 타이어 자국들까지 확인했지만 시간이 지난 지 오래라 의미 있는 것은 별로 없었다.

그는 아무 말 없이 트럭으로 돌아와 다시 운전대를 잡았다.

그는 내커도치스카운티의 경계를 넘어 어젯밤 그들이 머물렀던 자그마한 마을, 개리슨을 훑었다. 그리고 또다시 뒷길과 잡초들이 높이 자란 풀밭을 뒤지며, 확인했던 길들을 거듭 확인하며 BMW를 찾아 헤맸다. 다시 59번 고속도로로 돌아와 한 선술집을 지나는데, 랜디가 속이 좋지 않다고 말했다. 불현듯 죽은 동물과 피가 떠올랐고, 자신의 옷에서 그 피 냄새가 나는 것 같다고 말이다. 그녀는 코트에서 팔을 빼고, 안전벨트를 풀어 엉덩이에 걸쳤던 코트를 완전히 벗어버렸다. 그리고 신선한 공기가 절박한 듯 조수석 쪽 창문을 내려 다가오는 밤을 향해 얼굴을 내밀었다. 그녀는 칙칙하고 축축했으며, 이마에는 땀을 흘리고 있었다.

"차는 절대 찾지 못할 거예요."

"해봐야죠."

그가 말했다.

"찾을 수 없어요. 이미 없어졌으니까요. 이제 아무래도 상관없어요."

그녀의 말은 창문으로 불어오는 바람에 휘말렸다. 그는 그녀가 괜찮지 않은 것 같아 걱정스러웠다. 그녀는 억지를 부리고 있었다.

"그래도 해보지 않으면…."

"키스가 잡혔잖아요, 대런. 왜 그걸로 충분하지 않은 거예요?"

그녀는 다시 창문을 올렸고, 바람이 끊긴 운전석은 진공 상태가 된 듯했다. 이제야 그도 희미하게나마 동물 사체의 썩은 냄새를 맡을 수 있었다.

그녀는 최대한 몸을 틀어 그와 거의 정면으로 마주했다.

"이제 지쳤어요, 대런. 집에 가고 싶어요. 댈러스에 있는 마이클을 데리고 집으로 돌아가고 싶어요."

그녀가 살짝 갈라진 음성으로 말했다.

"키스의 짓이라는 게 이해가 안 됩니다."

"상관없어요."

"무고한 사람이 잡혀가길 바라요?"

"그 사람은 무고하지 않아요."

목구멍에서부터 기어오른 분노로 그녀 음성의 가장자리는 닳아 있었다.

"그 사람은 마이클을 폭행했어요. 거기에 그냥 버려뒀고요. 우리가 아는 한, 그 사람은 마이클이 거기서 죽게 내버려뒀어요. 그것으로도 충분해요, 대런. 여기서는 그 정도의 촌스러운 정의면 충분하다고요. 이제는 내가 할 수 있는 나머지 일들을 하고 싶어요. 마이클을 집으로 데려가고 싶어요. 용의자가 구속됐잖아요. 그거면 됐어요. 키스 데일로도 난 충분하다고요. 이제는 집에 돌아가고 싶어요."

그녀의 마음 한구석에 자리한 슬픔이 상처를 내고 있었다. 그녀는 사건의 진실보다는 이 마을에서, 이곳 카운티에서, 이 주에서, 이 모든 것에서 벗어나고 싶은 마음이 더 큰 것이다. 이기적이고 근시안적인 생각이었다. 레인저에게 진실이 아닌 것은 충분하지 못했다. 그는 그녀에게도 그렇게 말했다.

"이건 당신과 상관없잖아요."

그녀는 거의 내뱉듯 말했다.

"상관있습니다. 당신에게 약속했어요. 그리고 그가 알든 모르든, 이 배지를 다시 가슴에 단 순간 마이클에게도 약속했고요."

그가 말했다.

"제네바 스위트에게도 약속했겠죠. 하지만 당신은 그녀의 사람들과 대면해 그녀가 오늘 밤 집에 돌아오지 못하는 이유가 당신 때문이라고 말하는 대신 이곳저곳만 계속 맴돌고 있잖아요."

그녀가 말했다. 그러고는 고개를 돌려 그를 쳐다보지도, 더 이상 말하지도 않고 뒷좌석에 있는 짐 빔 병을 들어 크게 한 모금 들이켰다. 알코올이 위장으로 내려가면서 따가움을 느꼈는지 그녀의 눈가가 촉촉해졌다. 그리고 그가 미처 깨닫기도 전에 그녀는 정말 울고 있었다. 상처 입은 동물이 그녀의 가슴에서 빠져나오기 위해 발톱을 휘갈기는 소리였다. 그녀의 얼굴로 눈물과 콧물이 흘러내렸다. 그녀는 공기를 들이마시느라 두어 번 어깨를 들썩거렸고, 대런은 마침내 고속도로 갓길에 차를 세웠다. 그리고 안전벨트를 풀지도 않고 좌석 너머로 팔을 뻗어 그녀의 머리를 자신의 가슴에 기대도록 했다. 그의 품에서 그녀는 울고, 울고, 또 울었다.

21

　랜디는 하루 종일 거의 아무것도 먹지 못했다. 어쨌든 그녀의 말은 옳았다.
　페이스에게 설명을 해줘야 했다. 아니면 적어도 그녀의 할머니가 버림받지 않았다는 사실을 전해야 했다. 그는 다만 랜디가 그가 하려는 일을, 그가 걸으려는 가시밭길을 이해해주기를 바랄 뿐이었다. 레인저로서 양쪽 모두에 다리를 걸치려다 보니 뒤따르는 긴장감은 어쩔 수 없었다. 다시 말해, 그는 지금 제네바의 무고를 밝히는 동시에 진범이 죗값을 제대로 치를 수 있도록 애쓰고 있는 참이었다. 하나를 성취하는 대신 다른 하나를 실패하는 일이 없기를 그는 기도했다. *아버지*, 그는 마음속으로 삼촌들을 불러보았다. *도와주세요*. 하마터면 입 밖으로 크게 외칠 뻔했다. 삼촌들과 저녁 테이블에 둘러앉아 함께 이 문제를 고민할 수 있다면, 세 명이 함께였을 때로, 윌리엄이 나오미와 결혼해 새 가정을 꾸리기 전, 쌍둥이 형제간에 대화가 중단되기 이전으로 돌아갈 수만 있다면 무엇이든 할 수 있을 것 같았다. 시간을 되돌려 클레이턴의 특제 요리인 콩을 넣은 간 스튜 냄비에 둘러앉아 테네시 위스키를 마시는 삼촌들과 이 일을 상의할 수만 있다면, 변호사와 경찰인 그들 각자의 의견을 구할 수 있다면 얼마나 좋을까. 대런은 어렸을 적 삼촌들이 독주를 마시는 동안 유리잔의 사과 주스를 술처럼 홀짝였고, 얼굴이 벌겋게 달아오른 삼촌들은 흑인들에게 안전한 세상을 꿈꾸곤 했다.

그는 미시 데일의 일에도 가슴이 아팠다. 당연히 가슴 아픈 일이었다. 하지만 미시 데일에게는 사람들이 있었다. 이 세상 모두가 미시 데일을 찾아 나서고 있었다. 밴혼이 미시 데일 사건의 증거를 수집하기 위해 레인저스에 지원 요청을 한다면 당장 내일이라도 스무 명에 달하는 레인저들이 파견될 것이다. 미시 데일을 죽인 살인범을 기소하는 일에 나서길 꺼려하는 검사 또한 없을 것이다. 〈데이트라인〉은 당장 미시 데일 사건에 대한 기사를 싣겠지―〈48시간〉과 〈20/20〉에서도 마찬가지로. 하지만 워즈니악의 말이 옳았다. 텍사스 외곽에서 사망한 흑인 남자의 알 수 없는 죽음을 밝히는 일에 윌슨은 징계 중인 단 한 명의 레인저만 보냈을 뿐이었다. 마이클에게는 대런밖에 없었다. 사실상 윌슨은 대런을 정식 파견한 것도 아니었다. 대외 협력상 자신이 관할하고 있는 조직에 해가 될 수도 있는 지금의 상황을 어쩔 수 없이 묵인하고 있을 뿐. 말 그대로 그가 할 수 있는 최소한의 일을 하고 있는 것이다. 라크에서 일어난 살인 사건들을 제일 처음 언급한 사람은 그렉이었고, 마이클 라이트의 이름은 처음 알려준 사람도 그였다. 그는 대런에게 전화를 했어야 했다. 그에게 요청한 키스 데일의 텍사스 형사사법부 기록은 어떻게 된 것일까.

제네바 카페의 주차장에 들어섰을 때는 이미 해가 지고 있었다. 랜디는 뒷좌석에서 버번 병을 집어 들고 먼저 트럭에서 내려 카페로 들어갔다.

그녀는 주문한 음식을 기다리는 동안 이슬이 맺힌 시원한 닥터 페퍼 병을 옆에 두고 계속해서 그것을 들이켰다. 얇게 썬 돼지고기 슬라이스는 제 지방에서 나온 기름으로 바삭바삭하게 구워졌고, 더티 라이스*와 그릴에 구운 양파에는 양배추 피클과 토마토 조각이 곁들여졌다. 처음 두 잔의 음료가 빈속을 타고 내려가는 가운데 랜디는 이상하리만큼 조용했다. 그녀의 손가락은 주크박스에서 흘러나오는 슬라이드 기타 소리에 맞춰 테이블 위를 맴돌고 있었다. 그녀는 자신의 부스 자리 너머 벽에 자리한 기타를 계속해서 응시했다. 그녀의 남편이 남부로 가져온 그 레스 폴 말이다. 대런은 앞쪽 카운터에 서서 페이스와 이야기를 나누었다. 페이스는 할머니의 바람과는 달리 카페 문을 열었다.

"그곳에 오래 계시지는 않을 겁니다."

그는 페이스와 헉슬리에게 말했다.

헉슬리 옆 스툴에 앉아 구운 치킨 요리와 스위트 콘이 담긴 접시 위로 몸을 숙이고 있던 웬디는 접시 위 음식들을 이리저리 밀었다. 음식들이 자신에게 돈을 꾸었거나 자신을 모욕하기라도 한 듯 말이다. 그녀는 페이스에게 두 번이나 소금을 요청했다.

"로리스**나 뭐, 다른 거 아무거나."

---

* Dirty Rice: 쌀에 양파, 고추, 닭 간, 허브 등을 넣어 조리한 케이준 요리.
** Lawry's: 양념 소금 브랜드.

대런이 그들에게 말했다.

"제네바가 집에 돌아올 수 있도록 최대한 노력하겠다고 약속드리겠습니다."

그들은 아직 키스 데일이 두 개의 사건에 대한 잠재적 혐의로 밤새 구금 중이라는 사실을 알지 못했고, 덕분에 대런은 그들에게 호의를 베풀 수 있었다. 물론 이야기를 전부 털어놓은 것이 아니라서, 혼자 얼굴이 붉어지긴 했지만 말이다. 대런과 랜디가 열심히 식사를 하고 음식물의 대부분을 짐 빔으로 씻어 내리는 동안 카페 손님들도 조금씩 줄어들었다. 주크박스에서는 프레디 킹이 사랑 혹은 다른 무언가를 잃은 사람을 위해 구슬프게 기타 연주를 하고 있었다. 웬디는 주크박스를 향해 말했다.

"완전 엉망진창이야."

페이스가 헉슬리에게 커피를 다시 따라주자 그는 고개를 끄덕였다.

"제네바는 조가 죽었을 때도 가게 문을 닫지 않았는데 말이야."

"강도였습니까?"

대런이 호기심 어린 어조로 물었다.

"제네바가 조를 혼자 둔 건 거의 몇 년 만에 처음이었을 거요."

헉슬리가 말했다.

"할머니가 저 졸업 파티 때 입을 드레스를 골라주러 저랑 부모님과 같이 팀슨에 갔었거든요. 그래서 여긴 할아버지 혼자 지키고 있었어요."

그녀는 할머니의 파라색 히비스커스 색깔 앞치마 주머니에서 차얀색 행주를 꺼내 카운터를 닦기 시작했다.

"그래서 무슨 일이 있었지?"

대런이 물었다.

술에 얼굴이 붉어진 랜디가 무뎌지고 느려진 혀로 말했다.

"그 사람이 내 남편을 때렸대요. 키스가요."

그 이야기를 들은 웬디는 그녀가 무언가에 제대로 정신을 놓고 있다는 사실을 깨달았다. 웬디는 가느다란 두 다리로 자리에서 일어나 부스를 가로질렀다. 그리고 한마디 말도 없이 랜디 옆 비닐 좌석에 앉아 그녀의 손을 잡고 손등을 토닥였다.

"세 명이 들이닥쳤다더군, 우리가 듣기론."

헉슬리가 말했다.

"나도 그렇게 들었어. 아이작 말로는 자정이 지나고 바로였대."

웬디가 말했다.

대런의 시선은 페이스를 지나 카페 끄트머리에 자리한 이발소로 향했다. 늦은 시간이라 이미 문을 닫았고, 회전의자에도 손님은 없었으며, 바비사이드*의 전자식 푸른색 통에는 그 어떤 빗도 꽂혀 있지 않았다. 당연히 아이작도 보이지 않았다.

페이스가 말했다.

"가게에 나오지 않고 있어요. 창문에 총알이 날아든 이후로 완전히 겁을 먹어서요."

"예민하다니까, 저 사람."

그리고 웬디는 이렇게 덧붙였다.

"머리도 좀 이상해."

"어쨌든, 아이작 말로는 가게 뒤에 쓰레기를 버리고 들어오는데 총소리를 들었다고 했소. 두 발, 연달아 이렇게."

---

* Barbicide: 미용 도구 소독기 브랜드.

그는 손가락 관절로 포마이카 카운터를 빠른 속도로 한 번, 두 번 두드렸다.

"주방을 통해 안으로 들어갔을 때 남자들은 차를 타고 도주하고 있었다고 했고."

그는 고갯짓으로 카페의 전면 창을 가리켰다. 주유기와 대런의 트럭 너머로 보이는 하늘은 파란 물감에 담금질을 한 듯, 쪽빛의 밤이 천천히 내려앉는 가운데 벌꿀빛 노을이 번지고 있었다.

"세 명의 백인 남자였다고."

대런의 시선은 헉슬리의 것을 따라 짙어지는 밤으로 향했다.

"범인들이 백인이라는 건 어떻게 알았답니까?"

그가 말했다.

헉슬리는 눈썹을 치켜올리며 웬디를 쳐다보았고, 그녀가 대런에게 말했다.

"출입문을 쏜 자가 백인이라는 걸 그쪽이 알았던 것과 같은 거겠지. 새로울 게 있나."

그녀는 마치 이렇게 덧붙이듯 어깨를 으쓱 올렸다. 그럼 누구겠어?

대런은 충격을 받자마자 밖으로 달려 나갔지만, 운전석에 앉아 있는 사람의 얼굴은 물론이거니와 트럭 번호판의 숫자 몇 개도 간신히 볼 수 있을까 말까였다. 나머지의 추측은 모두 그간의 역사와 정황이 채웠다.

"사람들이 그를 참 좋아했는데. 길에서 평생을 보내는 사람들을 위해, 그와 제네바는 이곳을 그들의 집으로 만들어주었지."

웬디가 조 이야기를 꺼냈다.

"그는 그녀를 위해 모든 걸 포기했어. 음악, 대도시에서의 삶."

헉슬리가 말했다.

페이스는 미소를 지으며 말했다.

"할아버지는 사랑을 위해 정착하신 거예요."

"그 남자는 제네바의 인생 그 자체였지. 그래서 그녀에게는 충격이었어, 그 일이. 아직 우리 중 어느 누구도 쉽게 그 이야기를 꺼내지 못할 정도로."

웬디가 말했다.

헉슬리는 자신의 커피 컵에서 고개를 들어 랜디를 쳐다보았다.

"당신 남편이 오기 전까지만 해도 그 누구도 조에 대해 묻지 않았소."

랜디는 부스 자리에서 몸을 곧추세워 앉았지만, 정작 입을 연 것은 그녀의 맞은편에 앉아 있던 대런이었다.

"마이클 라이트가 강도 사건에 대해 물어봤습니까?"

"제네바 말로는 그랬다던데."

"그 사람은 늘 그런 식이었어요."

랜디가 부드럽게 말했다. 그녀는 웬디의 손에서 자신의 손을 빼내 술 한 잔을 더 따랐다. 그들은 댈러스의 빅 텍스* 그림이 그려진 도기질의 작은 잔에 술을 따라 마시고 있었다. 잘 사용하지 않는 주방 캐비닛에서 페이스가 꺼내 온 것이었다. 랜디는 소다도 섞지 않은 잔을 한 번에 들이켰다. 그녀의 말은 어눌했다.

"형법을 전공했어야 했어요. 그럴 수도 있었는데, 나만 아니었다면. 돈 때문이 아니었다면. 그 사람, 나 때문에 그걸 포기했어요."

---

* Big Tex: 텍사스주 댈러스 페어파크에서 개최되는 텍사스주 박람회의 캐릭터.

그녀는 또다시 눈물이 차올라 같은 말을 되풀이하고 있었다. 대런은 그녀의 이름을 불렀지만, 그녀는 멈추지 않았다.

"그는 늘 그런 식이었어요. 모든 상황을 다 사례로 만들어버렸죠. 형법에 완전히 빠져서는. 그 사람에게 좀 더 용기를 불어넣어 줘야 했어요. 내가 더 많이 사랑한다고 말해줬어야 했어요. 그러니 그 길로 가라고 말해줘야 했…"

그녀는 갑자기 말을 멈추었다.

"속이 좋지 않아요."

그녀는 비닐 부스 자리에서 튀어나갈 듯이 일어났다. 깜짝 놀란 웬디는 화급히 일어나 랜디가 지나갈 수 있도록 해주었다. 랜디는 마분지로 덧댄 출입문을 통과해 밖으로 나간 뒤 홀로 서 있는 주유기를 지나자마자 무릎을 꿇고 속에 있는 모든 걸 토했다. 버번과 돼지고기, 쌀 요리, 그리고 달콤한 소다와 산성화된 토마토, 식초에 절인 양배추와 빨간 고추까지. 우유를 섞은 듯한 분홍빛 물결들이 쏟아져 나오며 그녀의 가냘픈 몸이 계속해서 흔들리고 있었다. 대런은 밖으로 달려 나갔다. 그의 등 뒤로 문에 달린 종이 딸랑딸랑 소리를 냈고, 그는 랜디의 어깨를 붙잡고 일어설 수 있도록 부축했다.

둘 중 어느 누구도 운전을 할 수 있는 상태가 아니었다.

페이스는 뒤편에 있는 트레일러의 방을 빌려주었다. 그녀는 제네바가 없는 집에 손님을 들이는 것이 어쩐지 이상하다고 말했다. 대런은 이해한다고 말한 뒤, 랜디에게는 손님용 침실을 쓰라고, 자신은 소파에서 자겠다고 말했다. 하지만 페이스가 수건과 새 침대 시트를 준비해준 뒤 카페 문을 닫기 위해 자리를 뜨자 랜디는 대런에게 함께 있어 달라고 말했고, 대런은 그녀의 청에 응하기로 했다. 그녀는 옷을 입은 채로 침대에 누웠다. 대런은 인형 크기 정도의 자그마한 화장대 스툴에 앉았다. 스툴 근처에 그것과 어울리는 화장대나 거울 같은 것은 보이지 않았다. 적어도 이 자그마한 침실 안에는 없었다. 벽면은 나무판자로 이루어져 있었고, 바닥에는 쨍한 주홍색의 카펫이 깔려 있었다. 달리 둘 곳이 없어, 대런은 버번 병을 발치에 내려놓았다. 그녀에게 더 이상의 술은 무리라는 것을 알고 있었지만, 그의 안에 자리한 텍사스 신사는 반사적으로 그녀에게 버번을 권했다. 그녀는 고개를 가로저었고, 그가 병을 들어 술을 마시는 모습을 그저 지켜보았다. 랜디의 머리카락이 베개 위로 흐트러지면서, 굵고 검은 곱슬머리가 둑이 터진 강물처럼 흘러내렸다. 그는 그녀가 눈을 감고 있는 걸 봤다고 생각했지만, 어느 순간 그녀가 입을 열었다.

"징계를 받은 이유가 그것 때문이에요?"

술을 말하는 모양이다.

그는 병을 다시 발치에 내려놓고 고개를 가로저었다.

"이건 별것 아니에요. 문젯거리도 되지 않죠. 징계는 맥의 일 때문입니다."

그가 음주와 관련해 '문젯거리'라는 표현을 쓴 것은 이번이 처음이었다. 덕분에 그는 머리가 가벼워졌고, 그의 세상 가장자리가 무뎌지는 듯했다. 이내 그렇게 싫지 않은 방식으로 버번의 취기가 올라왔다.

"맥의 일이 있기 전까지는 이렇게 마시지도 않았습니다. 그 일을 계기로 나와 리사의 일까지 모두 틀어져버렸어요."

"이해할 수 없네요."

"징계가 그녀에게는 구실이 되었어요. 내가 무모했다는, 레인저가 되기로 한 결정 자체가 처음부터 무모했다는 데에 대한 구실 말입니다."

그는 맥과의 그날 밤 일을 설명했다. 샌재신토카운티에서의 일과 그로 인해 대런이 받았던 문책, 배지에 대한 일시적 징계, 그리고 그저 자신의 가족을 지키려 했을 뿐인 남자에 대한 잠재적 기소 상황에 대해서도 설명했다. 그가 다시 고개를 들었을 때 그녀는 이번에는 정말로 두 눈을 감고 있었다. 그는 몸을 숙여 침대보의 모퉁이를 끌어당긴 다음 그녀의 다리를 덮어주었다. 그녀는 옆으로 몸을 말고 누웠고 대런은 화장대 스툴로 다시 돌아가 앉았다. 그가 다시 병을 집었을 때 랜디가 팔꿈치를 짚고 일어나 불현듯 입을 열었다.

"왜 그런 거예요?"

그 질문에 대런은 겁이 났다. 스스로 자신의 일부를 드러냈다는 데에 대한 공포, 샌재신토카운티에서의 밤에 대해 묻는 것일지도 모른다는 짐작에 대한 공포가 갑작스레 몰려왔다. 하지만 그녀는 자신이 뜻하는 바를 다시금 설명했다.

"왜 여기로 돌아왔어요? 벗어날 수 있었잖아요. 마이클도 이곳에서 벗어날 수 있었어요. 로스쿨은 노터데임에도 있고 시카고에도 있으니까요. 그래서 그는 텍사스를 떠났죠."

그녀의 시선은 방을 가로질러 대런에게로 향했다. 구석에 놓인 플로어 스탠드의 조도 낮은 불빛 아래 그는 그녀 눈 밑의 검은 그림자를 보았다. 그리고 갑자기 믿을 수 없을 만큼의 피로가 몰려왔다. 그는 자신의 정맥을 흐르며 사지를 압박하는 밀도 높은 혈액과 싸울 자신이 없어졌다. 그저 어딘가에 눕고만 싶었다. 그는 다른 방에 있는 소파로 향하기 위해 문으로 다가갔다. 그러자 랜디가 그를 불러 세웠다.

"나와 같이 누워요."

그녀가 말했다.

그는 손잡이에 손을 얹은 채 망설였다. 축축해진 겨드랑이에서 쏩쓸한 냄새가 올라오고 있었다. 더 이상 술 생각은 없었다. 그저 어느 곳이든 상관없으니 어딘가에 머리를 누이고 싶다는 생각뿐이었다.

"그냥 나와 함께 누워요."

그는 술병을 주홍색 카펫의 바다에 버려둔 채 부츠를 벗었다. 양말 바람으로 그는 코바늘로 뜬 침대보를 가로질러 랜디에게서 조금 떨어진 곳에 누웠다. 자신의 팔 위로 머리를 올린 그는 낮은 천장을 응시했다. 양말을 신은 발은 거의 천장에 닿을 듯했지만, 피곤에 지친 등으로는 몇 킬로미터의 거리처럼 멀게 느껴졌다.

"왜 돌아왔어요?"

"집이니까요."

그 말은 랜디에게 아무런 의미가 없었다. 그녀는 인생의 대부분을 동부 연안에서 보냈으니 말이다. 워싱턴 DC와 볼티모어, 그다음에는 델라웨어. 그녀는 영업 일을 하는 아버지를 따라 이곳저곳으로 이사를 다녔다. 그녀가 고등학생일 때 가족은 오하이오에 자리를 잡았지만, 3학년이 되기 전 여름 결국 일리노이로 다시 이사를 갔다. 그녀는 자신이 태어난 집이 잘 기억이 나지 않았고, 그녀 인생의 처음 여섯 해를 어느 도시에서 보냈는지도 기억나지 않았다. 그녀는 고등학교를 졸업하자마자 워싱턴 DC로 돌아갔고, 정치 분야 잡지사에서 인턴십을 마쳤다. 그녀는 자신이 자랐던 연립 주택을 찾아보았지만, 16번가를 오르내리며 길을 잃고 말았다. 윈스턴 가가 살았던 곳이 노스웨스트였는지 사우스웨스트였는지 기억이 나지 않았기 때문이다. 오후의 짧은 여행이었다. 그녀는 사진을 찍고 구멍가게 같은 카페에서 커피를 마신 뒤 밤이 되기 전 자신의 아파트로 돌아갔다. 자신의 고향집을 지나쳤는지 어쨌는지도 모른 채. 하지만 사실 그녀의 마음 깊은 곳에서는 고향집을 찾지 못한 것이 그렇게 대수롭게 느껴지지 않았다. 그 장소는 마이클에게 텍사스가 닿아 있는 것처럼, 그 대지가, 그것에 대한 기억이 마이클을 잡아당기는 것처럼, 그녀에게 닿아 있지 않았기 때문이다. 그의 일부는 텍사스 동부의 붉은 흙에 여전히 남아 있었지만, 랜디는 그것을 이해하지 못했다.

이해할 수 없을 겁니다, 대런은 생각했다.

"하지만 진실은, 그는 정말로 떠났다는 거예요. 왜냐하면 이곳이 자신을 위한 곳이 아니라는 걸 알았기 때문이죠. 당신도 시카고 대학까지 먼 길을 떠났잖아요. 어디든 갈 수 있었어요."

그녀는 얇은 베개를 반으로 접어 누우며 좀 전보다 몸을 더 일으켜 세웠다.

"그랬죠."

그녀는 희미한 불빛에 그를 쳐다보며 고개를 끄덕였다.

"그런데, 왜 돌아왔어요?"

"재스퍼."

그는 부드럽게 말했다.

그는 갓등에 반사되어 노란색과 파란색의 불빛이 떠올라 있는 천장을 응시했다. 잠을 청할 계획이라면 둘 중 하나는 자리에서 일어나 불을 꺼야 했다.

"재스퍼."

랜디가 그 이름을 혀 위로 부드럽게 굴렸다.

"기억나요. 대학 3학년 때였어요. 평생 그런 건 처음 봤어요. 사람을 그토록 잔혹하게 끌고 다니다니. 그리고 그곳이… 텍사스."

"9월 11일이었어요. 내가 다시 돌아온 날이…."

랜디는 잠자코 있었고, 대런은 주머니에서 휴대전화를 꺼내 바닥에 놓인 가죽 총집과 부츠 옆에 내려놓았다. 그의 아내는 그가 집에 돌아가지 않겠다고 했던 지난번 통화 이후로 연락이 없었다. 그는 내심 알고 있었다. 그녀와의 다음 대화에서는 그 무엇인가에 대해 결정을 내려야 한다는 사실을. 하지만 그는 아직 준비가 되어 있지 않았다. 그는 심호흡을 하며 마음을 가다듬었다. 이 말을 하기 위해서는 로스쿨을 박차고 나왔을 때만큼의 용기가 필요했다.

"소명이었습니다. 모래밭에 그려진 선. 우리가 넘어가지 않은 선이기도 했고요. 배지는 이 땅이 곧 내 땅이기도 하다는 주장이에요. 내 주, 내 나라이기도 하다는, 그러니 달아나지 않겠다는. 내 기반 위에 당당히 서겠다는 주장입니다. 우리 선조들이 이곳을 세웠으니, 아무 데도 가지 않을 겁니다. 난 지금 다른 누구보다도 텍사스 아리안 브러더후드에 주목하고 있어요. 그리고 내 인생을 텍사스 레인저스에, 이 배지에 바칠 겁니다."

그가 가슴에 달린 별을 가리키며 말했다. 랜디가 여전히 말이 없고, 노란 불빛이 너무도 희미해 그녀의 표정도 읽을 수 없자 그는 다시 입을 열었다.

"그녀도 이해하지 못했어요."

그는 몸을 일으켜 플로어 램프까지 가장 짧게 닿을 수 있는 침대 가장자리로 굴렀다.

"이게 왜 나를 위한 것인지 리사는 이해하지 못해요. 그러니까, 텍사스 외곽에서 무슨 일이 벌어지고 있는지는 알고 있어요. 레인저의 일이 중요하다고 생각은 하지만, 그것이 자신의 남편이 아닌 다른 누군가의 투쟁이길 바라는 거죠. 그녀는 매일 밤 내가 집에 돌아오길 바라고 있어요."

"그녀를 비난할 수 없네요."

랜디가 말했다.

대런은 마침내 눈을 감았다. 랜디가 몸을 돌려 침대 저쪽 편과 맞닿아 있는 벽을 마주하는 동안 매트리스에서 삐걱삐걱 소리가 났다.

"개인적인 감정은 없어요."

그녀는 어둠 속에서 속삭였다.

"하지만 당신이 여기서 애쓰고 있는 것이 무엇이든, 제대로 잘되고 있진 않네요. 그는 이곳에 돌아오지 말았어야 했어요."

22

 윌슨이 또다시 그를 깨웠다.
 처음 30초간 그는 아직도 꿈을 꾸고 있는 것이라 생각했다. 이곳이 어디인지, 옆에 누운 여자가 누구인지 제대로 파악할 수가 없었다. 그의 얼굴의 아래쪽에서 느껴지는 그녀의 숨결, 그녀가 그를 향해 몸을 돌리면서 그녀의 머리가 그의 어깨에서 2센티미터 정도의 거리로 가깝게 다가와 있었다. *리사*, 그는 생각했다. 하지만 그의 목에 닿은 그녀의 머리카락이 뭔가 이상했다. 리사의 머리카락은 얇고 곧은 반면, 이 머리카락은 두꺼웠고 살에서는 그의 아내가 좋아하는 값비싼 크림의 바닐라 향 대신 이스트와 밀가루 냄새가 났다. *랜디.* 그는 부서장의 말을 제대로 이해하기도 전에 그녀의 이름을 속삭였다. 그녀는 숨을 내뱉으며 몸을 뒤척였다. 그리고 다시 그에게 등을 돌려 저쪽 벽을 바라보았다. 대런은 일어나 앉아 침대 옆으로 다리를 늘어뜨렸다. 그는 전화를 어떻게 받았는지의 기억도 떠올리지 못한 채로 휴대전화를 다른 손으로 옮겨 쥐어 목 아래에 끼왔다. 윌슨은 언성을 높여 말하고 있었다.

"당장 센터*로 와. 지금 그곳 법원에서 일이 있을 예정인데, 오스틴 본부에서는 자네도 카메라에 잡히길 바라네."

그가 말했다.

"대체 무슨 말씀이십니까?"

"기자회견 말이야."

"무슨 기자회견요?"

"자네, 지난 네 시간 동안 나무 밑에 깔려서 옴짝달싹도 못했던 것이 맞겠지? 그래서 오전 내내 내 전화를 씹을 수밖에 없었던 거고."

대런은 휴대전화를 확인했다. 오전 9시가 지난 시각이었고, 오전 5시부터 들어온 음성메시지가 무려 여덟 개였다. 그렉의 번호와 함께 윌슨의 번호도 확인할 수 있었다. 그렉은 FBI의 휴스턴 사무실에 있는 자기 자리에서 적어도 세 통 이상의 전화를 걸었다. 대런은 그 모두를 놓친 채 잠을 자고 있었던 것이다.

"잠깐만요. 누가 기자회견을 한다는 겁니까?"

그는 눈가에 낀 눈곱을 떼어내고 다리 사이에 아무렇게나 구겨져 있는 옷가지를 폈다.

"키스 데일을 체포했다면서."

"아내를 죽인 혐의로요?"

"두 건 다."

"아뇨."

대런이 벌떡 일어서며 말했다.

---

* Center: 쉘비카운티에 있는 도시.

"아니에요. 밴혼이 마이클 라이트 건에 대해 제게 시간을 좀 더 주기로 했습니다. 약속한 시간까지는 기다려주겠다고….”

"레인저, 자네가 원하던 바대로 잘 해냈어.”

윌슨이 말했다. 진짜 문제가 무엇인지 모르는 듯한 목소리였다. 그는 대런의 음성에서 느껴지는 무기력함을 분노로 착각하고 말았다. 자신이 그에게 뭔가 사과할 것이 있다고 오해한 것이다.

"그래, 이번 일은 내가 오판했네, 알았나? 결국 자네가 성공했군.”

"뭘 근거로요?”

"자백을 받았다던데.”

"그건 사실이 아닙니다.”

대런이 말했다. 그는 랜디가 깨지 않도록 침실 문을 통해 밖으로 나섰지만, 문을 닫으려 등을 돌려 확인한 순간 그녀는 이미 깨어 침대에 앉아 그를 바라보고 있었다.

"잠깐 방 안이었어요.”

그는 침실 문을 닫고 좁은 복도 벽에 기대며 말했다. 복도의 저쪽 편에는 또 다른 침실 두 개가 자리하고 있었다.

"그 사람은 단지 마이클을 폭행했다고만 했어요.”

"밴혼은 두 건 모두 그와 연관이 있다고 생각하네.”

"뭔가가 빠졌습니다. 우선 차가 그중 하나고요.”

대런이 말했다.

"들어맞지 않는 조각들은 늘 있기 마련이지. 알지 않나.”

"설사 그가 죽였다고 해도, 단독 범행인지도 확실하지 않습니다. 이면에 ABT와 연계가 있을지도 모르고요. 이곳 선술집은 브러더후드의 근거지예요. 월리스 제퍼슨은 그 사실을 분명히 인지하고 있습니다. 그가 조직을 적극적으로 보호하는 것까지는 아니더라도 범죄 조직이 그의 소유지에서 터를 잡고 있다는 사실만큼은 분명하죠. 우리가 그 부분을 좀 더 깊게 파면….”

"이봐, 그게 바로 카운티와 연방수사국에서 원하지 않는 바일세."

"연방수사국이요?"

대런은 그렉에게서 걸려온 전화들을 떠올리며 되물었다.

"이번 사건은 말 그대로 뒤죽박죽 엉망진창이야, 매슈스. 자네도 알지 않나. 텍사스 동부에서 아리안 브러더후드가 통제 불능 지경이라거나 우리 주에서 흑인과 백인이 서로를 죽이고 있다는 아이디어 자체가 우리한테는 최악이라고. 다른 주에서는 인종 차별에 대한 저항 운동이 한창이지만, 이곳 텍사스에서는 그런 것이 필요 없어야 한다는 얘기야. 댈러스에서 있었던 경찰 총격 사건에 대해 사람들은 아직도 가슴 아파 해. 그러니 셸비카운티의 한 정신 나간 촌뜨기가 벌인 일을 두고 우리 스스로 인종 전쟁을 선포하지 말자는 이야기네. 지금 당장은 이번 일에 브러더후드가 개입됐다는 일말의 증거도 없지 않은가. 그러니 한 놈 잡은 것으로 승리를 자축하고 더 큰 희생은 치르지 말자고."

윌슨이 말했다.

하지만, 뭔가 잘못되었다.

대런은 느낄 수 있었다. 하지만 텍사스주 센터의 법원에서 그의 상사를 만나는 것 외에 다른 선택지는 없었다. 유스턴의 책상 서랍 제일 아래 칸에 넣어뒀던 깨끗한 흰색 셔츠에 곱게 다림질한 검은색 정장 바지를 갖춰 입고 말이다. 그는 1층 민원 사무실 밖에 자리한 남자 화장실에서 옷을 갈아입었다. 민원 사무실에는 결혼증명서나 출생증명서를 발급받고자 하는 사람들이 줄을 서 있었다.

화장실 안에서 대런은 재빨리 옷을 갈아입었다. 그가 없이는 시작하지 않을 거라고 했던 윌슨의 말 때문이었다. 그는 셔츠에 팔을 꿰고 손으로 바지의 앞면을 부드럽게 쓸었다. 바지는 수도 없이 다림질을 한 탓에 윤기가 좔좔 흐르고 있었다. 그는 이 옷들이 얼마나 오랫동안 책상 서랍 안에서 잠자고 있었는지 기억이 나지 않았다. 그간 사무실에 나가지 않았음에도 불구하고 그의 책상이 아직 그대로라는 사실, 이번에야말로 레인저로 복귀할 수 있을지도 모른다는 생각에 그는 묘한 전율을 느꼈다. 이번 일로 마이클 라이트에게 고마워해야 할지도 모르겠다. 그러나 비뚤어진 그 고마움은 이내 끔찍한 죄책감에 물들어 그의 하반신을 무겁게 내리눌렀다. 머리에 스테트슨 모자를 눌러쓸 때까지도, 그는 여전히 이번 일을 잘 마무리할 수 있을지 확신이 들지 않았다. 그가 이번 일을 감행한다면, 저곳으로 나아가 자신의 검은 얼굴을 이용해 기자들 무리에게 별일 아니라고, 범인을 붙잡았고, 시카고에서 온 흑인 남자와 이 지역 출신 백인 여자의 죽음은 그저 가정 내 불화로 빚어진 일이라고, 레인저스와 카운티는 현재 논란이 되고 있는 인종 문제의 민감성을 고려해 사건 수사에 흑인 요원을 배치한 것뿐이라고 말한다면, 그 간단한 스토리에 그가 굴복한다면, 키스 데일은 질투에 눈이 멀어 통제력을 상실한 남편일 뿐이라는 것에 스스로 수긍한다면, 윌슨의 말대로 순순히 승리를 받아들인다면, 그는 배지를 돌려받고 집으로 돌아갈 수 있을 것이다.

그때 그가 있는 화장실 칸의 문이 열리더니 그렉이 머리를 들이 밀었다.

"D."

눈이 마주치자 그가 미소를 지으며 말했다.

그는 대런보다 키가 작았다.

대부분의 사람들이 대런보다 키가 작았다.

그는 상체가 날씬하게 절개된 남색 정장을 입고 있었는데, 그의 상체는 예전만큼 날씬하지 않았다. 그 탓에 그렉은 문상객이 오지 않는 장례식에 홀로 참석하기 위해 단벌 정장에 억지로 몸을 끼워 넣은 청소년처럼 보였다. 사이즈가 맞지 않는 정장 말이다. 그의 기분 또한 때에 맞지 않았다. 냉정해야 할 때임에도 지나치게 들떠 있었다. 그는 포옹을 위해 다가왔지만 당혹스럽기 그지없는 대런의 몸은 뻣뻣했다. 그래서 그렉은 친구의 등을 토닥이는 것으로 대신했다.

"잘 헤쳐왔네, 친구. 대성공이야."

"연방수사국에서 널 보냈어?"

그렉은 고개를 끄덕였다.

"2중 살인에 대한 정보를 너에게 흘린 게 나라는 이야기를 상관이 듣더니 날 책상에서 끄집어내 이리로 보냈어. 여기 애들이 사건 정리하는 걸 버거워하거든 가서 지원하라면서."

그의 머리카락은 모래빛이었고, 여느 회사원처럼 단정했다. 고등학교 때 그는 백인 소년 특유의 상고머리에 늘 젤을 바르고 다녔는데, 마치 전등 소켓에 젖은 손가락을 쑬러 넣은 꼴이었다. 그의 커다란 두 눈은 봄날의 잔디색이었으며, 대런과 달리 말끔하게 면도까지 마친 모습이었다. 리사가 대런에게 한 번 이야기한 적이 있듯이,

그는 잘생긴 남자였고, 대런은 그렉이 여자들에게 미치는 영향력에 대해서도 아주 잘 알고 있었다. 10대 시절에는 그런 그를 질투하기도 했다. 여자들이 다른 남자 아이들에게는 아직 준비가 되지 않았다고 말할 법한 일도 그렉에게라면 기꺼이 응하곤 했기 때문이다. 기자회견장에서 그렉이 도대체 무엇을 하고 있는 것인지 제대로 이해하지 못한 채 대런은 화장실 칸의 문을 열고 밖으로 나왔다. 두 남자가 함께 발을 내딛자 대런의 부츠가 회색 타일 바닥에 부딪혀 딸칵 소리를 냈다.

"키스 데일의 수감 자료들을 살펴봤는데, 내부에서 ABT 활동을 했다는 내용은 없었어."

그렉은 지금 텍사스 형사사법부의 기록을 확인했다는 이야기를 하고 있었다. 바로 어제 그 자료들을 입수했다고 말이다.

대런이 말했다.

"보안관 측이 ABT와의 연계는 없다고 주장하고 있다면, 연방수사국에서 이렇게 나설 이유가 없잖아?"

"사건의 실체가 완전히 드러난 건 아니지. 그 남자는 아직 기소 전이니까."

"그럼 두 건 중 어느 건과 관련해서도 아직 기소가 되지 않았는데 이렇게 기자회견을 하는 게 이상하다고 생각하지 않아?"

"제반 작업은 다 끝났다고 보는데."

그렉이 세면대 위에 걸린 거울에 자신을 들여다보며 말했다.

"그러니까, 네가 그자를 잡았잖아, 대런. 범인을 검거했다는 소식으로 사람들은 안심할 테고, 내 존재로 인해 사람들은 보안관 사무소와 그쪽 사람들이 이번 사건으로 그 어떤 수상쩍은 짓도 하지 않왔다고 믿게 되겠지."

"다른 말로 하면, 우리 둘 다 들러리란 얘기야."

"우린 그저 우리 일을 하는 것뿐이야, 친구."

그렉이 말했다. 그는 자신이 대런에게 안겨준 기회에 그가 별로 고마워하고 있지 않는 것에 대한 불편한 기색을 드러내고 있었다.

"이번 일로 누군가는 감옥에 갈 테지. 네가 이곳에 오지 않았다면, 보안관 측은 여전히 이번 건이 강도 사건이라고 떠들어대고 있었을 거야. 내가 너한테 전화하지 않았다면 말이야."

그는 마지막 말을 좀 더 강조하고 싶어 했다.

"시카고에서 온 그 사람이랑 얘기했었어? 워즈니악 말이야."

대런이 물었다.

그렉은 고개를 끄덕이며 말했다.

"이제 그때보다 일이 더 커졌지. 〈타임스〉의 프리랜서 기자도 와 있거든. CNN에서는 휴스턴에서 카메라팀을 보냈어. 그쪽에서도 너랑 인터뷰하고 싶어 할 거야."

그는 방금 생각이 난 듯 말했지만, 그의 흥분된 태도를 보아 지난 24시간 동안 이 생각이 한시도 머릿속을 떠난 적이 없는 게 분명했다.

"우리 둘이 같이 〈나이트라인〉에 출연해서 설명하는 거지. 왜 있 잖아, 내가 처음에 너한테 어떻게 전화를 했고."

또 *시작이군*, 대런은 생각했다. 이렇게 해서라도 업적을 쌓는 것이 그렉에게 이리도 중요한 것일까. 대런은 슬퍼졌다. 책상에 앉아 3년 의 세월을 보낸 그에게 이번의 2중 살인 사건은 인류을 저버린 비극 적인 범죄이기 이전에 자신을 책상에서 벗어나게 해줄 절박한 기회 였다. 하지만 이번 사건으로 복귀 여부를 가늠해보고 있던 대런 역시 그와 크게 다르지 않았다.

키스 데일은 자신의 아내를 죽였을 가능성이 농후하고, 마이클 라이트를 사망에 가까울 정도로 폭행했던 점을 인정했다. 랜디의 말이 옳았다. 그는 무고하지 않았다. 어쩌면 정의란 대런이 처음 가슴에 배지를 달았을 때 알았던 것보다 더 복잡한 것일지도 모른다. 그것은 그저 싸구려 그물망 그 이상도 이하도 아닌 것이다. 언제가 됐든 깔끔한 해결에 대한 필요성이 엉성한 불확실성을 능가할 때면 수단과 방법을 가리지 않고 사람들에게 공정이란 환상을 안겨주는 하나의 시스템일 뿐이다. 키스 데일은 감옥에 가야 마땅하다. 당연히 그렇다. 하지만 대런은 그들이 키스에게 하고 있는 짓이 수세기 동안 흑인들에게 가해졌던 행위와 전혀 다를 바 없다는 느낌을 떨칠 수가 없었다. 누구든 한 놈만 잡자. 그리고 더 이상의 의문은 갖지 말자.

"내가 사건의 초반 정보들을 건넸을 때 너는 라크에 대해 전혀 모르고 있었던 거야. 맞지? 그렇게 시작해야 이야기가 좀 더 흥미진진할 수 있어."

그렉이 말했다.

"상부 허가 없이는 언론과 이야기할 수 없다는 거 알잖아."

"기자회견 후에는 그들도 네가 원하는 대로 뭐든 하게 해줄 거야."

그들은 카운티 법원의 반대편에 자리한 이동식 미디어룸 앞에 도착했다. 문에 걸린 문패에는 '라운지'라고 적혀 있었지만, 그곳은 기자회견을 위해 임시로 마련된 장소였다. 문에 부착된 망입 유리창을 통해 대런은 적어도 열두 명에 달하는 기자들이 카메라 군단 뒤에 서 있는 것을 볼 수 있었다. 카메라의 렌즈와 마이크는 윌슨과 밴혼, 그리고 그의 보안관보 중 한 명이 서 있는 연단을 향하고 있었다. 그들 모두는 그렉과 대런을 기다리고 있었다.

그는 아무 말도 하지 않았다. 마이클 라이트와 미시 데일의 살인 혐의로 키스 데일을 체포했다는 공표와 함께 텍사스 레인저스가 개입하게 된 데에 대한 설명이 이어졌고, 특히 매슈스 레인저를 지목하여 질문이 날아들었지만, 그가 계속해서 침묵하자 그 질문은 윌슨과 밴혼에게 넘어가고 말았다. 이것은 그들의 이야기였다. 그는 두 손을 앞으로 맞잡은 채 부츠를 신은 두 발을 포플러나무 기둥처럼 단단히 땅에 내리고 서 있었다.

그렉이 입을 열었다. 당연히 그럴 테지.

그는 시민을 위한 법과 질서 정립에 기여하는 연방수사국의 역할에 대해 번지르르한 설명을 늘어놓았다. 민감한 이슈가 담긴 범죄 수사에 능숙하다는 말과 함께. 증오 범죄라는 단어는 한 번도 언급하지 않았을 뿐더러, 텍사스주나 법무부, 그 외 어느 곳에선가 과연 마이클 라이트의 죽음에 대해 그를 기소할 것인지, 그렇다면 언제 기소할 것인지에 대한 명확한 언급 또한 없었다. 그는 미시에 대한 이야기로 장대한 서사를 마무리했다. 텍사스에서 벌어진 흑인 남자의 살해 동기에 대해 마을 공동체가 섣부른 결론을 내릴 필요가 없다는 말과 함께 말이다. 그 모든 이야기를 들으며 대런은 이상하리만큼 혼란스러운 기분을 느꼈다. 마치 꿈을 꾸고 있는 듯 그를 둘러싼 세계와 그의 모국어로 들리는 단어들조차 제대로 분간할 수가 없었다. 이 기자회견 자체가 결론을 향한 도약이었다. 밴혼과 윌슨으로 하여금 이 부글거리는 난장판, 역사의 탁한 물결, 그들을 통째로 집어삼킬 인종의 늪에 빠지지 않도록, 그들을 안전하게 저 반대편으로 데려다줄 밧줄을 잡기 위한 몸부림이었다.

기자회견은 기자들이 어떤 질문을 던져야 할지 제대로 파악하기도 전에 서둘러 끝이 났다. 나흘 전의 대련과 마찬가지로 그들 중 대다수는 라크에 대해 한 번도 들어보지 못했다. 미스터리와 그에 대한 해결이 12분짜리 기자회견에서 모두 드러났고, 그 깔끔한 마무리는 만족스럽기 이를 데 없었다. 퍼즐의 중앙에 마지막 조각을 끼우듯, 전체적인 사진이 드러나면서 진실은 봉인되었다.

회견이 끝난 뒤, 윌슨은 대런의 등을 토닥이며 이제 그의 징계를 풀어달라고 본부에 이야기해볼 수 있겠다고 말했다. 러더퍼드 맥밀런에 대해 배심원단이 결정이 내리기 전까지 윌슨은 여전히 아무것도 할 수 없을 테지만, 이제야 처음으로 대런의 업무 복귀 전망을 희망적으로 가늠해보고 있는 것이다.

"특히 커밀라에 있는 자네 집을 수색한 결과 아무것도 나오지 않는다면 더 가능성이 높지."

"그 수색은 벌써 몇 주 전에 끝났는데요."

올리브색에 반백의 모발이 뒤섞인 윌슨은 대런에게 몸을 기울이고는 목소리를 낮췄다.

"이보게, 내가 할 수만 있다면 벌써 얘기했겠지만, 그랬다간 나도 곤란해질 수 있어서 말이야. 검사 측에서 다시 한 번 살펴보길 원했던 모양이야. 그건 내 뜻이 아니라네, 매슈스. 내 결정이 아니야."

그들이 집을 *재수색했군*. 그는 알아차릴 수 있었다.

"맙소사."

"오늘 아침에 갔어."

"제가 거기 없다는 걸 어떻게 알았을까요?"

대런이 말했다. 그는 샌재신토카운티의 검사 측에 그런 정보를 제공한 사람이 윌슨이라는 느낌을 떨칠 수가 없었고, 자신의 목소리에서도 굳이 그런 기색을 감추지 않았다.

"아무것도 없으면, 아무것도 없는 거지. 겁먹을 필요 있나?"

윌슨이 말했다.

"그 집에는 아무것도 없습니다."

하지만 배심원단에서 맥에 반하는 추정 증거들을 모두 들은 상황에서 무엇 때문에 그의 집을 재수색하는 것일까? 이미 심의 중인 사안을 말이다.

새로운 혐의가 추가된 것인가?

나에 대한?

그런 생각이 들자 그의 온몸 구석구석으로 날카로운 통증이 느껴졌다.

"난 전혀 걱정하지 않네. 자네는 참 괜찮은 친구야. 자네 삼촌인 윌리엄 역시 내가 무척이나 존경했던 인물이었고. 과연 배심원단이 어떤 결정을 내릴지 기다려보세. 그런 뒤에 자네 복귀를 점쳐보는 거야, 레인저."

윌슨이 말했다.

윌슨은 대런이 자신의 감정을 내세우기 이전에 사실들에 집중했으니, 그의 삼촌도 그 점을 무척 자랑스러워할 것이라고 말했다. 대런은 삼촌에 대한 언급에 화가 났다. 하마터면 윌리엄 매슈스는 텍사스주 백인들의 심기를 건드리지 않기 위해 흑인 남성 살인 사건의 불확실하고 모호한 수사를 이쯤에서 덮는 것을 묵묵히 받아들일 사람이 아니라고 말할 뻔했다. 또한 자신은 진실을 추구해야 하는 임무에 실패했다고도 말할 뻔했다. 복잡하고 어려운 길이지만 그것이 바로 그를 길러준 매슈스 가 사람들에게서 물려받은 정신이라고 말이다. 하지만 그는 입을 꾹 다물고 대신 휴대전화를 꺼내 들었다. 마지막 남은 기자와 그녀의 카메라맨들이 밖으로 나서는 가운데 대런은 복도에 조용한 장소를 찾아 어머니의 트레일러 집 전화기에 음성메시지를 남겼다. 커밀라에 있는 자신의 집에 가면 몇 백 달러가 있을 거라고, 검사 측에서 어떤 방식으로 수색을 했는지는 몰라도 엉망이 되었을 집을 청소해달라고 말이다. 이 일에 대해 입 다물어주면 돈을 더 얹어주겠다고도 했다. 클레이턴을 걱정시키고 싶지 않았다. 맥의 일이 대런의 인생 방향에 치명타가 될지도 모르는 상황이니 말이다. 그 집에는 아무것도 없어. 게다가, 검찰에서 그의 고향집을 두 번이나 수색했다는 사실을 알게 되면 경찰이 되기로 한 그의 결정에 대한 클레이턴의 분노만 더욱 거세질 것이다. 지금 당장은 그런 잔소리들이 듣고 싶지 않았다.

통화를 마치자 때마침 밴혼이 복도를 따라 그에게 다가와 약간의 축하 혹은 염려가 깃든 어조로 말했다.

"제네바 스위트는 이제 자유의 몸이야."

그녀는 집까지 태워주겠다는 그의 제안을 처음에는 거절했다. 손녀딸을 기다리겠다고 말이다. 하지만 대런이 라크에 있는 페이스에게 전화를 건 뒤—페이스는 할머니의 바람과는 달리 지금 카페 문을 열고 있다며, 그 정도 도움은 받으라고 말했다—제네바는 결국 받아들일 수밖에 없었다. 법원 밖에는 여전히 언론사에서 나온 밴들이 샌어거스틴스트리트를 따라 줄지어 서 있었고, 몇몇의 카메라맨들은 마지막으로 법원의 나지막하고 네모난 벽돌 건물을 좀 더 웅장하게 카메라에 담기 위해 앵글을 맞춰보고 있었다. 짧은 기자회견 동안 제네바 스위트의 이름은 그 누구의 입에서도 나온 적이 없었기 때문에 대런과 동행한, 거의 일흔에 가까운 이 흑인 여자에게는 누구도 관심을 보이지 않았다. 모자를 벗은 대런은 그녀의 아들이나 조카처럼 보였고, 그는 예의 바르게 그녀를 주차장까지 에스코트했다.

그는 그녀가 트럭에 올라타는 것을 도우려 했지만, 그녀는 그의 손을 물리쳤고, 앓는 소리와 함께 기도를 중얼거리며 자신의 몸을 높다란 운전석 위로 간신히 올렸다. 대런이 운전석 쪽으로 돌아 운전대 뒤로 부드럽게 올라탔을 때 제네바는 이미 안전벨트를 매고 두 손을 무릎에 가지런히 놓고 있었다. 그는 둘 사이에 자리한 벤치에 스테트슨 모자를 내려놓은 뒤 시동을 걸었다.

셰비에 힘겹게 올라탄 여파로 그녀의 몸은 살짝 흔들리고 있었고, 그 모습을 살짝 넘겨본 대런은 그녀의 이마에 빛이 반사되는 장면을 포착했다. 그녀의 회색 곱슬머리 몇 가닥이 끈끈이에 붙은 각다귀처럼 그녀의 피부에 찰싹 달라붙어 있었다. 그녀는 자신의 앞에 있는 에어컨 송풍구의 방향을 조절한 것 외에 그 어떤 행동도, 그 어떤 말도 하지 않았다.

그들은 87번 주 고속도로에 진입했다.

대런은 라크까지 카운티의 중심부를 통과할지 아니면 경치 좋은 외곽 도로를 타고 갈지 고민했다. 텍사스 동부의 이쪽 지역은 루이

지애나와 가까워 공기가 습했고, 텍사스의 참나무 숲에서 자생한 이 끼 냄새를 생생하게 맡을 수 있었다. 그야말로 가슴 시원한 시골 풍경들이었다. 하지만 제네바가 집에 빨리 돌아가고 싶을 것 같아 그는 팀슨으로 방향을 틀어 59번 고속도로로 진입한 뒤 남쪽의 라크 방향으로 달렸다. 처음 몇 킬로미터 동안 그는 기꺼이 그녀의 침묵을 존중했지만, 어느 순간 이 말은 꼭 해야 하겠다는 생각이 들었다.

"부인의 체포와 관련해서 전 개입한 바가 없다는 말씀을 드리고 싶어요."

그가 말했다. 그는 사실 이 고요에서 빠져나오고 싶었다. 하지만 이 말이 돌처럼 굳은 그녀의 턱을 열 수 있으리라 생각했다면 그건 그의 오산이었다. 그는 키스가 체포된 사실이나 밴혼 보안관이 지난 밤 기꺼이 그녀를 풀어주려 했지만 대런이 좀 더 시간을 달라고 요청한 사실에 대해 그녀가 얼마나 알고 있는지 궁금했다. 대런 탓에 제네바는 구치소에서 추운 밤을 보내야 했으니 말이다.

"이번 일로 인해 그 어떤 해를 끼치려는 의도도 없었고요."

그가 고속도로에서 시선을 떼고 조수석 쪽을 흘끗 쳐다보며 말했다. 그녀는 고개를 끄덕이지도, 말을 하거나 미소를 짓지도 않았다. 심지어 그의 이야기를 듣고 있다는 일말의 신호조차 보내지 않아 대런은 가슴에 불같은 화가 치밀었다. 나이가 많든 적든 상관없이 지금 이 순간 그녀는 고집 세고 제멋대로인 반항아였다.

"제가 별로 마음에 들지 않으시죠."

"당신을 모르니까요. 그러니 믿을 이유가 없죠. 그뿐이에요."

별안간 기분 나쁜 트림이 올라오듯 그녀가 말했다.

"전 여기 도우러 왔습니다."

"그래서 일이 어떻게 돌아갔는지 봐요."

그녀가 스커트의 앞자락을 펼치며 말했다. 빛바랜 혼합 섬유는 간밤의 투옥으로 더러워져 있었다.

"제가 라크에 발을 들이든 들이지 않았든 상관없이 부인은 미시건으로 체포되셨을 겁니다. 미시가 죽은 날 밤에 그녀를 만났다는 사실을 분명히 밝히지 않으셨으니까요. 보안관이 그 죄를 덮어씌울 누군가를 찾고 있다는 걸 아시면서도요. 제가 키스를 조명하지 않았다면, 부인은 아직 감옥에 계셨겠죠. 검사에 배심원단까지 가세해 절대 부인의 석방을 허가하지 않았을 겁니다."

대런은 손톱이 손바닥을 파고들 때까지 운전대를 꽉 쥐었다.

"흠, 당신은 원하는 걸 얻었으니 이제 왔던 곳으로 되돌아가고 여기 일은 그냥 내버려두면 되겠군요. 남은 우리는 당신이 떠난 뒤에도 줄곧 이곳에서 살아야 하니."

그녀가 팔짱을 끼고 바깥을 응시하며 말했다.

"그게 무슨 뜻이죠?"

그가 말했다. 그녀의 말에 그의 뇌 일부분이 반짝이며 경고의 신호를 보냈다. 그녀의 음성에 깃든 두려움을 들을 수 있었다. 트럭의 좁은 운전석에서 그녀의 음성이 떨리는 것을 느낄 수 있었다. 그는 고개를 돌려 옆 좌석의 그녀를 쳐다보았다. 그녀의 표정을 읽어보려 했다.

"키스가 그랬다는 증거는 없습니다."

"세상에, 그는 여자를 죽였어요. 의심의 여지도 없죠. 그 개자식이 내 손주의 하나밖에 없는 엄마를 죽였다고요."

그녀는 경직된 자세로 앉아 있었지만, 현이 진동하듯 분노로 온

몸이 진동하고 있었다.

"그러니 그놈이 그 흑인 친구를 죽이지 않았다고 생각하는 건 어리석어요. 난 이방인들을 좋아하지 않아요. 당신이 숟가락을 제대로 쥐기 전부터 우린 이 동네에서 살아왔어요. 제대로 이해하지도 못하면서 모든 걸 다 안다고 생각하는군요. 당신과 그 여자는."

"전 샌재신토카운티에서 태어났습니다. 그 여자도 이름이 있고요."

그가 말했다.

랜디.

"알 턱이 있나요. 내 카페에 들어선 순간부터 단 한 번도 내게 공손했던 적이 없는데."

"그녀는 남편을 잃었어요, 제네바."

"그녀만 그런가요."

조.

그는 그 이름을 입 밖에 내기가 두려웠다. 마법이 풀릴까 두려웠다.

"난 신께서 내게 주신 것을 무척이나 사랑했어요. 내게 주어진 것을 잘 알고 있었다고요."

그 이후 제네바는 아무 말도 하지 않았고, 대런도 더 이상 말하지 않으려 노력했다. 하지만 랜디에 대한 묘한 보호 본능이 일었고, 젊은 과부의 말에 제네바가 느꼈다는 모욕감을 도무지 이해할 수가 없었다.

"마이클과의 결혼 생활에 대해 아무것도 모르시잖아요."

그는 미시와 그 속삭임들, 그들의 평탄하지 않았던 결혼 생활에 덧붙여진, 다른 여자들과의 관계에 대해 랜디가 해준 이야기들을 떠올렸다.

제네바는 무관심한 듯 살짝 어깨를 들어 올렸다.

"그가 한 얘기들이 있어요. 미시가 한 얘기도 있고."

그녀가 말했다.

"미시요?"

그녀는 고개를 돌려 유리창 너머 초록색과 벌꿀빛 황금색의 시골 들판을 응시했다. 평온한 하늘은 쉼 없이 푸르렀다.

"그 두 사람, 미시와 마이클이 얘기를 나눴다는 그날 밤에 대해 그녀가 내게 뭐라고 한 줄 알아요? 이 모든 게 어떻게 시작됐는지?"

그녀는 다시 고개를 돌렸고, 벤치 좌석을 사이에 두고 두 사람의 시선이 마주쳤다. 대런의 심장이 부풀어 오르며 흉곽을 압박했다. 그는 이 모든 것을 이해하고 싶은 갈망을 느꼈다.

"잃어버린 사랑. 내 아들, 그 사람의 아내. 그들 두 사람에게는 뽑아내야 할 무언가가 있었어요. 서로 다른 방식으로, 또 다른 이유로. 미시는 내가 그랬던 것처럼 마이클에게서 무언가를 보았던 거예요. 그 사람이 내 카페에 들어왔을 때 나도 느꼈던 것처럼."

23

 그를 보았을 때 그녀는 아들이 떠올랐다.
 정확히 이야기할 수는 없었지만, 나이대가 같았다. 외관에서 느껴지는 나이가 아닌, 삶 그 자체에서 느껴지는 나이. 특정 나이대에 비슷한 차종을 몰고 온 흑인 남자는—그의 걸음걸이에서 느껴지는 훈련된 절제, 그의 얼굴에 깃든 조심스러운 품위—누가 됐든 등장 순간부터 항상 제네바의 가슴을 꼬집었다. 심지어 대런이 처음 카페에 들어섰을 때에도 아들을 떠올렸다고 그녀는 말했다. 지난 수요일, 그녀는 주방에서 붉은 콩을 물에 씻으며, 칠면조를 들여오고 있었다.
 오후 5시 무렵, 그녀는 회전문을 통해 안으로 들어와 앞치마 끝자락에 손을 닦았다. 출입문에 달린 종이 딸랑거렸을 때 주크박스에서 흘러나오는 라이트닝 홉킨스의 노래는 한창 무르익고 있었다. 내 자신보다 더 사랑하는 여인을 만나본 적이 있나요? 조가 좋아하던 노래 중 하나였다. 그런 생각에 그녀는 미소를 지으며 고개를 들었고 그렇게 마이클 라이트를 마주하게 됐다. 그는 검은색 티셔츠에 캐주얼 바지를 입고 있었는데, 그가 타고 온 고급 차에 반사된 햇빛이 전면 창을 통해 가게 안까지 들어와 그를 둘러싼 공기를 호박색 온기로 달궜다. 그녀로서는 이제야 안 일이지만 그것이 그의 생의 마지막 날이었고, 그 순간은 시간 속에 영원히 박제되었다.

그는 기타 케이스를 들고 있었다. 50년의 세월을 보낸 싸구려 가죽 케이스는 몹시 낡았다. 헉슬리는 아이작의 이발 의자에 앉아 그 초록색 팔걸이에서 팀과 카드 게임을 하고 있었다. 마이클은 카운터의 헉슬리 자리에 앉아 다른 두 개의 스툴 위로 기타를 내려놓았다.

"연주하세요?"

제네바는 그에게 식탁 매트의 두 배가량 되는 두께의 종이 메뉴판을 건네며 물었다. 그리고 묻지도 않고 그에게 물 한 잔을 따라주었다.

"아뇨."

마이클은 뭔가 결심이라도 한 듯 그녀를 올려다보며 대답했다.

"당신 정도의 피부색이었어요."

그녀가 지금의 대런에게 말했다. 하지만 마이클의 눈동자는 검은색이었고, 그는 유광의 동그란 금속 테 안경을 끼고 있었다.

"아뇨, 부인. 한 번도 연주해본 적 없어요."

마이클이 말했다.

"뭐 드릴까요?"

"메기 요리요."

"사이드는요?"

그는 메뉴판을 내려다보았다.

"아… 콩이랑 오크라요."

"물 말고 다른 건 필요 없으시고요?"

"혹시 맥주 있으면 맥주 할게요."

제네바는 소다와 맥주 등을 보관하고 있는 냉장고로 걸어갔다. 그리고 쿠어스 한 병을 집어 냉장실 문 줄에 매달아놓은 병따개로 윗부분의 포장을 벗겨냈다. 그녀는 마이클에게 쿠어스를 건넨 뒤 주방에 있는 데니스를 불렀다.

"콩과 오크라를 곁들인 메기 요리 하나."

마이클은 병을 들어 입술로 가져갔고, 제네바는 그의 손에 끼워진 결혼반지를 보았다.

그녀는 그가 어디서 왔는지 가늠할 수가 없었다. 자동차 번호판에는 일리노이라고 적혀 있었지만, 그에게는 친숙한 무언가가 있었다. 그를 둘러싼 어떤 아우라로 인해 그는 이 텍사스주 동부 시골 마을의 단출한 카페에 마치 제집처럼 앉아 있는 듯 보였다. 혹은 그녀가 그때를 되돌아보았을 때, 카페에 꼭 들어맞는 느낌이 들었던 것은 그가 아니라 기타였는지도 모르겠다. 그녀는 기타에 대해 다시 그에게 물었다.

"연주하는 게 아니라면, 그건 이곳까지 왜 가져오신 거지요?"

그는 쿠어스를 내려놓았다. 맥주병에 맺힌 이슬이 아래로 떨어졌다. 그는 고개를 들고 얼마간 유심히 그녀의 얼굴을 살폈다. 라이트닝은 계속해서 노래를 부르고 있었다. 그녀가 어리석게도 그를 떠나버렸을 때, 그들에게 집 같은 안락함을 선사해본 적이 있나요? 그는 손으로 기타 케이스를 탁탁 두드렸다.

"이건 조 스위트 것이에요. 조 '피티 파이' 스위트요."

그가 말했다. 그리고 그 이름을 언급했을 때의 반응을 살피기 위해 그녀의 얼굴을 쳐다보았다. 그가 지켜보는 가운데 제네바는 카운터를 돌아 앞으로 나온 뒤 케이스를 열었다. 55년산 아름다운 레스 폴이었다. 그녀는 손가락으로 기타의 목재를 쓸었다. 특히 세월의 흐름에 광택제가 닳아버린 부분들을 어루만졌다. 마이클은 그녀를 응시한 뒤 미소를 삼켰다. 그의 목소리에는 이곳까지 먼 길을 달려온 것이 허사는 아니었다는 안도의 숨결이 담겨 있었다.

"그분의 아내 되시죠?"

"이게 조의 기타란 말이에요?"

"네, 부인. 그분에게 돌려드리고 싶었어요."

그가 말했다. 그의 목소리는 다소 망설이고 있었다.

"그러니까, 그랬었죠. 그런데 돌아가셨다고 해서요. 그러니 이건 이제 부인 것이에요."

"조를 어떻게 알아요? 설마 그의 오래전 잃은 아들이라거나 그런 말도 안 되는 얘기를 하려는 건 아니겠지요, 그렇죠?"

그녀는 그의 코와 입매를 유심히 살폈다.

"아뇨, 부인."

그가 살짝 키득거리며 말했다.

"그분과 저희 삼촌이 함께 연주를 다니셨대요. 부커 라이트라고. 저희 일가는 타일러 출신이에요."

그는 타일러가 고속도로 바로 너머의 나무 위에 있기라도 한 듯, 전면 창을 향해 고갯짓을 했다.

"그중에서 부커 삼촌이 제일 처음으로 텍사스를 떠난 사람이고요. 그다음에 저희 어머니가 아버지와 결혼을 했고, 큰 삼촌을 따라 북부로 이사해 시카고에 자리를 잡으셨어요. 그리고 두 번 다시 뒤돌아보지 않으셨죠. 좋든 나쁘든 그 말은 제 백미러에도 붙어 있답니다. 삼촌의 마지막 부탁을 이제야 행동에 옮기게 되어 죄송해요. 삼촌은 부인께서 이 기타를 가지셨으면 했어요."

"부커."

수년 동안 입 밖에 내본 적 없는 이름이었다. 그녀도 물론 그를 기억하고 있었다. 오래된 제네바 카페 문가에 서 있는 그의 실루엣을 기억하고 있었다. 조에게 마음을 바꿀 수 있는 기회를 주기 위해 얼마나 오랫동안 그곳을 서성였는지, 조가 그와 함께 임팔라에 올라 밴드 동료들과 함께 남은 연주 여행을 마칠 수 있도록 말이다. 그들 사이의 쓸쓸함은 수년이 지난 후에도 가시지 않았다. 조는 그에게 한두 번 엽서를 보냈다. 하지만 텍사스주 셸비카운티에서 구할 수 있는 것이라고는 론스타 혹은 참나무, 블루보닛*과 들판, 소떼의 사진엽서들뿐이었고, 그런 것으로는 텍사스 시골 최고의 기타리스트, 그의 인생의 형제이자 친구였던 조를 잃은 데 대한 부커의 불같은 분노를 잠재울 수는 없었다.

"조는 그를 사랑했어요."

그녀가 말했다.

"알아요."

그녀는 조 스위트를 생생하게 되살릴 수 있는 때가 다시 찾아온 지금을 즐기며 마이클을 향해 미소를 지었다.

"조에 대해서는 전혀 몰라요?"

그녀가 말했다.

---

* Bluebonnet: 미국 텍사스주의 주화로 푸른색 꽃이 핀다.

"얘기만 들었어요. 그래도 만나 뵙고는 싶었어요. 부커 삼촌이 들려준 부인과 조의 사랑 이야기는 정말 대단했거든요."

그가 말했다.

"조는 늘 사람이란 영원히 길에서 살 수 없는 법이라고 했죠."

주방 문이 열리더니 데니스가 옥수수가루를 묻혀 튀긴 생선 필레 접시를 들고 나왔다. 로리의 양념 소금과 제네바가 직접 만든 특제 소스까지 곁들인 요리였다. 데니스는 접시를 내려놓고 마이클이 있는 쪽으로 핫소스 병을 밀었다. 잠시 제네바는 그가 평온하게 식사를 하도록 내버려두었다. 그녀는 기타와 기타 케이스를 빈 부스 자리로 가지고 가서 테이블 위에 올려놓았다. 지금 기타가 걸려 있는 바로 그 부스 말이다. 마이클은 열심히 식사를 했고, 핫소스와 기름, 토마토 주스를 넣은 수프를 먹을 기회를 놓치지 않고 화이트 브레드를 추가 주문했다. 그는 맥주를 연이어 한 병 더 주문했고, 기분이 좋아 보였다. 어렸을 적 먹었던 그 어떤 음식과도 비교할 수 없을 정도로 아주 만족스러운 식사였기 때문이다. 그는 비닐 스툴을 빙 돌려 기타를 들고 있는 제네바를 바라보았다.

"늦게 와서 죄송해요."

그가 말했다.

그녀는 기타에서 눈을 떼지 않은 채 손사래를 쳤다.

"당신에게도 아내가 있고, 살아가야 하는 삶이 있잖아요."

그녀는 그의 결혼반지를 향해 고갯짓을 했다. 그러자 마이클은 몸이 뻣뻣해졌다. 그는 그녀에게서 시선을 떼고 스툴을 천천히 되돌려 두 번째 맥주를 홀짝였다. 제네바는 구름이 해를 덮은 듯 무언가 분위기가 달라진 것을 느꼈다. 그녀는 부스에 케이스를 놓아둔 채 자신의 자리로 돌아왔다. 그녀는 마이클의 접시를 치우고 카운터를 닦으며 얼마간의 시간을 보냈다.

"튀김 파이도 있는데."

"고맙지만 괜찮습니다, 부인."

그는 자신의 손목시계를 내려다보았다. 마법이 깨진 것이다.

"아이들도 있어요?"

그녀가 물었다.

"아뇨."

"결혼한 지는 얼마나 됐어요?"

"6년요."

"아이 없이 6년이면 꽤 기네요."

"아내가 여행을 많이 다녀서요."

그가 말했다. 그는 맥주병을 들어 올리며 한 병 더 달라는 시늉을 했지만, 이내 마음을 바꾸었다. 그는 다시 빈 병을 앞에 내려놓고 엄지손톱으로 병에 붙은 라벨을 긁어냈다.

"일 때문에요."

그는 설명의 필요성을 느꼈다.

"대단히 성공한 사람이거든요. 그 부분에 대해 그녀를 시기하진 않아요. 그렇다고 제 일을 그만두고 그녀를 따라 세계 곳곳을 돌아다닐 수도 없는 노릇이고요. 당연히 그녀에게 저를 위해 일을 그만두라고 말할 수도 없어요. 하지만 어떠세요, 부인. 어쩌면 제 생각이 틀렸을 수도 있잖아요. 저는 생계를 책임지는 것은 남자의 역할이라고 생각하거든요."

"무릇 사람이란 각자 자기가 원하는 것을 하며 살아야죠. 남자든,

여자든, 누구든."

그녀의 말 어딘가에 탓하는 듯한 뉘앙스가 풍겼기에 마이클은 방어 태세를 갖췄다.

"그녀는 좋은 여자예요. 저도 완벽한 사람은 아니고요. 사실은, 그녀가 집에 있지 않아서 내가 이 결혼을 망치게 된 건지 아니면 내가 이 결혼을 망쳤기 때문에 그녀가 집에 있지 않게 된 건지 잘 모르겠어요. 우리의 결혼 생활은 뭔가 알 수 없는 이유로 망가졌어요. 저희도 한때 서로를 사랑했는데. 전 여전히 아내를 사랑하고 있고요."

그 이야기를 듣는 대런은 가슴이 쓰렸다. 마이클과 랜디의 이야기는 성별만 바뀌었을 뿐, 대런과 리사의 이야기와 같았다. 그들의 경우 집에 정착하지 못하고 방황하고 있는 사람은 바로 대런이었다. *무릇 사람이란 각자 자기가 원하는 것을 하며 살아야죠. 남자든, 여자든, 누구든.* 랜디와 대런은 그들이 진정으로 원하는 것이 무엇인지 알고 있는 것일까?

제네바의 카페에서 마이클은 맥주병을 홀로 남겨둔 채 제대로 술을 마실 수 있는 곳이 있는지 물었다. 그녀 탓에 불편해진 자리를 빨리 벗어나려는 심산이었다. 그녀는 이 근처에 술집이라고는 길 위에 있는 선술집이 유일한데, 그곳에는 가지 않는 것이 좋다고 말했다. 그녀의 말에는 그가 깨닫지 못한 경고가 담겨 있었다.

"월리의 술집에는 가지 않는 게 좋소."

헉슬리가 커피를 리필하기 위해 아이작의 이발 의자에서 일어나 카운터로 다가오며 말했다. 그가 다시 카드 게임으로 돌아가자 마이클은 아까의 감정에서 벗어나 제네바의 삶에 대해 물었다.

"부인과 조 사이에는 아이들이 있나요?"

"아들 하나요. 더 가지려 했지만 잘되지 않았죠. 그래서 우린 신께서 주신 우리 가족을 있는 그대로 사랑하기로 했어요."

그녀가 말했다.

"조는 강도를 당해 돌아가셨다고요?"

제네바는 고개를 끄덕였다.

"그를 처음으로 혼자 둔 날 밤이었어요. 나랑 우리 아들 릴 조, 그리고 며느리 메리와 함께 손녀딸이 졸업 파티에서 입을 드레스를 사러 댈러스에 갔었거든요. 자정이 지나서 세 명의 남자들이 들이닥쳤죠. 일주일치 매상을 훔치고 남편을 총으로 쐈어요."

그녀는 카운터를 닦던 행주를 접어서 옆에 두었다. 그녀의 어깨 사이와 등의 근육이 슬픔과 트라우마로 팽팽해졌다.

"정말 끔찍했지."

헉슬리가 말했고, 제네바와 마이클은 그들이 자신들의 이야기를 모두 듣고 있었다는 사실을 깨달았다. 아이작은 팀의 머리에서 몇 센티미터가량 위에서 가위질을 멈췄다.

"아이작이 그걸 다 봤어요."

팀이 말했다.

아이작은 목청을 가다듬고 가위로 철컹철컹 소리를 냈다.

"뒷마당에 쓰레기를 버리러 나간 사이에 그놈들이 출입문을 통해 들어왔죠."

제네바는 머리를 숙였고, 아이작은 여자의 기분 같은 건 아랑곳하지 않거나 혹은 알아차리지 못했는지 계속해서 말을 이어나갔다. 그는 그 순간의 위험이라든가 그의 투지 넘치는 개입 등의 이야기들을 장황하게 늘어놓고 있었다.

"한 발의 총성을 들었어요. 빵! 천둥 같은 총소리였죠. 주방을 통해 안으로 들어왔을 때 그들은 차를 타고 재빨리 도망가고 있었어요."

그는 전면 창을 통해 마이클의 검은색 BMW에서부터 주유기, 그리고 그 너머 고속도로까지 손가락으로 죽 가리켰다.

마이클은 그의 시선을 따라 고개를 돌렸다.

"세 명의 백인 남자였어요. 조는 여기 피를 흘리며 쓰러져 있었고요. 그래서 내가 경찰에 신고했죠."

아이작이 카운터 뒤편, 금전등록기 근처의 한 지점을 가리키며 말했다.

마이클은 아이작이 가리킨 지점에서 다시 창문으로, 그리고 마침내 아이작에게로 시선을 옮겼다.

"범인들이 백인이라는 건 어떻게 아셨어요?"

"뭐요?"

아이작은 다시 가위질을 시작하며 말했다. 그런 뒤 팀에게 뒤쪽 머리카락을 자를 수 있도록 고개를 숙이라고 했다.

"밤이었다면서요."

마이클은 확인을 위해 제네바를 쳐다보았다.

"차를 타고 달아나는 걸 봤다고 했는데, 그렇다면 그들이 백인이라는 걸 어떻게 아셨던 거예요?"

대런도 물어봤던 것이었다. 그 역시 같은 부분에 발이 걸렸다. 제네바는 당시 보안관 사무소에서 나와 모든 걸 조사하고 수사를 마무리했는데, 이제 와서 두 사람에게 그게 무슨 상관이냐고 말하며 마이클과 대런의 의문을 일축했다.

카페 주차장에 들어서자마자 익숙한 차 두 대가 대런의 시야에 들어왔다. 랜디의 파란색 렌터카와 윌리의 거대한 포드 트럭. 트럭의 크롬 범퍼가 햇빛에 반짝이며 그의 눈을 태울 듯 흰색의 광채를 발했다. 대런은 제네바의 거절에도 불구하고 그녀가 운전석에서 내리는 것을 돕겠다고 고집을 부렸다. 그는 그녀의 팔꿈치를 조심스럽게 부축하며 카페의 출입문으로 향했다. 랜디가 며칠간 몰고 다닌 파란색 포드 옆을 지나치면서 대런은 딱히 이렇다 할 목적 없이 안을 흘끗 들여다보았다. 조수석에 그녀의 가죽 더플백과 그 위로 검은색 카메라 가방이 놓여 있었다. 때가 된 것이다. 그녀는 떠날 준비를 하고 있었다. 대런도 아마 마찬가지여야 할 것이다, 어쩌면 오늘. 마이클 라이트, 조금씩 알아가며 이해하게 되었던 그 남자, 대런이 그러하듯 정맥에 텍사스 동부의 흙먼지가 흐르던 그 남자에게 일어났던 일의 미스터리는 그의 손가락 사이로 빠져나가 버렸다. 뭐라 이름 붙일 수 없는 방식으로 그는 남자를 잃고 말았다. 무언가 잘못되었다는 찝찝함만 남긴 채.

카페에 들어섰을 때 윌리는 카운터 뒤 냉장고에서 맥주를 꺼내고 있었다. 그는 냉장실 문에 걸린 플라스틱 병따개로 마개를 따고 맥주를 한 모금 마신 뒤 방금 들어온 제네바와 대런을 향해 인사의 고갯짓을 했다. 두 사람이 뜨거운 햇살을 피해 자신의 집 거실에 들어온 것처럼, 차가운 음료와 따뜻한 대화로 그들을 기다린 것처럼 말이다. 그는 출입문을 덮은 얼룩진 마분지를 맥주병으로 가리켰다. 문에 달린 자그마한 청동 종이 둔탁하게 울리고 있었다.

"아침에 사람을 보내서 문부터 고치라고 하지."

그가 제네바에게 말했다. 점심시간이 가까워지고 있었다. 월리는 이미 술이 거나하게 취해 코가 발그레했고, 얼굴 전체에는 열꽃이 피어 있었다.

"문은 내가 알아서 고칠게요."

제네바가 말했다.

그녀의 태도는 그 어떤 힐난도 없이 솔직담백했다. 그녀는 그저 그가 정신을 차리고 금전등록기에서 멀어지기만 기다리고 있을 뿐이었다. 한 번의 이야기로 족했다. 월리는 카운터 앞으로 돌아나가며 제네바 세계의 키가 있는, 59번 고속도로가 바로 보이는 그곳, 자신의 마땅한 자리에 서려는 제네바의 옆을 지나쳤다. 두 사람 사이의 간격이 가까워지자 월리는 손을 뻗어 그녀의 팔을 붙들었다. 그 행동에는 그 어떤 절박함이 담겨 있었다. 그녀에게 원하는 무언의 무언가. 두 사람의 시선이 마주치면서 카페 안의 공기가 달아올랐다. 대런은 제네바가 월리의 손아귀에서 팔을 뿌리치는 순간 그녀의 얼굴에 번득인 경고의 빛을 포착할 수 있었다. 월리는 그 자리에 서서 잠시 그녀를 쳐다보다가 마침내 빨간색 스툴 중 하나에 앉았다. 헉슬리가 늘 커피가 담긴 머그잔과 신문을 놓고 앉는 곳에서 두 자리 아래였다. 웬디는 창가의 부스 자리 중 한 곳, 조의 레스 폴 아래에 앉아 있었다. 그녀는 체커의 말과 카드 두 묶음으로 복잡한 솔리테르*를 하고 있었다. 그녀는 제네바를 맞이하기 위해 노쇠한 몸을 일으키려 했지만, 제네바는 그럴 필요 없다며 그녀를 말렸다. 제네바는 그 누구도, 그 무엇도 만지지 않고 곧장 욕실로 들어가 15분가량 뜨거운 물에 샤워를 했다. 그리고 마침내 주방 문에 다시 손을

---

* Solitaire: 혼자 하는 카드놀이.

었을 때 윌리가 입을 열었다.

"라크가 간밤에 아주 평안했어. 냉혈한 살인범이 감방에 갇혔으니."

"가게 문 닫았어요, 윌리."

제네바가 더 이상의 대화를 차단했다.

윌리가 테이블 위에 놓인 음식들과 식사하는 사람들, 구석구석 북적이는 손님들을 둘러보자 그녀가 덤덤하게 덧붙였다.

"방금 결정했어요."

그는 그녀가 재미있어 못 견디겠다는 듯 비웃음 섞인 미소를 지었다.

그는 방금 전 사람들 앞에 여실히 드러난 자신의 약점을 치유하기 위한 강장제를 마시듯 맥주를 들이켰다. 그는 결혼반지에 박힌 다이아몬드를 만지작거리며, 카운터 아래로 늘어뜨린 두 다리를 흔들었다. 검은색 카우보이 바지 아래로 뾰족한 악어가죽 구두 한 쌍이 튀어나와 있었다.

"개인적인 감정 같은 건 없었어."

제네바는 주방으로 통하는 회전문을 밀려다 말고 그 자리에 멈춰섰다. 그녀의 얼굴에 경계의 빛이 떠올랐다.

윌리는 대수롭지 않게 어깨를 으쓱 올렸다.

"내가 본 사실을 그냥 보안관에게 말했을 뿐이야. 미시가 살해당했던 날 밤에 당신 집에 갔었잖아."

대런이 앞으로 나섰다.

"밴혼에게 당신이 말했습니까?"

"사건 발생 초반에 아마 언급했던가. 누구 짓인지 전혀 가늠하고 있지 못할 때 말이야. 파커가 내게 몇 가지 물어보더군."

헉슬리가 배반자를 발견한 듯 스툴에서 벌떡 일어섰다. 그런 뒤 대런과 월리에게서 멀어져 웬디가 있는 부스 자리, 그녀의 맞은편에 앉았다.

대런은 헉슬리가 방금 비운 자리에 앉아 월리를 똑바로 쳐다보았다. 그리고 생각을 떨쳐내려는 듯, 그의 마음속 어두운 모퉁이에 남아 있는, 이번 사건들에 대한 의심의 자갈들을 흩어내려는 듯 고개를 살짝 흔들었다.

"그건 부검 결과서가…."

그가 말했다.

"그래, 맞아. 그것 때문에 확인이 가능했지. 음식물 말이야."

월리가 말했다.

그는 카운터 너머로 제네바를 쳐다보았다. 그녀를 향한 날카로운 분노를 방패 삼아.

"하지만 이봐. 내가 이곳 바로 건너편에서 50년 가까이 살아온 건 밴혼도 잘 아는 사실이야. 우리 집 창문으로 온갖 잡다한 일들을 다 목격한다고."

"문 닫았다니까요."

제네바가 말했다. 그런 뒤 노여움으로 씩씩거리며 주방으로 통하는 회전문을 쿵 밀고는 목청껏 외쳤다.

"페이스는 어디 있는 거야?"

반동으로 인해 문이 뒤로 밀리면서 그녀의 메아리가 월계수 잎과 마늘 냄새가 밴 따뜻한 공기에 실려 밖으로 흘러 나왔다. 월리는 지금의 상황이 즐거운 듯했다. 그는 남은 맥주를 마저 들이켠 뒤 트림을 내뿜고는 대런에게로 고개를 돌렸다.

"어쨌건 일이 제대로 마무리되지 않았다면 큰일이 날 뻔했지. 두 건 모두 키스랑 엮었으니 이제 자네는 이 시골 마을을 떠나도 되는 것 아닌가?"

그가 말했다.

세련된 머리 스타일의 그는 190센티미터에 달하는 거구를 일으켜 의자에서 내려왔다. 그리고 주먹을 쥔 손으로 포마이카 카운터를 꾹 누르더니 이내 몸을 돌리고 밖으로 나갔다.

대런은 그가 떠나는 모습을 지켜보았다.

그는 스툴을 돌려 그의 모든 움직임을 주시했다. 포드의 운전석에 올라타는 모습과 거대한 트럭을 후진한 뒤 59번 고속도로를 향해 주행하는 모습, 그리고 짧은 거리를 달려 자신의 집 현관에 도착하는 모습까지. 윌리가 뭐라고 했더라? 제네바의 카페 바로 건너편에서 50년을 살았다고, 자신의 집 창문으로 이곳에서 벌어지는 온갖 일들을 목격한다고 했던가. 대런은 제네바의 단골들, 헉슬리와 웬디를 쳐다보았다.

"범인은 잡혔습니까?"

그가 말했다.

"키스 말이야?"

웬디가 아리송한 표정으로 눈썹을 치켜올렸다.

"아뇨, 조 스위트를 죽인 자들요."

헉슬리와 웬디의 시선이 마주쳤고, 두 사람은 잠시 말이 없었다. 말로 표현하지 못할 그 어떤 예의 같은 것이랄까. 먼저 침묵을 깬 것은 웬디였다. 그녀는 대답 대신 부드럽게 휘파람을 불었다. 응답을 바라는 그 구슬픈 음률이 허공을 갈랐다.

"왜요?"

대런은 둘을 번갈아 쳐다보며 말했다.

웬디는 고개를 가로저었다.

"아니, 잡지 못했지."

"일이 늘 옳게만 풀리는 건 아니라오."

헉슬리가 말했다. 그는 금기의 무언가를 말하고자 하는 욕망에, 호흡이 딸리듯 힘겹게 단어들을 나열했다.

"처음부터 끝까지 그랬지. 우리에게는 보안관 하나뿐인데, 그 사람은 제네바가 조를 땅에 묻기도 전에 사건을 종결시켜버렸어."

웬디가 말했다.

"말도 안 돼요."

대런이 말했다.

"그렇지."

헉슬리도 동조했다.

대런은 비어 있는 이발 의자와 아이작이 머리카락을 자를 때 딛고 서는 좌판을 쳐다보았다. 그리고 카페에 총격 사건이 있었던 밤 이후로 그가 모습을 보이지 않고 있다는 사실을 새삼 깨달았다.

"아이작이 거짓말을 하는 건 아닐까요?"

"허, 아이작은 쥐뿔도 모르오. 보안관이 세 명의 백인이었다고 하니까 그렇게 말하고 다니는 거겠지."

헉슬리가 말했다.

"아이작이 그날 밤 뭘 봤는지는 몰라도 아주 제대로 겁을 먹은 게 분명해. 조와 함께 모든 것이 다 묻혀버렸으니까. 그리고 이후로는 아무도 그 일을 입에 올리지 않았지…. 그 흑인 친구가 여기 오기 전까지는 말이야."

웬디가 말했다.

"마이클요?"

대런이 말했다.

그의 가슴이 둥둥 울렸다. 그 속도는 마치 기차가 달려오듯 점점 빨라지고 있었다. 무언가의 실체에 점차 다가서고 있다는 느낌이 강해지고 있었다.

헉슬리는 고개를 끄덕였다.

웬디가 말했다.

"제네바는 그 일에 대해 별로 얘기하고 싶어 하지 않거든."

"지금도 마찬가지야."

주방의 회전문 쪽에서 소리가 들려왔다.

제네바가 구속됐을 때 입었던 옷차림 그대로 모습을 보였다.

"그 여자가 저기서 당신을 찾고 있어요. 이제 곧 떠나겠군요."

그녀가 덤덤하게 말했다. 그가 떠나는 모습을 줄곧 지켜보겠다는 듯 세상 여유로운 태도였다.

"조의 사건에 대해 밴혼이 뭐라고 설명하던가요?"

대런이 말했다.

"그건 알아서 뭐 하게요?"

"뭔가 잘못됐어요, 안 그래요? 아이작의 이야기 말입니다."

"그렇게 알고 6년을 지냈어요. 그건 강도 사건이었다고요."

그녀가 말했다.

랜디가 쉘비카운티에 처음 왔을 때에도 그녀의 남편 사건에 대해 그들은 그렇게 설명했더랬다.

"이상하다고 생각하지 않으십니까? 하필이면 조가 처음으로 카페에 혼자 있던 날 밤에 그런 일이 일어났다는 게?"

대런이 말했다.

"그게 무슨 상관인지 모르겠군요. 그 모든 게 내 탓이라고 말할 작정이 아니라면. 그리고 내가 수년 동안 그런 생각을 한 번도 안 해 봤다고 생각했다면 당신은 악마처럼 사악할 뿐만 아니라 어리석기도 하네요."

제네바가 말했다.

"누군가는 바로 자기 집 거실 창문으로 여기서 벌어진 일들을 다 보고 있었을 거란 말씀을 드리는 겁니다."

제네바의 얼굴에 대런이 말하는 바에 대한 깨달음의 빛이 스쳤지만, 그녀는 아랑곳하지 않았다.

"그냥 내버려둬요, 알았어요?"

그녀는 점점 더 분노하고 있었지만, 대런은 그 뒤에 숨은 일말의 무언가를 느낄 수 있었다. 오래되어 단단해진 공포.

"뭐가 두려우신 겁니까?"

"두려운 것 없어요."

제네바가 말했다. 어쩌면 정말로 그녀는 두렵지 않을지도 모른다. 적어도 그가 이해하는 방식으로는. 어쩌면 그녀에게서 느껴지는 불안은 날카로운 경계심에 더 가까울지도 모른다. 희망을 간직하기 위해 세월이 그녀의 심장 주위로 두른 가시 담장에 부딪힐지도 모른다는 두려움 말이다.

"난 여기서 당신보다 훨씬 더 오래 살았어요. 나 같은 사람들에게 법이 어떻게 적용되는지도 잘 알고요."

랜디가 그랬듯 그녀는 진실을 포기해버렸다.

대런은 자신이 두 여자 모두에게 아무런 의미도 없는 배지를 달고 있다는 사실이 슬펐고, 또한 노여웠다. 정의와 낙심이 서로 불가분의 관계에 있지만, 설사 낙심하는 일이 생겨도 그것에 정의가 아무런 역할도 하지 못한다는 사실에 화가 치밀어 올랐다.

"그 사람이 준 명함을 보여줘."

헉슬리가 별안간 말했다.

그러자 제네바는 손사래를 쳤다.

헉슬리는 제네바를 쳐다보았다. 얼음이 얇게 언 지점을 쳐내듯 그는 계속해서 밀어붙였다.

"그 변호사 친구가 말이오, 그러니까 마이클, 그 사람이 제네바에게 명함을 남겼소. 오래된 사건들을 전문적으로 조사하는 곳이라는데, 시카고에서 아는 친구들 몇몇이 한다고 하더군."

대런이 말했다.

"아직도 갖고 계세요?"

제네바는 어깨를 으쓱 올렸고, 헉슬리는 카운터를 돌아 들어가 금전등록기 구석 바닥에서 명함을 한 장 꺼냈다. 그리고 그것을 대런에게 건넸다. 대런은 명함에 적힌 글씨를 읽어보았다. *레넌 앤 펠킨 수사 서비스.* 그는 제네바를 쳐다보았다. 그녀는 무거운 한숨을 내쉬었다.

24

그곳은 전직 경찰 두 명이 운영하고 있는 사설탐정 회사로, 전직 시카고 법대 교수가 주도하는 이너선스 프로젝트에 여러 번 동참한 적도 있었다. 몇 번의 전화 통화와 구글 검색으로 대런은 마이클 라이트가 왜 제네바에게 그들의 도움을 제안했는지 이유를 알 수 있었다. 그들은 대부분 흑인이나 라틴계 사람들이 부당하게 기소되거나 수년간 억울한 옥살이를 하게 된 사건들을 맡고 있었는데, 두 수사관이 지금껏 맡아온 사건들의 패턴은 다음과 같았다. 흑인 어머니나 누나 혹은 아내가 자신이 하지 않은 짓 때문에 감옥에 갇힌 남자의 억울함을 읍소한다. 흑인 어머니나 누나, 아내, 남편, 아버지 혹은 형제가 사랑하는 사람을 잃고서도 아무에게도 그 죄를 묻지 못하게 된 억울함을 읍소한다…. 흑인들에게 정의란 심적 고통과 육체적 고통을 동시에 지닌 양날의 검과 같은 법에서 기인했다. 레넌과 펠킨은 인종 갈등이 내재된 미해결 사건 수사에 주력하고 있었다. 피해자의 인종이 무엇이냐에 따라 경찰의 수사 속도가 느려지거나 사건

해결에 대한 호기심이 극단적으로 둔해지곤 하기 때문이다. 〈뉴욕 타임스〉에서도 이 회사의 이력과 설립자들에 대해, 그리고 그들이 되살려 결국 진범을 잡은 사건들에 대해 기사로 다룬 적이 있었다. 마이클은 제네바에게 조 스위트의 진범을 잡을 수 있는 기회를 제안했던 것이다.

카페 밖에 선 대런은 마이클이 죽기 전 몇 시간 동안 계속해서 조 스위트의 죽음에 대해 여러 가지를 물어보고 있었던 사실을 월리도 알고 있었을까 궁금해졌다. 마이클이 죽음에 이르기까지의 그 몇 시간 동안 월리가 사실상 어디에 있었던 것인지도 궁금해졌다. 그 의문이 너무도 다급해 그는 자신도 모르게 트럭의 열쇠를 잡아 쥐었고, 휴대전화에서 고개를 드는 순간 카페 건물의 옆면을 돌아 자신에게 다가오는 랜디를 발견했다. 그녀는 그의 팔뚝으로 손을 뻗으며 작별인사를 하기 위해 기다렸노라고 말했다.

"시신을 데려가도 좋다는 연락이 왔어요. 마이클을 집으로 데려가려고요."

그녀가 말했다.

"가지 말아요."

충분히 생각을 마무리하기도 전에 말이 먼저 나왔다. 자신의 사명감이 마이클을 향하고 있는 상황에서 그녀의 허락 내지 승인을 구해야 할 것 같다는 생각에서였다. 그녀를 위해서가 아니었다. 정의란 뒤에 남겨진 사람들의 동의 같은 건 필요로 하지 않으니 말이다.

"이제 끝났어요, 대런. 난 그저…."

그녀가 말했다.

"랜디."

"고마워요, 대런. 나를 위해, 마이클을 위해 노력한 모든 일에 정말 감사해요. 난 이곳을, 이 주를 이해하지 못하지만, 마이클은 나와 다르겠지요. 당신이 이곳에서 하려 했던 일들을 그라면 모두 이해했을 거예요. 그 사람도 당신을 마음에 들어 했을 거예요."

"랜디, 기다려요."

"아니요. 여기서는 내가 더 이상 할 수 있는 것이 없어요."

그녀는 파란색 해치백 렌터카의 운전석으로 향했다. 그는 그녀의 왼쪽 팔을 붙잡았다.

"키스는 마이클에 대해 사실대로 이야기하고 있습니다."

그가 말했다.

팔을 뿌리치는 랜디의 얼굴이 굳어졌다.

"이제 그만해요."

"그가 죽인 게 아니에요."

"난 더 이상 못 하겠어요, 대런."

그녀는 렌터카의 문을 열며 말했다.

"마이클의 죽음이 미시 데일과는 아무 상관이 없다면요?"

"그럼 왜요?"

그녀가 말했다. 그녀의 음성은 비명에 가까웠고, 그녀의 갈색 눈은 분노로 붉게 달아올랐다.

"그럼 내 남편은 왜 죽은 건데요, 대런?"

"조 스위트."

그녀는 멍한 표정으로 그를 쳐다보았다. 순간 그녀는 그 이름을, 기타를, 그 사랑 이야기와 마이클이 59번 고속도로를 따라 텍사스 동부까지 먼 길을 달려온 이유를 잊은 듯 보였다. 그리고 마침내 그 이름이 제대로 떠올랐을 때, 그녀는 지금 당장 차를 타고 이곳에서 벗어날 수 있는 자신에게 대런이 무엇을 더 견디라고 하고 있는 것인지 기가 찰 따름이었다. 답을 얻을 수 있을지 알 수 없는 끝없는 의문들.

"마이클은 조 스위트가 살해당한 밤에 대해 의문을 품고 있었습니다."

"그래서요?"

그녀는 차 문을 더 활짝 열어 둘 사이를 가로막았다.

"그래서 이 마을의 누군가에게는 그를 막아야 할 이유가 있었을지도 모른다는 거죠."

대런은 자신의 직감이 진실에 어느 정도까지 가까워졌는지를 곰곰이 생각해보며 고개를 돌려 고속도로 너머의 몬티첼로를 쳐다보았다.

"가든지 남든지 마음대로 해요. 난 끝까지 가볼 생각입니다."

그가 그녀에게 말했다.

그가 궁금한 것은 한 가지였다. 마이클이 죽은 날 밤 월리와 그의 행로가 겹친 지점이 있었을까? 월리의 선술집은 마이클이 농로에서 폭행을 당하기 직전 목격된 마지막 장소였다. 대런은 그날 밤 월리의 모든 행적을 추적해보기로 했다. 그는 59번 고속도로를 따라 곧장 월리의 저택으로 향했다. 월리의 거대한 트럭이 원형 진입로에 주차되어 있었지만, 안에서는 아무런 답이 없었다. 그가 초인종을 세 번째 눌렀을 때 집의 뒤편에서 어떤 소리가 들렸다. 낙엽을 밟는 발자국 소리와 함께 문이 열렸다 닫히는 소리가 이어졌다. 집 주위를 유령처럼 빽빽하게 둘러싼 참나무들 사이로 소리들이 메아리쳤다. 두꺼운 나뭇가지들이 지붕 위로 검은 그림자를 드리우고 있었다.

"월리!"

대런이 소리쳤다. 그래도 아무런 답이 없자 그는 집의 뒤편으로 향했고, 이내 사슬에 묶인 검은색 래브라도와 맞닥뜨렸다. 개는 대런을 향해 앞발을 들며 으르렁거렸다. 개와의 거리가 너무도 가까워 대런은 바지를 입었음에도 불구하고 다리에 훅 끼쳐오는 녀석의 뜨겁고 습한 숨결을 느낄 수 있었다. 그는 집 건물 옆면에 최대한 몸을 밀착시킨 채 녀석의 옆을 지났다. 붉은색 벽돌의 거친 가장자리가 그의 등을 찔렀다.

"월리."

대런은 그가 뒷마당에 있을 거라 확신하며 그를 다시 불러보았다. 하지만 돌아오는 건 침묵뿐이었다. 월리의 뒷마당에서 낙엽이 나뒹굴며 바스락거리는 소리와 근처 나무에서 새들이 무언가를 경고하듯 요란하게 지저귀는 소리 외에는 아무런 소리도 들리지 않았다. 대런 역시 느낄 수 있었다. 그를 둘러싼 이 고요함이 어딘가 모르게 수상하다는 것을.

집 뒤편은 풍경 좋은 정원이라기보다는 자연 그대로의 산림에 가까웠다. 참나무 군집의 우락부락한 뿌리들이 빽빽하게 자리하고 있었고, 대지 경계를 따라 텍사스 동부의 전통을 자랑하는 소나무들이 북쪽과 남쪽 방향으로 보초병처럼 서 있었다. 건물도 몇 개 있었는데, 모두 낙엽과 비쩍 마른 솔방울로 뒤덮여 있었다. 각종 도구들을 보관하는 창고의 역할을 하고 있는 작은 온실, 그리고 그보다 더 큰 규모의 헛간. 나무판자들은 세월의 흐름에 낡아 칙칙한 회색으로 변해 있었다. 문은 일이 센티미터가량 열려 있었고, 헛간 문을 고정시키는 자물쇠는 쓸모없는 장식물처럼 빗장에 매달려 있었다. 그때 헛간 앞 땅바닥에 무언가가 그의 시선을 사로잡았고, 그는 그 자리에서 얼어붙고 말았다. 두 개의 타이어 자국이 반대편 나무 문의 암흑 속으로 이어지고 있었던 것이다.

차는 어디로 간 거지?

며칠간 풀리지 않던 의문이었다. 키스 데일의 말이 사실일지도 모른다고 생각하게 된, 바로 그 사라진 퍼즐 조각이었다. 물론 찻잎으로 점을 치듯 타이어 자국만으로 섣불리 판단할 수는 없었다. 하지만 대런은 그 문 뒤에서 무엇을 발견하게 될지 알 것 같아 마음이 무거웠다. 그는 두 짝의 문 중 하나를 열었다. 녹이 슨 경첩에서 쇠를 긁는 듯 끔찍한 소리가 났다. 이건 지난번 그가 이 집의 반대편 현관에 서 있었을 때 들었던 소리와 같았다.

그의 눈이 어둠에 적응하기도 전에 그는 총이 딸칵거리는 소리를 들었다. 그는 혼자가 아니었다. 천장에 난 구멍을 통해 내리쬐는 얇은 빛줄기와 먼지의 소용돌이 속에서 그는 아이작이 뒤쪽 벽면에 붙어 서서는 대런의 머리를 향해 자그마한 권총을 겨누고 있는 것을 볼 수 있었다. 대런은 자신의 콜트로 손을 뻗었지만, 총집에서 총을 빼기도 전에 아이작이 총을 쏘고 말았다. 총알은 대런의 어깨를 몇 센티미터 차이로 살짝 비켜갔다.

"아이작, 그 총 내려놔요."

아이작은 또 다시 총을 쐈고, 총알은 헛간 문을 관통했다.

집 안에서 여자의 비명이 들렸다.

"윌리, 밖에서 총소리가 들렸어!"

그러니까 집에 있었단 말이지, 대런은 생각했다.

그 안에 있을 아기를 떠올린 그는 속이 쓰렸다.

"월리가 좋아하지 않을 거야."

아이작이 중얼거렸다.

대런은 두 손을 들었다.

"뭘 봤는지 말해요, 아이작."

아이작은 겁에 질려 있었다. 휘둥그레진 두 눈은 빨갛게 충혈되어 있었다. 그는 어쩌면 울고 있었는지도 모르겠다. 대런이 그와 안전거리를 유지하는 사이에 그는 조금씩 문과 가까워지고 있었고, 두 사람은 서로 원을 그리며 천천히 춤을 추는 모양새가 되고 말았다. 그렇게 해서 결국 대런은 오래된 페인트 통이 가득 쌓여 있는 헛간 안쪽으로 점점 깊숙이 들어가게 되었고, 아이작은 헛간 문 바로 앞에 자리하게 되었다. 한때 이곳에 있었을 BMW는 지금은 온데간데없다. 아이작은 창고 밖 낮의 햇살을 향해 슬금슬금 물러나더니 미끄러지듯 문을 통과해 달아나 버렸다.

대런은 그의 뒤를 쫓으며 자신의 권총을 집었다.

"아이작, 해칠 생각은 없습니다."

하지만 아이작은 재빨랐고, 이곳의 지형에 대해 대런보다 잘 알고 있었다. 대런은 주위를 둘러싼 숲에서 순식간에 그를 놓치고 말았다. 그는 다시 집의 뒷문으로 향하다 월리와 맞닥뜨렸다. 그 늙은 남자는 대런의 총을 쳐다보며 두 손을 들고 비꼬는 듯한 미소를 지었다.

"차는 어디 있습니까, 월리?"

"그 시카고 친구는 내가 죽이지 않았네."

"망할 차는 어디 있냐고요."

대런은 차 한 대가 집의 반대편 진입로로 들어오는 소리를 들었다. 이내 차 문이 열리더니 쿵 소리를 내며 닫혔고, 보안관보가 헐레벌떡 집을 돌아 이쪽으로 다가오는 소리가 이어졌다. 월리의 미소가 점점 환해졌고, 대런은 자신이 월리가 구상한 시나리오에 제 발로 걸려들었음을 깨달았다.

"총 내려놔요."

보안관보가 자신의 총을 흔들며 말했다.

"저자가 날 죽이려고 했어."

월리가 말했다.

"총 내려놓으라고 했습니다!"

"난 텍사스 레인저입니다."

대런이 말했다. 대치 상황에서 그는 차마 몸을 돌려 자신의 배지를 보일 수가 없었다. 조금도 움직일 수가 없었다.

"밴혼에게 전화해 내가 여기, 살인범을 잡았다고 말해줘요."

"지금 이리로 오고 계세요. 로라가 총격 신고를 했거든요. 침입자가 든 것 같다고요. 보안관님이 저를 먼저 이리로 보내셨어요. 지금 59번 고속도로로 오고 계시고요."

보안관보가 말했다.

"이자한테 총이나 좀 치우라고 말해줄 수 없겠나?"

월리가 말했다.

"지금 이 사람, 체포 중입니다."

대런이 되받아쳤다.

보안관보는 대런과 월리를 번갈아 쳐다보았다. 그의 총구는 여전히 대런을 향하고 있었지만, 누구를 믿어야 할지 혼란스러운 눈치였다. 보안관보의 벨트에 달린 무전기가 그를 향해 삑삑거렸다. 그는 무전기를 들었고, 반대편에서 흘러나오는 목소리를 모두가 들을 수 있었다.

"보안관, 여기는 레딩. 그 최신 BMW 검은색 모델, 여전히 수배 중입니까?"

밴혼의 음성이 다른 채널을 통해 흘러나왔다.

"그렇다."

이어지는 레딩의 말에 대런은 소름이 돋았다.

"그 차가 라크에서 카운티 경계를 향해 달리고 있는 것을 포착했습니다. 대니얼스와 암스트롱이 운전자를 검거했고요. 피해자 아내분이 여전히 카페에 있다고 하니, 그곳으로 차를 가져가겠습니다."

카운티의 무전 통신을 통해, 그 말이 사방으로 퍼졌다. 대런이 제네바 카페 주차장에 들어섰을 때 거기에는 이미 한 무리의 사람들이 구경을 나와 있었다. 제네바와 데니스, 헉슬리와 페이스, 그리고 제네바의 또 다른 손님들 몇몇. 웬디도 빠지지 않았다. 그리고 랜디까지. 결국 그녀는 그를 기다리고 있었다. 그녀는 이웃한 흙밭에서 낙엽과 흙먼지를 싣고 날아온 늦은 오후의 찬바람에 두 팔을 꼭 감싸 쥐고 있었다. 그녀는 몸을 떨며 카페 주차장을 살펴보다가 대런과 눈이 마주쳤다. 그는 그녀에게 다가가 손을 잡아주고 싶었지만, 자신의 트럭과 윌리, 그리고 윌리의 집으로 찾아왔던 보안관보 근처에 머물기로 했다. 젊은 보안관보의 호칭 그대로, 제퍼슨 씨는 보안관보의 순찰차 조수석에 오르며 흡족해했다. 대런이 목격한 것에 대해 보안관 측은 여러 가지를 궁금해했고, 우선 이곳에서 밴혼을 만나기로 했던 것이다. 대니얼스라는 이름의 보안관보가 운전하는 순찰차가 처음으로 모습을 드러냈다. 쇠창살이 드리워진 뒷좌석으로 아이작의 실루엣이 보였다. 그는 머리를 낮게 숙이고 누구와도 시선을 마주치지 않았다. 그 뒤 1분도 지나지 않아 검은색 BMW가 카페 앞에 정차했다. 그 광경에 랜디의 무릎이 후들거렸다. 제네바는 그녀가 바닥에 쓰러지지 않도록 손을 뻗어 그녀를 부축했다. 암스트롱이라는 이름의 보안관보가 BMW를 몰고 온 듯 두꺼운 목에 라인맨* 같은 넓은 어깨를 한 젊은 남자가 차에서 내린 뒤 대런과 월리에 바로 앞서 이곳에 도착한 밴혼에게 다가갔다.

"이 차가 맞죠?"

암스트롱이 말했다.

"강에서 발견된 그 남자의 차."

랜디는 제네바의 부축을 뿌리치고 아이작이 탄 순찰차로 달려가 뒷좌석의 유리창을 주먹으로 내리치며 소리를 질렀다.

"무슨 짓을 한 거야?"

아이작이 계속해서 시선을 피하는 가운데 그녀는 이쪽 창문에서 저쪽 창문을 오가며 소리를 질렀다. 그리고 월리는 그런 그녀를 굳은 얼굴로 쳐다보았다. 팽창된 피아노 줄이 금방이라도 끊어질 것처럼 내지르는 그녀의 음성은 소리라기보다는 거친 비명에 가까웠다.

"무슨 짓을 했어?"

대런은 그녀의 옆으로 다가갔고, 그제야 그녀는 아이작에게서 시선을 떼고 대런의 어깨에 얼굴을 묻으며 흐느꼈다. 그는 새롭게 탄

---

* Lineman: 라인에서 경기를 하는 수비수.

생한 그녀의 슬픔을 생생하게 느낄 수 있었다. 랜디를 쳐다보던 밴 혼은 뒷좌석에 탄 자그마한 체구에 주근깨 가득한 남자에게로 시선을 옮기며 말했다.

"이자를 내리게 해."

25

 그는 그 모든 과정을 지켜보았다. 키스 데일은 마이클에게 주먹을 날렸고, 미시는 등에 악마가 달라붙은 것마냥 비명을 지르며 키스에게 당장 그만두라고 소리쳤다. 그는 피를 보았다. 마이클이 비틀거릴 때, 키스가 자신의 트럭을 돌아 5×10 규격의 각목을 꺼내는 그 순간, 모든 것이 달라진 그 순간도 어김없이 보고 있었다. 아이작은 농로와 선술집 뒤편 사이에 자리한 숲에서 그 모든 것을 지켜보고 있었다. 어둠에 숨어, 그리고 자신처럼 생긴 라크 출신의 사람은 제프의 주스 하우스와 같은 마약 매매의 소굴에서 죽지 않을 것이라는 사실 뒤에 숨어서 말이다. 항상 그러했던 것은 아니었다. 어린 학생이었을 때부터 그는 종종 그곳에 가서 코카인을 사곤 했다. 제네바의 가게에 포도 맛 니하이가 동이 났을 때에도 그곳에 가면 살 수 있었다. 굉장히 친절한 곳은 아니었지만, 눈에 띄게 행동하지만 않으면 해를 입지는 않았다. 물론 그곳에는 문신을 한 백인들도 있었다. 그들 중 몇몇은 머리를 밀고 있어 아이작은 완전히 겁을 먹기도 했지만, 그는 알고 있었다. 윌리가 제네바의 가게를 찾아온 남자에 대해 알고 싶어 할 거라는 걸. 조 스위트에 대해 그가 가졌던 의문들. 그래서 그는 그날 윌리에게 섣불리 움직였다가는 문제가 생길 수도 있겠다는 소식을 전하기 위해 선술집 뒷문으로 향하던 길이었다.

그러나 그는 우연히 그 문젯거리와 맞닥뜨리고 말았다. 이미 반송장이 되어 무릎을 꿇은 그는 아이작의 발치에 굴러들어온 돌이었다. 그는 길 안쪽의 덤불과 숲에 숨어 키스 데일이 마이클의 머리 위로 각목을 치켜 올리는 모습을 지켜보았고, 미시의 외침을 들었다.

"그냥 날 집까지 데려다주려던 거야!"

그래도 키스가 무기를 버리지 않자, 그녀는 말했다.

"해봐, 그러면 나도 죽여야 할 거야. 하나 죽은 건 어떻게든 빠져나갈 수 있을지 몰라도 당신 머리로 둘은 어려울걸."

그러자 키스는 각목을 떨어뜨리고 무자비하게 미시를 끌고 트럭으로 향했다. 그는 조수석에 그녀를 내동댕이치다시피 한 다음 운전석에 올라탔다. 그는 줄곧 씩씩거렸다. 그런 뒤 얼마 지나지 않아 두 사람은 현장을 떠났다.

"그래서 어떻게 했습니까?"

대런이 물었다.

그는 센터에 있는 보안관 사무소의 조그마한 조사실 뒤편에 앉아 있었다. 아이작은 처음에 앉기를 거부했다. 자신은 의자에 앉을 자격도 없다는 듯, 스스로에게 벌을 내리듯 말이다. 하지만 자백의 무게가 더해진 심문에 그는 점점 지쳐갔고, 마침내 조사실의 칙칙한 두 개 벽면 사이 구석에 풀썩 주저앉고 말았다. 대런은 남자와 시선을 맞추기 위해 그의 앞에 쪼그려 앉았다.

"그 사람을 발견했을 때는 이미 정신을 잃은 상태였어요."

아이작은 혼란스러운 그날 밤의 기억으로 대런을 천천히 안내하고 있었다. 그는 마음이 급했다고 했다. 한시바삐 월리의 집으로 가서 마이클이 물어봤던 것들에 대해, 그와 월리가 수년 동안 숨기고 있던 비밀, 그들이 저지른 짓에 대해 어떻게 해서 그가 의심하고 있는지를 그에게 말해줘야 했다고 말이다. 아이작이 고속도로를 따라 월리에게 달려가는 사이에 마이클이 정신을 차리고 다시 차에 올라 곧장 센터에 있는 보안관 사무소로 향한다면 어쩐다? 월리는 분명 일을 망친 것에 대해 아이작을 탓할 것이고, 그다음에 무슨 일이 벌어질지는 아무도 알 수 없었다. 그는 감옥에 가는 것만큼이나 제네바가 사실을 알게 될까 두려웠다. 제네바는 그에게 가족이나 마찬가지였다. 또한 그녀의 카페 한구석에 얻은 일터 또한 그가 가진 전부였다.

그래서 그는 재빠르게 행동했다.

그는 키스가 풀밭에 떨어뜨린 각목을 집어 들었다. 마이클은 완전히 정신을 잃진 않았다. 그는 희미하게나마 아이작의 발소리를 들었다. 그리고 몸을 일으키려 했지만 바로 그때 아이작은 온 힘을 다해 각목으로 그를 내리쳤다. 그러자 마이클은 넝마 인형처럼 축 늘어지고 말았다. 아이작은 한 번 더 그를 내리쳤다. 자신이 한 짓에 당황한 그는 남자를 아토약바이우까지 질질 끌고 간 뒤 그를 그의 마지막 장소에 던져버렸다. 당연히 누군가는 키스의 짓이라고 생각할 것이다. 하지만 아이작이 다시 농로로 돌아왔을 때 그는 자신의 실수를, 예전에도 수없이 반복해왔듯, 자신의 서툰 기지가 만들어낸

공백을 깨닫고 말았다. 남자의 차에 대해 완전히 잊고 있었던 것이다. 사람들은 행동이 굼뜬 그의 등 뒤에서 "불쌍한 사람"이라고 중얼거리곤 했다. 그는 스스로에게 화가 났다. 시동이 꺼지지 않은 남자의 차는 나지막하게, 그리고 천천히 웅웅거리며 여전히 농로 위에 서 있었다. 전조등 불빛에 야행성 나방들이 날아들었다. 아이작에게는 차를 치우는 것 외에는 달리 선택지가 없었다. 그는 곧장 윌리에게 달려갔고, 그 의미를 단번에 이해한 윌리는 아이작에게 말했다.

"내가 처리하지."

그들은 전에도 함께였던 적이 있었다. 거짓말 안에서 한 쌍의 쌍둥이였던 두 사람.

아이작은 윌리가 죽도록 무서웠고, 수년 전 자신이 저지른 일에 수치스러워하고 있었다. 그의 끔찍한 나약함. 하지만 그래도 아이작에게는 그가 필요했다. 제네바에게서 진실을 숨기는 것에 있어서만큼은 두 사람이 한마음일 수밖에 없었다.

26

6년 전의 그날 밤, 자정이 지나고 몇 시간 뒤였다.

아이작은 이발을 마치고 파운드케이크 조각을 닥터 페퍼에 적셔 먹고 있었다. 그는 그렇게 먹는 것을 좋아했다. 조는 금전등록기 가장자리에 아슬아슬하게 위스키를 올려놓고는 그날의 매상을 정산하고 있었다. 그는 기분이 좋았다. 자신이 연주에 참여했던 보비 블랜드의 앨범이 주크박스에서 흘러나오는 가운데, 조는 음악과 위스키에, 블루스맨으로서의 지난 인생과, 사랑을 위해 포기한 음악가로서의 길에 대한 생각에 한껏 취해 있었다. 그는 아마 열다섯 번도 넘게 이야기했을 것이다. 제네바와 눈이 마주쳤던 순간, 땅이 어떻게 흔들리며 자신을 볼링공처럼 그녀에게로 굴러가게 했는지.

"거리낄 것이 전혀 없었지."

그때 문에 달린 종이 딸랑거렸다.

조가 고개도 들지 않고 말했다.

"영업 끝났어요."

아이작은 고개를 돌렸고, 월리를 발견했다. 게슴츠레한 눈빛에 흐느적거리는 팔다리의 그를 본 순간 아이작은 그가 술에 잔뜩 취했다는 것을 알 수 있었다.

월리는 카운터 앞에 앉아 포마이카 테이블 위에 권총을 내려놓았다. 권총을 본 조가 고개를 들었고, 그제야 월리를 확인했다.

누구도 섣불리 움직이지 않았다. 아이작은 카운터의 자기 자리에서 그대로 얼어붙고 말았다. 월리와 너무도 가까워 그에게서 나는 술과 땀, 그리고 분노의 지독한 악취를 맡을 수 있었다. 월리는 얼굴은 물론 목까지 벌겋게 달아올라 있었다.

"여기 언제 팔 거야, 조? 네바가 없으니 당신과는 말이 좀 통하지 않을까 해서."

월리가 말했다.

애완견 이름 같은 '네바'는 조가 싫어하는 명칭이었다.

"나가."

그가 말했다.

"물론 그냥 가져갈 수도 있어."

월리가 말했다. 그의 얼굴에 비아냥이 섞인 미소가 떠올랐다. 그는 단추가 달린, 주름진 셔츠를 입고 있었는데, 작업용 바지의 허리춤 아래로 언제부터 생겼는지 아이작으로서는 기억이 나지 않는 조그마한 뱃살이 접혀 있었다. 성이 잔뜩 난 그 모습은 엉성해 보이는 동시에 아이 같아 보이기도 했다. 그는 자리를 뜨지 않고 말을 이었다.

"마땅히 내 것이니까 가져갈 수 있다고. 카페, 땅, 뭐든."

"아이작, 보안관에게 연락해."

조가 말했다.

아이작은 스툴에서 내려오려 했지만, 윌리는 손바닥으로 카운터 위 권총 부근을 내리치며 아이작에게 명령했다.

"그 망할 엉덩이 떼기만 해봐."

"소란 일으키고 싶지 않아. 그러니 있는 그대로 말할게. 여기는 내 가게야. 나와 제네바의 가게. 자네 아버지로부터 정정당당하게 구입했어. 자네도 알잖아. 자네는 지금 더 이상 이곳에 있지 않은 사람과 싸우고 있군."

조가 말했다.

"아버지에게는 권리가 없어. 여기, 이 땅은 태어날 때부터 내 것이었다고. 그런데 네가 훔쳐갔지. 내가 아는 한, 여기서 벌어들이는 돈은 전부 내 거야. 언제라도 반깜둥이 동생이 이곳을 탐냈다가는 내가 가만히 있지 않을 거야."

그는 큰 소리로 말했다.

그는 조를 똑바로 쳐다보며 그의 아들이 그의 혈육이 아니라고 말하고 있었다.

텍사스 라크에서는 하지 말아야 할 것들이 있었는데, 혈육을 따지는 일이 그들 중 하나였다.

"그런 얘기 할 거면 여기서 당장 나가."

조가 말했다.

"가만 안 둘 거라고. 알아들어? 여긴 내 거야, 전부. 아버지는 여길 나한테 줬어야 해, 젠장. 내 말 알아들어? 아버지는 그녀를 나한테 줬어야 했단 말이야."

마지막 말에 두 사람은 깜짝 놀라고 말았다.

제네바가 그러했듯, 어릴 적부터 제퍼슨 가에서 잡일을 했던 아이작은 윌리가 제네바에게서 눈을 떼지 못했던 수많은 아침들은 물론, 그가 그녀에게 어떤 식으로 빠져들었고, 그녀가 주변에 있을 때면 그녀를 어떤 눈으로 쳐다봤는지를 기억하고 있었다. 그리고 그의 아버지가 그녀를 위한 카페를 지어주면서 그 모든 것이 어떻게 변했는지도 전부 기억하고 있었다.

"방금, 뭐라고 했지?"

조가 물었다.

윌리의 얼굴이 굳어졌다. 그는 수년 동안 쌓아왔던 순수한 분노를 터뜨렸다.

"아버지는 멍청하기 짝이 없었지. 그녀가 몸을 헤프게 놀리지 않았다면…"

조는 윌리의 목덜미를 낚아채려 했지만, 윌리가 그보다 더 빨랐다. 그는 권총을 집어 들고 조의 머리를 겨냥하며 남은 말을 내뱉었다.

"…그러지 않았다면 너희 깜둥이들은 지금 빈털터리였을걸."

조는 두 손을 들었다.

"아이작."

그는 도움을 청했다.

아이작은 자리에서 일어나 공중전화로 향했다.

그가 보안관 사무소 전화번호를 누르는 순간 총소리가 들렸다. 그는 뒤를 돌아봤고 윌리가 쏜 총에 조가 머리를 맞고 쓰러지는 장면을 목격했다. 윌리는 몸을 돌려 이번에는 아이작을 겨냥했다. 두 사람이 거짓말을 지어내는 동안 그는 아이작을 그 자리에 붙들어놓았다. 윌리는 그럴듯한 이야기를 위해 금전등록기에서 현금을 챙겼다. 결국 보안관 사무소에 신고를 한 건 아이작이었다. 윌리는 그가 시키는 대로 신고를 하는지 확인한 다음 15분쯤 후 고속도로에서 사이렌 소리가 들리자 자리를 떴다. 보안관보들이 도착한 뒤 아이작은 백인 강도들에 대한 이야기를 했고, 그 후에도 그 이야기를 두 번이나 더 반복했다. 보안관에게, 그리고 댈러스에서 가족과 함께 돌아온 제네바에게. 몇 년이 지난 후 지금 아이작은 눈물을 촉촉이 머금은 입술로 나지막하게 중얼거렸다.

"제네바에게 미안하다고 전해줘요."

대런은 혼란 속에서 보안관 사무소를 출발했다. 그가 눈앞에서 놓친 것들을 생각하느라 고속도로의 차선이 흐릿해졌다. 마을의 역사를 만들어낸, 얽힌 실타래와도 같았던 가족 관계와 그것이 어떻게 해서 살인으로 이어지게 되었는지에 대해. 그는 제네바를 만나게 되면 해야 할 말들을 몇 번이고 연습했지만, 라크의 카페에 도착해 트럭 운전석에서 내려서자 그 모든 말들은 10월의 바람에 흩어져버렸다.

카페에 들어서면서 문에 달린 종이 딸랑거렸다.

부스 자리 중 하나에 앉아 있던 랜디가 곧바로 일어섰다. 카운터 뒤의 제네바는 고개를 돌려 대런을 쳐다보았다. 그는 전면 창을 통해 쏟아져 들어오는 햇살의 후광을 받고 있었다. 제네바는 무슨 일이 벌어질지 알고 있었던 듯, 그가 단둘이 이야기하자고 했을 때 랜디를 향해 고갯짓을 하며 말했다.

"이건 랜디의 이야기이기도 해요."

그는 두 여자를 뒤쪽 트레일러로 데리고 가 거실 소파에 나란히 앉힌 다음 이야기를 시작했다. 처음부터 끝까지. 윌리가 조 스위트를 죽였던 6년 전 봄밤에서 출발한 이야기는 아이작이 마이클 라이트에게 마지막 일격을 가했던 날 밤에서 끝이 났다. 제네바는 울음을 터뜨렸다. 대런이 지금껏 본 중 가장 가슴 아픈 장면이었다. 완전히 일그러진 얼굴로 쓰러진 그녀의 얼굴과 몸은 남편의 목숨을 앗아간 광기에 대한 분노로 세차게 흔들리고 있었다. 그녀는 토템처럼 무너져 내려 랜디의 무릎에 머리를 떨구었다. 제네바는 상처 입은 새처럼 떨면서 자신을 붙잡아줄 누군가를 간절히 원했고, 랜디는 그런 그녀를 보듬었다. 그들은 이제 안전했다. 하지만 대런은 그들 곁에 서서 오래도록 머물렀다.

27

 그는 사건이 마무리될 때까지 이틀을 더 머물렀다. 월리는 조 스위트에 대한 1급 살인 혐의로 체포되었는데, 그것은 셸비카운티가 이제야 작정하고 들여다본 그에게 적용한 무수히 많은 혐의들 중 하나였을 뿐이었다. 대런이 트럭 운전석에서 피범벅이 된 여우 사체를 발견했던 날 채취한 지문들은 월리스 제퍼슨 3세의 것으로 드러났다. 제네바의 가게에서 있었던 총격 사건에 대해서는 다른 사람도 아닌 밴혼이 나서서 월리에게 혐의를 물었다. 밴혼의 코앞에서 이런 일들이 연달아 벌어진 것에 대해 그 스스로도 대답해야 할 것들이 많지만 말이다. 하지만 정작 텍사스 레인저스가 대런의 복직을 고려하게 된 것은 월리의 마약 소지 혐의 때문이었다. 거기에는 물론 잠재적 마약 밀매의 가능성도 포함되었다. 그의 선술집을 대대적으로 수색한 결과 다수의 증거들이 발견되었다. 선술집의 주방에는 작게나마 메스암페타민 조제실이 꾸려져 있었고, 완성된 마약 꾸러미와 저울도 발견되었다. 아이작은 이미 기소가 진행

되어 벌써 카운티 교도소의 감방에 갇혀 있을지도 모르지만, 윌리의 이름은 이제야 겨우 연방수사국의 TF팀 용의자 명단에 올라갔을 뿐이었다. 마약과 텍사스 라크에서 활개 치는 아리안 브러더후드에 대한 것만큼은 대런의 생각이 옳았지만, 그 외에는 모두 틀렸다. 물론 마이클과 미시의 살인 사건은 정말로 인종 범죄였다. 하지만 텍사스 라크에서의 인종 문제는 다른 지역과는 사뭇 달랐다. 거기에는 예상치 못한 사랑과 가족 관계가 얽혀 있었다. 그는 인간 본성의 가장 근본적 요소가 증오가 아닌 사랑이라는 사실, 증오는 또한 사랑과 불가분의 관계라는 사실을 잊고 있었다. 아이작은 제네바의 사랑을 잃지 않기 위해, 그녀의 가게 한 귀퉁이에 붙어 있기 위해 마이클을 죽였고, 윌리는 제네바에 대한 자신의 감정을 받아들일 수 없어서, 심지어 이해할 수조차 없었기 때문에 조를 죽였다. 그들의 복잡한 관계를, 그 모든 것을 감당할 수 없었기 때문에 말이다. 제네바, 릴 조, 키스 주니어, 그리고 윌리.

 그들은 하나의 커다란 가족이었다.

 그것은 키스도 마찬가지였다. 그는 흑인의 피를 물려받은 아들을 사랑했다. 자신도 어찌할 수 없는 애정이었지만, 그 끊이지 않을 고리는 그 자체로 그에게 수치였다. 미시를 살해한 죄로 헌츠빌에 있는 교도소에서 인생을 마무리하게 될 그가 아무리 많은 브러더후드 문신을 몸에 새긴들 결코 지울 수 없는 진실이었다. 그의 하얀 피부와 제네바의 갈색 피부 사이에 아무리 거리를 둔다 해도 말이다. 윌리와 키스의 삶은 흑인 이웃들을 중심으로 돌고 있었다. 그들을 증오했지만 결코 그들과 떨어져서 살 수 없었다. 클레이턴 삼촌은 이렇게 말했을 것이다. 그것은 그들 스스로를 나약하게 만들고 격분하게 해, 결국 마음속 감옥에 자기 자신을 가둔 강박이었다고.

미시 데일의 장례식 날 아침, 그의 어머니가 두 번이나 전화를 했다. 하지만 대런은 두 번 다 받지 않았고 전화는 음성메시지로 넘어갔다. 이야기 좀 해, 아들. 다정스러운 말이라기보다는 그의 관심과 애정을 갈구하는 노골적인 연기처럼 느껴졌다. 그가 마침내 라크를 떠나기 위해 트럭에 올랐을 때 그는 집에 무언가 골치 아픈 일이 기다리고 있을 것만 같은 끔찍한 예감이 들었다.

제네바는 그에게 두 번이나 배가 고프냐고 물었고, 그의 대답에 상관없이 그에게 요리를 만들어주었다. 그것은 그녀가 할 수 있는 최대의 감사 표현이었다. 그와 더불어 그녀는 떠나는 그를 오래도록 포옹했다. 음울한 진실이 드러났음에도 불구하고 그녀의 기분은 밝았다. 로라가 아기를 데려왔기 때문이었다.

"지금의 상황을 아이는 모르겠지요."

제퍼슨 부인이 키스 주니어를 제 할머니에게 건네며 말했다.

"미시의 친척들이 아이를 저에게 부탁했는데, 아이가 저희 집에 있는 게 옳은지 모르겠어서요."

그녀는 목덜미에 유난스러운 주름 장식이 달린 검은색 드레스를 입고 있었다.

"부인이 키우시면 어떨까요?"

제네바는 엉덩이께에 아이를 들쳐 안고 있었다. 대런과 랜디가 카페를 떠나는 모습을 지켜보기 위해 출입문 근처에 선 그녀의 허리 아래로 아이의 통통한 다리가 흔들거렸다. 그는 카페 주차장에서 빠져나오며 백미러로 제네바의 모습을 지켜보았다. 그 광경에 그의 목구멍이 꽉 막혔다. 자신의 어머니가 떠올랐기 때문이었다. 심지어 어머니를 향한 그리움마저 느껴졌다. 그에게는 오로지 고통뿐이었던 그리움. 랜디의 렌터카는 업체에 연락해 알아서 차를 수거해가도록 조치해두었기 때문에 그는 그녀를 댈러스까지 데려다주기로 했다. 그녀에게, 그리고 마이클에게도 긴 작별인사를 하고 싶었다. 그가 잠시나마 다정한 감정을 느꼈던 여자의 남편이자 옳은 일을 하고자 했던 남자, 죽음으로써 대런에게 다시금 레인저의 맹세를 되새기게 했던 그에게 어떻게든 존경을 표하고 싶었다. 댈러스로 향하는 여정에서 두 사람은 그녀의 앞날에 대해 이야기했다. 그녀는 잠시 일을 쉬려 한다고 말했다. 어쩌면 어딘가로 떠나 조용히 지내게 될지도 모르겠다고 말이다. 몇 년 전 밴쿠버 외곽에 마음에 드는 마을을 발견했다고, 어쩌면 이번 기회를 토대로 새롭게 시작할 수 있을지도 모르겠다고 했다. 시카고에 대해서는 잘 모르겠다고, 이 모든 일이 마무리되고 마이클의 장례까지 마친 뒤에도 그곳에 남고 싶을지 잘 모르겠다고 말했다.

"그 사람을 그곳에 묻을 거예요? 시카고에?"

대런이 물었다.

"달리 어디가 있겠어요?"

그는 낮은 언덕들과 소나무 숲이 펼쳐진 텍사스의 풍경으로 시선을 돌렸다.

그들은 타일러 외곽으로 65킬로미터가량을 달렸다.

랜디는 여전히 말이 없었다.

"한번 생각해봐요."

그가 말했다.

그들은 그렇게 침묵 속에 댈러스에 도착했고, 그가 부검의실 밖에 차를 세우는 동안 그녀는 가죽 시트 위로 손을 뻗어 그의 손을 잡았다.

"내가 틀렸어요. 많은 부분에서요."

랜디가 말했다. 대런이 아직 배지를 달고 있다는 사실이 중요하다고도 했다. 그것이 그녀가 남편의 시신이 잠들어 있는 안치실 밖 복도에서 그에게 한 마지막 말이었다. 그에게 고맙다는 인사를 한 뒤에 말이다.

커밀라

그는 헌츠빌을 지나자마자 I-45번 고속도로에서 내려 샌재신토 카운티를 관통해 집으로 향하는 작은 주 도로에 접어들었다. 그리고 그때 배심원단이 러더퍼드 맥밀런에 대해 '불기소 처분'을 내렸다는 연락을 받았다. 공식 소견은 이러했다. 맥을 로니 말보 살인 혐의로 기소할 수 없다. 대런은 검사가 기소를 포기했다는 소식을 윌슨이 미리 귀띔으로 알았던 것은 아닌지 궁금해졌다. 만약 그랬다면 대런의 복귀는 라크에서의 마약 사건보다는 이 건 덕분이었는지도 모르겠다. 뭐, 어느 쪽이든 상관없다. 중요한 것은 맥의 인생이 구제받았다는 것이었다. 대런은 200킬로그램에 달하는 괴물과 맞붙어 싸우던 중 상대가 갑자기 사라져버린 듯 기묘한 안도감을 느꼈다. 오스틴에서 전화를 걸어온 클레이턴 삼촌은 매우 격앙된 목소리로 맥과 그의 손녀딸인 브리애나를 오늘 밤 커밀라의 집으로 초대해 함께 축하를 겸한 저녁식사를 하자고 말했다. 그리고 대런에게 오는 길에 브룩셔 브러더스 식료품점에 들러 양지머리 3킬로그램과 닭 두어 마리 정도 사다 줄 수 있겠느냐고도 물었다. 대런은 난로 청소는 자신이 하겠다고 말한 뒤 불을 피울 수 있는 장작이 넉넉한지도 확인했다. 클레이턴은 마지막 강의를 마친 뒤에 나오미를 데리고 함께 오스틴에서 출발하겠다고 말했다.

"리사도 초대했다."

"아."

대런이 말했다. 흉곽 안에서 이상한 퍼덕임이 느껴졌다. 그는 아내를 다시 만나고, 그녀를 다시 만질 수 있다는 생각에 사실상 설레고 있었다. 그녀에게 로스쿨로 돌아가지 않을 것이라는 이야기를 해야 할 것이다. 아직 삼촌에게도 하지 않은 이야기였지만, 오늘 밤쯤 그들 모두 알게 될 터였다.

그는 여전히 배지를 달고 있으니 말이다.

그는 콜드스프링의 식료품점 주차장에 들어선 뒤 마침내 엄마에게 전화를 했다. 카운티에서 수색을 다녀간 집이 얼마나 엉망일지 궁금했고, 여전히 삼촌에게는 그 사실을 알리고 싶지 않았다. 서둘러 집에 돌아가 저녁 파티 준비를 하려면 시간 여유가 별로 없었다. 벨은 두 번째 신호음에 전화를 받았고, 제일 먼저 대런이 약속한 300달러에 대해 물었다.

"뭐 부서진 건 없었어요?"

"유리든 뭐든 깨진 것 없이 괜찮더라."

그녀가 말했다.

그녀는 입 안에서 단단한 막대사탕을 굴리고 있었다. 대런은 사탕이 그녀의 이빨에 부딪히는 소리와 함께 그녀가 입에서 사탕을 빼내면서 나는 침 소리를 들을 수 있었다.

"그런데 대체 이게 다 무슨 일이니? 맥의 일 때문에 그런 거야?

사람들 말로는, 그가 누굴 죽였다던데."

대런은 주차장 앞쪽에 차를 세우고 전동 목마를 타느라 앞뒤로 흔들거리고 있는 아이를 쳐다보았다. 아이의 어머니는 또 다른 쿼터 동전을 들고 그 옆에 서 있었다. 그는 수년간 들어왔던 어머니의 고리타분한 입방아, 반은 진실이지만 나머지 반은 거짓인, 반쪽짜리 소문에 짜증이 났다. 어머니는 언젠가 한 번 지방 검사가 아내가 아닌 여자와 함께 그녀가 일하고 있는 리조트의 방갈로를 일주일 동안이나 빌렸다고 이야기한 적이 있었다. 하지만 알고 보니 그 남자는 검사가 아니라 그저 성이 '저지(judge)'였을 뿐이었다. 하지만 그런 사실이 드러난 뒤에도 벨 캘리스는 전혀 개의치 않았다. 그저, 아니면 말고의 식이었다.

"그게 아니에요."

그가 말했다.

"그거야 모를 일이지."

"그만 끊어야겠어요, 엄마. 집에 손님들을 초대했거든요."

"아, 그래, 알았다. 바쁘겠네."

대런은 엄마가 전화를 끊기 전 "그럼 다음에"라고 중얼거리는 소리를 들은 것 같았다.

안으로 들어간 그는 식료품점의 좁다란 복도를 돌아다니며 카트의 바퀴가 리놀륨 타일의 갈라진 틈에 끼지 않도록 솜씨 좋게 운전했다. 수년 동안 집에 올 때면 들렀던 곳이기 때문에 이 식료품점에 대해 잘 알고 있었다. 그는 고추와 양파를 카트에 던져 넣고, 구이용 옥수수, 샐러드 꾸러미도 챙겼다. 콜라드는 손질에 시간이 많이 걸리기 때문에 완제품을 사는 게 나았다. 그러는 동안에도 막연한 두려움이 그의 가슴에서 물결쳤다. 그는 술 코너에 잠시 머물렀지만, 아무것도 집지 않았다. 리사가 오기로 했다는 것이 떠올랐기 때문이었다.

맥이 손녀딸과 함께 제일 먼저 도착했다. 그는 대런에 대한 감사 인사로 꽤 큰 텍사스 버번 한 병을 가져왔다. 클레이턴과 나오미가 도착했을 때 대런은 술을 두 잔 마신 뒤였다.

"삼촌."

그가 미소를 지으며 말했다. 좀처럼 버번 잔을 거절하는 법이 없는 클레이턴은 곧 대런을 따라잡았고, 덕분에 밤은 뒤쪽 테라스에 쏟아져 들어오는 석양빛처럼 달콤하고 따뜻해졌다. 클레이턴은 앞문과 뒷문을 모두 열어 전면 거실에 모여 앉은 그들 사이로 장작 연기의 달콤한 향이 감돌도록 했다. 카우보이 바지를 입은 맥은 그 긴 다리를 소파 앞 커피 탁자 아래로 쭉 뻗었고, 그의 양발 뒤꿈치는 오래전부터 그곳에 깔려 있던 인디언 양탄자 위에 안착했다. 하얗게 칠한 벽면은 매슈스 가 사람들의 사진 액자로 가득했다. 클레이턴, 윌리엄, 그리고 어린 듀크, 그들의 어린 형제, 거기에 더해 세대를 거슬러 올라 조부모와 증조부모의 사진까지. 대런은 그들의 이름도 기억하지 못했다. 윌리엄 삼촌과 나오미의 결혼식 사진 역시 이곳에 걸려 있었다. 열아홉의 아름다운 신부는 머리를 틀어 올렸고 캐러멜색의 피부는 기쁨에 빛나고 있었다. 대런은 그 사진을 치우지 않고 계속 두었지만, 새 커플은 별로 신경 쓰는 것 같지 않아 보였다. 늘 원하던 것을 마침내 손에 넣은 클레이턴은 조카가 오래전의 기억을 품고 있는 것을 못마땅하게 생각하지 않았다.

"학교 얘기 좀 해볼까, 아들."

"그러지 마세요, 삼촌."

"거래를 했잖니, 대런."

클레이턴이 말했다.

그는 대답하지 않았다. 때마침 아내의 발자국 소리가 들렸기 때문이었다.

그녀의 하이힐이 목재로 된 테라스 바닥을 때리는 그 특유의 소리는 그를 흥분시키는 동시에 겁먹게도 했다. 그녀가 집 앞의 열린 현관문에 들어서자 대런은 그녀를 맞이하기 위해 자리에서 일어섰다. 클레이턴과 나오미—그녀의 산호색 여름 드레스의 기다란 옷자락이 바닥에 끌렸다—맥, 그리고 브리애나까지 그 어떤 질문도 없이 자리에서 일어나 뒤쪽 테라스로 자리를 옮겼고, 덕분에 대런은 아내와 단둘이 남게 되었다.

그녀는 퇴근을 하고 바로 이쪽으로 온 듯 머리에는 핀을 꽂고, 옅은 회색 정장 재킷의 허리 부분을 단단히 졸라매고 있었다. 대런은 그녀가 갑옷을 벗는 모습을, 재킷의 단추를 풀고 무거운 팔찌를 손목에서 벗겨내는 모습을 경이롭게 지켜보았다. 그녀는 그를 포옹하며 키스했다. 통통하고 달콤한 입술에서 내뿜는 그녀의 숨결이 그를 되살리고 있었다. 그는 집에 딸린 세 개의 침실 중 한 곳으로 그녀를 데려가 몇 주치의 섹스를 나누고 싶었다. 지난 시간 동안 놓쳤던 모든 갈망을 해소하고 싶었다. 그녀가 뒤로 물러나면서 갈색의 눈동자로 그의 시선을 살폈다.

"남기로 한 거지, 그렇지?"

"집에 돌아갔으면 하는데."

그가 말했다.

"레인저스에 남기로 했느냐는 말이야."

그녀는 그를 본 순간 알아차린 것이다.

"응."

체념의 한숨을 내쉰 그녀가 마침내 말했다.

"좋아."

그녀의 말과 그 키스가 그를 대담하게 만들었다.

"그 말은 곧 레인저로서 무슨 일이 생기더라도 괜찮단 말이지?"

그가 말했다.

"좋아."

"집에 돌아가도 된다는 뜻이기도 하고?"

그녀는 아주 오랫동안 말이 없었다.

"술 마시는 건 싫어."

그녀가 말했다.

이건 당신 때문이야, 그는 그렇게 말하고 싶었다.

남자가 버림을 받으면 이렇게 된다고.

아, 하느님. 그는 그녀에게 화가 나 있었다. 지금껏, 지금 이렇게 그녀와 대면하기 전까지 자신이 얼마나 화가 나 있는지 깨닫지 못하고 있었던 것이다. 그녀는 지랄 맞게 아름다웠고, 지랄 맞게 침착하고 똑똑했으며, 그들의 삶을 온전히 통제하고 있었다. 그도 깨닫지 못한 분노가 깃들어 있던 그들의 삶을 말이다. 나중에 이 밤을 되돌아봤을 때 그는 자신이 실제로 '그래'라는 말을 한 적이 없다는 사실을 깨달았다. 그는 그날 밤 그녀와 함께 휴스턴으로 돌아가겠다는 말을 하지 않았다.

그들은 저녁 테이블에 나란히 앉았고, 리사는 식사를 하는 시간의 절반 동안 대런의 허벅지에 손을 올리고 있었다. 맥은 자기만의 조촐한 사업을 시작해볼까 한다는 이야기를 꺼냈다. 인생을 새로 시작하는 기분이라면서 말이다. 그는 매슈스 가의 토지와 그 외 다른 몇몇 집안의 토지들을 관리하고 있었지만, 이제는 개인이나 법인 소유의 삼림을 관리하는, 좀 더 수익 높은 사업에 뛰어들어보고 싶어 했다. 디저트가 나오기 전 클레이턴은 그를 위해 추천서를 써주겠노라고 약속했다.

저녁식사 후 나오미는 레몬 케이크를 내왔고, 파란색과 하얀색의 도자기 접시에 케이크 여섯 조각을 나눠 담으며 손가락을 빨았다. 클레이턴이 케이크의 모양과 맛에 대해 칭찬하자 그녀 눈가에 잡힌 부드러운 주름이 더 자잘해졌다. 대런이 술을 네 잔째 따르고 있을 때 어머니의 목소리가 들렸다.

"대런."

그의 손이 잔 위로 얼어붙고 말았다.

벨 캘리스가 열린 현관문에 서 있었다. 자신의 적인 클레이턴 삼촌과 맞붙을 태세를 갖춘 듯 결연한 표정이었다. 대런은 당혹스러웠다. 기회만 주어진다면 어머니는 경찰이 매슈스 가의 집을 수색했다는 소식을 기꺼이 전할 것이다. 그럼으로써 캘리스 가족이 수년 동안 감내했던 모욕과 상처를 되갚아줄 것이다. 네 엄마 쪽 사람들은 형편없어, 클레이턴은 늘 그렇게 말했다. 클레이턴의 말대로, 어머니의 남자 형제들은 카운티 교도소에서 인생 대부분을 보냈다. 각자가 선호하는 방이 따로 있고, 출소할 때도 다음번 수감을 위해 담요를 남겨둘 정도였다. 그들은 막노동을 하고, 강변에서 쓰레기를 뒤지며 살아가던 이들이었다. 하지만 벨은 듀크 매슈스가 자신과 결혼하지 않은 것에 대해 클레이턴을 탓하지는 않았다. *내 눈에 흙이 들어가지 않는 이상.* 그는 듀크가 아직 살아 있을 때 그런 말을 적어도 한 번 이상 했더랬다.

대런은 그녀가 무슨 말을 할지 두려웠다.

그는 테이블에서 재빨리 일어나 문턱을 넘어서려는 벨을 막아섰다. 클레이턴은 집 안에 그녀를 들이고 싶어 하지 않았고, 실제로 조카에게 이렇게 속삭이기도 했다.

"은 식기에 가까이 가지 않게끔 해라."

은 식기라 해봤자 딱 두 제품이 있었는데, 찻주전자와 서빙스푼이 그것이었다. 게다가 둘 다 이미 거무튀튀하게 변색된 지 오래였다. 벨은 클레이턴만큼이나 그곳에 있고 싶지 않아 했다. 그녀는 대런에게 집 안에서는 이야기하고 싶지 않으니 잠깐 앞쪽 테라스로 나가자고 말했다.

리사가 걱정스럽게 그의 손을 잡았다.

"대런?"

"괜찮아."

그가 그녀에게 말했다.

하지만 벨과 함께 테라스로 나간 뒤 등 뒤로 문을 닫으며 그는 어딘지 모르게 통증이 느껴졌다. 금방이라도 바닥에 쓰러져버릴 것만 같았다.

푸르스름한 어둠이 깔린 하늘에는 점점이 별이 빛나고 있었다.

외곽에서도 아주 시골에 위치한 이 집으로 이어지는 차도는 비포장 도로였다.

테라스의 불빛이 환하지 않아 대런은 두 번째로 주차된 차 너머부터는 볼 수 없었다. 그의 어머니가 어느 쪽에서 왔는지, 직접 운전을 하고 왔는지 아니면 누군가 데려다준 것인지 확인하기 어려웠다. 그녀의 검은색 단화에는 온통 붉은 흙이 묻어 있었다.

"얘기 좀 해, 대런."

"지금 당장은 300달러 현금이 없어요. 내일 시내에 있는 은행에 갔다가 오전 중에 트레일러에 잠깐 들를게요. 됐죠?"

그가 말했다.

그녀는 그의 말을 막았다.

"내가 찾았어."

"뭘요?"

"보안관보들에게 발각되면 안 되는 그 조그만 38구경."

맥의 총.

경찰에서 찾고 있는 바로 그것.

"그 사람들이 찾는 게 그게 아니었다면 대체 왜 그걸 땅에 묻은 거니?"

"엄마, 들어봐요. 그건 내가 한 게 아니…."

"클레이턴은 늘 이곳에 날 환영할 사람은 없다고 했지만, 듀크와 나는 형제들이 집을 비울 때면 이곳에 와서 시간을 보내곤 했지. 그래서 이곳에 대해 아주 잘 알아."

그녀가 말했다. 어둠 속에서 그녀의 눈동자는 석탄처럼 까맸고, 눈가 주름에는 켜켜이 그림자가 서려 있었다. 그 때문에 그녀의 얼굴은 마녀 같아 보였고, 대런은 이 순간 낯설기 짝이 없는 이 여인의 앞에서 숨이 멎을 듯 불안해졌다. 완전히 다른 사람이 된 것 같은 그녀가 이제 무슨 행동을 할지, 그를 어떤 곤경에 빠트릴지 전혀 감이 오지 않았다.

"네 말 대로 쓰레기를 비우려고 잠깐 밖에 나왔었지."

그녀가 두 사람이 서 있는 테라스의 옆쪽을 가리키며 말했다.

"그러다가 저 나무를 봤는데, 전에 없던 것이더라."

그녀는 최근에 생긴 가시참나무를 가리켰다.

대런은 로니 말보가 죽은 지 일주일 정도 지나서야 나무의 존재를 알아차렸다.

벨 또한 그걸 눈치챌 것이라고는 꿈에도 생각하지 못했다. 알았더라면, 그녀를 이 낡은 농가 근처에 얼씬도 하지 못하게 했을 것이다.

벨은 수색을 위해 파견된 보안관보들이 집을 떠나고 몇 시간 뒤, 새로 생긴 나무 주변의 부드러운 흙을 파보았고, 그곳에서 총구가 짧은 38구경을 찾았다. 누구의 총인지 알지 못했지만, 뭔가 중요한 것이고, 그것을 갖고 있으면 자신이 갈구하는 아들을 마음대로 부릴 수 있는 힘이 생긴다는 사실을 깨달았다. 아들에게 무엇이든 시킬 수 있을 것이다. 심지어 자신을 좀 더 사랑하도록, 어쩌면 자신과 함께 살도록 할 수 있을지도 모른다. 늙어가는 그녀를 옆에서 돌보도록 말이다.

그녀는 그런 이야기들은 하지 않았다, 아직은.

하지만 대런은 그 모든 것을 눈치챘다.

그녀는 그의 시선을 어둠 속에 붙잡아두며 그를 옴짝달싹못하게 만들었다.

"어떻게 할 거니?"

아무것도.

그는 아무것도 하지 않았다.

그는 로니 말보가 38구경에 목숨을 잃었다는 것을 알면서도 맥에게 총이 어디에 있냐고 묻지 않았다. 그는 자신의 집 마당에 새로 심은 가시참나무를 발견했지만, 맥에게 그걸 언제, 왜 심었느냐고도 묻지 않았다. 그는 아무것도 하지 않았다. 왜냐하면 말보는 나쁜 놈이었기 때문이다. 암 덩어리, 그냥 내버려두면 막대한 파괴력을 싹틔울 증오의 씨앗이었기 때문이다. 그는 아무것도 하지 않았다. 왜냐하면 솔직히 대런은 그가 죽어도 상관없었기 때문이다. 그는 아무것도 하지 않았다. 왜냐하면 맥은 그의 칠십 평생 카운티 보안관과 마주칠 일이 없었던 좋은 사람이고, 잘못한 일이 없었기 때문이다. 그가 들여다보려고만 했다면 그의 앞에 늘어선 그 모든 진실들을 마주할 수 있었지만, 그는 아무것도 하지 않았다. 그는 맥에게 아무것도 묻지 않았고, 레인저의 선서에도 불구하고 피고 측 변호인처럼 행동했다. 그도 때로 자신이 법의 어느 쪽에 속해 있는지 혼란스러웠고, 흑인으로서 어느 때에 규칙을 따르는 것이 안전한지 제대로 간파하기 힘들었다.

그는 아무것도 하지 않았다.

그러니 그는 맥보다 나을 것이 없을까? 맥 또한 라크의 살인범들보다 나을 것이 없을까? 아니, 그럴 리 없다. 하지만 대런은 더 이상 그 무엇에도 확신이 들지 않았다. 버번에 흠뻑 전 뇌에 옳고 그름에 대한 명료함이 먹구름처럼 흐릿해졌다. 그는 어두운 테라스에 서 있는 어머니를 쳐다보았다. 한 무리의 모기떼가 그녀의 머리 주위로 앵앵거렸지만, 그녀는 색조를 입힌 입술에 희미하게나마 얄궂은 미소를 머금은 채 미동도 없이 서 있었다. 굳은살이 박인 그녀의 메마른 두 손에는 스팽글 장식이 달린 핸드백이 꼭 쥐여 있었다. 이 순간을 위해 차려입었군, 그는 생각했다. 그는 철제 론체어에 주저앉으며 그녀가 총을 발견한 순간 당연히 그것을 챙겼으리라 생각했다. 그 총이 지금 그녀의 핸드백에 들어 있다. 텍사스 레인저로서의 그의 커리어가 통째로 그녀의 손에 달려 있었다.

감사의 말

리건 아서, 조슈아 켄달, 사브리나 캘러한, 그리고 멀홀랜드와 리틀에 있는 나의 새로운 가족에게 감사의 인사를 전하고 싶다. 또한 브라운 가의 사람들이 나와 내 책에 보여준 관심과 열정에도 감사를 드린다.

운 좋게도 나의 매니저이자 친구가 되어준 리처드 어베이트에게도 언제나처럼 감사를 표하는 바다.

귀한 시간을 내어 자문해주시고, 레인저에 대한 자유로운 표현에 어떠한 비난도 하지 않으셨던 텍사스 레인저스의 킵 웨스트모어랜드 부서장님께도 감사드린다.

내 안에 텍사스 동부에 대한 뿌리 깊은 사랑을 심어준 나의 부모님, 쉬라 아기레와 진 로크에게도 감사를 전한다.

이 여정에 있어 매주 목요일 회기로 함께해준 셰릴 아루트 박사님에게도 감사드린다.

마지막으로, 이 책은 우리 가족의 사랑과 이해가 없었다면 탄생하지 못했을 것이다. 저술 활동을 하는 동안 내 딸 클라라는 수많은 축구 경기를 엄마 없이 치러야 했고, 남편 칼은 엄마의 역할까지 두 배의 몫을 해내야 했다. 두 사람은 내 기도에 대한 응답이자 꿈의 실현이며 하늘이 주신 은총이다.

애티카 로크

블루버드, 블루버드
BLUEBIRD, BLUEBIRD

1판 1쇄 발행 2020년 12월 29일
1판 2쇄 인쇄 2021년 6월 16일

지은이 애티카 로크
옮긴이 박영인

발행인 김태환
편집 신진
표지 및 본문 디자인 Miso

펴낸곳 네버모어
출판등록 2016년 1월 7일 제385-2016-000002호
주소 경기도 안양시 동안구 귀인로 258, 108동 305호
전화 070-4151-5777
팩스 031-8010-1087
이메일 nevermore-books@naver.com
SNS https://twitter.com/nevermore_books

ISBN 979-11-90784-06-1

※ 이 책은 네버모어가 저자와의 계약에 따라 발행한 것이므로
   본사의 서면 허락 없이는 어떠한 형태나 수단으로도 이 책의 내용을 이용하지 못합니다.
※ 잘못된 책은 구입처에서 교환해 드립니다.
※ 책값은 뒤표지에 있습니다.